中国
最佳
科幻作品

SCIENCE
FICTION

2023

姚海军／主编

人民文学出版社

图书在版编目（CIP）数据

2023中国最佳科幻作品／姚海军主编．－－北京：人民文学出版社，2024
ISBN 978－7－02－018665－5

Ⅰ．①2… Ⅱ．①姚… Ⅲ．①幻想小说－小说集－中国－当代 Ⅳ．①I247.7

中国国家版本馆CIP数据核字（2024）第093056号

责任编辑	秦雪莹
装帧设计	陶　雷
责任印制	王重艺

出版发行	人民文学出版社
社　　址	北京市朝内大街166号
邮政编码	100705
印　　刷	三河市宏盛印务有限公司
经　　销	全国新华书店等
字　　数	309千字
开　　本	880毫米×1230毫米　1/32
印　　张	12.375　插页2
印　　数	1—5000
版　　次	2024年6月北京第1版
印　　次	2024年6月第1次印刷
书　　号	978-7-02-018665-5
定　　价	49.00元

如有印装质量问题，请与本社图书销售中心调换。电话：010-65233595

目　录

001	极北之地	海　漄
028	中元节	宝　树
058	心语者	路　航
087	择城	顾　适
116	游隼向西飞行	杨晚晴
143	遥远的脉冲微光	谢云宁
181	为什么是企鹅	墨　熊
217	巨大的外婆	刘麦加
238	俑	天　平
274	滋滋作响的阳光	昼　温
312	叶　子	郝景芳
328	空　地	蒋照翔
352	且放白鹿	程婧波

极北之地

| 海 漄

海漄，1990年出生于湖南湘潭，现居深圳。

初中时偶然接触到《科幻世界》，被潘海天、刘慈欣作品深深吸引，2011年在《今古传奇·故事版（月末版）》发表处女作《惊情喀纳斯》，此后作品陆续出现在《科幻世界》《银河边缘》《科幻立方》等刊物上。

海漄对或然历史及怪兽情有独钟，作品追求在不改变真实历史的前提下，重构、解析某段时空背后的故事，以此反衬历史的恢宏与个人的渺小，营造宛如纪录片一般的真实感和惊异感，多篇作品被收录在《中国悬疑小说精选》。

2021年中篇科幻小说《走蛟》获第四届冷湖奖中篇小说二等奖；2023年凭借《时空画师》赢得雨果奖最佳短中篇小说奖。

功勋专家

"瞧你那愁眉苦脸的倒霉样儿!"肩膀被重重拍了下,周宁从恍惚的走神状态中回到了现实。面前站着的人正是将自己领入AIB(异常事件局)的野生历史学家胡炎。这两年胡炎越发胖了,一笑起来,脸上只剩三条缝。

"我说老胡,咱就不能找点儿正事儿干吗?"周宁忍不住抗议道。

"你这话说得就不对了。我可告诉过你,咱们这个部门,三年不开张,开张忙三年。仅仅是智能手机的普及就几乎让UFO无处遁形了,你指望有多少异常事件能通过层层审查到达我们手中?"胡炎不屑道,似乎早已习惯了这种状态。

"不过,最近倒有件小事儿,兄弟单位不方便出面,兜兜转转,交给我们了。"胡炎好像突然想起了什么,漫不经心地嘟囔着。

"还能这样?"周宁的好奇心被成功地勾了起来。

"那可先说好了,这活儿就交给你了!"胡炎乐不可支地从办公桌下抽出一个档案袋,塞给周宁。

只翻了几页,周宁就明白这事儿棘手在哪里了。说起来,超级计算机虽然曾属军事机密,但随着相关技术的发展,近年来已经逐渐转为民用了。更何况,被调查者楚北星本就是最早在国内推动超算发展的先驱之一。实际上,令他招致怀疑的新一代超算"圆周",正是在他当年研究的基础上迭代而来的。若不是他最近使用和推算的数据时段过于敏感,谁也不会往机密安全的方面多想。二十世纪六十年代,"651"任务①隐秘下达,在那段奉献与燃烧的岁月里,他参与其中并做出了不可磨灭的贡献。但他为何要在功成身退几十年后追根溯源呢?像他这样的人,会做出窃取机密、威胁国家安全的事吗?那些已经淹没在历史中的秘辛,放到今天还能有什么价值呢?

了解完基本情况后,周宁驱车前往本地一所知名大学的老校区。他找到一栋典型的赫鲁晓夫楼,轻轻叩响了301的房门。在这四处渗透着干涸水渍的黯淡楼梯间,周宁没有看到常见的视频门禁,甚至连门铃也没找到。

难道是晚年生活的窘迫令他铤而走险?周宁暗自揣测。

正当周宁心神不宁之际,老旧的铁门吱呀一声开了,一位面容清癯的老人站在门口,疑惑道:"请问你找谁?"

一阵悠扬而富有年代感的旋律从老人身后的房间中传来,难怪刚刚敲了这么久的门。周宁亮出准备好的证件,彬彬有礼地问道:"您是楚北星教授吗?我是科技部超算中心的安全员周宁。打扰您,有些事想跟您简单聊两句。"

"是我,进来说吧。"老人扶了扶老花镜,看了眼周宁的证件,淡定地点点头,没表现出什么异常。

"小周啊,你先坐,我给你倒杯水。"显然,周宁的造访让楚北星颇为意外,从他在厨房中翻找的动静看,这里已经很久没招待过客人了。

"楚教授,您慢点!"周宁一面说着,一面扫视了一圈楚北星的家。

与门外那股因遗忘而破败的气息形成鲜明对比的是,这间两居室显得朴素而宁静。客厅里除了一套可折叠的简易桌椅和周宁所坐

---

① 我国研制并发射第一颗人造卫星的计划。

的沙发外，再无其他家具。墙上的老式玻璃相框里有不少照片，周宁凑近端详：有楚北星站在破冰船上，身后是混合着浮冰的茫茫大海；有他放置测量设备，遭遇北极熊的惊险一幕；还有一张被撕碎过，又重新粘贴好的，是两男一女三个年轻人，其中的中国人应该就是楚北星。他们都穿着列宁装，脸上洋溢着那个时代特有的光辉神采。

阳台和其中一间卧室打通，改造成了书房，明亮通透。一把竹质躺椅正伴着旁边老式留声机的旋律一摇一晃，仿佛在诉说一段尘封的往事……

"不好意思，小周，家里没什么好茶叶。"楚北星端来两杯茶，顺手拨开了留声机的唱头，音乐戛然而止。

"楚教授，您近期在运行'圆周'时，有没有发现什么故障或异常呢？作为它早期版本的设计者之一，我想您应该清楚，它曾经参与了不少国防项目的计算。虽然现在它已经转为民用了，但定期的回检还是有必要的。"周宁笑着说明了此行的来意。

"哦，原来如此。我说怎么会有学生之外的人来看我呢。我完全理解和配合你的工作。稍等一下，我这就把'圆周'最近的使用记录和数据整理给你。"说着，楚北星就走到书房忙活起来。周宁注意到，房门敞开着，似乎他并未回避什么。

过了大概半小时，楚北星将一沓资料递给周宁，同时解释道："最近，我主要运用'圆周'模拟北极海冰完全融化后的洋流状况，以及由此引发的气候变化。"

"这是很有价值的课题啊！但据我所知，北极海冰融化与海水盐度、海平面反射率、表层海水热交换等都存在着相互作用的关系，不是一句全球变暖就能简单概括的。如果要弄清其中具体的作用机制，所需纳入的计算量恐怕是一个天文数字。"

"你说得很对。"楚北星眼睛一亮，"所以，我才需要借助'圆周'的力量。现在大致的模型已经建立好了，相关参数也在根据运算情况不断完善中。"

"可我看您模拟的数据时间,大部分集中在1960年到1970年这十年。这段时间有什么特殊意义吗?"周宁继续翻看着资料,貌似不经意地问道。

"这倒没有,只是气候变化的趋势往往要在较长的时间尺度上才能体现出来,所以我先选取了一些过去的点位,之后才会着重对未来进行测算。"楚北星也轻轻抿了口茶,回答道。

要问的已经差不多了,但为了不引起楚北星的怀疑,周宁又东拉西扯地请教了几个问题,楚北星都热情地一一解答。又过了半个多小时,周宁将资料收起来,结束了此次调查。

"今天麻烦您了,楚教授,今后我可能还会来叨扰您。"

"没关系,随时欢迎。"楚北星一直将周宁送到了楼梯口,才在他的一再劝说下停住了脚步。

> 正当梨花开遍了天涯,河上飘着柔曼的轻纱;
> 喀秋莎站在峻峭的岸上,歌声好像明媚的春光。

回去的路上,周宁脑海中总是回荡着在楚北星家听到的这首《喀秋莎》。或许是下意识想掩饰什么,楚北星拨开了唱头,但周宁已经窥到了他的一丝不同寻常之处。

楚北星,1938年生,江苏扬州人。1955年自镇江中学高中部毕业后,被选入高教部留苏预备部进修,1956年10月赴苏联留学,进入列宁格勒工学院,1962年转入苏联科学院计算中心攻读博士,1965年回国。1968年经组织介绍,与N大教务处赵琳结婚,1971年离婚,无子女。回国后,楚北星的主要工作包括筹建N大计算机系,以及对气象预报和气候演化的研究,退休后曾多次参与北极科考。

这是胡炎提供的资料里对楚北星的介绍。无论是过去还是现在,他身上都散发着强烈的理想主义情怀。但周宁敢肯定，在最后一个问题上他撒了谎。进入 AIB 前，周宁是一名刑警，楚北星老而弥坚，但说到底还是个在象牙塔中待了一辈子的知识分子。即便他把那一瞬间的慌乱隐藏得极好，也依然逃不过周宁的眼睛。

这位功勋卓著的老专家，真的会为了一己之私而出卖国家利益吗？

动荡的青春

这是一场艰苦而浪漫的远征。

历经数次换乘，十余个昼夜，楚北星横跨亚欧大陆，终于来到了这座被赋予革命导师之名的英雄城市。旅途中，列车先后穿过中蒙和苏蒙边境，苍莽的雪域和林海纷至沓来，那无垠的白与黑，冷硬地冲击着他的感官，掀起一浪高过一浪的强烈陌生感。神奇的是，尽管就地理位置而言距祖国更加遥远了，但当楚北星走下列车，他竟嗅到了一丝久违的亲切。微风吹拂着氤氲的水雾，吸入肺中的空气也变得柔和。楚北星坐上一艘小船，穿行于古老的建筑和桥梁之间。原来，它是故乡之外的另一座水城。

晨曦尚未降临，夜色朦胧中的城市仍在沉睡。须发虬结，看不出年纪的船夫有节奏地摇着船橹，沉默不语，天地间似只有哗哗的单调水响。楚北星感到一阵凉意，便裹紧大衣坐了下来，却见船夫举起一个偌大的皮囊，仰头豪饮后递了过来。船夫裸露在外的遒劲手臂散发着热力，而这能量的源头就在眼前，楚北星心中一动，接过来有样学样地猛灌一口。瞬间，喉咙中仿佛涌入了熔融的玻璃，烧灼中带着刺痛。楚北星剧烈地咳着，是伏特加！接着便感觉四肢百骸渐渐暖和了起来。

呛出的眼泪模糊了视野，他依稀记得几年前，也是这样一个雾气弥漫的清冷冬夜，父亲将自己送上了前往学堂的乌篷船。如果说，离开故乡外出求学是从亘古不变的田园牧歌式的生活中脱离，那么现在，一个更加波澜壮阔的新世界正等着他去发现和创造。楚北星抬起头，正对上船夫的眼神，那绝对是一双属于青年人的眼睛，因为它深邃得就像天空，却又透出孩子般纯真的笑意。

"你好，欢迎来到列宁格勒工学院，我是计算机系助教阿列克谢。"小船缓缓驶入码头，船夫一跃上岸，回身友好地向楚北星伸出手。

"你好，阿列克谢。现在，我们是同志了。"楚北星也报以微笑，两只手紧紧握在了一起。

楚北星的留苏之行，始于1956年全国科学规划委员会制订的《1956—1967年科学技术发展远景规划纲要（草案）》。彼时的新中国百废待兴，在一众聚焦生产和应用的项目中，计算技术显得尤为另类。它不仅与急需的工农业生产无关，而且在苏联也是极为超前的技术，但不知为何，它被保留了下来。同年，中国科学院成立了计算技术研究所筹备委员会，开始仿制苏联计算机。

原本，楚北星已凭借优秀的学习能力和过硬的思想品质获得了留学资格，预备前往列宁格勒水电设计院学习建设水电站的知识，但或许是因为从小在作为米店账房的父亲身边耳濡目染的关系，对于数字和计算，他有着一种天生的敏锐。这样的天赋，即使放在万里挑一的预备留学生中，也是出类拔萃的。于是，前往苏联的列车出发之际，楚北星的人生道路被无声地改变了。但历史正如蜿蜒至远方的铁轨，并不会因为这小小的扰动而偏离方向，人们往往还来不及反应，便被它裹挟其中，滚滚向前。

对于组织安排的临时变动，楚北星毫无怨言，入学后便立刻投入紧张的学习中去了。在"宿舍 — 图书馆 — 教室"这单调的三点一线中，阿列克谢是他为数不多的朋友之一。作为负责帮扶中国留学生的生活委员，阿列克谢有一次认真地对他们说："各位怀抱着雄心勃勃的宏伟目标，但来日方长，你们太过刻苦，让我都不敢给学习任务加码，要多注意休息才是。

"特别是你，北星。你是个骄傲的家伙，但也不必事事都想着靠自己解决。作为友谊的见证，你们来到这里，我当然会给予应有的帮助，正如我们祖国那牢不可破的关系一样。"说完，阿列克谢大笑着揽住了楚北星的肩膀。

那时的楚北星还太年轻，直到十年后，他身怀的屠龙之技终于派上用场，他才明白阿列克谢话中的深意。

为了让这群绷得过紧的中国留学生放松放松，每到这时，阿列克谢都会邀请自己在青年文工团的妹妹玛莎为大家高歌一曲：

姑娘唱着美妙的歌曲，她在歌唱草原的雄鹰。
……
驻守边疆年轻的战士，心中怀念遥远的姑娘。
……
勇敢战斗保卫祖国，喀秋莎爱情永远属于他。

轻歌曼舞中，拘谨的留学生们聚在一起，昏黄的灯光照在他们脸上，或明或暗，映出了一幅生动的群像。他们是那样的严肃而含蓄，但在一颗颗年轻跳动的心中，有些东西被永远地铭记了。

光阴似箭，日月如梭，更令人难以捉摸的却是国与国之间的关系。在列宁格勒的几年里，楚北星慢慢融入这里的生活，学习之余也收获了理想和友谊，但随着局势的变化，他能明显地感觉到身边涌动着的紧张和戒备的气氛。同学们接二连三地回国，但自己肩负的使命还未完成，他只得埋头苦学，同时刻意与昔日亲如手足的同志们保持着距离。

楚北星不知道自己是怎么一个人坚持下来的。曾经，他以为孤独只是暂时的，黑暗的冬夜中，总有那么一两个人会为他点亮一盏微灯，他们不离不弃，只是碍于情势无法靠近罢了。但现实很快给了他一记响亮的耳光。

那是1961年底的一天。空荡荡的校园里，楚北星夹着借来的几本书，独自一人快步向宿舍走去。刚刚离开温暖的图书馆，裸露在外的肌肤被冻得生疼，他不由得紧了紧大衣的领口。可相比凛冽的寒风，更让他难以忍受的是图书馆里其他人的眼神。那是一种对叛徒和窃贼才会有的浓浓敌意，令他如芒刺在背，完全无法静心钻研。此前，已经有不少同学分批回国，而留下来的人则接到了面对刁难时"注意策略，不与其纠缠"的指示。

"嘿，那个小偷溜得真快！"身后传来刺耳的嬉笑。

楚北星脚步一顿，但很快又恢复如常，他不想惹事儿。

"站住！让大家瞧瞧他又想带走什么！"事与愿违，那帮人得寸进尺，很快便追上了楚北星。

尽管一再忍让，但那多少有顾全大局的考虑。楚北星外表儒雅，内里却是个极有原则、绝不妥协服软的人。他索性转过身来，坦然直面那些挑衅者。

安德烈、谢尔盖、米哈伊尔……都是其他院系有过数面之缘的同学。此外，还有一个熟悉的身影跟着人群，若即若离。看到他，楚北星心安了不少，他相信，有阿列克谢在，这帮人还不至于太过火。

"《水工建筑物下地下水流动的理论》《水力学手册》？① 贪心的中国人，你不是计算机系的吗？怎么，还想要自己修大坝？做梦去吧！"趁楚北星不备，一人劈手抢过了他的书。

在留学专业发生调整之前，楚北星已经在预备部进修了近一年

---

① 苏联水利专家 H.H. 巴甫洛夫斯基（1884—1937）的著作。

的水利工程。进入工学院后，抱着不负所学、多做贡献的心态，他时时温习，在新专业取得优异成绩的同时，旧底子也没落下。但他没有意识到，或许这样的勤奋和自强，才是令身边师友感到恐惧的根源。

"事实上，你们能做的，我们一样能做，甚至做得更好。例如，你们在水利建设中极少考虑泥沙淤积的影响，这在东欧和北亚的河流中当然不成问题，但在中国肯定是行不通的。我相信，通过计算机前期的模拟调研，这类隐患完全可以提前排除。"

"北星，这真的是你自己的想法吗？前几天我放在办公桌上的几页手稿刚巧不见了。"万万没想到，率先向楚北星掷出石块的恰恰是他最信任的人——阿列克谢。

"你是什么意思？"楚北星难以置信地看着他。

"即使你想获取成功，也不该用这种方式。"阿列克谢难掩失望，愤愤地回应道。

"跟小偷有什么好说的？他们还没认清自己的位置，就妄图来挑战我们！"人群叫嚣着，开始推推搡搡……

阵阵嘲讽和谩骂中，人群渐渐散去。楚北星站起来，捡起地上已经被扯散的书，拍了拍尘土，脸上却看不出一丝喜怒哀乐。

往事如烟，许多年后，为了赔偿书籍挨的饿、被误解的冤屈都已不再真切了，连冲突的具体日期也在记忆中变得模糊。但楚北星永远无法忘怀的，是他彻夜通读破损书籍，拼命汲取知识，想要改变一切的执念。

从此，楚北星与阿列克谢渐行渐远，连带着心中对玛莎那份朦胧的情愫也被轻而易举地扼杀了。她偶尔还会来学院，但有时候咫尺之遥，就是永不可及。覆巢之下焉有完卵，相较于国家立场的纷争，个人之间的感情实在太渺小，也太脆弱了。或许连他们自己，对于失去这些无比美好的东西，也并不在乎。

不过当楚北星顶着巨大的压力，准备前往莫斯科，去科学院计算中心报到时，坚冰短暂地融化了。他早就得知了阿列克谢也将调往科学院计算中心，成为最年轻的副教授的消息，却没想到两人竟会乘坐同一列火车。他拎着行李，和阿列克谢只相隔了几人，对方茂盛的胡子被刮得干干净净，头发也梳理得一丝不苟，难得的清爽大方。肯定是玛莎干的好事！楚北星不禁愤愤。

"北星！阿列克谢！"身后突然传来一声呼喊，是那样熟悉，楚北星心中掀起一阵波澜，和前方的阿列克谢同时回过头去，一起注视着那个有着明媚笑容的姑娘。

"我是来送你们的！你俩去了莫斯科后，我们三个人见面的机会就很少了。"明明是分别，玛莎的到来却驱散了楚北星和阿列克谢脸上的阴霾。

"你们要记住，我们永远是最好的朋友。"玛莎分别拥抱了两人，眼中闪现出了泪花。

几个月后，楚北星在莫斯科收到了他和玛莎、阿列克谢的合影，这是当时在车站玛莎找人拍摄的。而照片之所以这么久才送到，想必是遭受了重重审查。但愿这不会给玛莎带来什么麻烦吧。他深深地叹了口气。

此情可待成追忆，只是当时已惘然。

历史的尘埃

尽管周宁确信楚北星在使用"圆周"的过程中另有所图，但苦于没有确凿的证据，调查一时无从下手。好在身为AIB的资深探员，周宁从不缺乏耐心，一刻也未放松对楚北星和"圆周"动态的关注。不过正如楚北星之前所说的那样，"圆周"模拟的数据正逐渐向现在靠拢，单从时间点位的选择上看，已经没有任何侧重了。也许这只是遵循了实验的正常进度，但周宁感觉，楚北星离他想要得到的东西已经越来越近了。

既然线索中断，周宁索性将思路拨回原点。归根结底，一切还得从楚北星的动机查起。此前，周宁曾因楚北星的住处怀疑他的生活是否遇到了困难，但这一先入为主的假设显然是站不住脚的。从后续摸排的结果看，那栋宿舍楼虽然是N大里最便宜的，但住着的人可不"廉价"。想来，楚北星并非负担不起置办新居的开销，但他孑然一身，又全身心扑在学术上，自然就懒得折腾了。而这也恰恰说明，他对于物质生活没有太高的要求。

等等！周宁莫名联想到了资料中一直被自己忽略的一个细节——自1971年离婚后，楚北星就再未步入过婚姻的殿堂。算起来，那时他不过三十来岁，正当壮年。虽说如今人们对不婚不育已司空见惯，但在那个年代并不多见。更令人起疑的是，就在那之后不久，第一代"圆周"超算诞生，楚北星却突然将自己的研究领域从计算机转向了气象气候！这中间会不会有什么隐情呢？

一念及此，周宁立刻赶回办公室，把自己的发现和想法跟胡炎进行了沟通。胡炎没想到这份不讨好的差事竟真查出了些许眉目，当即严肃了起来，几个电话交代下去，已经为周宁安排得妥妥当当。

接过胡炎整理的协助调查名单，周宁陷入了沉思。时过境迁，物是人非，楚北星早年离乡，双亲也在他滞留苏联期间病故。因此，这份名单很短，且都是他当年在N大的老同事。等到这些人相继逝去后，有些秘密恐怕就要永远尘封了。原本，有个人理应是突破口，那便是楚北星的前妻赵琳。可一番查找后，胡炎发现她已于1974年远嫁北京，从此官运亨通，与楚北星再无瓜葛。经过商议，周宁和胡炎认为暂时不宜弄出太大动静，决定分头行动。一方面，由周宁继续出面，查访名单上的对象，寻找蛛丝马迹；另一方面，由胡炎协调局里的资源，对楚北星过去几十年的活动进行深挖，分析是否有异常之处。

说干就干。名单上的人，除了健康状况堪忧的几位外，大部分依然秉持着学者特有的严谨。对于几十年前的往事，他们记忆清晰，叙述有条不紊，加上胡炎已经通过单位提前打好了招呼，态度上也非常配合。谁知，当被问及楚北星离婚之事时，他们竟不约而同地选择了回避，要么闪烁其词，要么顾左右而言他，更有甚者，一口咬定自己根本就不认识赵琳。

一连碰了几个软钉子，周宁大感意外。明明是楚北星身上的秘密，却好似其他人做了什么见不得光的事，他们到底在隐瞒什么？

就这样，名单上待查访的人越来越少，最后只剩下了老张。对于其中的每一个人，胡炎都做了细致的背景调查，之所以把老张放到最后也是有讲究的。老张曾是 N 大的一名普通门卫，虽说当年负责的区域恰好是楚北星工作的实验楼，但与那些和楚北星朝夕相处的同事相比，无论是见识还是志趣都隔了一层，远谈不上相熟。不过，胡炎又提到，门卫的工作特性让他们很多时候形同一个置身事外的观察者，偶尔用来转换下调查角度倒也无妨。谁承想，正是这最后一位受访者，让困扰周宁许久的问题迎刃而解。

"小伙子，你是想问楚老师离婚的事儿？这都多少年前的陈芝麻烂谷子了，还提它干吗？"身材干瘦、嗓门却很洪亮的老者不耐烦地挥挥手，打断了周宁循序渐进的铺垫。周宁一愣，胡炎和 AIB 的专业度毋庸置疑，各个被询问人之间绝不存在串通的可能，但这老张心里却跟明镜似的，不简单啊。

也好，周宁索性敞开天窗说亮话："是的，张师傅。这可能是一宗重大案件的线索，还请您如实告知。不瞒您说，在您之前，我们也找过其他人，但他们的抵触情绪很大。"

"哎，这事儿啊……"老张点了根烟，烟气缭绕间，他的神色有些黯淡。

"他们当然不肯说，因为他们对不起楚老师啊！"

最后一支烟燃尽了，只余半截虚散的烟灰，老张轻轻弹落，一脚踏上去蹍了蹍，自始至终也没抽上几口。大多数人的一生又和这支烟有什么区别呢？忽明忽暗间一晃而过，最后什么也没留下。

到此为止吧，周宁向陷入回忆中的老人道了谢，心中已经有了答案。

见到老张之前，周宁设想过很多种可能，却偏偏漏掉了最直接、最不可抗的因素——时代。他们这代新青年，人生中还不曾经历那些过于沉重的东西。

这一切的原因再简单不过了。六十年代，中苏关系破裂，曾经的兄弟剑拔弩张，分别选择了属于自己的道路。在亢奋的浪潮中，楚北星处境艰难，不断有人就他的留苏背景大做文章，其中不乏 N 大的同事和朋友。更可悲的是，连身边最亲近的人也背叛了他。曾经温婉的妻子带人闯进家里，翻箱倒柜，搜出了那张合影，指认他"里通外国"，是所谓的"苏修特务"。当照片被撕碎时，楚北星想到了列宁格勒的那个冬天，同样歇斯底里的人群将他吞没，撕碎了他视若珍宝的书本。楚北星躺倒在地，路面上的薄冰传来阵阵寒意，但那时，他的心至少还是热的。

好在楚北星负责的大型计算机项目承担了"651"任务中的一部分工作，他最终未受到太大冲击。

宽和但孤独，坚忍却颓丧……一体多面的楚北星被一点点勾勒出来。不过，心灰意冷之下，他改变研究方向也就说得过去了吧？正当他的形象就要在周宁心中尘埃落定之际，电话突然响了，是胡炎。

"喂，周宁，猜我查到了什么？楚北星还真干过件挺离谱的事儿，差点引发了一场外交风波！"胡炎压低嗓门说道。

"什么？"周宁瞠目结舌，瞬间，楚北星身上又重新笼罩上了层层迷雾。

时空之桥

楚北星默默地收拾着柜子，把只剩最后一页的1998年日历也扔进垃圾桶。办理退休的报告已经整理好了，他准备今天就递上去，以后，他不再需要掐着时间过日子了。尽管校领导再三挽留，可这么多年坚持下来，他意识到自己执着的那个问题太过艰深，也许有生之年都不会有答案。更何况，再去计较当年的对错又有什么意义？他真的有些累了。

推开校长办公室的门，看见校长正在打电话，楚北星本想退出去，却被校长一把拉住，在一旁的沙发上坐了下来。

"好，还有半年左右的时间可以准备。能参与国家首次北极科考，对我们学校来说是莫大的荣誉，我们一定挑选最精干的力量，保证完成任务！"挂断电话，校长连忙给楚北星泡了杯茶。他当然明白楚北星来找自己是干什么的，心里正飞快地盘算着推托的说辞。毕竟，楚北星可是国内气象科学领域的权威，他还指望这位老人在学科建设上继续发光发热呢！

但校长不知道的是，此刻面如平湖的楚北星，心中已响起了惊雷，他突然问道："校长，你刚刚说的北极科考，主要作业区在哪里？"

"白令海、楚科奇海，还有加拿大海盆。"校长不明所以，似学生样老实回答道。

"那么肯定要经过白令海峡了。"楚北星深吸一口气。

"没错。"校长越发糊涂了，却见楚北星把办理退休的材料放到了自己的办公桌上，心中顿时一紧。

"校长，我改变主意了，暂不退休，但我有一个要求。"楚北星目光炯炯，蓬勃的朝气好像又回到了他身上。

"您老早说嘛！学校肯定会尽力满足的。"

"这次北极科考，我要参加。"

"啊？可是……您身体吃得消吗？"

"没问题。"楚北星抽走材料，头也不回地离开了办公室。

就在他即将放弃时，命运为他打开了一扇窗。第二年七月，楚北星如愿踏上了前往北极的科考船。至此，他的人生在六十一岁这个本该开始安享晚年的年纪再次迎来了转折。

科考船速度很快，赶在夏末，他们已经逼近了白令海峡。站在船头向远方眺望，隐约可见两座小岛，越过它们，就算是进入北冰洋了。

几十年了，他终于靠近了这个让自己魂牵梦萦的地方。强忍着心中澎湃的热血，楚北星若无其事地问船长："前面那儿就是代奥米德群岛吗？"

"是的，国际日期变更线从它们中间穿过，短短三点八公里的距离，相隔两天，分属两国，真是个神奇的地方啊。"船长颇为浪漫地感怀道。

"听说归属俄罗斯的大代奥米德岛上建有一座气象站，咱们不妨上岛看看？"楚北星提议。

"恐怕不行。早在冷战时期，苏联就把岛上的居民迁到西伯利亚了，上岛的官方途径也随之关闭。要我说，那里没准儿是什么军事禁区。"船长随口答道。

你的直觉倒是很准。楚北星心想，嘴上却辩驳道："据我所知，岛上的气象站已经在无人干扰的环境中运转多年了。这里正位于太平洋与北冰洋分界的狭窄海域，积累的观测数据具有很高的科研价值，我们怎么能轻易放弃？"

"这不是简单的科研问题。"船长摇头，顿了顿，又说道，"这样吧，咱们马上就要面对北冰洋的极端天气了，大代奥米德岛一侧可以避风，明天我们在那儿停靠一天，稍作休整。您可以利用这段时间来收集观测数据，但登岛就算了吧，不要惹麻烦。"

"好。"楚北星明白这已经是船长所能做的最大让步了，便不再纠缠。接下来的事，都要靠他自己了。

第二天清晨，科考船如期抵达大代奥米德岛海岸。远远望去，岛上虽无高大树木，却也绿草如茵。平缓的山坡上，烂漫的野花点缀其间，如同撒在绒毯上的糖果。阳光普照，风平浪静，连空气中咸涩的海腥味似乎也被泥土的清香冲淡了。这一派生机勃勃的风光令已在单调海面上颠簸了近一周的队员们心旷神怡，他们三三两两聚在一起，享受着这难得的休闲时光。

没有人注意到楚北星。

借着投放和校准浮标的机会，楚北星不动声色地释放了一艘小艇，独自坐了上去。然后，这个年逾六十的老人，仿佛鸟儿拥抱天空一般，用尽全身力量，义无反顾地向岸边划去。自从1965年回国后，楚北星一直密切关注着北方邻居和它曾经对手的动态。表面上看，那个疯狂的计划早已被扫入了历史的角落，无果而终。楚北星从未听说它真正实施的消息，但多年来，它一直如达摩克利斯之剑一般高悬于头顶。谁知道呢？也许它最大的障碍已经被利益交换所打通，也许它一直在暗中推进着……即使这种可能性极小，被苦难刻入骨髓的危机感支配着的楚北星，也一定要亲自登岛，亲眼见过后才敢放心。或许，这也是他对自己的一个交代吧。

虽然年纪大了，但楚北星的研究让他也不乏野外工作的经验，身体素质保持得很好。不一会儿，他顺利登上了小岛，将小艇简单隐蔽后，向山顶快步跑去。那是当年阿列克谢与他争吵时无意间透露的铀矿位置。估计不用多久，科考船就会发现他失踪了，他必须抓紧时间，这是唯一的机会。

整整一天后，楚北星才被找到并被带离了大代奥米德岛。这一过程中，不仅整个科考队大为紧张，甚至还惊动了俄罗斯的边防部队。要知道，1987年琳·考克斯[1]就曾用两个多小时，从小代奥米德岛游到了大代奥米德岛，谁敢保证楚北星不会效仿呢？

幸运的是，楚北星被找到时，只是守在大代奥米德岛的制高点上，并未做什么出格的举动。饶是如此，楚北星的行为还是引起了俄罗斯方面的担忧，科考队不得不反复解释这是个意外——楚北星只是不慎被近岸的乱流卷上了小岛，才勉强过关。

明日复明日，明日何其多。在这座明日之岛上，楚北星遥望着远方的昨日之岛，却再也不可能回到过去了。

这些都逃不过周宁和胡炎的调查。又费了一番功夫，他们找到了当时将楚北星从岛上带回科考船的两名队员。

据这两人说，当时楚北星倚靠在山坡上，俯瞰海面，那淡定洒脱的样子就好像是在自家阳台上乘凉一样。

"他有说过些什么吗？"周宁皱眉问道。

"嗯，楚教授当时说的话挺奇怪的，我们记得很清楚。"两名队员对视了一眼，笃定地说道。

"他告诉我们，在冬季，代奥米德群岛间的水道会结冰封冻，人们可以从大代奥米德岛走到小代奥米德岛，也就是从'明天'前往'昨天'。而在数万年前，人类也是沿着这条路线，经白令陆桥到达美洲的，这是一座时空之桥。"

---

[1] 美国游泳健将，游泳穿越白令海峡第一人，这一行为在当时象征性地缓和了美苏关系。

"代奥米德群岛的时间差异源于时区划分,其实是个很主观的问题。至于白令陆桥,相关研究已经很多了,它们似乎没什么特别之处啊。"胡炎忍不住打断道。

"可后来,他还说,幸好岛上没有大规模开采矿物的痕迹。否则,这里真会出现一座巍峨如不周山,屹立于海天之间的巨桥!而我们的国家也将面临前所未有的灾难。"这人说完,看了看队友。另一人随即点点头,对这段离奇的叙述表示肯定。

这下,轮到周宁和胡炎面面相觑了。楚北星的行动显然与其留苏生涯密不可分,为此,他俩早已查阅了海量的相关资料,其中不乏一些解密档案。经那两名队员提醒,周宁和胡炎很快便反应了过来——那项疯狂的工程,难道真的存在?它为何会带来灾难?而这与楚北星现在从事的研究又有何关联?

超级工程

这边周宁和胡炎正紧锣密鼓进行着调查,另一边楚北星使用"圆周"的频次也在沉寂一段时间后陡然剧增。

"周宁,我看楚北星的研究已经到了最后关头了,保险起见,我们不如先切断'圆周'的运行,提前收网吧!"不久前,胡炎通过局里的技术力量在"圆周"内植入了一段木马程序,用以实时监控楚北星的动态。此刻,盯着飞速飙升的数据,胡炎已失去了往日的冷静。

"不,再等等!突然切断'圆周'运行,很可能会让楚北星一生的心血前功尽弃,这不仅仅对他,也许对我们,对全人类都是无法弥补的损失!"

"但如果有什么机密因此泄露,我们就罪无可恕了。"胡炎颓然落座。

"立刻安排网警布控!即使楚北星想传送什么出去,我们也还来得及拦截。但请给他一个机会吧，我相信，他从未背叛过自己的信仰！"周宁咬牙做出了决定。

紧跟着"圆周"渐入高潮的运算，周宁和胡炎度过了不眠不休的两天。他们的神经紧绷到了极点，如同两个盲人一般，靠着模糊的听觉紧跟着领跑者，拼命向未知的终点冲刺。两天后，毫无征兆地，奔腾的数据流戛然而止。看来，楚北星抢先撞线了，最终的结果已经生成。

又过了一周，严阵以待的网警仍未发现任何敏感数据外泄的迹象。胡炎默不作声，继续做着最坏的打算。周宁却如释重负，他想，是时候与楚北星坦诚相见了。

"走，一起去揭开最后的谜底吧，那会是一个很长很长的故事。"周宁拉起胡炎，步履轻快地走出了办公室。

两人来到楚北星住处时，已临近日落。夕阳西下，给那栋赫鲁晓夫楼投下了长长的剪影。它老了，沉默而粗粝，却日复一日地等待着，向新生的朝阳敞开胸怀。

周宁打开对讲机，简单交代了几句，将附近的便衣撤走。近段时间，楚北星的生活就和普通的退休老人没什么两样，无非是早晨出来买菜，晚上锻炼一下身体，其余时间都待在家里。这会儿，他应该刚刚做好晚餐。

果然，再次敲开楚北星家门时，他已经端菜上桌了。三菜一汤，还有一杯酒，按一个独居老人的标准来说，算是很丰盛了。对周宁和胡炎的突然造访，楚北星好像并不意外，热情地邀请他俩落座，又拿出两个玻璃杯满上。

"楚教授这是要庆祝什么吗？"胡炎冷着脸问道。

"不好意思，还没给您介绍，这是我的同事胡炎。上次他没过来，但关于'圆周'超算的使用情况，他也有很多见解想跟您好好交流。"周宁扯了扯胡炎的袖子，使了个眼色。

"哈哈,年轻人,别光顾着盯我这个老头子了,我测算的模型和数据你们有没有拿回去好好分析?"楚北星饶有兴致地问道。

"您知道我们在监控'圆周'?"周宁愕然。

"虽然我这大半辈子都在研究气象气候,可也是国内最早搞计算机的那批人之一。你们那点技术还瞒不过我。"楚北星像一个成功捉弄了晚辈的老顽童,得意扬扬地笑了。

"这个嘛……"胡炎有些尴尬地挠了挠头,不知不觉间也换了语气,"我们进行了初步的逆向推导,也联络了一些气象学家,他们的看法是,您似乎在模拟北冰洋解冻的影响。但是,您设置的许多参数都过于极端,几乎不可能自然形成。与此同时,引入这种创世参数也导致您的运算量提升了不止一个数量级。"

"所以我们想知道,您这么做,难道只是为了实验建造白令海峡洲际大桥的可能吗?"周宁抛出了最后的疑问。

"创世参数? 这名字很好。"楚北星举杯一饮而尽,面不改色,目光却像利剑一样刺来,"但你们颠倒了因果。不是我为了造桥而测算北冰洋解冻的影响,而是这座桥解冻了北冰洋。"

"一座跨海大桥能造成这么大的影响?"胡炎不假思索地质疑道。

"一般的桥当然不行,但如果它是一座坝上桥呢?"

"坝——上?!"周宁和胡炎齐声惊呼。

"没错。我模拟的,是阻断北冰洋和太平洋的白令大坝!"

随着酒精一点点地融入血液,流向大脑,楚北星记忆的闸门轰然打开,那段恍如隔世却又无比真实的岁月顷刻间席卷而来……

两人的最后一次重逢是在医院,楚北星没有想到,阿列克谢居然会来看望自己。

1965年3月4日下午,在莫斯科举行的反对美国侵略越南的游行中,留学生和监视队伍的苏联军警爆发了冲突,许多人被逮捕和打伤。楚北星为了保护同学免遭践踏，也受到了波及。此刻的留学生们已不再是祖国精心栽培的花朵，而是战士，他终于不再孤独了。

"北星，你还好吗？伤得严不严重？"突然在病房出现的阿列克谢引来了楚北星身边同学异样的眼光。

"阿列克谢老师……我很好，只是些皮外伤，很快就可以出院了。"

"你们慢慢聊吧。"同学询问地看了看楚北星，在得到他"放心"的示意后便离开了。

"北星，你没事就好。而且，我得为之前的事向你道歉。我后来才发现，那几页演算稿是被我混到其他文件中去了。"阿列克谢罕见地涨红了脸，声音也小了。

"算了，我已经不在乎了。"这时候再澄清已经没有意义了，楚北星说的是实话。

"但是，北星，你关于计算技术应用的论断有着惊人的预见性，因为我马上就要被调入一项工程中，承担前期模拟运算的工作了。"

"那么恭喜你了。但也许你不该向我透露太多。"楚北星意兴阑珊地提醒道。

"这会是一个比连通五海①更为宏伟的工程，一旦成功必将载入人类文明的史册！"果然，阿列克谢压低了声音，但他似乎想当然地认为楚北星应该与有荣焉，仍自顾自地说了下去。

在列宁格勒的那六年，楚北星对周围狂热的人群早已习惯，却没想到连阿列克谢也受到了感染，他轻声笑道："怎么，你们打算重启土库曼运河②？"

"哪怕是不切实际的大运河计划，也不过为土库曼斯坦增加

---

① 指通过一系列运河、水库连通白海、波罗的海、黑海、亚速海、里海的工程。
② 斯大林推动的一项由阿姆河取水到土库曼斯坦大片沙漠地带的灌溉供水工程，于1954年开工，赫鲁晓夫时期尚未完工即遭废止。

五十万公顷棉田，七百万公顷牧场。但我们的计划足以解冻北冰洋，令整个西伯利亚变为温暖的沃土！"

"你们到底想干什么？"楚北星心底升起一丝不安。

"很简单，我们准备建一座大坝来堵截白令海峡。今后，北冰洋将与太平洋隔绝，只连接大西洋。"阿列克谢豪情万丈地说道。

"这个计划比土库曼运河还要荒谬！"楚北星像看疯子一样盯着阿列克谢，"白令海峡最宽处仅有八十六千米，平均深度不到一百米，再以海峡中部的代奥米德群岛为中转分段筑坝，我相信以你们的能力确实可以完成。但这些因素同样使北冰洋与太平洋的水体交换极为有限，恐怕发不了多少电。"

"谁告诉你大坝是用来发电的？恰恰相反，我们会在大代奥米德岛上建一座核电站，为大坝上的数万台巨型水泵供电！"

"你们要把太平洋的温暖海水抽到北冰洋？但这只怕是杯水车薪，更何况太平洋的水位还比北冰洋略低，搞不好会形成倒灌……"

"北星，我们是一个地跨欧亚的超级大国，目光绝不会局限于一洲一洋。"阿列克谢不客气地打断楚北星，"在西方，有一股现成的暖水，我们只要稍加利用就好了。"

"你是指北大西洋暖流？天啊，我明白了！"楚北星猛然惊觉，"大坝夜以继日地把北冰洋的海水排向太平洋，那么它丧失的水体就只能通过大西洋来补充，在势能的作用下，北大西洋暖流必将深入北冰洋沿岸！"

"据我们估算，这股暖流每年带来的热量至少是全球石油发热量的数倍。迪克森[1]将成为北极圈内的伦敦。"阿列克谢仰起头，目光投向远方。

---

[1] 位于泰梅尔半岛西北端、叶尼塞湾口东岸的北冰洋港口，是世界最北的居民点之一，苏联时期曾建有北极无线电气象中心、地球物理天文台等设施，人口最多时超过三千人，如今已不足三百人。

震惊过后，楚北星很快发现了这个计划中两个显而易见的漏洞。他立即提出了疑问："首先，我认为气象气候是个庞大的混沌系统，其复杂程度远超我们的想象，简化推导的结果必然谬以千里。其次，我必须提醒你，一百年前，你们就把包含小代奥米德岛在内的阿拉斯加卖给美国人了。"

"北星，不要忘了，在计算科学方面，你只是个学生。我们得到的结果毫无疑问是正确的。"阿列克谢对楚北星的第一个问题不屑一顾，倒是在第二个问题上稍有迟疑，"大坝建成后，阿拉斯加和加拿大北部都将受益，我相信两个超级大国间是可以合作的。"

"合作？哈哈，不过是利益交换罢了，但显而易见，被牺牲掉的一定是盟友，你们向来如此。"想到导致自己和同学们住院的那场冲突，楚北星冷笑道。

"北星，够了。为什么我们总要陷入这种争执？你是个聪明人，应当清楚卷入游行对你没有任何好处！"阿列克谢的怒气也被点燃了。

"中国有句成语，叫'与虎谋皮'。虽然现在我们在技术上是落后的，但我们自己的路不需要他人来干涉，而你们一定会为自己的妥协而付出代价。"不知为何，楚北星说出这番话时出奇地笃定。

"我早说过，你太骄傲了，你们的国家也是如此。但世界的法则本就是强者领导，弱者跟随。咱们走着瞧吧！"阿列克谢气极反笑，摔门而去。

玛莎的愿望最终还是落空了，两人自此彻底决裂。

当天夜里，楚北星做了一个梦。在梦里，那座大坝由玄黑色的巨石砌成，向上则高耸入云，宛如垂天之幕；水平则连绵不绝，好似冻结的波涛。天空与大海都为它所禁锢。数万台核动力水泵隆隆作响，倾泻下一道道白柱，它们吞没了辽阔的黑土地。烟雨朦胧的水乡，是那么冰冷刺骨……

尾　声

"你们是因为技术上的分歧和彼此关系的不平等而走向决裂的？"周宁斟酌着，总感觉漏掉了什么。

"没那么简单。要知道，科学没有国界，科学家却是有祖国的。"楚北星沉吟道，"当年那个计划的后果，阿列克谢只说了一半。其实不只是我，你俩这会儿也能猜到吧，如果他计算无误的话。"

"北冰洋冰冷的海水源源不断地涌入太平洋……"胡炎的声音微微发颤。

"呵，白令大坝引入北大西洋暖流的同时，却在另一端大大加强了千岛寒流。日本列岛首当其冲，而我国华北也将迎来又一个冰期。"楚北星摇头苦笑。

"幸好，当我登上大代奥米德岛时，那里的铀矿仍未被开采，北冰洋大坝自始至终只是个存在于设想中的空中楼阁。且不论技术上的难题，阿列克谢们对美国人抱有的幻想是靠不住的，这个教训直到今天也适用。

"本质上，我和阿列克谢的冲突恰如时局的缩影，不只是技术路线的分歧，更是未来发展路线的分歧。他们当时寄希望于与美国共享世界霸权，为此不惜牺牲盟友的利益，使其成为自己的附庸。但我们始终坚持自力更生，这多少让他们感到不满和恼怒。

"所以，我决定亲手证明谁对谁错。这种执念在完成国家重点任务后愈演愈烈，促使我转变了研究方向，也支撑了我的后半辈子。"

"您成功了吗？"周宁紧张地追问。

"如我最初所料，阿列克谢等人的计算实在太简略了。我努力了几十年，虽然完善了不少数据，但也一度怀疑是否耗尽一生也得不到结果。直到1999年我参加了第一次北极科考，发现北极海冰融化的速度变快了,从而获取了许多本该在未来才能得到的数据。再加上近几年超算的飞速发展,我终于在不久前得偿夙愿。"

"您把它留在'圆周'里了?"胡炎立即回过神来。

"对,它是一个异常庞杂的模型。我用它模拟了白令大坝建成并运行的情形。讽刺的是,除了个别沿岸地区,它所造成的影响与目前北冰洋实际的解冻情况相差无几。

"不过,虽然它表明气候在宏观上是相对稳定的,但在这个混沌系统中,一些关键节点的变化是可以被预测的。那么,暂时或迅速地改变局部气象就成了可能。这在预防和阻止气象灾害方面意义重大,算是我留给你们后辈的一点心意吧。"

楚北星一口气说完,爽朗地笑了,周宁知道,他终于卸下了背负一生的重担。

周宁和胡炎沉默着,慢慢消化着真相带来的冲击。最后,满腔热血都化为对眼前这位老人的无限敬仰。他毅然独行,无怨无悔,为后人们照亮了前方。未来的路要靠年轻人自己了。周宁和胡炎相视一笑,那条路,不但在他们脚下,更在他们心里。

"敬过去,敬未来!"三人一同举杯。

《银河边缘16:极北之地》2023年11月

作者的话:

科学家是怎样一个群体? 当我们创作科幻小说时,这是个无法回避的问题。在较早接触的科幻小说如《伤心者》和《朝闻道》里,科学家们飞蛾扑火,是一群纯粹的理想主义者。但步入社会,真正接触到这个群体时,呈现在我们面前的大多是和我们一样的普通人。他们同样有自己的喜怒哀乐,同样面临着琐碎的现实生活。

这种"光环"的褪去并没有让他们失去魅力，相反，他们是如此地生动。平凡庸碌的生活中，只有一种属于我们的英雄主义，就是认清生活的真相后依然热爱生活。他们很好地践行了这一点，虽过着平凡的生活，却从事着非凡的事业。这就是在科幻小说中科学家总以理想主义者示人的原因吧。我们对科学充满敬畏，对这些"盗火者"自带滤镜。现阶段我的能力或许还不足以还原科学家们立体而生动的形象，但至少，我希望能把理想主义在他们身上提炼出来。于是就有了《江之怒》中的丁文昌，有了《极北之地》中的楚北星。

每一代人有每一代人的苦难，楚北星所处的是一个特殊的年代。当我查找资料时，看到的是风谲云诡的历史，是大国争霸、盟友反目。时代被牺牲和奉献笼罩着，洪流之下，个体的面目变得模糊。留苏学生是一个特殊而被忽视的群体。一方面，他们可谓天之骄子，无论是物质还是精神都得到了最大限度的满足；但另一方面，他们也被裹挟着，命运并不由自己掌握。因为两国关系及学制的原因，留苏学生分为多批，有的人只学习了一两年，有的人则停留了四五年，他们回国后大部分都成了各自学科的栋梁。

就这样，楚北星的形象一点点确立了。从列宁格勒水电设计院到列宁格勒工学院，直至苏联科学院计算中心，在一个个历史节点中，我串联起了他的轨迹。于笔下的人物而言，我是创造者和操控者。但在真实的历史中，如楚北星这般改变人生轨迹、服从祖国建设需要的本就是常态。但他仍有自己的坚持。在故事中，他用一生为一场未了的争论画上了句号。

调节气候的北冰洋大坝，在历史上曾真实地被苏联科学家及工程师论证过。在那个平行世界里，楚北星走完了他的一生，那是他的动荡青春。而未来的路就在我们脚下，路，总归是要自己走的。

中元节

| 宝 树

宝树原名李俊，1980年生，毕业于北京大学哲学系，2007年留学比利时鲁汶大学。李俊还有另一个笔名：新垣平。那个笔名代表的是一个与科幻平行的世界。在那里，他也是一位风云人物，是《剑桥倚天屠龙史》和《剑桥简明金庸武侠史》的作者。

在科幻界，宝树于2011年6月凭借一部《三体X：观想之宙》一举成名。随后，在2012年第1期《科幻世界》发表科幻短篇处女作《在冥王星上我们坐下来观看》，从此一发不可收，陆续在《科幻世界》《人民文学》等科幻及主流文学杂志发表科幻小说二百万字，其作品构思奇巧、肆意狂放，又不乏现实关照，多次获得中国科幻银河奖和华语科幻星云奖，多篇作品被译成英、日、西、意等语言。

宝树的《人人都爱查尔斯》《三国献面记》《灯塔少女》《成都往事》《我们的科幻世界》《时光的祝福》《人人都爱拍电影》曾分别入选2014、2015、2017、2018、2019、2020、2022年度《中国最佳科幻作品》。

1

老魏醒来,发现自己悬浮在黑色大理石的墓碑之前,对着自己那张熟悉的遗像。

在那张慈祥微笑的照片下方,是竖着镌刻的两行隶书文字:

慈父　魏光明(1968年6月20日 — 2042年9月14日)
慈母　沈　月(1970年4月13日 —　　)

两行字的颜色一黄一红,他的是黄色的,沈月的是红色的,一旁还有两行白色小字:

儿　魏佳杰　媳　齐小冰
携孙女　魏若宸　泣立

这块墓碑,老魏早已看得熟了。他知道,自己通常是清晨在这里被唤醒,准备上午或下午和亲人的见面,一般是在自己的墓地,有时候也会去墓园专设的会客室(需要另外付费)。但他很快发现,此时并非清晨,而是黄昏,太阳刚刚落下,西边天上还带着晚霞的深红,并不是往常苏醒的时辰。老魏环顾四周,发现左邻右舍也都同时醒来了。老傅、李姐、王哥、小刘……似乎所有的游魂都醒来了,以半透明的形态悬浮在自己的墓碑前,有几分迷惘地看着彼此。

这是清明还是冬至？一般只有在这两个节日，大部分墓主的亲属都来祭扫，才会有游魂们都被唤醒的场面，但现在却又不像。老魏感受不到气温，但看绿化带里郁郁葱葱的植物，分明是在夏季。

这时，老魏的视野上方冒出了一则推送，告诉他收到一条信息。老魏伸手，做了一个点击的动作。他看到其他游魂也在做同样的动作，说明大家都收到了这条群发的信息。

那是一条简短的通知，告诉他们为什么在此时此刻醒来：

"您好，今天是 2052 年 8 月 9 日星期五，农历七月十五日，中元节。按照我国今年刚刚通过的《数字人格复制体权益保护法》第七条第十二款，您作为数字人格，享有半天的合法假期，因此被唤醒，并可以在法定范围内自由活动十二个小时。更多信息请点击……"

老魏还没回过神，一旁的老傅转向他，笑着说："老魏，你没想到吧？现在的社会还挺尊重传统文化，连中元节都给咱们过上了。听说以后每年都会有好几个节日可以苏醒……"

但令老魏愕然的，是其中另一个信息，"2052？怎么会到 2052 年了？我、我上次醒来不还是 2045 年吗？怎么再一醒来已经过了七年？！"他求助地望向老傅。

老傅似乎不知如何启齿，良久才说："看开点儿吧老魏，时间对咱们还有什么意义可言呢？多几年少几年的，都一样。"

老魏颤声问："所以，他们……我家人，这些年一直都没来看我吗？"

"这我也不清楚，我也不是每天都醒来的啊。"老傅含糊地说。

老魏忽然想起来，自己作为和这块墓地（准确来讲，是这块储存有他全部数据的墓碑）绑定的数字体，可以查看扫墓的记录。他点击了自己视野右上角的一个隐匿图标，很快跳出一堆选项，虽然已经是数字化的存在，但老魏还是花了点儿时间才找到家人的扫墓记录——其实这几年家人也还来过几次，最近一次是在去年年底，但再未唤醒过他。

老魏心中感到一阵苦涩,或许这么说也不妥当,他已没有了"心",但一股纠缠郁结的感受渗透了他的整个感应场,让整个世界都变得灰暗、黏稠。

老傅安慰他说:"毕竟你家人还是来过嘛,你看李姐家,十来年都没人来拜祭。这年头有几个真孝顺的儿孙啊,能来看看就不错了。"

但是来扫墓又不唤醒自己,比完全不来更加令老魏伤心。他摇摇头:"多半是我那婆娘不让,这女人固执得很……唉!"

是的,老魏很清楚,问题的症结就在于沈月。她这些年一直恨着自己,确切地讲,是恨自己这个魏光明的"数字人格复制体"。

2

在老魏的感知里,死亡并不是十年前的事,而几乎就在几个月以前。他在医院中最后一次昏迷似乎没多久,就又醒来了。

说"醒来"不是很确切,因为并没有一个从蒙眬到清醒的渐进过程,而是刹那间,整个广阔清晰的外部视野一下子跳了出来,无数光影和声音向他涌来。老魏吓了一跳,本能地闭上眼睛,等到再睁开,他发现自己站在一块黑色的墓碑前,仔细一看上面的字迹,竟然是他和沈月的墓碑! 他恍惚间以为是在做梦,想去掐自己的大腿,却哪里掐得到 —— 他发现自己浑身上下只是一个半透明的虚影,甚至脚都是悬浮在地面上的。

"魏先生,不要紧张,请听我说!"老魏这时发现,身边还站着一个年轻女孩子,穿着印有"永恒墓园"字样的工作服。她告诉老魏,他是用了最新的扫描和建模技术,在魏光明死去的瞬间,复制他大脑皮层中的海量数据而形成的数字虚拟人。尽管他觉得自己就是魏光明,但严格来讲,只是魏光明的数字复制体。

现在，他的本体就在这个内置有强大处理器和储存器的墓碑里，但又结合了一个和生前相似的三维形象，以增强现实也就是所谓AR的形式，投射到现实空间中。他的感知——当然，基本只有视觉和听觉——来自周围环境中遍布的微型传感器，这是这些年来智慧城市建立的基础，它们足以支撑起一个覆盖整个城市的智能感知场域。这些技术已经成熟好几年了，特别在中国这样一个讲究"事死者如事生"的孝道社会，为死者制造数字体——俗称"游魂"——正在越来越受到欢迎。

老魏是个工人，没念过多少书，加上生命中最后几年一大半时间在医院度过，对于社会上很多新事物已经很隔阂了。但毕竟在21世纪度过了后半生，他很快也就明白了"数字人格体"的大致意思。他当然也一时难以接受自己竟变成这副"鬼模样"，但等到平静下来，又感到自己也还算是幸运：不管怎么讲，本来他重病缠身，只剩下喘气的力道，但如今病痛都已无影无踪，他还能留在亲人身边，陪老伴走完余生，看着自己的孙女长大。还有什么奢求呢？

老魏巴不得马上回家，但是对方告诉他，政府规定，死者的数字人格体只能留在墓园里，不得离开这里进入社会，甚至进行网络通信都不允许。这很好理解，比如，过世的领导和老板，其数字体要是继续霸占要职指手画脚，那社会可就乱套了；即便留在家庭内部，也容易造成个人生活和人际关系的隐患，例如遗产分配和配偶再婚等等，所以让数字体们留在墓园，应该说是最好的方案。老魏不得不接受这个现实，只要能再见到妻子和孩子们，这都是可以接受的代价。

第二天，老魏再次被唤醒了，那是家人在他下葬后第一次来扫墓（老魏有点儿遗憾，他的骨灰下葬时，数字体还没有完全制成，所以没法在自己的葬礼上当面答谢亲友）。一家人都来了，远远地就飞奔过来，围在他身边，哭着、笑着、诉说着。特别是沈月，泪眼滂沱，几乎要瘫倒在他的怀里——只可惜他无法抱住她。九岁的孙女宸宸也蹦蹦跳跳，缠着爷爷不放，给他看自己画的一幅蜡笔画。老魏清楚地记得，画的是爷爷拉着她的小手走在硕大的太阳下，两个人都笑嘻嘻的。在她心目中大概根本没有死亡的概念，爷爷只是换了一个地方住而已。

后来有一段时间，家人常常来看他。当然，儿子媳妇要上班、孙女要上学，只有周末才能来，老伴沈月却天天风雨无阻，在他坟头一坐就是几个小时，商量家里的琐事，告诉他邻居朋友的近况，就像生前那样依赖他。那是一段美妙的时光，实在比生前最后两年病魔缠身的日子要舒心太多。

但这种死后的美好生活并没有维持多久，是从什么时候开始的？对了，就是那一天。他和沈月当年认识的纪念日，沈月随口跟他提起，但他竟然不记得了，好像记忆中有一个巨大的空洞。

"1988年的今天，在你表姐的婚礼上？我、我想不起来啊，奇怪，真是奇怪。"老魏疑惑地说。他的确记得有几次和沈月在一起庆祝这个日子，但这一天本身发生了什么，他一点印象也没有。他有点担心，自己是不是老年痴呆了？但再一想，怎么可能，他分明已经没有了肉身，哪里会有什么老年痴呆！

"那我们第二次见面，去看《高山下的花环》，你还记得吗？你都看哭了，我还笑话你来着……"老伴小心翼翼地问。

老魏摇摇头。高山下的花环，是什么花环？有什么好看的？

沈月的眉心越发紧蹙，"那我们结婚那年，去杭州度蜜月？"

新婚宴尔的甜蜜，再不记得就不像话了，老魏想说自己记得，但又说不出口。他惊恐地发现，和沈月在一起的前几年几乎都是空白，但同时期的事也不是全不知道，和工友吵架、借给表弟钱之类的琐事都还有印象。他的记忆就好像是一本被撕去了最重要几页的书，怎么会这样呢？

沈月缓缓向后退了两步,眸中透出陌生的眼神。好像眼前不是和她相濡以沫五十年的老公,而是一个打扮成他的骗子。

"假的,"她喃喃地说,"你不是我家老魏……他从来不会忘记的。"

"我是啊,我没忘记,我肯定记得,只是一时想不起……"老魏毫无底气地说,自己都听得出来自己的心虚。

"假的假的假的……"沈月不去看他,只是不住重复这两个字,仿佛是以此来说服自己,拒绝再和他有任何交流。很快,她颤抖着转过身,跟跟跄跄地走了。老魏既然心里没底,也不敢追上去,只是木然站着,喃喃地说:"怎么会这样……"

"有些记忆没拷贝上,很常见的现象,别担心。"一个声音在他身边。确切讲,也不是真正的物理声波,而是游魂之间的一种信息交流。

老魏回头,看到一个四十来岁、身形高瘦的中年男子对他微微一笑。虽然对方看起来比自己小很多,但不知怎么,他有一种见到老大哥的感觉。

那就是老傅,他认识的第一个邻居。

3

永恒墓园是人格数字复制技术投入商用后新建的,所有墓主都有一个数字人格复制体,或称游魂。游魂的物理存在依附于内置芯片的墓碑本身,但他们的形象都是 AR 系统中生成的影像,可以看到彼此,也可以相互交流。

在法理上,数字体是对本体进行复制的产物,其所有权归属于本体的继承者,何时苏醒由继承者决定。当然一般来讲,继承者会尊重游魂苏醒的意愿,不过大部分游魂也并不想经常醒来,在墓园中过形同坐牢的无聊生活,而常选择只是在和亲人相见的日子苏醒。

但老傅是个例外。老傅比老魏大好几岁,也早走几年,是国内最早诞生的数字体之一。他妻子早逝,无儿无女,一辈子活得洒脱,临终前把房子卖了,委托一个殡葬公司复制了自己的数字体,根据协议,他可以自由选择在何时苏醒。老傅一年到头会醒来很多天,经常在墓园里转悠,找人聊天和下棋(AR 界面能实现这个功能),因此认识绝大部分游魂,可以说最是见多识广。

老魏从老傅口中知道,原来并不是每一个数字体都能实现本体100%的记忆复制,这会因为临终时大脑状态的不同而有很大差异。老魏开始复制时大脑已经坏死了一小部分,大约只有魏光明本人八成的记忆,因此许多年轻时的珍贵回忆,都已不复存在。

后来,老魏又苏醒过若干次,但沈月再也没来过,儿子来得也不怎么勤快。唯一的安慰是小孙女宸宸还很依恋爷爷,每次来看他,都在他耳边叽叽喳喳地讲述学校里外的趣事,排遣了老魏不少的苦闷。然而到了第二年,宸宸也来得越来越少,似乎她也发现,停留在过去时光里的爷爷,渐渐已经不能理解她越来越丰富有趣的生活,跟他说不到一块儿去了。第三年,老魏更是只在清明节苏醒过一次,和儿子孙女匆匆一面,后面就一直沉睡到了今天。

老傅也曾告诉他,像他这样的情况并不罕见。对许多人来说,已故亲人的数字体只是一个廉价的慰藉,并不是亲人本身;随着人们走出悲痛期,许多人在心理上也渐渐拉开和数字体的距离,甚至对"假冒"其亲人的数字体感到反感。据说,有三分之一的家属最终会选择销毁数字体,还有三分之一不愿销毁但也不会再唤醒他们。看来,老魏的家人也进入了这一行列。

想到这里,老魏哭丧着脸说:"这么活着……不,死着还有什么意思,沈月既然不想再看到我,干脆让他们销毁我得了。"

"你还不知道吧,"老傅说,"前几年国家通过了数字人格体的权利法案，保护我们的'准生命权'，从此以后就不允许销毁我们了。今年又通过了新的法案，我们每年都有几天苏醒的法定假期，还可以选择何时苏醒。"

老魏苦笑说："想不到政府对我们这些孤魂野鬼还能这么好，比我老婆还强。"

老傅却说："别怪她，也许可能恰是因为她和你——和魏光明——的感情最深，如果她觉得你不是魏光明，反而会产生强烈的排斥心理。"

"那我该怎么办？"老魏哭丧着脸说，"就这么被所有亲人遗忘，孤零零地在这个破墓地里住下去？"

老傅却笑了："你别急啊，你看——"他指了指前方。

老魏顺着他指的方向一看，看到一对拉着手游荡的游魂，不由微微吃惊："那不是王哥？他身边怎么多了个女的？"

老傅说："这是他老婆！去年刚去世的，如今也成了数字体，夫妻两个在这里团聚了，现在整天形影不离。"

老魏心中一动，明白了老傅的意思。其实他自己也不是没想过，等到老伴也百年归天，多半也会成为数字体来陪伴自己，到那时候，夫妻俩同是游魂之身，还会有什么排斥芥蒂？他们可以在这里相依相偎，就像生前……

老魏不禁想，要是这一天能快点儿到来就好了。但转念又觉得自己过于自私，不管怎么说，也不能因此就盼望沈月快点儿亡故吧？

"对了，"老傅说，"刚才不是通知了吗，今天咱们可以去外面。你如果想家里人的话，可以回家看看。"

"真的可以？"老魏精神一振。

"嗯，没问题的。不过你也要知道，这需要他们的 AR 系统能够识别你。"说到这里，老傅有些吞吞吐吐。

老魏心一沉，他明白老傅的意思。既然家里人好多年都没唤醒他，也未必会欢迎他的归来，也许在 AR 系统中早就删去了他的信息，也就无法再看到自己。不过见到家人的渴望仍然压倒了一切。他眼前不禁浮现起多年前的某个记忆碎片：他从外地回来，推开家门，家里充满了欢声笑语，儿子媳妇已经做好了一桌菜等着他，沈月迎上前嘘寒问暖，小宸宸更是大叫"爷爷、爷爷"扑到他的怀里——那是久违的家的感觉。

老魏感觉自己眼角湿润了，当然那只是幻觉。他问老傅："那我该怎么去？"

老傅说："很简单，根本不用走路。在我们视野右上角有一个图标，可以下拉一个菜单，点击地图，就可以到达想去的地点了。不过好像要先去登记一下，我带你过去。"

4

游魂的移动方式和人的肉身不同，是以虚拟大脑中的指令驱使影像在 AR 场域中平移位置，看起来便如同飘移。当然也可以采用行走或奔跑的表面动作，但没有实质意义。老魏跟着老傅在墓园中飘着，向出口移动。左顾右盼间，他发现这几年公墓里多了不少新邻居，绝大部分都是耄耋老人。虽然理论上数字人格体可以是任何模样，但家人一般还是习惯于定制死者晚年的形象作为皮肤，否则中年人对着小伙子大姑娘叫爹妈，未免太过硌硬。当然，老傅是个例外，他虽然是快八十岁去世的，却按自己意愿设置成四十来岁的形象，眉目修过，比本人真正年轻的时候还俊朗几分。

老魏的目光忽然定在一个小小的身影上。那是一个穿白裙子的小女孩，大概只有六七岁，头发长长的，抱膝坐在墓碑后的阴影下，不仔细看几乎看不出来。她身上发出淡淡的白光，表示她也同样是一个游魂，而非人类。

"老傅,那是——"他停下问。

老傅看了一眼,说:"这孩子啊,她叫林莎,死于飞来横祸:好好在小区里玩,谁知一辆自动驾驶的汽车失控撞过来……她进墓园也有五六年了,但你一直没醒,所以不知道。"

老魏看了这孩子几眼,想起了幼时受了委屈躲起来哭的宸宸,心下一软,朝她移过去:"孩子,你怎么了?"

看到有陌生人飘过来,女孩流露出恐惧的眼神,更加瑟缩。"爸爸,妈妈!"她稚气地喊。

"莎莎别怕,"老傅上前安抚说,"这是魏爷爷,我是傅爷爷,你还记得吗?我们前几天还见过的。"

莎莎似乎认得老傅,犹豫地点点头,叫了声:"傅爷爷!"

老魏问:"她爸妈也在这里?"

老傅低声告诉他:"当然没有。不过当年她的大脑受损严重,导致数字体复制的时候错误太多,一大半记忆没了,智力也明显低于同龄孩子,她到现在可能还不知道发生了什么……"

老魏的感应场又是一阵压抑。可怜的孩子,他想,要是我的宸宸也这样,那真是比我自己死了还难过。

老傅说:"她父母前一两年倒是常来,后来可能嫌她不像自己的真女儿,也不来了。这孩子好像设置了自动苏醒,每年还会苏醒几天,找不到家里人就自己躲在这里,也不说话。我们别打扰她了,先出去再说。"

但莎莎听到了他最后一句话,忽然眨巴着眼睛,问:"傅爷爷,我也可以出去吗?"

老傅一怔,随口说:"嗯,对,今天是中元节……"

莎莎一下子站起来,带着哭腔说:"妈妈!我要去找妈妈……"

老傅和老魏面面相觑,老傅问她:"你要找你爸爸妈妈?"

莎莎点了点头。

老魏问:"那你知道你妈妈在哪里吗?"

"知道,东海市南川区江东二路296号仁爱小区C座506室。"莎莎背出一串详细的地址。

老傅说:"应该是生前她父母教她背的,以防走失。"

老魏说:"对,我也教孙女背过。老傅,既然有地址,不如我们带她去找她父母?"

老傅面露难色。

"永哥。"

老傅还没开口,忽然一个嗲嗲的女声传来。伴着这声音,一个绛紫色旗袍打扮的丽影飘来,竟是一位颇具风韵的熟女,"永哥,我一直在找你呢,你怎么还在这里,到底还走不走啊?"

老傅顿时眉开眼笑:"这不是碰到老魏了吗,聊了几句……走,马上走!"

"是魏哥啊,好几年不见了!"旗袍女对他甜甜一笑。

"哦,小田啊,你好……"老魏有些尴尬地打招呼。

小田是位"00后",比他们都小很多,四十岁出头因为癌症走的。她去世后,丈夫很快便再娶,再不来祭扫,不过倒也放她自由。小田也蛮看得开,既然丈夫另寻新欢,她在墓园里也开始了第二春,到处招蜂引蝶,换了好几个"男朋友"。虽然游魂之间无法有真正肉体关系,但虚凤假凰,彼此倒也有一些相互感应的满足方式。

有段时间,她和一位英年早逝的歌唱家走得很近。在月光下,歌唱家曼声高歌,小田翩翩起舞,郎才女貌,颇为浪漫。谁知歌唱家的妻子查看记录,发现丈夫的数字体频频在夜里苏醒,不觉心生疑窦,一天亲自跑来墓园查看,发现后大吵大闹,上演了一出"捉奸"大戏。这场"活正房大战死小三"成为冷清的公墓里好几年中最大的八卦。后来,那妻子一气之下,将歌唱家的骨灰和数据体都移走了,小田才又寂寞了下来。

这几年老魏没有苏醒，也不知道发生了什么。看来，老傅已经被她拿下了。老魏想，本来小田只找同代人，看不上他们这些比自己大几十岁的老头子，但在墓地里一住这么多年，这些差距慢慢也就无所谓了。

老傅把他拉到一边，有些歉意地说："老魏，刚才没跟你说清楚，其实我跟小田约好了，今天要去超元宙玩一圈的……"

"超元宙？是什么？"

"这两年的新玩意儿，就是一个赛博空间，大到无边无际，里面各种奇观都有，飞在天上的鲸鱼、翡翠造的城市、千奇百怪的外星人……你可以想象成一万个——不，一百万个——幻想世界的总和。现在每天都有几亿人在里面玩，几乎都不愿意出来了。"

"嗐，不就和以前那个什么元宇宙差不多嘛，骗人的花头。"老魏不以为然。儿子魏佳杰20年代搞过创业，投资了什么"元宇宙工业"，结果赔得一塌糊涂，大部分债都是他帮着还的。

"不一样！这次是真的。你进来就知道了，那是一个根本想象不到的神奇世界……一般不对数字体开放，但今天是个难得的机会。有人说，将来也没有什么人类和数字体的区别了，所有人都会住到那个世界里。据说在里面，我们也可以有真实肉体的感觉，可以……嘿嘿……"他冲老魏挤眉弄眼。

老魏说："行吧，那你和小田去玩吧，我不当电灯泡，带莎莎去找她爸妈好了。"

老傅想了想，说："你也不一定好找，要不，还是我们带莎莎去超元宙吧，那里的游乐场特别带劲，小朋友一定喜欢。"

莎莎好像听懂了，固执地摇头，说："妈妈！我要找妈妈！"她着急之下，居然主动抓住了刚才还是陌生人的老魏的手。

老魏心一软，说："放心，莎莎，我带你去。"

5

和老傅以及小田分开后,莎莎紧握着老魏的手不放,好像生怕他跑掉一样。数字体没有触觉,但在不同数字体的影像有意接触时,工程师仍然设计出一种难以名状的刺激,勉强说的话,类似于黏附感。它和数字体虚拟大脑中一些深邃的区域相连接,可以在感应场中激发出各种各样的情感涟漪。对老魏来说,他感到好像回到了很多年前,自己身体还硬朗的时候,拉着孙女去幼儿园时的情景。

完成简单的登记之后,老魏和莎莎的地图被激活了,一张可以随意放大缩小的三维地图展现在他们面前,上面标出了 AR 影像的可传送点,在东海市里至少有几百个,基本在马路、广场、公园、购物中心等公共空间。老魏先是找到莎莎家的地点,然后找到距离她家最近的一个传送点,按下了传送按钮。下一个瞬间,一老一小两个游魂就出现在那里了。

那是一个街心的小公园,离老魏家也不算远,周围的建筑和街道都似曾相识。但老魏仍然一下子感觉到了十年的时代变迁:光屏墙、扫地垃圾桶等智能设备变多了,有不少少年男女穿着时髦的飞行衣在天上飞来飞去,还有一些合金的或陶瓷的机器人在路上行走,运送外卖或者快递,这些在老魏生前还很少见。

莎莎左顾右盼了一会儿,忽然发出一声欢呼,抽出小手,朝着公园里一个灯火辉煌的儿童游乐场跑去。老魏不禁莞尔,孩子就是孩子,玩兴太大,这就忘了回家的事了。不过数字体孩子怎么能够在人的游乐场里玩呢?老魏一边想一边跟了过去。

谁料,莎莎跑到游乐场门口,却并不往里走,而是扑进一个中年女子的怀里:"妈妈! 妈妈!"

但她整个身体竟从女子的下半身穿过,女子漫不经心地看着一个投射在她面前的 AR 视频，根本没有注意到脚下有这么一个发着白光、满面渴盼的小女孩。

"妈妈！我回来了呀，妈妈！"莎莎尖叫着，试图抓住她的衣角。女子却打了个哈欠，用手一拨，又换了一个搞笑的猫狗视频。

老魏的心沉了下去，他也走到女子身边，试探地问："你好，请问你……"

女子没有任何反应，继续漠然调弄着视频。

老魏明白了，就像老傅说的，只有在对方内置的 AR 系统授权的情况下，游魂才可能出现在其视野中，被对方看到。莎莎的母亲大概早已更新了 AR 系统，删除了有关她的信息，所以根本看不到她。当然，更看不到老魏。

"妈妈，妈妈，你怎么不理我，我是莎莎呀……"莎莎在她面前哭了起来，虽然流不出眼泪，但鼻子一抽，小嘴一撇，同样令老魏的心都要碎了。

"别哭了，莎莎乖，别哭了。"他徒劳地劝道，却不知如何是好。

但这时，女子好像听到了什么，抬起头，脸上忽然绽放出温柔甜美的笑容。莎莎也怔了一下，以为母亲看到了自己，急切地说："妈妈，我在这里，妈——"

"小诺！"女子却叫了起来，"来，妈妈在这里！"

一个三四岁的小男孩从游乐场出来，穿过莎莎半透明的身躯，真实地扑进了女子的怀里，骄傲地叫道："妈妈！我刚才从最高的变形滑梯上滑下来啦！"

"真厉害！玩累了吧，满头大汗的。"女子说，"你爸呢？也不看着你一点儿。"

"我跟着他跑了半天，"一个男子走过来，也笑着说，"你在一边休息，还说风凉话。"

"爸爸！"莎莎叫了起来，老魏感到的分贝比刚才还高，"爸爸呀！"

但男子同样没有听到分毫声响，对男孩说："小诺，我们去吃冰激凌好不好？ 就我们俩，不给你妈吃。"

小诺却说："我跟妈妈吃，不给你吃，哼！"

"看到没有，"母亲扬扬得意地说，"儿子向着我，少挑拨离间了，走，妈妈给你买分子冰激凌。"

一家人说说笑笑地走开了。莎莎在后头追了两步，虽有些犹豫，但还是哭着叫"爸爸妈妈"，想跟上去。

老魏心中酸楚，拉住她说："别哭了，莎莎，他们听不见你。"

莎莎停住了脚步，又哭了一阵，然后问他："魏爷爷，爸爸妈妈不要我了吗？"

"不是不要，"老魏不知该怎么说，"怎么会呢？ 他们只是……"

算算时间自然明白，在莎莎去世后，她的父母很快又有了第二个孩子——如今人人都有冷冻生殖细胞在生育银行，想生几个孩子都轻而易举。新的小生命疗愈了他们的伤口，给了他们的人生新的希望。或许他们不会忘记莎莎，但也不愿再直面这内心的伤疤，所以多年没有再唤醒莎莎的数字体，甚至从自己的信息管理系统中删掉了女儿的一切信息。但你怎么能让一个心智只有三四岁的孩子明白这些呢？ 她甚至不清楚自己已经死了。

何况，即便能见到莎莎，她的父母又会怎样？ 也许他们会痛哭流涕，抱住这个苦命的女儿，又或许，他们不愿承认这个残缺的、不具备许多基本记忆的数字体是自己的女儿，甚至不承认她有人的意识，认为只是一段拙劣的错误程序，置之不理。人心的深邃与偏执，外人无法蠡测。

"只是技术故障，所以他们看不到你。"最后老魏勉强说。

"那小孩是谁？"莎莎又问。老魏知道她指的是那个小男孩。

"他应该是你的弟弟。"

043

"我不要弟弟！不要！我要我的爸爸妈妈！"莎莎仿佛忽然意识到是谁夺去了自己的父母，愤恨地鼓着腮甩开他，朝父母离开的方向移去。这次她的念动力很强劲，瞬间就像箭一样射出几十步远。老魏忙追上去，但忽然一群贴地飞行的小青年从他眼前冲过，逼得老魏退了几步。老魏过了好一阵才想到，他无须躲避，就算开来的是二十吨的大卡车，也伤不到他。但此时，对面又跑过来一群打打闹闹的小学生，挡住了视线，人群散开后，老魏已看不到莎莎的身影了。

6

老魏找了半天也找不到莎莎，只好先告放弃。反正莎莎这状态应该也不可能被坏人拐跑。临走时，老傅跟他说过，十二个小时后，不论游魂身在哪里都会被强制关闭，下一次苏醒——如果有的话——还是会在自己的本体墓碑之前，所以不可能走失。但想到莎莎此时不知会在什么角落里哭得昏天黑地，也没有人来安慰，老魏的感应场还是一阵阵难受。

老魏只好让自己不去想这些糟心事，只想着自己的家人，向家的方向飘去。距离大概还有两三千米，他本来可以传送到更近的地点，但老魏想看几眼家附近的街景有什么变化。当年，隔了两条马路的百货大楼本来要改成一个艺术展览馆，旁边的小巷也有改造成智能街区的计划，他去世的时候正在动工，现在不知道怎么样了。

其实老魏也知道，这些都是自欺欺人的托词，他只是不敢马上面对家人。也许他们和莎莎的父母一样，早已删去了自己的信息，也无法再看到自己，又或许他们已经搬走了，数字体在未经授权之下，无法通过网络主动联系人类，老魏更不可能找到他们。他只希望走得慢点，让或许非常残忍可怕的真相更慢更迟一点到来。

老魏在路上又看到了不少游魂，有些是和活着的亲人在一起的，但还有许多大概都是和他类似的情况，他们灰暗惨白、若隐若现、魂不守舍。其他人类都看不到他们。尽管路上有些中元节主题的表演，但似乎没多少人知道今天是他们这些游魂返家的日子。毕竟人鬼殊途，老魏想，但也许再过几十年，生人会越来越少，就像老傅说的，人们都搬去什么超元宇宙了，这座城市将被越来越多的游魂淹没，埋葬在过去的记忆里。

在离家不远的一条街上，老魏看到四五对男女，打扮得花花绿绿，在离地不远的空中飞着，他们不是游魂，而是穿着飞行衣的年轻人。他们笑着闹着，相互亲吻、抚摸，交换伴侣，同时做出各种高难度飞行动作，天知道彼此是什么关系。这大概又是年轻人喜欢玩的什么时髦游戏。

他们一个个从老魏头顶掠过，老魏只是略看了几眼，又沉浸到自己的心事中，对这些造型古怪的小青年没任何兴趣。但在队伍末尾，一个女郎似乎看到了他，好奇地看了他几眼，忽然发出惊讶的低呼，一时没把握住平衡，在空中画出歪歪扭扭的曲线，差点儿摔下来。

女郎停止了飞行，缓缓落地，眼神中都是惊讶。这女郎的身姿前凸后翘，性感到夸张，大概是注射了什么智能纳米液进行了身材编辑。她的衣着暴露得不能再暴露，下面露到大腿根，上面露出大半个胸脯，绿色的长发像是飘动的海草。脸上和身上不知涂了什么，发出某种五颜六色的荧光。

老魏有些诧异，为什么这个浑身抹得跟山魈屁股一样的女郎盯着他看，难道他的样子看上去很恐怖？还是她从未见过一个老人的游魂？

但忽然间，他想到了一点，整个感应场战栗起来。

这个飞天女郎既然能够看到他，难道……

他紧张地望向那女郎，渐渐地，他发现她其实很年轻，并从那张浓妆艳抹的面孔深处认出了一张熟悉小脸的痕迹——但这怎么可能啊！

"若宸，你下来干吗！跟见了鬼似的！"她身后，一个辫发文身的青年男子也跳到地上，不满地叫道。显然没有看到他。

没错了，老魏的感应场一阵紧缩。眼前这个一身非主流打扮的女妖精，正是记忆中活泼可爱的宸宸，他从摇篮里一直带到八九岁的小孙女。

算起来，今年的宸宸的确也有二十左右了。老魏也想过，她应该出落成一个亭亭玉立的大姑娘。但怎么也想不到，孙女是这副模样。

"宸宸……魏若宸？"他试探地叫道，朝前走了两步。

魏若宸紧张兮兮地动了动嘴唇，想说什么，却又没说出口。她尴尬地抬了下手，好像打算遮挡下自己性感暴露的身躯，又发现实在欲盖弥彰，想了想，只好更尴尬地放下手臂，两只手拧在了一起。

"若宸！我跟你说话呢！"辫发男有些猥琐地搂住她的腰肢。

魏若宸骂出一个脏字，略放低一点儿声音："滚开，我爷爷来了！"

"你爷爷？你跟我说过的那个什么数字体吗？"

"闭嘴！"魏若宸说，在一个老魏看不到的界面上操作了几下，大概是共享了 AR 界面，男青年忽然也能看到他了，一时呆了，然后傻兮兮地鞠了一个躬："叔叔……啊呸，爷爷好！"

"爷爷，"魏若宸稍微镇定了些，迎上前说，"你怎么来了呀？也不打个招呼。"

"宸宸，你已经长这么大了。"老魏说，稍微移开目光，不便正视孙女丰满的胸部。一阵时光的悲凉从心底升起，那个娇憨可爱的小女孩永远也回不来了，"一晃都七八年了，爷爷一直很牵挂你……"

魏若宸也不好意思看他,低着头,干巴巴地说:"爷爷,我也想你……你在那边还好吗?"

老魏不知道怎么回答,只能说:"孤魂野鬼的,有什么好不好的,你们也不来看爷爷,只有爷爷来看你们了。"

"对了!"辫发男插嘴说,"我今天看到新闻,说数字体可以在中元节放假回家!我还寻思你爷爷会不会来呢。"

"那你怎么不告诉我?"魏若宸瞪了他一眼,又对老魏说,"其实我一直想去看您,就是奶奶不让……"

她不知该怎么表达,但老魏也知道她的意思,摇头说:"我真不懂,你奶奶为什么这样,就算我……可我对你们……"他也说不下去了。

魏若宸赶紧换了一个话题:"对了,爷爷,我爸就在家里呢,我带你去看他吧。老K,你在下面等我一会儿。"

辫发男不情愿地答应了,一老一少有些僵硬地转过一条马路,走进一座公寓大楼,这里一切倒基本还是老样子,只是更破旧了几分。魏若宸按了指纹,走进电梯,电梯识别了她的身份,自动带她上到三十五楼。

电梯里,两人相对无语。尴尬的气氛又笼罩下来,老魏打破沉默,问:"宸宸,刚才那个人是你男朋友?"

"也不算吧,"魏若宸含含糊糊地说,"就一朋友。"

老魏想提醒她几句注意检点,但多少年没见了,自然也拿不出长辈的权威,只好说:"那个,你爸妈都在家吗?"

"我爸在,我妈嘛,哼,他俩早离了。"

"什么?!"老魏大吃一惊,"这好好的,怎么忽然就离了呢?"

"都离了七八年了。"说到父母的事,魏若宸说话顺畅了许多,"您老人家在世的时候他们也没少吵,您又不是不知道。后面更是过不下去了。我妈倒好,现在找了一个外籍华人,去加国了!"

"加拿大?"

"不是,加利福尼亚共和国,刚独立几年吧。自从美国闹两党战争以后,好几个州都……"

这时电梯"叮"的一声,门打开了,正对着的就是他的家门。魏若宸说:"对不起,爷爷,我和朋友约好了还有点事,今晚就不陪您了啊,过几天我专门去那边看您!对了,一会儿您就说只看到我一个人就行了!"

魏若宸快步走到门口,用指纹锁打开了门,里面似乎有一股气味传来,她皱着眉头嘟囔了一声"又喝酒了",然后喊了一声"爸,爷爷回来了"就溜之大吉。

7

老魏缓缓飘进房中,这套房子是他去世前三年全家五口一起搬进来的,装修还是他亲自监工的。如今依稀仍是记忆中的样子,但也残旧了许多,家具隐隐都有了包浆,地板上脏兮兮的,掉了许多纸巾和食物碎屑,显然好多天都没打扫了。他看到儿子魏佳杰坐在餐桌边自斟自饮,头上明显有了不少白发,脸上也苍老了几分,一脸酒气,面前有好几个空了的啤酒瓶。

老魏心疼地叫了一声:"佳杰!"

总算儿子没有把他删掉,一瞥眼也看到了他,立刻酒醒了一半,"爸?!"手一抖,碰倒了边上的酒瓶,啤酒"哗哗"地流到地上。

老魏一时气上心头,皱眉说:"你怎么一个人又喝上了,以前就跟你说要戒酒戒酒,还是喝个没完!怪不得小冰要和你离婚呢!"

"爸,你、你怎么来了?"

"我不来还不知道你把家都给搞散了!"老魏越说越气,"你知不知道若宸现在在做什么?和不知道从哪里来的小混混在一起鬼混……她小时候成绩那么好,难道没上大学?"

魏佳杰摇摇头,结结巴巴地说:"离最、最低分数线还差、差一百多分呢,去酒、酒吧里上班了。"

"你小子怎么把我的小孙女教成这样了!"

"我有什么办法,"魏佳杰嘟囔着说,"丫头大了,不听我的,她妈又跑了……"

"老婆老婆你管不住,女儿女儿你教不好,老子在坟里等了好些年也没见你来看过我,每天就知道喝酒……废物!早知道老子当初就不生你了!"老魏教训起儿子,很快就进入了状态,说个没完没了,没注意到儿子的神态变化。

砰!

忽然间,一个酒瓶砸到地上,酒水和玻璃片四溅,好几片碎玻璃甚至穿过了老魏的身体。魏佳杰扶着墙站起来,指着他,喘息着说:"你他妈什么时候生过我?你是我爸吗?凭什么管、管我?"

老魏蒙了,"我怎么不是你爸?"

"拉倒吧!你就是我爸的一个低级复制品,还没复制全!当年我妈就说,你根本不是我爸,让我们把你销毁了,我不忍心,让你活到现在,你居然还教训起我来了!早知道就该听我妈的,把你给……"

老魏气得要发疯,"你妈呢?让她出来,今天老子要跟她说个清楚!"

魏佳杰却怪笑起来,"怎么,你在那边没见到她啊?"

"我在哪边没见到她?"老魏想,难道沈月今天去那边看自己了?但也没人通知啊?

"在游魂那边啊。她都走了大半年了。"

老魏一怔,随后一股寒气仿佛笼罩了他的感应场,他明白了儿子的意思,"你是说,怎么会……"

魏佳杰颓然坐倒在地上，语气也和缓了下来，"肠癌，折腾了一年多，受了不知多少罪……去年冬天，总算解脱了。"

老魏只觉得心绪纷乱，相伴一生的妻子死了，他不能不感到难过。但是他自己都早已不在人世，去哀悼一个比自己走得晚得多的人，也未免奇怪……

忽然间，他想到那件事，伤感与希冀同时在感应场中搅动起来。他小心翼翼地问："你妈有没有复制？"

儿子摇了摇头："没有，什么都没有。"

老魏感到了一阵数字体应该不可能感到的晕眩，仿佛整个感应场都在无底深渊中下坠、分解。妻子是真的死了，不仅肉身死了，而且一切信息都消失了，变成了虚无，不会存在于宇宙中的任何一个角落。虽然他一时还不明白，这到底意味着什么。

魏佳杰的话似乎还在从远处飘来，"其实她一直很想你，应该说是想魏光明。她后来信了教，天天去教堂念经，她说你的灵魂应该上了天堂，而不是在那个墓园里。她死的时候斩钉截铁，说绝不要复制数字体，说那个墓园是魔鬼聚会的场所，她临终时甚至决定移走你的骨灰，另外找一个教友的墓地合葬。我也拦不住，只好一切顺着她……"

"移走我的骨灰，另外合葬……"老魏感觉，这无比荒谬，简直连语法都不通。原来，他的骨灰都不在自己的墓地里了，而被葬到了别的地方！那还在那里的他算什么？闹了半天，他不但不是人，连个正经的鬼都算不上！

"哈哈哈哈哈……"老魏听到一阵怪异的笑声，又发现原来是他自己发出来的。

"我懂了，我懂了！"老魏一边笑，一边说，"我也太傻了，真相是，魏光明早就死了，这十年来，根本就没存在过。我他妈的根本什么都不是！所以魏家这一切破事和我一点儿关系也没有。老婆、儿子、孙女，都和我没有一点儿关系！我还活着干什么，不，我还死着干什么啊！把我销毁了吧，快点儿！"他语无伦次地嚷嚷着。

魏佳杰反而有点害怕了，"爸，你别激动，你，你——"

"爸？谁是你爸？你爸和你妈已经在天堂团聚了吧！我只是一串毫无意义的数据，一个根本谈不上有生命的程序，压根不是你爸！"

老魏骂着，但不知怎么，儿子从牙牙学语到工作结婚的一系列画面在老魏眼前闪现，仿佛告诉他这些话都不是真的。但老魏挥挥手，把这一切都抹掉了。他既然根本什么都不是，这些记忆和他又有什么关系？老魏只想赶紧离开这里，他调出地图界面，随便找了一个传送点，按了一下。

8

魏佳杰和整个客厅都消失了，眼前一下子暗了下来。

老魏发现，自己被传送到了一条河边。他花了一点时间认出来，这是一条城中的河流，距离他家也不远。河面上有几点萤火虫般的光晕闪动，花朵形的纸船上插着蜡烛，却是如今已经很少见了的河灯，用来超度亡魂的。老魏飘近前去，看到一个看上去差不多有一百岁的老婆婆在河边上一边放着河灯，一边口中喃喃念诵着佛经：

"无常大鬼，不期而到。冥冥游神，未知罪福。七七日内，如痴如聋。或在诸司，辩论业果，审定之后，据业受生。未测之间，千万愁苦……"

放河灯本来是中元节的旧俗，但到了这个时代，早已没什么人记得了。老魏记得自己小时候，20世纪80年代，虽然已经是移风易俗的新社会，但中元节还见到过许多河灯在小河中漂荡，仿佛是天上的星河流淌下来。想来那时候，还是有许多老一辈的人在以此怀念自己的亲人吧。如今他们也都故去了，成了亡魂，无人怀念，无人知晓。就连他自己,也有不知多少年没有想到早已去世的父母了。人类啊,尝试用记忆抵挡遗忘,最终归于徒劳……

老魏又想,这位老婆婆是在超度谁呢,多半是她的丈夫。她丈夫应该走得很早,也没有数字体留下来,她只能以此寄托对丈夫的思念。忽然间,老婆婆的背影仿佛幻化成了沈月,老魏好像看到她在教堂里,在家中一遍遍念经,祈祷着能在另一个世界和自己团圆。一股悲怆击倒了他。

原来这一切的背后只是爱,无法再寻回的爱,如今已化为虚无的爱。

沈月恨自己,这其实也并不要紧,因为沈月至死不渝地爱着魏光明,这就够了。恰因为沈月爱着魏光明,才会恨他。作为魏光明残留的一部分,或者说魏光明的一个影子,他没有理由生气,而应该为此感到高兴,这是他的救赎、他的荣耀。一切问题的根源,都只在于他违反了自从有生命以来的自然规律,他本不应该存在。如今,沈月和魏光明在另一个世界团聚了,他就应该平静地化为虚无,那也没有什么不好。佛经怎么说来着,四大皆空,涅槃寂静。

在这个中元节,没人会超度他,但也许他能够超度他自己。老魏知道,虽然他无法被合法销毁,但他现在不是有了"人权"吗?可以向园方申请,从此以后永不被唤醒,结果是一样的。如果他爱沈月,爱自己的家人,他早应该这么做。除了以此来减少他们的苦恼,他也不可能再帮到家人什么了。

老魏决定,一回到墓园就这么办。但漂浮的河灯唤起了他一点儿遥远的回忆,他打算在这个悲伤的夜晚,再在这座城市里四处转转,和家乡做最后的告别。

老魏让自己御风而行,飘过一条条熟悉的街道。这些地方曾留下了他从小到大的许多人生回忆,不过其中有不少记忆也被抹去了,想不起来发生过什么,只觉得那些名字熟悉而亲切:建设南路、新丰路、仁爱小区 ——

等等，仁爱小区？

老魏忽然想到了一件事，一件他早该想到的事。

他迅速穿过大门，沿着主路进入这个不大的小区。夜色深沉，行人不多，绿化带中掩映着一座座灯火通明的小楼房，A 座，B 座，C 座 —— 对了，是 C 座。

他在楼梯间飘升，来到五楼，果然看到一团淡淡的白光照亮了昏暗的楼梯。一个小小的身影蜷缩在门口，就像一只流浪小猫一样孤单无助。

老魏缓缓平移过去。他猜想得不错，刚才莎莎跟着父母走回到自己家门口，但她无法入内。住宅是私人领域，既然她的父母都已经删除了与她的联系，她也就无法进入房间内的 AR 场域，甚至看不到里面的任何东西，只有一片黑暗。可怜的莎莎不知怎么办才好，只有待在门外面，像在墓园里一样，蜷缩成一团。

老魏俯下身，生怕吓着她，轻声说："莎莎，你在这里啊。"

莎莎抬起头，虽然没有泪痕，但表情显然已经哭过很久了。看到他，眼中闪现出一丝犹豫的光亮："魏爷爷……"

老魏说："莎莎，我们走吧。"

"可是，这是我家啊……"

老魏尽量柔声细语地说："其实，你爸爸妈妈刚才跟我说了，让我先带你回去，他们……现在还有一些技术问题，看不到你，但过几天就会来接你的。"

"真的吗？"莎莎的眼中放出光彩，"他们真的会接我回家吗？"

老魏说："对，我保证会有人接你回家的。"

但也许，是另一个人，接你回到另一个家。

莎莎犹豫地伸出手，老魏拉住她的手，转身下楼。他想起第一天送宸宸上幼儿园时的场景，一切历历宛在面前。如今，仿佛又有了新的义不容辞的责任召唤着他。爱与温柔在他心底复活。

老魏想，如果善良了一辈子的沈月能见到莎莎，肯定也不会再去想什么数字体和人的区别，什么谁是魔鬼了。那样柔弱的一个孩子，需要照顾和安慰，这是超越人和游魂的区别，超越任何教义的简单事实。沈月一定会比自己更加热情和细心地照顾好这个孩子，让她脸上露出笑容。如果沈月能见到莎莎，说不定也就能理解我了。

老魏又想，虽然沈月已经不可能见到莎莎了，但还有他。如果今后他能够照顾莎莎，让她重新幸福快乐起来，找到家的感觉，如果将来他能带她去老傅说的那个超元宙里生活，能够见到千千万万个神奇的世界，如果在未来，新的科技能让莎莎再次长大……

这些"如果"，这些让一个孩子幸福的可能，虽然还不能说是确凿存在的，但已经不是虚无，它们在有无之间闪现，是有意义的指引，它们的名字，叫作未来。未来，让时间成为时间。

纵然他并没有真正的生命，但他仍然、仍然被另一颗小小的心灵需要着，所以，他也仍然要活着，仍然不能去选择走入那最后的良夜。仍然要拥抱那个渺茫的未来。

谢谢你，莎莎，挽救了我这个老东西的存在。老魏暗自想。

"嗯，莎莎，我给你讲个故事吧，想听吗？"

"想听。"

"从前有一座山，叫作花果山，山上有一块仙石……"

"这个故事我听过了。"

"那我再想想啊，从前有个小男孩，额头上有一道闪电一样的疤痕，他叫……"

尾　声

最漫长的一夜过去了，天色已经微明，游魂们半日的假期也将要结束了。

老魏和莎莎早已回来,在墓园里讲了很久的故事,做了一会儿游戏,又讲了一会儿故事。莎莎有些困倦,躺在自己的墓碑下面,闭上眼睛睡了——数字体既然模仿人脑的构造,便仍然有一些睡眠的需要。老魏坐在她身边很久,直到听到老傅和小田回来的欢声笑语。

老傅一回来就高谈阔论:"老魏啊,你没去太可惜了,超元宇宙太了不起了!我去了都觉得这辈子白活了!我告诉你,那一定是人类的未来,也是我们的未来……"

游魂们渐渐都围过来倾听。老魏听他讲了一会儿,也神往不已。但这时,一条推送提示他,刚刚又收到了一条信息,来自一个老魏没有印象的私人号码。

老魏有些诧异地走到一边,打开信息,发现是一幅非常简单稚嫩的蜡笔画:太阳高照,一个老人拉着一个小女孩,走在马路上。老人和小女孩脸上都在微笑,虽然笔法简陋,却颇为传神。

"魏爷爷,这上面画的是谁呀?"莎莎不知什么时候也醒来了,看到了问。

老魏不知怎么说才好,于是笑了笑,拉着她说:"是魏爷爷和莎莎呀,你看像不像呢?"

"是谁画的呢?"

"是一个姐姐,一个很好很好的姐姐。"

老魏永远不会忘记这幅画,那是多年前他刚去世的时候宸宸画的,那一年,她还曾专门拿来墓园给他看过,告诉他,自己很想爷爷,所以画了这幅画。

如今这幅画,当然是魏若宸发送给他的。想不到她还一直保留着这幅小画,也许是她翻了一夜才找出来的,又或许,是她在一夜狂欢之后,午夜梦回忽然又想了起来。虽然早已物是人非,但无疑,

055

宸宸的心里仍然记得爷爷，记得童年那些相伴的美好。不仅是在魏光明生前，还包括那些在墓园中和老魏爷孙欢聚的日子。这一切都是有意义的。宸宸仍然关心着他，需要着他。

纵然人生不如意事十常八九，也许有这些，也就足够。

随着这幅画一起发给他的，还有一段长长的语音留言。老魏不知道魏若宸会对他说什么，但已经充满期待中的幸福感。他一边握紧了莎莎的手，一边在感应场的微微颤抖中，点下了播放按钮。

透过黑色墓碑群的间隙，第一缕阳光照亮了他们。

《科幻世界》2023年第8期

作者的话：

《中元节》发表于2023年8月的《科幻世界》，是一个探讨"数字生命"的故事。这个科幻概念在去年初因为《流浪地球2》的爆火而出圈，成为大众热议的话题。不过完成与交稿是在前年年底，自非蹭电影的热度。

"数字生命"或者说"意识上传"，在科幻中早有不少前贤从不同角度探讨过（比如刘宇昆的"未来三部曲"），本文自诩稍有创新之处，即在于将其与AR（增强现实）或MR（混合现实）的设定结合起来，讲述一个科幻版的"游魂"故事。这自然不是——如一些批评者所误解的——将古老的灵异神怪披上科幻的外衣。读者若稍加以同情的理解，不难发现小说中从技术到社会层面的推演性，及其所生发的科幻趣味。

我在多年前曾写过一篇题材相似的小说，讲述一个耄耋老人去世后被制成数字复制体，发生一些啼笑皆非的遭遇，最后重获新生，甚至还有爱情线……但故事写到一小半，就感到推进乏力，越写越觉得虚浮，最后沦为废稿。其深层原因是，当年空有点子，却难以体会一个人特别是老人与死亡照面时的心境，写出来也就似是而非，难以找到感觉。

2019年底，家父在病痛缠身大半年后辞世。死生亦大矣，老人面对死亡的疑问惶惑，对亲人的放不下，特别是对孙女的舐犊之情，乃至对人生的回顾和感伤……至此我稍有体会。此后几年，父亲在生命最后一段时光中曾和我谈过的那些问题，一直在我的心间回响。

因为众所周知的原因，这几年来，死亡阴影更是深重地投射在此阎浮世界上。这几年中，有多少人忽焉离去，他们有多少爱恨和遗憾？我们又如何期盼他们的归来？在2022年秋冬之际，重新想起那个写了一半的故事，侧重就和之前的设想完全不同了。中华传统的中元节给我灵感，让我写下这个死者"回家"的故事。故事中，已经丧失人类身份的老魏因为仍然具有爱的能力和感到爱的回应，重新找到了自己的"家"；现实中还没有这样的技术，但曾经滋养我们的爱，仍然会让逝者以另一种方式继续生活在"家"的炉火中……

2022年，我被北京大学博古睿研究中心聘为年度学者，研究课题是"科幻视野下的未来私生活"，借此机会深入阅读和研究了一批主题为未来科技与家庭情感关系的国内外科幻杰作，也和许多学者、作家及艺术家有过交流研讨。这些经历启迪了这篇小说的创作，借此机会表达谢意，也希望它们能在未来结出更丰硕的果实。

心语者

| 路　航

路航，"90后"，湖北人，长居广州，广东省作家协会会员，中山大学硕士，长期从事对外商务工作。处女作《通济桥》，2021年1月发表于《科幻世界》，次年被翻译成英文，收录进选集 Galaxy Awards 1：Chinese Science Fiction Anthology，在海外出版。

此后陆续在《科幻世界》《科幻世界·少年版》《海燕》等刊物发表科幻小说，相继获得光年奖、晨星奖、华语科幻星云奖等奖项。

2023年10月，她的首部科幻长篇《星际醒狮队》出版。

一

父亲走后,母亲变得很沉默。

除却悲伤之外,她也不得不沉默。她只会手语,而父亲是家中唯一会这门语言的人。他不在了,母亲的声音自然也就消失了。

好在平日里,母亲也不太需要和人交流。她是绣娘,醒着的大部分时间里除了分丝就是刺绣,半点儿工夫也轮不到"说话"上,即便是和我。

葬礼过后的第二天,我托了懂手语的人,问母亲是否要随我去广州同住。"房子虽然不大,但你一个人在家,我实在放心不下。"

母亲比画着婉言谢绝:"这多麻烦你,我不去。"

我几次三番地说,她终是不肯来,我也就只好作罢。

我和母亲算不上亲密。一来,我看不懂她想表达什么,她也听不到我说什么,自然亲密不起来。二来,我从初中起就开始住校,和母亲相处的时间短,交道打得少,也就没什么机会亲密。

我不知道其他家的母子关系是怎样,但在我家,父亲就是我和母亲之间的那根纽带。许多话,都是经由父亲辗转告诉我。他不在了,我和母亲之间的交流几乎就断了。

如果是旁人,不理也就不理,没人会说什么。可她毕竟是我的母亲,我没法不理她。而且因为说不了话,也听不到声音,母亲一个人生活有诸多不便。

或许有人会说，现在网络发达，无论买菜做饭还是出游，只要会用手机和电脑，下个单，请个人，生活就不会有什么问题。但这些操作的前提都是识字，可母亲不认字。她没受过什么学校教育，手语和刺绣都是拜的师傅。外公外婆想得实在，刺绣是门手艺，即使自己不在了，也能保障女儿一辈子吃穿不愁。母亲也确实是不愁吃穿，但没上过学，就意味着她少了一群可以互相交流、沟通的同学。母亲的生活圈子很窄，窄到一直以来，仰赖的都是青梅竹马的父亲。我还记得因为她不识字，过去绣花时，每每需要落个款、绣首诗，都是让父亲描好，她再绣上。父亲走了，这样要配字的刺绣活，母亲有时都没法接。

我回广州不到三个月，家中就连遭了两次贼，不只首饰被偷走了好些，连刺绣用的金丝都被卷走了。倘若不是族里长辈给我打电话，我定不会知道。到这个地步，我再没法心安理得地把母亲留在老家了。

我找了手语翻译再次和母亲谈，大概是因为遭了罪，她这次终于点头同意，决定跟我去广州。

搬家是件麻烦事，跨城搬家尤其是。

老家住得久，难免东西多。我需要不断和母亲沟通哪些东西可以扔，哪些东西不能扔。在这无声的交流中，我们的关系更坏了。

因为不管是什么东西，大到冰箱、洗衣机，小到家里的一针一线，母亲都不肯让我扔。更要命的是，她还想把父亲书房里的东西全搬到广州去，而这显然不可能。且不谈运费多少，我那间广州的小房子也装不下这么多东西。

我请了手语翻译来，好说歹说，掰开来揉碎了一点点和她讲道理，可她油盐不进，干脆就装看不懂。

要不是后来父亲学校的人过来问能不能捐些书，母亲点头同意，给了我启发，恐怕我真得把它们全给运回广州。但就算这样，也还是剩了三大箱父亲的书籍、资料。

书房的事大体解决后，举一反三，我挨个给亲朋好友打电话，让他们找母亲要些能用得上的东西。母亲面子薄，不好意思拒绝，全答应了，这就又帮我省下些工夫。

最后，我们还是足足折腾了快一周才打包好行李。这时，我项目组的组长已经催了我四五次。

回广州的路上，我就暗下决心，一定得给母亲找个保姆，最好是懂手语的。不然到了广州住在一起，就算她受得了我，我恐怕也受不了她。

只是找懂手语的保姆太难了。我本以为有钱就行，可在网络上发了好些帖子，都石沉大海。我还特地托人去特殊教育学校打听过，虽然是找到了些会手语的，可他们和母亲交流起来也不顺畅。那时我才知道，母亲的手语并不是学校教授的标准手语。它类似于手语中的方言，如果不是同乡的话，彼此之间也颇难沟通。

"各地有各地的手语，不同国家、不同地区的都不一样，互相之间看起来就像是另一种语言，很难交流。"学校的手语老师告诉我，"如果没在学校接受过手语教育，就连电视上的手语也不一定看得懂。"

听了这番话，我才恍然大悟为什么从没见过母亲看手语新闻。过去我虽然知道她是聋哑人，但也只是知道，什么都没做过。我有些后悔父亲在时，没有好好跟他学手语了。

说起来，我初中开始去外地住校，主要原因就是"不肯学手语"。

小的时候母亲常到学校给我和父亲送饭，每次她来，就有同学起哄，"陈嘉明，你那哑巴妈来了！"他们有恃无恐，敢当面这么喊，无非是清楚母亲听不到。起初我骂过他们，也打过他们，可都没有用，反倒被人孤立。因着母亲，我在学校里的日子不大好过。当然，我在家中的日子也不大好过。

六年级时，父亲升了学年主任，工作忙，时不时就要去市里开会，一去大半天，有时候当天还赶不回来。出于担心母亲，父亲想教我手语，这样他不在时，我就可以照顾母亲。我很不情愿。我想都能想得到，假如我和母亲一样用手语了，其他人会怎么笑我。

时间过去太久，我已经忘了当时是怎么和父亲吵起来的。只记得气急之下，父亲打了我一顿，失望地冲我大吼："你既然这么不喜欢你妈，那你走吧，找个外地学校去住校！我就权当没你这个儿子了。"

"去就去！"年少的我，立马就答应了，浑然忘了如果我去外地的话，那些我刻意维持下来的"友谊"也要断了。

"友谊"会断，血缘却不会。

懂得这个道理，花了我许多年。兜兜转转间，我和母亲还是生活到了一起。只是现在，没有父亲在旁教我了。

二

回到广州，我很是花了一段时间找照顾母亲的保姆，心中首选当然是懂手语的。可实在是难找，最后只能退而求其次找了不懂手语的。本以为顶多是沟通不了，有些磕绊，熟悉之后就好了，花钱省麻烦。但没想到保姆请来后，麻烦事更多了。

大概是母亲和我运气不好，也大概是这年头人心太坏，欺软怕硬，先后请回来的三个保姆一发现我经常加班不在家，母亲又是聋哑人，听不到也说不出后，做事情就开始大打折扣，马虎起来。轻的，不按时按点做饭，不打扫屋子；重的，不仅敢瞒下买菜钱，偷拿母亲的绣品，还敢当面扯谎，说母亲冤枉她。要不是我偶然看了家中监控，恐怕母亲只能白受欺负。

请走最后一个保姆，我气得远程找了手语翻译，一字一句，告诉母亲下次被人欺负的话，绝不能这么软。

"你不会说话，你还不会打人吗？你要是不敢打人，你告诉我呀！或者告诉林姨也行。"我指着屏幕那头手语翻译的脸，示意母亲。多日联系，我与手语翻译已经成了朋友，喊她姨了。"你打视频电话找她，她就会告诉我，我们就可以帮你出气啊！"

只可惜我在这边说得唾沫横飞，林姨在那边比画得手不停歇，母亲却好似完全没懂，"你工作那么忙，我不想麻烦你。"

经过这些事，我着实是有些怕了请保姆。人心隔肚皮，我如何能知道人家是好人还是坏人。可让我亲自照顾母亲，也不太可能。一是我们不亲近；二是项目正忙，组长私下找过我好几次，让我不要分心。

"我妈这情况，你也知道。"我有些郁闷，"保姆真是难找，我都在想要不找个菲佣算了，反正谁也听不懂谁的。"

"要不你买个机器人吧？华美前几年出的那款家用的就很不错，代号小九，到现在都不算过时。"组长见我发愁，给我出主意，"照顾人方面，机器人肯定比不上活人懂心意，毕竟现在技术就这样。但是有一点可以肯定——它不会欺负你妈。机器人三定律，你晓得吧？一切以人为主。再说你还可以远程监控，万无一失。"

"机器人？"这倒是我没想过的角度，"可我妈又不会说话，又不认字，平常怎么操控呢？"市面上的机器人要么是语音控制，要么是App控制，母亲两样都没法用。

"你提前设置好程序，不就行了？"组长拍了拍我的肩膀，"一日三餐，打扫卫生，全都提前设置好，定时定点做。你找个保姆，不也是干这些活吗?"

"也对。"我想了想,听了组长的建议,带回了那款机器人。

小九外形和人相似,全身布满仿真皮肤。如果不是胸前有个硕大的显示屏,几乎也就像一个人了。它内置家务程序,打扫做饭全都会,支持远程监控,提供开源接口,视频通话功能更不在话下。母亲只要点一下它屏幕上的通话键,就可以和老家的朋友见上面。对我来说,它除了贵,没别的缺点。但考虑到以后再也不用因为照顾母亲的事而烦恼,贵就贵吧。

小九到我家的前半个月,母亲很是抵触。

她不会说话,也不认字,几乎没法操控小九。小九的一应行为都是我预先设定好的程序,这让母亲只能被动地接受它的服务,即使不愿意,也没法拒绝。起初小九做的饭,她都不肯吃。但等母亲逐渐习惯、接受它后,就再没我什么事了。

毕竟相对于我,相对于过去请的那几个保姆,小九太靠谱了。设定好了是每天三顿饭,它就一顿不会少。到点打扫房间、倒垃圾,不会撒谎,更不会像先前保姆一样欺负母亲是个聋哑人。我远程抽查过几次,见它对母亲照顾得尽责,也就彻底放下心,投入了工作中。

我所在的游戏公司要赶在七夕前推出一款恋爱主题的角色扮演游戏《LOVE 99%》。前期两次测评的反响都不错,只是有些 bug,要赶在节日前改完,为此我干脆住在了公司,白天黑夜地工作。

虽然做的是恋爱游戏,但说来好笑,我们组除了组长,其他全是单身。有时候不忙,组长还会以身作则劝我们:"你们有空就去谈个恋爱。谈恋爱好啊,有人关心。不然等年纪到了,家里时不时就打电话过来,催你们找对象,到时候可痛苦了。你们趁年轻,现在去找,怎么都要容易些。"

每到这时，我都只能尬笑，没法接话。父亲不在了，母亲又不会说话，我的手机恐怕一辈子都不会接到父母的催婚电话。

想归这么想，七夕前的三天，项目最忙的时候，母亲却打来了电话。只是电话那头，说话的不是她。

"你好，是林玉真的家属吗？我是市交警大队的。"

"林玉珍？"以为母亲整天待在家的我愣了一会儿才反应过来，"对，我是她儿子。她怎么了？"

"她出了交通事故，在市三医院急诊科。伤基本处理好了，但我们这边没人能和她交流……"

"知道了，我马上过来。"

我和组长说了一声，匆匆背上电脑就往外跑。本以为交警是怕我激动轻描淡写，母亲其实伤得很厉害，但等到了后才发现，母亲身上确实只有些擦伤。倒是她身旁的小九伤得很是惨烈，仿真皮肤划开了好几个大口子，露出了内部的线材，胸口的显示屏碎得稀烂。想来是因为这个，母亲才没能联系上林姨，再让林姨找我。

我无心探究母亲和小九为什么会在外面，直接打开电脑，连上小九身上的接口，看起了事故发生时的录像，看完之后我才发现，事情和我想的不太一样。

我本以为单纯是母亲和小九受了欺负，却没想到母亲竟也学会了反击。当时，马路上一辆处于自动行驶状态的车出了故障，司机没法转动方向盘，只能眼睁睁看着汽车撞向人群。路过的小九为保护母亲，推开她后，自己冲上去把车刹住了，浑身上下撞得不成人形。一旁的母亲醒过神来，见小九被撞了，就把司机拉住狠狠打了一顿。

"我车出了问题，真不是想撞人，也和交警说了我认罚，但你妈不能不管不顾直接上手打人啊。"司机有些委屈，"我也不是不赔钱。"

"没事，只要你按规矩赔钱就好了。我会和我妈解释清楚的。"听完前因后果的我，忍不住笑了，看来母亲总算把我说的话记在了

065

心里。

小九救了人，很是被记者围观了一阵。这年头，虽然家用机器人也不少了，但大多都不算聪明，能像小九这样，主人已经处于安全状态，没收到命令就自主去救人的很少见。记者很是说了些人工智能有希望突破的话，才依依不舍地放我们走。华美的售后服务很好，得知这件事后，也打电话过来表示愿意帮我们换一台全新的。考虑到母亲的想法，我婉言谢绝了："无功不受禄，这台修好了一样用。"

处理完这起交通事故回家，已近傍晚。霞光肆意铺满天际，给来往的行人都加上了一道金边。

我看着陪在母亲身旁被撞得破破烂烂却仍然勉力扶着她的小九，突发奇想："妈，你说你这么喜欢小九，我帮你改装下吧？让你能直接和它说话。这样下次再有这种事，就不会出误会了。"

母亲听不到，自然不会说好，也不会说不好。但见我转头看她，就冲我笑了下。那笑容似乎是在默许，也似乎是在应允，一如多年前，她去学校为我送饭时的模样。

三

项目结束，市场反馈不错。组长一高兴，不仅没怪我临时请假，反而说要带组里的人去旅游团建。我对旅游没什么兴趣，就找了照顾母亲的借口拒绝了。

上次交通事故后，司机赔付了小九一笔维修费。我拿那笔钱买了些配件，打算抽空把它修好，顺便写个程序，给母亲一个惊喜。

当初组长推荐我买这款家用机器人的主要原因是它支持开源，接口多。程序员嘛，都爱折腾，多点儿功能总不是坏事。事实上，华美机器人公司的官方论坛上经常有用户分享一些自己编写的程序。我听人说，现在很受欢迎的架子鼓程序就是一个玩乐队的人自己编写上传的，这样就算乐队少一个打架子鼓的，他们也还是能够正常演奏。

我没那种音乐细胞，也不想出名。我只想编写一套简单的程序，一方面能让小九识别母亲的手语，并将它转换成文字；另一方面能将听到的语音转换成手语，比画给母亲看。至于文字和语音之间的转换，世上早有现成的代码，我就不劳心编写了，到时直接借用。

我本以为将手语转换成文字的程序早就存在且发展成熟了，没想到居然没有。这个思路很简单，不少前人都提过，甚至有人做出过初步的模型，只可惜程序都不够完善，数据库也不丰富，没法实际运用。

"从头开始吧！"我给自己鼓气。

老实说编一个这样的程序，最大的难点不在思路，而在数据库的收集整理上。文字的语库好办，但手语的语库就不那么好办了。母亲用的并不是标准手语，好些手势，翻书没法找到对应的翻译，除非挨个去问人。其次的难点在手势的识别上，小九内置的视觉识别系统对于人体的追踪并不能精确到手势的动作上。只是这个难点相较前者好解决得多，找到合适的摄像头，升级下分析芯片就可以了。

我开始一面收集手语资料，一面给小九找寻合适的硬件。

后者异常顺利，我只是在华美的论坛发了个帖，简单描述了下需求，很快就有人给我推荐了一套方案。

【紧急】机器人视觉识别系统求推荐！能识别手势动作者为佳。

发帖人：CJM1213（1级）2055/7/16 21：43：27
我想升级下小九的视觉识别系统，让它能够识别人的手势，请问各位有什么推荐吗？

回帖人：CJM1213（1级）2055/7/16 21：43：29 #1
(个_个)防抽楼

回帖人：白桃K（63级）2055/7/16 21：47：56 #2
试下MWK7549＋耀明S36吧！
CJM1213回复白桃K：好，我去搜一下。
CJM1213回复白桃K：这一套好贵啊，有没有便宜点的推荐？
白桃K回复CJM1213：那没了，我觉得最好就这个组合。

回帖人：黄总工，十代目还出不出了？（29级）2055/7/16 21：50：17 #3
顶帖看评论

回帖人：一零（75级）2055/7/16 21：53：39 #4
手势？什么样的手势？不同动作、不同频率，精度要求可不同。如果你要求不高的话，摄像头不变，只升级视觉分析部分的芯片就可以了。
CJM1213回复一零：是手语，我妈是聋哑人，想编个能翻译手语的程序给她，这样以后方便沟通。
一零回复CJM1213：这样的话，你要不试试昆泰D276？五千多就能拿到。摄像头还是用原生的。我之前这样搭配着拍过视频，能追踪到厨师炒菜的每个动作，手语识别应该也没问题。

CJM1213回复一零：多谢，我去搜一下。

CJM1213回复一零：这款芯片已经停产了……

一零回复CJM1213：那，你要不换MWK7328看看？比276差点儿，但也比7549便宜。

CJM1213回复一零：这款断货了，兄弟还有其他推荐吗？

一零回复CJM1213：hhhh不好意思，那真没了。不过我这有个旧的7549，你不介意的话，我给你吧，不影响使用。

CJM1213回复一零：多谢！我发私信给你了。

联系上一零后，我才发现我俩在同一个园区，只隔一条街。只是他在华美，全球最大的机器人公司，我则在一家二流游戏公司，天差地别。约好第二天午休时在华美楼下当面验货，我就下线了。

本以为一零那么懂芯片，十有八九和我一样，是个资深宅男，没想到见了面才发现是个年轻姑娘，一看就才参加工作没多久。

"黄依瓴，"看着一零工牌上的名字，我有些想笑，"谐音梗是要扣钱的。你这真名和网名一个音啊！"

"你也好不了多少。"一零看着我的工牌，针锋相对，"CJM，陈嘉明，连生日都给暴露了。"

"一直用这个，懒得改了。"我笑笑，接过一零给的芯片，"多少钱？"

"不用。"一零摇头，很遗憾的样子，"我用不上了，送你。"

"那……"我很不好意思，"你吃饭没？我请你吃个饭吧。"

"真不用。"一零看起来更遗憾了，"我反正也用不上了，CJM你需要就拿着吧。不过，要是你的程序做好了，能给我看下吗？"

"肯定。"我点头答应。做完了给她看一下，也算不上什么大事。

硬件备齐，我开始收集手语资料。本以为很简单，真正做起来才知道难。越做，我越能理解过去那些半途而废的项目了。我只是想整理出三千个常用手语词汇，并没想一网打尽，可还是觉得很痛苦，更不用说那些野心勃勃想一网打尽所有手语用语的项目了。

本来工作就忙，现在为了收集整理手语资料，我下班后的时间几乎全花在和手语翻译林姨的视频沟通上了，得一个词一个词地拍，录下她的每个手势，知晓要点，再转换成程序里需要捕捉的点位，登记到语料库里。这一套流程下来，平均一天我也就只能整理出五个词。

想起曾经看日本电影《编舟记》，男主和同事为了编写一本国语辞典，从早到晚辛勤工作，足足花了十五年才完成。当时我还对前女友嘲讽男主能力不行，每天只能编那么少的词，"要是让我来做，用技术收集资料，怎么可能要那么久？"前女友举出例子反驳，我也不大信。直到现在我亲自为母亲整理手语资料，才发现事实和电影里差不多，速度快不到哪里。以前的我，真是太过自以为是了。只是后悔无用，唯一能做的就是过好现在的日子。

就这么一个词一个词地整理，不知不觉间，已经过去了一个月。在这期间，我天天加班，也只整理出一百多个词。考虑到以后或许没有这么多时间，要完成三千个词的目标，我恐怕得花上好几年。我有些想打退堂鼓了。反正母亲并没听到我当时说的话，即使放弃了，她也不知道吧。

可就在我想放弃时，一零忽然通过论坛给我发了条私信，询问项目的进展，并说可以介绍个人给我，帮忙完善视觉识别方案。"就是之前论坛里的白桃 K！他可是视觉识别方面的专家，经验很多。"

这引得我既感激又愧疚。我真没想到她还记着这件事。在这种情况下，我自然不好意思说自己打算半途而废，就先将目前的一百多个词导入数据库里，勉强把程序完成了。

我对这次见面不抱什么期望。之所以带上母亲和小九，只是想向一零和白桃K表明自己确实努力了，没有浪费他们的帮助。

可我没想到见面之后，母亲竟然仅凭小九内置的那一百多个手语词汇，就与大家谈天说地，聊得火热。我到那时才意识到，母亲并不喜欢沉默。恰恰相反，她很喜欢和人"说话"。

现场看过他们之间的互动，任谁也能明白这件事的意义。语料库里每多一个词，每多一个手势，母亲的声音就会大一分，能表达的意思就会多一些。

"像你妈妈这种情况，不会写字，只会地方手语，整理起资料来就和整理一门新的语言差不多。技术上不难，只是花时间花精力，也难为你这么用心。我看过你的程序，逻辑上没什么问题，只是数据还不够……"

"确实。"我苦笑了下。白桃K指出的问题，其实我都知道。很多东西没能做出来并不纯是技术上的原因，而是工作量的原因。很多时候，我们会期望生活像小说一样，灵感闪现，完美的成品就立刻冒出来。但事实上从灵感到成品，中间隔着漫长的距离。我和母亲能用的手语翻译程序间，隔的就是这样漫长的距离。在我之前，好些人因为看不到希望而放弃了，只是我还不想放弃。

或许在母亲和小九对话前，或许在一零询问我项目进展前，也或许在来见白桃K之前，我还没有这么坚决，但见过母亲兴致勃勃与人说话的样子后，我确实不想放弃了。

四

我开始了新一轮的语料收集，先前的痛苦再次袭来。

受限于资金与时间，我的速度快不起来。而受限于母亲这种地方手语的小众，我也很难找到多少人帮我。不说别的，懂这门手语的翻译就很少。据林姨说,家乡那边除了她,最多也就不到十人。"懂的人不少,可又会说话又会写字又懂手语能做翻译的,就没几个了。"

一零仍是时不时会问我项目的进展,需不需要帮助。有时候我也奇怪,她一个刚上班没多久的新人,哪儿来的那些资源?不过想想华美公司与我就职的公司之间的差距,我也大概能明白原因。平台不同,资源确实天差地别。只是到了这个阶段,我需要的已经不是硬件上的提升,而是语料上的增长了。而这,只能靠自己。

每天下班回家后,我都像个机器人一样,重复着同样的流程:和林姨通视频电话,录下她的手势,整理编辑好新的语料,导入小九的语料库中。母亲睡得早,很少会撞见我在家做这件烦琐枯燥的事。她只是每天醒来会发现小九懂得比前一天又多一点,她能"说"的话也比前一天更多一点了。

就这样慢慢地,母亲的"声音"越来越多地出现在了我的身旁。

她开始会在我加班时,敲开书房的门,问我要不要吃个消夜;也会偶尔在我和一零视频聊天时,伸手过来打招呼;甚至她还带着小九去社区报名,做起了志愿者。能够与更多的人交流使得母亲活泼了起来。也或许她本就是这样的人,只是过去她知道对方"听"不到、"听"不懂她的话,所以选择了不"说",而今明白对方"听"得懂,就"说"得多了起来。

因为母亲的这番变化,我和她也慢慢熟悉起来。我们之间的关系仍然算不上亲近,但能够沟通,就意味着有了互相理解的基础。说来,因为收集这些手语数据,我还意外得知了父亲生前做的一件事。

语料库词汇收集到三百个时,母亲有天问起我这个程序的原理:为什么我只是在电脑上打几个字,第二天小九就能多比画出些手势。我简单解释了一番,本以为她不会懂。可没想到,母亲很快就从父亲的遗物中翻出一台旧手机给我,问我能否派上用场。我点开相册,发现里面全是父亲在世时录的各式手语视频。哪个手势代表哪个词，挨个标得很详尽。看视频拍摄时间，断断续续持续了好几年，想来是父亲从前学习手语时，挨个儿录下的。

"你，爸爸，从前，录。"母亲羞涩地比画着，小九发出的合成音在她身后依次响起，"他，学，我，说话。"

"现在我也学。"我跟着小九的手势比画着，看见母亲眼里的笑意越来越浓。

这天我和母亲聊了很多，从我出生前的事，一直聊到最近的工作、生活。这是我和母亲的第一次长谈，也是我第一次意识到我对她有多不了解。

过去我们虽然也有交流，但那些交流仅限于衣食住行。她会问我吃了吗、喝了吗、什么时候回家，我也会说吃了、喝了、今天忙晚点儿到家。有时候心血来潮，我还会问问她有没有什么想让我顺路带回来的。这些交流都很浅，浅到我为她订票来广州时，才知道从小到大我在试卷上假冒的签名都写错了，她是叫玉真，不是玉珍；浅到来广州后，我才知道她一直都看不懂电视里的手语新闻；浅到我至今不知道她喜欢什么、讨厌什么，朋友有哪些，又都叫什么名字。对过去的我来说，母亲，连带着她那群说不出话的朋友，是异类，是累赘，是连累我被嘲笑被欺负的存在。可是这些天相处的感受时刻提醒我，她也是人，是如我一样普普通通的人，只是听不到也说不出罢了。

接下来的几天，我仔仔细细看完了手机中的全部视频。视频内容一多半是各式手语，一小半是父母相处的记录，其中还有小时候的我。全部加起来，足足有七百三十二个。从前我只知道父亲和母亲很恩爱，却不知道是这样恩爱。

我将旧手机中的视频导出来，重新整理、提取，收进了小九的语料库中。这些资料使得语料库一下子扩充到了九百多条。我那三千个手语词汇的目标忽然就变得可行起来。这次更新后，普通的日常用语，甚至简单的新闻书报，母亲都可以应付了。

我如约告诉了一零项目的进展，她激动得立马就赶了过来。一见到小九，她就拉着它去找母亲聊天。

"你不会觉得无聊吗？"一零的热情让我有些诧异。她似乎比我更在意这个手语项目，"我很少看到有人愿意和聋哑人聊天，哪怕是在沟通便利的情况下。"

"不会。"扑哧一声，一零笑了出来，"我觉得很有意思。你知道吗？我先前在公司申报过一个这样的手语项目，不过被打了回来。那个项目叫'心语者'，至今想起来，我都好郁闷。白桃K他们也是我做'心语者'时认识的。后来在论坛看到你发的帖子，我真的超高兴！一直以来，我都想知道这样的项目做成了会是怎样。"

"为什么会被打回来？"我有些好奇，"华美做不了这方面的产品吗？你们可是市面上最大的机器人公司，技术上应该没问题吧？"

"技术当然没问题。不过商务组评估后，觉得这个项目没什么前景，嗯，换句话说，赚不到什么钱，没啥商业价值。"一零叹了口气，"而且这项目还是我妈不让批的，连翻身的机会都没有。可郁闷死我了。"

"你妈？"我愣了下，"她也在华美？"

"啊，对，她也在。"一零有些局促，"反正就没批下来。"

华美是家大公司，有将近五十年历史了，母女都在同一家公司上班倒也没什么稀奇。"话说你当初怎么想到提交这样一个方案的？我是因为我妈不会说话，你是……？"

"说来话长。"一零陷入回忆中，"我读书的时候，常去福利院。那里面没人认养的孤儿或多或少都有些残疾，好些是聋哑人。我记得有一次我们送了台新款机器人过去，本以为人家会很感激，结果有个小姑娘比画着问我,'姐姐,我该怎么用它呢?'她和你妈一样,不会说话,也不认字。我当时就觉得很不好意思。我送了个人家根本没法用的东西过去,还自以为是,觉得自己做了多大的好事。后来进了公司,我想着这件事,就做了'心语者'的提案。这是我在公司提的第一个项目。老实说,当时还是挺多人支持的,不过最后还是被打回来了。"

一零这么说,我就懂了。她帮我,或许也是想帮她自己。工作这么多年,谁没有想做却没能做成的项目?光我一个人手上,这样的项目都有一堆。

"以后还会有更多更厉害的项目……"我努力找话安慰,一零却没回答。看着与母亲闲聊的小九,过了好一会儿,她才忽然问我:"嘉明哥,你知道中国有多少聋哑人吗?"

"三千万?"我大体查过资料,知道点数据。

"是啊!"一零感叹,"三千万人!百分之九十多都不认字。可公司还是觉得没前景,觉得让他们去学写字就好了,或者不学写字,就学自己的手语好了,没什么交流的必要。但真的没必要吗?你不觉得他们好像生活在另一个世界吗?互相之间看得到,却理解不了,沟通不了……我有时候觉得我们和聋哑人之间的了解程度,甚至都比不上和外国人之间的了解程度。"

我想说就算亲人之间,了解程度也不一定有多高,可想了想还是咽下了这句话。一切都会变好的。既然我和母亲现在能沟通起来,一零和她母亲以后也未尝不可。

"等这程序做好了,要不就叫它'心语者'吧?"

"欸?"一零吃了一惊,"这怎么能行?这是你的项目。"

"我也拿了你不少资料。你要是不催我,不找白桃K他们过来给我指导,我也做不到现在这地步。"我笑着拍了拍一零的肩膀,"再说,'心语者'这名字确实不错。借我用了,以后我们就算合伙了。"

只是我不打算用这项目赚钱,你当个合伙人也得不到什么好。别嫌弃就行。"

"能把这件事做成,就是好。"一零大笑,"我怎么会嫌弃?以后要是有什么需要帮忙的,请一定提。"

"当然。"此情此景,我心底忽然升起了股豪气,这是和完成公司任务不同的感觉,"我之前是还不熟悉,所以慢。这些天也学了不少手语,辨别起手势来,速度也快了。等我多培训些人,和我一起来……"

"你说你辨别手语的速度变快了?"一零仿佛发现了什么,打断了我。

"是啊。熟能生巧嘛。"我随口答道,"边收录边学习,当然速度就快了。"

"嘉明哥,你听过华美的第一代机器人吗?"一零若有所思。

"那个会舞龙醒狮的机器人?"我愣了一下。谁能不知道它呢?那可是第一款真正意义上能够深度学习人类动作、自我迭代优化的机器人。没有它,就没有今天的华美。

"对!就是它。华美之后推出的全部机器人,包括现在的小九,都是在它基础上迭代而成的。"

"可这和我们又有什么关系?"我不懂一零为什么突然和我聊起历史。

"当然有关系!这就是说,华美所有机器人的底层程序里都有学习能力!既然能够学习动作,为什么不能学语言?还是这样一门与手的动作息息相关的语言!"

"你是说让小九直接跟人学手语?"我有些明白过来一零的意思。可我能力有限,"但我也写不出来那样的代码啊……"

"你忘了吗?"一零学着我方才的样子,也重重拍了一下我的肩膀,"我就在华美上班。我去把这段代码找出来,帮你修改程序,把它加进去，这样我们收集起语料来就会快很多。"

"但这样做，不会影响你的工作吗？"我深知内部代码不能随意分享，更何况是华美的核心机密。

"我们不是朋友吗？"一零的目光里满是信赖，"只要你不把它发出去，谁知道？等我们收集到三千个手语词汇，把语料库整理好，就停止使用。以后对外发布时，再改过来，不就好了吗？"

"这倒也是。不过我们可不是朋友。"我笑，故意卖了个关子，"我们可是合伙人啊！你放心，我绝不会把那段程序发出去。"

说干就干，当天晚上，我将程序传给了一零。

半个多月后，她送回了个硬盘。打开一看，里面已经是她加了华美内部代码的新程序了。

给小九装好新程序后，为了加快学习速度，我直接将它送回苏州老家跟着林姨生活。毕竟作为手语翻译，林姨不仅知道怎么教手语，还能接触许多聋哑人。

好消息很快传来。一个月后，林姨的反馈已经从"小九会翻译手语"进步到"小九会翻译评弹"了。

"评弹？"我吃了一惊。我都听不懂老家的评弹。

"对啊，它现在能一边听评弹，一边给我们做翻译。旁边屏幕上打的字幕都不用看，比画得可快呢。"

为了证明自己说的话，林姨特意发了段视频过来。视频中，小九一边听着评弹，一边稳稳地将听到的内容翻译成手语转达给了身旁的"听众"。

看到这段视频，我放下心来，显而易见，三千词的目标不仅达成而且超越了。和一零商量后，我们决定让林姨立刻把小九寄回来，收回语料库，更改程序。毕竟夜长梦多，谁知道后面会发生什么？

"寄回去？"林姨有些舍不得，"怎么这么突然？"

"我打算给程序升下级。升完级,再寄给姨。"我没法告诉林姨急着召回小九的实情,只能扯了个谎,"到时候姨找人装好程序,马上就能用。等几天就行了。"

"不用再升级了吧?"不知怎的,林姨有些犹豫,"现在都很好用了。我们过几天有个活动,没它在不方便,你给姨多用几天?"

"还是要升级的。"要是公开参加活动,不可控的因素就更多了,"我一升级完,就给姨,很快的。"

"这程序多少钱啊?"见我执意要回小九,林姨冷不丁问了我一句,"姨找你买,行不?"

"不要钱。"我随口答道,"不仅姨用不要钱,以后大家用,我都不打算要钱。做这个,主要就是为了方便大家用手语。再说,就算以后我扛不住服务器的费用,真收钱了,我也不会收姨的钱啊。姨照顾了我妈这么久。"

"好孩子,好孩子。"林姨连声夸赞,没多久,就把小九寄回来了。

我那时只顾着高兴,也完全没想到林姨会做什么,更没预料到她的举动,会造成那么大的影响。假如我知道,我一定给她把利害关系说得更透彻些。

小九是寄回来了,但在没告诉我的前提下,寄回之前,林姨偷偷请人将那段手语程序拷贝了下来,安装到了自己的机器人身上,带着参加了活动。不仅如此,还现场传给了别人。她是好心,也完全不懂这样做会造成什么后果,只是单纯觉得既然我是为了方便大家沟通才做的程序,她早点儿分享出来也没事。更何况我也不打算收钱,经济上也不会受影响。

她这逻辑谈不上有什么大问题,要是这件事不牵扯到一零给我的那段代码的话。

在我得知林姨所做的事时,"心语者"几乎传遍了全国所有的手语交流组织。因为自带学习功能，它很快就掌握了不少其他地区的手语。更要命的是，据说还传到了国外。

局势变化得太快，使得我和一零很被动，被动到很难挽回局面。

虽然我们很快就把更新后的程序发了出去，想要替代先前的版本，可扪心自问，我更新后的版本阉割掉了学习功能，附带的语料库也只适配母亲所用的手语方言。先前那版功能强大，能够不断扩张语料库，各地的人都能用，确实要更好些。两相比较，傻瓜都知道该用哪个版本。

这直接导致华美联系到我时，我还是没能替代掉先前那版"心语者"，被动得很。

更被动的是一零。消息爆出来后，我就联系不上她了。我简直不敢想，华美会对她怎样。

毕竟，证据确凿到我们没法抵赖。

五

老实说，"心语者"受到这么多人的喜爱，我本该高兴。因为这意味着它在市场层面大获成功。

但成功的代价太昂贵了，我承担不起。这一趟，我不仅搭进去了不少钱和时间，还被华美给告了，进而被警察送去了拘留所。

拘留所的日子很枯燥，枯燥到我大多时候只能对着监室的墙壁发呆。那沉默的、笔直的墙壁让我想起一个《圣经》中的故事。

传说人类曾经联合起来，想要修建通往天堂的巴别塔。为了阻止人类，上帝就让大家说起不同的语言，使得彼此不能沟通，最后导致计划失败。

我一直知道这个故事。可直到进了拘留所，在百般无聊中再度回想起来，才真正理解它。

其实阻碍大家建起巴别塔的从来不是语言上的隔阂。只是要建一座高塔罢了，即使无法交流，那还有手可比画，有文字可对照。只要向着同一个方向，不断地往高处建，不就行了吗？建塔又有什么难的呢？向着同一个目标的群体，只要怀着互相交流的心，即使说着不同的语言，又有什么紧要？从古至今，不管在哪个族群里，可都有个职业叫翻译啊！

因此我认为，影响建塔的从来就不是语言，而是那颗想要互相交流的心。

没了它，就算彼此能听得懂，也可以装作听不懂。

就说"心语者"吧，之前一直没有类似的产品出现，难道是因为我格外聪明些吗？不见得吧？我所用的技术，前人都有研究。甚至我和一零"盗用"的那段底层代码，也是华美多年前就写出来的。

难道其他人都看不到如我母亲那般的聋哑人的困境吗？不知道他们想与人交流吗？三千万人啊！怎么可能看不到？怎么可能不知道？只是刻意选择忽视罢了。选择忽视那些与自己的生活没多大关系的弱势者，选择忽视他们的需求，只是简简单单说一句："他们可以学手语呀，不好用吗？"

也不是不好用，只是可以更好。

修建巴别塔需要每一个人，无论他们用着怎样的语言。

我对不起一零，也对不起华美，但我不觉得我做错了。

大公司会因为经济利益考量选择忽视某个项目，而我，只想为家人、朋友考量，扛起这个项目。

再见一零，是在拘留所的会客室里。

她和一个西装革履的律师一起，坐在那里等我，满脸都是愧疚。

"我不知道我妈会做这么绝，非要告你。你放心，我和她打官司也要把你保出去！"一见我，一零就握住我的手急忙解释，"严律师很厉害的，你再等几天，几天就好了……"

"你妈？"我看着流泪的一零，又看着她身旁一脸无奈的律师，恍然明白了一切。

其实不需要再问了。我和一零刚认识时，还开过她工牌的玩笑："谐音梗是要扣钱的。你这真名和网名一个音啊！"

那时的我完全没想过搜她的名字，也没意识到她和华美总裁同姓。后来她说起"心语者"项目被自己的母亲否决，我也只是隐约觉得对方或许是个高管，半点儿没想到是华美总裁。不过这有什么紧要的呢？我确实做错了事，被人抓住了把柄。

"打什么官司啊？傻瓜。"我抽出手，擦掉一零脸上的泪水，"我想和你妈合作，和华美合作。"

"合作？"一零愣住了。

"对。"我看向她身旁的律师，"严律师是吧？你能否帮我带个话，我想和华美协商，他们也看得到，现在市场上'心语者'很火，华美完全可以用它开拓聋哑人市场，比如给华美现在所有的机器人预装'心语者'，作为免费功能，肯定有人买。还可以直接卖'心语者'的语料库给学校、图书馆这种公共机构。有了'心语者'，把现有的文艺作品翻译成手语再卖一遍，也不是很难。三千万人虽然不算多，也抵得上个小国了。现在工具都有了，华美肯定知道怎么开发会更好。对吧？我愿意把'心语者'的源代码无偿提供给华美，只求一个协商的机会。"

"这……"严律师看着我，沉默了一会儿，很快答道，"我帮你去问一下。"

"好，多谢了。"

"可是，嘉明哥……"一零还没想通，还想说些什么。我拍了拍她的肩膀，笑道："你如果当着你妈的面，能像现在这样帮我哭一场，说不定我们的'心语者'会发展得难以想象的好。"

"哭？"

"对，哭一场，就把你跟我说过的福利院的故事和你妈妈说一遍，把你想帮助那些聋哑人的心结，想做成'心语者'的愿望都说一遍，她肯定能懂的。"

很多年前，因为和父亲置气，我一言不发就去了外地住校。从那以后，我一直没怎么见过他，仅有的交流也不过是通过电话、视频。现在回想起来，很是后悔。一零还年轻，我不希望她将来有一天会后悔。

那天之后没过多久，我签下了和华美的协议。

事情比我预料的要好些。华美虽然收下了"心语者"，却没打算亲自运营。它单独设了个子公司，让一零管理，等于把实际的研发、运营权都给了我们，所要求的不过是每年30%的利润，以及华美旗下所有机器人永久性无偿预装"心语者"的权利。

我们还是没给"心语者"收费，但作为一款很受欢迎的手语翻译程序，我们将它授权给了不少特殊学校、医院，甚至玩具厂商。只靠授权费，我们就大赚了一笔。

除此以外，借着华美的平台，我们利用"心语者"的自学能力打造了"巴别塔"项目。顾名思义，我们想打造一座通往知识天堂的高塔，立志于将市面上的重要科学资料、主流文艺作品翻译成手语，让聋哑人也能轻松接触到这些信息，进行学习。

不仅如此，我和一零还盘算着利用"心语者"收集来的庞大的手语语料库，创建一门全新的手语。这种手语将适用于全世界的手语使用者，从此之后，手语使用者彼此之间就不会存在隔阂了。

我始终相信，只要怀有一颗想要交流的心，没有什么事是做不成的。如果还没做成，那一定是时间不够。好在"心语者"的时间是无限的，作为一款能够不断学习的程序，它能比我存在得更久，久到终有一天，我和一零设想的那座"巴别塔"会建成，那个所有聋哑人能与其他人交流的时代会来临。

和华美协商好，开公司运营"心语者"后，我接受过不少采访。有记者问过我，为什么要退让这么多，把"心语者"的所有权交给华美。怎么说呢？或许我和一般人不大一样，我没那么在意所有权。

当然不是说在意这些不好。只是在这件事上，我不想在意。

对我来说，"心语者"做成了，才是最紧要的。

母亲从此不再沉默，才是最最紧要的。

那些如母亲一般沉默的人，从此能够发出属于自己的声音，才是最最最紧要的。

在这么多紧要的事面前，一个所有权的归属，又有什么紧要？而且我本身能够做出"心语者"的前提，不也是用了华美的代码吗？巴别塔有通天之高，我、一零、华美，都不过是修建这座高塔时的石块罢了，并没那么紧要。石块与石块之间，真正该做的是团结一致，紧密合作。

对于我的这些想法，有些人会说我大度。他们错了，我不大度，我只是懂得在想要达成的目标面前，略微退一步，好让别人能进一步。

人到暮年，回首往事。事实也证明，当初我与华美各退一步，决定协商而非对簿公堂，是多么正确的决定。

凭借华美的财力与宣传力度，"心语者"被广泛安装于各式各样的设备，小到玩具、手机，大到火车、轮船、飞机与航空飞船。只有你想不到，没有它出现不了的地方。在我还小的时候，谁能想到聋哑人有一天能开上飞船前往太空呢？

过去许多职业，因为他们听不到、说不出，就对他们关闭了大

083

门，而今这些大门已经逐渐开启。诚然，身为聋哑人，他们能去的地方还是比健全人要少一些。可至少，因为"心语者"的出现，也比过去宽广了许多。

我和一零设想的那门世界性手语早已被广泛运用，现在再也不存在北京的手语使用者看不懂巴黎的手语使用者说什么的情况了。这一方面方便了聋哑人之间的沟通，另一方面也改善了他们的处境。中国只有三千万聋哑人，但是全世界呢？当那些沉默的人群集合起来，使用同一门语言的时候，他们的声音就会大到足够被人听见。即便，他们用的是一门无声的语言。

"巴别塔"项目虽然还没完工，但我相信总有一天，它终会完工。虽然有生之年，我是看不到了，但总有人会看得到。等到它完工的那天，聋了或者哑了，都不再是个问题。聋哑人也能学习到最新的知识，看到最好的文艺作品。而不是像我母亲曾经那样，只能在无止境的寂静中，一针一线地等待时间消逝，看着误解发生，却没法解释。

等到那一天，我想，我就敢同过去的母亲和故去的父亲道上一声歉了。

《科幻世界》2023年第6期

作者的话：

《心语者》讲的是无法用语言沟通的母子，在科技帮助下达成和解的故事。

接触过手语的人看到这个标题，估计能猜到我想表达什么。毕竟有不少手语社团就叫"心语社""心语协会"或者"心语乐园"等名字。

之所以会写这篇小说,和我的个人经历有关。

我曾在福利院做过义工,有时候是自己去,有时候是学校或者其他机构组织活动带我去。去得多了,就有些感触。福利院里的孩子,健康的很快会被收养,留下的或多或少都有些疾病。

印象最深是有一次我遇到个聋哑的小姑娘,想跟她交流。可是她听不到,也说不出,我又不会手语。鸡同鸭讲比画了很久,才找到人做了翻译。那天我和小姑娘聊了不少,还记得我问她,为什么不装人工耳蜗?在我当时的概念里,这门技术已经相当成熟了,没道理不装。但她沉默了,很快换了话题。后来我查了价钱,才反应过来是因为贵。谈到钱,事情有时候会变得很伤感。不是当事人真的没法知道实际情况。

直到今天,一副人工耳蜗也不便宜。对于普通家庭来说,仍是一份承担不起的重担。更何况多年前一个福利院里的孩子呢?而且院里和她处于相同情况的孩子,并不少。

《心语者》发表后,有好些人问我,为什么没有选择芯片、脑机技术之类看似更高的技术手段做背景,却选择一款手语翻译软件做背景?首先,并非所有人的体质都适合装芯片、运用脑机技术。这两项技术可能要涉及开颅,故事中的母亲年纪已大,不一定承受得了。其次,也是主要原因,我认为芯片也好,脑机技术也好,成本都更高、更贵,普通人也更难接触到。而手语翻译软件,哪怕要付费,价钱也低得多,通用性更高。

过去的经历让我意识到,很多问题之所以没有被解决,并非单纯出于技术原因。说真心话,我们永远都会有更尖端的技术,但普通人用得起吗?用得到吗?作为科幻作家的我,诚然可以在小说里发挥想象,天马行空,描写一个很厉害的技术。但这个技术出现了,它就能解决掉问题吗?并不。就像人工耳蜗技术已经相当成熟了,可还是有人用不起。重点并非如何寻找更强大的技术,而是怎样让它为普通人所用。

  我选择手语翻译软件这样一个看起来比较普通的技术来写这个故事，正是出于"普遍应用"的考虑。毕竟我的初衷不只是希望他和他的母亲能沟通，还希望更多人能够彼此沟通，低成本地、广泛化地沟通。不管他们是聋哑人，还是健全人。

择 城

| 顾 适

顾适，本名顾宗培，科幻作家，高级城市规划师，中国科普作家协会会员，中国作家协会会员。1985年出生于北京，本科毕业于同济大学，在中国城市规划设计研究院取得硕士学位，毕业后留院工作。

2011年11月在《新科幻》发表处女作《特约访谈》，此后作品陆续出现在《超好看》《科幻世界》以及Clarkesworld、XPRIZE等国内外杂志和平台上，代表作《嵌合体》《赌脑》《〈2181序曲〉再版导言》等，曾多次获得中国科幻银河奖、华语科幻星云奖等奖项，多篇作品被译为英、德、西、日、意、罗马尼亚等语言，已出版个人中短篇小说集《莫比乌斯时空》。

顾适将"科幻"视为打破现实的有力工具，对"小说"的处理有一种精妙的平衡感。她的《死亡流水线》《嵌合体》《赌脑》《误入骑敌途》曾分别入选2014、2015、2018、2022年度《中国最佳科幻作品》。

鸿水滔天，浩浩怀山襄陵，下民其忧。

——《史记·夏本纪》

1

雨越下越大。

雨刷器把车窗外的景象隔为一帧一帧的印象派画作，前车的尾灯和街旁的霓虹都融化在水中，变为深蓝幕布上绽放的点彩。我握紧了车门旁的把手，看侧窗外的水浪拍击行道树。

"你真要在这里下车？"费博易问我。

商务车上另外四个人都没有开口，他们还要继续调研。我们这一车人会在暴雨的周日出现在这里的原因，是因为费博易负责的"城市安全大脑"项目上周刚刚给甲方汇报，在评价我们的逃生导航系统YU的时候，甲方忽然极为温柔地来了一句：

"你们都是在旱季进行产品测试的？"

当时费博易反应极快："雨天也去现场了。"

"肯定不是在'洪季'，最近你们都是线上办公吧？"屏幕中的甲方微微眯起眼，"我只是想要你们确认，YU系统模拟出来的洪灾逃生方案，在应用中是可行的。这个产品要给用户在灾难中使用，要保证万无一失。"

她确实抓住了关键点：几乎没有开发者会在极端场景中试用自己的智慧产品，但YU系统恰恰是为了最危险的情况而设计的。在气象台发布"暴雨红色预警"后,费博易用一个下午的电话轰炸,把项目组核心成员都叫出来调研,他说,这是YU上线的第一天,我们必须在现场测试新系统。

为了和小组会合,我当时把自己的车停在他们公司附近这个地势比较高的停车场。"再晚要堵车了——我得先回去,孩子一个人在家。"我回答费博易。商务车可能轧过一个小低谷,浑浊的洪水漫上前窗,车内陷入恐怖的寂静,让水中杂物每一次敲击车体的声音都显得过于清晰。我只好继续说:"你们还要去下一个点位?注意安全!"

他问:"你自己走没问题吗?"

"没问题。"我说,"我车上刚升级了YU系统。"

说完这句,我仿佛听到后座上有人嗤笑了一声,"就是这样才吓人。"

我只当没听见。我并不是费博易的下属,和他们合作,是因为在项目招标的时候,他相信如果能让城市安全规划师加入团队,中标的概率更高。但在实际开展工作之后,我们的思路却有很大分歧,他坚持认为我对人工智能"一无所知",提出来的技术路线也"毫无道理"——而对于他只求达到目标而无视公平的设计方案,我也无法苟同。因此虽是合作,如今YU系统里留有我工作痕迹的部分,不过是一些避难场所和建筑平面的资料整合。要我把性命全托付在它身上,是不大可能的。会这样回答费博易,只不过是因为我熟悉路,知道从这里回家一路都是高架罢了。

"好,"他放弃了劝说,打开车门,"路上小心啊。"

"你们也是。"我对他点点头。

蹚了几步齐腰深的水,我终于摸索到台阶,停车场暂时是干爽的,我冒雨检查了车子的外置安全气囊——一旦车轮在深水区失去前行的摩擦力,它就会自行弹出,将整辆车变为一艘小型气垫船。这种气囊是一次性的,弹出来就无法自动收回,必须在雨停后去修理厂整个拆掉,再安装新的。

流程虽然麻烦,但确实能救命。我是在三年前的"洪季"装上了这玩意儿,当时社区给所有孕妇提供了免费的安装配额,我也就顺手去薅了这把"羊毛",谁知在生产当天,竟遇上暴雨,最后就是靠着这东西一路漂到医院。阿启出生后,天气比以往更差,一到六月,雨水便无穷无尽,好几次我们都不得不启动气囊,才能撑过一段有惊无险的路途——而一旦为它所救,必定会毫不犹豫地再次安装,哪怕需要自己付费。好在我们搬了家,从城郊的新居到城里,一路都是高架,即便是"洪季",用气囊的日子也少了一些。

——但愿今天也不要用到它。

我坐进驾驶室,前窗随即闪过一道 Y 形的虹光,"您好,涂山娇女士,欢迎使用 YU 系统。"它用小女孩般的声音脆脆地说,"我是小 YU,我会为您的旅途提供帮助。"

"什么小雨啊……"我看向模糊的车窗,嘟囔道,"明明是大雨。"

"在有暴雨红色预警的日子,您无法关闭我。"它居然听见了,大约没能理解我抱怨的内容,换了一个年轻男子的声音。

"GUN。"我试图打开更熟悉的导航软件,"帮我设计回家的路。"

"请不要骂人。"它说,"保持情绪平和,将会有助于您安全到达目的地。我已经读取了历史导航数据,将会辅助您回'家'。"

GUN 是骂人?那明明是导航软件的名字——

"你不知道鲧系统吗……"

一道炸雷打断了我和它继续争辩的话语。YU 计算出来的道路危险系数正在不断升高。"我们得离开这里。"它说,"七分钟后洪峰会到达。我注意到您安装了外置气囊,很好,现在请从停车场的南出口离开。"

"但我要上高架。"我说,南出口是高架的反方向。

"我会带您上高架,只是现在情况特殊。"它说,"请马上离开这里。"

我把油门踩到底。停车场出口的阻车杆已经抬起,所有停车计费系统都会在红色预警日自动关闭。离开停车场之后是下坡,我的车一头扎进水里,外置气囊随即弹开,仿佛在预示这又会是中大奖的一天,嗡嗡声从车尾传来,那是后置螺旋桨动力代替了四轮驱动,同时,YU启动了车窗的数码增强影像,用清晰的线条勾勒出路况和水下的情形。从这一点看,它确实比GUN升级了一步。但接着我注意到,它设计了一条非常诡异的路线,要穿过常规地图上的好几道屏障——确切地说,我们要从一组低层建筑的屋顶上驶过。

我不熟悉南出口外的路,所以开出停车场之后,我没有别的选择,只能跟着它的指示走。"那是远离高架路的方向。"我不安地说。

"耽误您几分钟,"它说,"我们再去救两个孩子。"

一道炸雷劈下来,大树在我背后倒下,掀起的水浪把我的车一瞬间变成潜水艇,车顶的换气柱也自动升了起来。

"你设计这个路线不是为了让我回家?是为了去救人?"我提高了声调,"我又不是消防员!"

它回答说:"但您是离她们最近的人。"

这次我是真的想骂人了。

2

"问题不在于那两个孩子。"费博易的脸肿得几乎分辨不出五官,但还在艰难地对我说话。

我把视频关上,不想看到他的惨状,"我不太明白,救人是好事,为什么你担心会有人揪着我们不放?"

"问题在于,除了屋顶上的孩子,那房子里还有两个人。"他极慢地说,"你确定YU从头到尾都没有提及他们吗?"

"没有。"

"对,但YU知道这两个人的存在。这就是问题。"

"它可能没打开那个……你们是叫图层?资料库?"我说,"它可能没有查看那栋建筑里的人员户籍信息,只是根据监控画面,判断出来那屋顶上有两个孩子,而且她们还活着。"

费博易沉默了一会儿,"我觉得可以。"

"什么可以?"

"我们统一口径,"他说,"以后不论谁来问我们,都是这个答案——YU是通过红外图像判断屋顶有人的——记住了。"

我问:"不然呢?它是通过什么判断的?"

"我不知道。"费博易的声音听上去疲惫而无助,"那是它的算法黑箱。"

3

和费博易通过视频电话之后,恐惧的恼怒又冲淡了我心中成功救人的狂喜,让我对YU产生了新的怀疑。我猜想,大约就在费博易他们那辆商务车被坠落的广告牌击中时,我正在YU的帮助下,成功把车锚弹射到了平房屋顶旁的石桩上。我确实知道自己的外置气囊配了这个东西,但从没有使用过。它的端头设计如同章鱼触手,能在吸附后自动锁死绳扣。风雨中,两个孩子的影像出现在前窗上,年长的大约十几岁,小的恐怕和阿启差不多。她们抱成一团,我只能从她们身体的抖动,判断出那里的确有活人。"你们得自己游过来!"我打开车门,对孩子们喊,"我得稳住这辆车。"

洪峰到达之前,水会变得污浊。我可以感觉到车辆不断被水流和其他的杂物冲向更远的方向,而螺旋桨的努力正变得越发徒劳。

留给我们的时间不多了，个头更高的瘦女孩从车锚附带的绳索上拽下救生衣，她先帮年幼的胖娃娃穿上，再打开充气阀门——我感觉自己从小就在飞机安全须知里见过这一幕，但此刻才是第一次真实地发生。很快，瘦女孩自己也穿好了救生衣，她把两件衣服连接的安全挂钩都固定在绳索上，然后艰难地单手抱住小胖娃娃跳入水中。女孩奋力扑腾了几下，眼疾手快抓住了外置气囊上的把手，试图攀上气垫时，却没能站起来，两人顿时被浪掀进水里。更年幼的女孩漂荡出去两三米，但万幸她的救生衣仍拴在绳子上。"你先上来！先上来！"我对瘦女孩喊。她迟疑了一下，没去拉小姑娘，双手撑住气垫，像一尾鱼一般滑进车内。

"请在保证自己安全的前提下，再使用卷线器帮助他人。" YU不紧不慢地说，它在车窗上投影了说明书。她看懂了，随即用两只手转动固定在车门一端的卷线器，如同钓鱼一般，把灌了好几口水的小女孩拖了进来。

几乎在同一时间，原本在孩子们脚下的屋顶消失了，它淹没于水下，变为数码影像上的一个标识为"障碍物"的图层。我断开车锚，关闭车门，开足马力，掉转车头，在 YU 的指示下驶向高架路。两个孩子挤在后座上，分别放掉救生衣里的空气。她们起初看起来还算冷静，只有小女孩吐了一地。直到我的车轮再次踏上干爽的路面，后置螺旋桨不再产生推力之后，那瘦女孩才哭起来。

YU 说："请保持情绪平和，这会有助于我们脱离险境……"

"闭嘴。"我说。

它识趣地安静下来，取而代之的是两个孩子此起彼伏的抽泣。我虽然在驾驶席上没有回头，但可以感觉到有人不止一次把鼻涕擦在了我的织物座椅上。到这时，我终于听见自己的心跳声，感受到衣服内里的透汗。行驶了十公里左右，高架上才开始堵车。在雨幕中，大部分车子都弹开了外置气囊，一个个如同拎着裙子跑步的女士，把车道塞得满满当当。这种时候，即便彼此有碰撞摩擦，大约都不值得下车吵架吧。

又堵了半小时，我们才从匝道盘旋而下，转到回家的路，再通过空中廊道开向位于七层的停车库——那堡垒般的建筑群让我感到心安。"完整建筑"是房地产商从去年开始推的概念，作为城市安全规划师，我也曾经参与过这个概念的设计。这些新楼盘会建在地势较高的地方，彼此通过廊桥相连。一般来说，大约5至6栋建筑为一组，除了常见的居住功能之外，还会在不同楼层融入教育、医疗和餐饮服务。停车库就在位于建筑群中央的"生存楼"里——这栋建筑可能是"完整建筑"区别于传统居住小区的关键。它的低楼层通常是LED植物灯照射下的蔬菜大棚，中楼层是车船库及修理厂，高楼层提供的却是能源、水源、燃气或供热设施。我们所在的这一栋"生存楼"是区域能源中心，从十层到十五层，空间纵向打通，里面有一座小型托卡马克装置，通过核聚变反应，它能够保证大约一百组"完整建筑"的四季能源。

"我们到家了，感谢您使用大YU。"在我的车子熄火之前，YU这样说。显然，它把之前我随口说的"大雨"当作了自己的名字。

大YU？大禹——我脑海中忽然闪过这个名字——倒是抗洪的好兆头。

车轮发出的"咔嗒"声响，说明车子已经卡在了排队去往修理厂的传送带上。我在App上选择了"内饰清洗"和"更新外置气囊"的选项，把剩下的工作交给修理厂的机器人。再打开车门，招呼孩子们出来，"你们还好吗？"

小女孩竟然自己晃晃悠悠走出来，她捂住鼻子，嘟囔说："这里好臭啊。"

这话很像阿启会说的，于是我把她抱起来，向她解释说，这味道是因为周边的厕所污水和厨余垃圾会在处理后用来浇灌低层的蔬菜。但她显然没有听进去，吸吸鼻子，又哭得泪眼婆娑。幸而臭气在廊道就消失了。我顺着两个孩子的目光，沉默地看向廊桥外——雨后的傍晚给每一朵云都罩上了柔软的粉色，双彩虹框定了天空中剩下的最后一点阴霾。而就在我们脚下，姜黄色的泥水正撞击着楼栋底层架空的柱网，翻腾起骇人的死亡之浪。她们失去了家人吗？我试图从孩子们的表情中探知答案，但没能问出口。

"走吧。"我说。

进入居住楼栋之后，我先去顶层的"育儿中心"接上阿启。她惊奇地看着凭空冒出来的孩子们，在听我解释之后，很快就接受了"妈妈救了两个小朋友"的事实，甚至颇感自豪。回到家，她和女孩们分享了自己的浴巾和零食，却没有催促我做晚饭。我知道她很饿，但我得先报警。我戴上耳机，拨通视频电话。

"涂山娇？"警察居然先叫出我的名字。

"对，我……"

"我们正在找你，"他打断我，"你不在那辆商务车上？"

我才明白他是在说费博易他们那辆车，"雨太大了，我要回家照顾孩子，就中途换了自己的车。"

"你运气不错。"他平淡地说，"那辆车被广告牌砸了，目前只有一个人获救，其他人都失踪了——你认识这个人吗？"

他发给我一张头破血流的照片，"费博易。"我说。他裹着污泥的手臂拧在身侧，仿佛没有脊骨的蚯蚓，看着可真疼。

"嗯，他还活着。"他又问，"你报警是因为没联系上他们吗？"

"不是。我回家路上救了两个孩子。"我转过头，用 AR 眼镜拍摄她们的脸，"你们能找到她们的家人吗？"

"丹朱，商均。"警察报出两个孩子的名字，"她们的监护人目前处于失联状态，如果有消息，我们会联系你。"

"好。"

4

挂断电话之后,我已经知道两个孩子会就此在我家里住下来。起初一阵子的确兵荒马乱,我们被洪水围困了足足三周,食物捉襟见肘,家中人口却陡增了一倍。我去争取了很多次口粮,但这里受灾程度远比不上城里严重,并不会获得额外的关注。最终我不得不加入业主委员会,和邻居们一起向其他楼栋发出切断能源的警告,来逼迫周边的住户同我们分享粮食和水。等洪水退去,我便在客厅里架起双层床,给丹朱和商均睡,两人年纪相差不过十岁,却差着辈分。丹朱的姐姐——也就是商均的母亲——在去年的洪季失踪。如今,洪水又让她们变成了孤儿。这多舛的命运没能伤害到商均,她刚满四岁,只比阿启大一点,很快就忘记悲伤的过往,展现出开朗的性情,自然而然地跟着阿启叫我"妈妈"。但一次次失去亲人显然给丹朱心中留下了无法愈合的伤,她时常从睡梦中惊醒,像幽灵一般站在窗边远望。我不敢惊扰她,于是我们陷入奇特的对峙——她每夜都站在那儿,而我知道她站在那里,她也知道我在看她。

终于有一天,我借着去喝水的由头起身,用亮起的吸顶灯打破了沉默。我递给她一个杯子。丹朱回头看我,她的眼圈是红的。

"怎么了?"我保证我只说了这三个字。

她大哭起来,扑到我怀里。过了好一会儿,我才听清她混杂在抽泣中的话:

"我知道他们在楼下……可我只想逃走,我都没有求你……求你去救他们……"

她在说她的父母。

"这不是你的错呀。"我非常谨慎地措辞,生怕话语会撕裂她的伤口,"在那种情况下,我没有能力去救他们,你也做不到。"

她点头，又摇头，把泪水全擦在我的睡衣上。不久，丹朱申请了岩城中学的奖学金，决定去那里读寄宿学校，不肯再回泽城。

我依然记挂着她。过了几年，便找机会加入岩城的城市更新规划项目，可以去那边出差。这座城市曾经历过度的房地产开发，有着上万栋无人居住的住宅，但因为海拔比泽城高一百米，加之有两所历史悠久的大学，近来却成了吸引沿海移民和投资的热点城市。利用岩城的空置房屋，我们再次实践了"完整建筑"理念，给每一片城市组团补充基础设施、制造工厂和农业种植。

"以前我们做规划，会更强调功能分区和设施的使用效率，但在这个灾害频发的时代，各种设施的分布式布局却更为重要，只有这样，才能保障安全底线，让每一个人都能得到均好的服务……"我试图和她们解释屋外的道路绿化都变成麦田的原因，但丹朱却把话题引向另一个方向。

"你们听说过'东海城'吗？"她打断我，对两个还在读小学的女孩说道。

岩城的餐厅透着小城的亲切氛围。陈旧的瓷砖配上包裹着金色油漆的洛可可式柱子，再加上木质的中式圆桌和朴实的黑色餐椅，让老板娘冷淡的面孔都显得温暖了几分。

阿启没有开口。她的眼睛迷茫地盯着虚空中的一个点，显然是在通过藏在隐形眼镜里的"视域"屏幕玩网络游戏。

"没有。"商均说，"那是什么？"她生得敦实强壮，对所有的事情都兴致勃勃。

"涂山姐姐肯定听说过。"丹朱看向我，她从来不承认我是"妈妈"，只肯叫我"姐姐"。

我点点头，"我参与过东海城规划。"

丹朱看向我的目光里突然充满了热情，"真的？为什么要在海上建城市啊？"

"我印象里是有一些气候学者,在研究洋流和台风的时候,在中国东海上找到了一片大气和洋流相对稳定的地区。"我把筷子放下,"后来,又有地质学家在这个地区发现了海底石油。"

"然后呢?"商均也兴致勃勃起来。

我回答说:"所以有人就开始琢磨——在海上,能不能建一座更安全的城市?"

丹朱说:"大海一定比陆地危险。"又问我,"那涂山姐姐怎么看?"

我有点儿不习惯她现在说话的语气,考上岩城大学的土木工程专业之后,丹朱竞选了学生会主席,看来,她已经习惯了掌控局面。

"如果发生灾难,海洋肯定比陆地更难疏散居民。"我说,"其实,我不太能理解这座城市的建造逻辑。"

"我读到一篇文章,说建设东海城的关键不是工程学逻辑。"丹朱说,"而是一项战略选择。"

我想起自己和费博易的讨论。东海城的初步设计也请大禹参与了防灾模拟,结果并不乐观。我建议他们调整规划方案,不要将东海城视为"一座城市",而是由很多"船只"彼此相连而形成的机动城市,当灾难发生时,只要断开链接,船只就可以载着居民四散而逃,这比单独设计一套逃生系统高效多了。

丹朱继续说道:"按照涂山姐姐说的,如果海里还有石油,那东海城其实就是一支围绕能源点建立的海上舰队。这是为了应对气候进一步恶化,城市应该探索的新形态。"

"延续现在的技术,改善城市里的存量空间,也是一种选择。"我随意地答道,"你有没有想过,为什么到现在大家还在开车,还在用外置气囊? 为什么我们不换成船呢? 这是因为,城市里的道路是给有轨辘的汽车设计的,宽度、坡度、转弯半径,都有固定的模数,还有建筑的间距也一样。我们的城市根本就不支持船只的行驶。"

"但这不能解决根本问题。"丹朱略微提高了声调,"我们不该跟着过去的模式来改造城市,而是要给他们一个新的方案,积极应对气候的变化。"

我看向她仰起的侧脸,"丹朱,你是不是参加了辩论社?"

她笑了,"对,下周的辩题就是这个——我们应该在海上建城市吗?"

"挺好,我觉得你能赢。"我给她夹了一块红烧肉。

泽城的天气越发糟糕,"洪季"成了常态,高温、旱灾、龙卷风、粮食绝产……每一年仿佛都要开一个新的"盲盒"。灾难的升级也迫使大禹不断升级,通常它可以给出合理的方案,但有时,它的反馈也会让人感到难以理解。有一年春天,难得天气晴朗,大禹却连续几周给不同的居民发送信息,让他们立刻离开家逃难。当时费博易他们反复调试,最后却发现大禹正计划让泽城居民全部撤离,并认为这是"解决问题的唯一方案"。不得已,他们请我一起商量,原因竟然是我"不懂专业,所以能看清问题"。我问费博易,是否考虑过在大禹的经济损失评估表里,增加固定资产折旧指标,让大禹明白如果报废城市里的房屋和基础设施,就会导致经济损失显著增加。谁想竟然起效了。

bug 可以修正,但泽城的生活却很难复原。商均和阿启的整个小学生涯,都被困在家里上网课。又过了几年,丹朱和我说,想让商均去岩城读中学,"阿启也可以一起。"

她是成年人了,坐在我面前搅动咖啡的样子,毫无缘由地让我想起曾经的某位甲方,仿佛在等待我汇报项目的阶段成果。

"交给她们自己来决定吧。"我这样回答说。

她不满意这个回答,直接问道:"涂山姐姐,为什么你们不搬来岩城呢?你看到最新的'城市宜居度排名'了吗?泽城已经掉到最低的那档了,在它之下的名字都是灰色的,是那些被永久淹没的滨海城市。"

像是觉得还不够似的,她又补充了一句:"下一个就是泽城了。"

为什么不肯搬走呢? 这问题我也问过自己很多次。据我观察,最早搬入"完整建筑"的那些居民,反而有更多驻守在泽城——城郊的这片高地,每年被洪水围困的时间只有几周,在做好万全准备之后,大多数人都能扛过来。所以,我们反而不会像那些住在城里的人,为了生存,选择失去工作、放弃家园,去另一座城市里重新开始。

"因为那里是家啊。"我说。

"房子不是家,有家人在的地方才是家。"她的声音里总透着笃定,就好像事情本该如此,必然如此,毫无转圜的余地。

我惊觉她说的这句话,竟是东海城的移民广告。近来即便像岩城这样的高海拔城市,也开始发生内涝。当恐慌的移民再次经历曾经的噩梦,很多人干脆就举家逃向东海城,仿佛只有那里才是一个全新的远方。

"你想去东海城?"我小心翼翼地问。

"我在那边找了一份工作。"她说,"在能源港做工程管理。"

"我会担心你在东海城的生活……"我努力地找寻措辞,"我听说那边的生活设施还不太完善。"

"所以他们需要结构工程师。"

我只好也直说:"我会担心你,海上太危险了。"

"上个月,龙卷风从岩城大学横穿而过,距离我的住处只有几十米——涂山姐姐,现在没有什么地方是安全的,因此也没有什么地方更危险。"

这诡辩听上去竟有点逻辑。我想了想,和她对视,最后避开了她的目光,"你自己在外面,务必小心。"

丹朱笑起来，她终于挣脱了我施与她的亲情蛛网，但那笑马上就消失了。丹朱说："你们也要保重。"

我沉默以对。在大禹的 bug 修复报告里，费博易合理化了它的行为。他说，对居民而言，在哪座城市生活，不再是可以用"宜居程度"来进行排序的问题，而是一个客观的生死问题。大禹只是想帮助人类做出正确的选择。

或许，是时候考虑搬家了。

5

"目的地——岩城。"商均兴奋地说，她圆胖的手飞快地敲击着虚空中的键盘，把她能展现的每一个图层都打开：泥石流可能的发生点、流向、流速、外置气囊的完整程度、车锚的剩余个数……

"我见过一个特别帅的视频，里面的驾驶员用车锚来转向，就像以前的赛车漂移！"她继续说着。

阿启坐在后座。她戴着耳机，目光没有聚焦在现实世界，依然在玩她的游戏。她对一切都毫无兴趣，即便危险迫在眉睫。陪伴这三个孩子长大，对我最大的启发就是：有时候，要承认自己的孩子就是天生平庸。

"大禹，请计算我们安全到达的可能性。"商均说。

五分钟之前，大禹发出警告，说连接"完整建筑"的空中廊道，会有较高的概率被泥石流冲垮，如果我们不想被困在泽城等待救援，那么就要立刻离开。商均先发现了这条信息，大喊大叫让我们用最快的速度上车。谁知这会儿大禹却计算得异常缓慢，屏幕上的圆点不停转圈，直到车里的所有人都焦躁起来。连阿启也眨眨眼睛，问："大禹，说话啊。"

"百分之七十九。"大禹说道，"如果我们能在一分钟之内离开这里的话。"

商均气得头顶生烟,"时间都让你耽误了!"

我把车从停车库里驶出的时候,已经听到了远处泥石流摩擦大地的"隆隆"巨响。我不理解为什么其他人没有从家中出来——大禹没有警告他们吗?等待救援可能是很快的事情,但也可能要等到弹尽粮绝。当然,说不定是因为我在岩城购置了一套公寓,搬家的行李都已经打好包放到车上,所以当时我没有任何迟疑。从匝道驶上主路时,商均忽然喊了一声"快看",于是我从后视镜里瞧见连接停车库的廊道被黄棕色的泥土覆盖,一辆银灰色的房车被卷入其中,几乎没有冒出火花,便倾倒破碎,变为洪流中的一部分。

雨水在冲刷前窗,却无法洗去我的后怕,尤其是高架路上车少得让人心惊。"大禹,"我听见商均又问,"我们安全到达目的地的可能性是多少?"

"百分之九十七。"这次它回答得很快,并且标识出几条危险路段。它帮我们躲开山上的滚石之后,剩余的路段就没什么需要担忧的了。云朵渐渐散去,天空一片碧蓝,直映得山上绿树都泛着油亮的金光。过去我会为了这样雨过天晴的时刻而感到欢欣,然而现在我已经习惯去怀疑,世界展现的每一分美好,都只是山雨欲来之前鼓荡的冷风。

我们遇到的那场泥石流虽不严重,但因为发生在"完整建筑"社区,却在网络上掀起人们又一轮恐慌。我们移居岩城不久,更多的难民涌来,让这座曾经的小城居民数量突破了百万之众。作为规划师,我越发忙碌,还接触到不少神奇的新城选址方案:青藏高原上的崖壁城市,南极的新大陆开发,有一些人甚至把主意打到了月球和火星上,连东海城都算不上最科幻的了。

商均喜欢所有这些点子。和大多数人不同,她对尚未到来的痛苦免疫,不会为任何迫近的恐怖而踌躇。每一份规划里的灿烂图景,都让她充满信心。她建了一个网站来收集这些奇思妙想。当她听闻有人要把喜马拉雅山脉凿空，在里面建设崖壁城市，那么她就会把这点子作为一颗"种子"，放在她的网站里。她开辟了不同领域的专业板块：工程学、地质学、社会学、建筑学……然后主动去发邀请，希望专家们能为它添砖加瓦。起初，这网站无人问津，直到她听从阿启的建议，改变了思路，将网站调整为完全开放的论坛，欢迎用户基于不同的"设定"，来书写在这种场景之下会发生的故事。网站很快变成一座未来城市的想象力森林，在设定迭代生长的过程中，不同背景的写作者和阅读者，也开始为那些设定增加专业内容，其中一些，竟真的成长为参天巨木。

我曾点开过最繁茂的那一棵树，名叫"华夏"，写的是一座可以沉浮于水中的两栖城市，生活于其中的人类，也进行了基因改造，可以适应深水区的水压，像鲸鱼一般在水下长时间屏息。而提供这个点子的人竟然是阿启。其实这样的设定放在小说里并不出奇，但开篇的几句话写得稚拙而有趣，阿启在她的"种子"旁标注说，从她出生之日起，夏天就变成了"洪季"，水就是恐怖的、危险的，她希望能在这个虚构的世界里，补上快乐的戏水和华美的夏天。

6

我是在东海城接到了费博易的通话申请的。多年未见，屏幕里的他看起来异常消瘦，"保重"两个字这几年变回了字面上的意义，倘若视频中的旧友忽然变瘦，那么我们就要担忧，他是否缺衣少食，或是身患疾病。

"这是哪里？蓝天白云的。你搬家了？"他的声音从嗓子里嘶嘶地挤出来。

"东海城。"我说，"没有搬过来，只是最近来这边出差。"

"还出差呢！"他咧开嘴笑。

这年头出差确实很少见了。听说是有一位甲方，担心东海城规模扩大之后，会"火烧连营"，便增加了消防专项的规划任务。东海城特殊的空间结构，让规划师倍感棘手，只好从各地邀请了专家来开现场会。我希望给丹朱一个惊喜，便在大禹的指导下上天入地，一路辗转，用了两周到达，然而丹朱却不在城市的这部分"船体"上。当年东海城的建设者采纳了我的建议，在这座城市中，只有围绕海底石油建立的钻井平台，以及由此生长出来的"港湾"，才会把结构基础扎在海床上；而人生活的"城区"，则是通过统一模数3D打印出来的装配式单元，这些漂浮于水上的船体单元彼此相连，如同蜂巢一般在"港湾"周围蔓延生长。丹朱说，虽然都叫作"东海城"，但她生活在另一处"港湾"，和我相距一千公里。要等半个月，才会有摆渡的客船，因此还是无法见面。和费博易倒是不需要说这么细，我只简要提了两句前因，便关切问道："你还好吗？"

"很不好。"他说，"是有一件事情，要拜托你。"

"拜托"两个字语气郑重，像是最后的嘱托，我尽量让自己的表情放松，"请说。"

"是关于大禹的知识产权。当年咱们那个项目，甲方只接收了前期研究的成果，大禹的知识产权其实是在我们这里。"

"为什么？大禹的应用应该很广泛吧。"我不解，几乎所有的人都在用YU系统，大禹也成了通用的名字。

"他们没说产品不行，是觉得责任太大了。"费博易说。

"责任？"

"导航软件能犯的错误最多是堵车，或者绕路。"费博易解释说，"但逃生系统不同，走错了路，人可能就没了。"

我大约明白了他所说的"责任"是什么。早年"疏散泽城"的bug发生后，我又开始关注和大禹相关的媒体报道。获救的人很少会在媒体上表达感谢，但遇险后投诉的人却层出不穷。大禹的视野是有局限的，譬如它无法理解幼儿和残障人士出行的特殊需求，又如当加油站里油气都不足的时候，它依然会把缺油的车辆导航到那里去。只有在人、车、设施都如同模型中一般完美无瑕的前提下，大禹的方案才有效。面对这些投诉，费博易先取消了红色预警时无法关闭大禹的设置，又在 App 开屏页面增加了醒目的免责弹窗，强调路线仅供参考，使用大禹是用户的"个人选择"。这样一串操作下来，客户群却不减反增。

仿佛担心我不肯答应，费博易继续说道："大禹现在有运营公司，我们用知识产权占股份，不需要做什么具体工作。这些年大禹的营收非常好——我们开通了很多付费项目，你知道，人被灾难逼到绝境，多少钱都肯拿出来。"

他太瘦了，笑起来只能看到皮在动，空洞的双眼仿佛鬼怪。我不喜欢听这个，"需要我做什么？"

"你一直是大禹知识产权的共同持有者，只是我之前没有给你分红。"他的目光聚焦到我脸上，"我想把股份都转给你。"

我知道自己应该说"不用，谢谢"，但他的眼神里有一种让我畏惧的渴盼，于是我问："为什么是我？"

"最近我经常会想起，我们一起设计大禹那会儿，你提的那些问题。"他说，"除了你，我不知道能交给谁。责任太大了。"

7

五年前，我搬回泽城。

在一场漫长的大雨之后，岩城蚊虫泛滥，商均不久死于疟疾。我怎么都想不通这件事，商均是三个孩子里最健壮的，几乎从没生过病，但丹朱反而很冷静。她说在这个年代，每个家庭都得做好准备，承受失去亲人的悲伤。在做了五年工程师之后，丹朱转而从政。这确实是更适合她的职业，流利的口才和坚定的信念感，让她在东海城里迅速晋升，如今身居高位。

阿启陪着我们，罕见地没有沉浸在网络世界里。等丹朱回东海城后，她像是终于接受了这个世界是真实的，忽然变成一个稳重可靠的人。阿启接手了商均的网站，把站名改为"华夏"，经营得风生水起。我见她的生活步入正轨，没有无所事事，便自己搬回泽城居住。那时正值春季，通向"完整建筑"的廊道已然修复，只是多修了一条辅路和一盏红绿灯。虽然邻居搬走许多，但托卡马克装置由机器人维护得不错，低层的蔬菜还在茂盛生长，花园里的冬小麦也正该收获。我请律师帮我研究了费博易留给我的协议，接受了他的遗赠——大禹的知识产权，我应得的分红，更重要的是登录大禹的管理员权限账号和密码。

丹朱打电话给我的那天阴云密布，正是洪季到来前最繁忙的季节。屋内外凡是平整的地方，都晾晒着麦种。她用了一个特殊的电话号码，据说是可以避开人工智能的监控。

"我们正在调查大禹。"她还是从前的风格，直截了当地提出关键问题，"然后发现涂山姐姐竟然是它的知识产权所有人。"

"我是参与过大禹的设计——怎么了？"

"你为什么要接手它？你都没有怀疑过大禹吗？"

我走到窗边，问："你想说什么？"

"大禹掌控太多资料，也有太多权限了。"丹朱说，"为了在不同场景里设计逃生路线，你们给了它所有居民的个人信息、车辆的维修记录、城市的地形图、地下管线图、建筑平面图，我听说后续还有一些设施的控制权，它都可以直接调度。"

"那是为了救人。"

"但那些没能成功获救的人，仅仅是因为运气不好吗？东海城最近在查保密资料的调取记录，找到了大禹做的逃生模拟方案。"

"要调资料，肯定得你们先给它授权才行——这有什么问题？"

"我们比较了它计算出来的每一版方案，死亡人数的减少幅度并不大，但最后获救的人却发生了变化。"丹朱说，"起初是随机的，但后期版本里，死的大多数是老人和有慢性病的人。我们怀疑它会根据人的'价值'，推送不同的逃生路线。"

我皱眉，"用户可以自己选择路线。"

"你确定在那些危险的情况下，你有能力'选择'吗？"她声调平稳，面颊却在发抖，"你确定每个人都有'选择'的机会吗？"

我走到客厅的阴暗处，"你为什么这么生气？"

"你是大禹的主创设计师，也是目前唯一活着的设计师。这个算法可能决定过上百万人的生死……"丹朱顿了顿，哑着嗓子说，"我不希望有人被'故意'忽略，就像我父母那样。"

我才知道，丹朱竟然到现在都没能放下那一天，依然把罪责揽在自己身上。

"我们可能会向媒体公布调查大禹的结果。"见我没有回答，丹朱又说，"但我想请你先给我一个答案。"

"我试试吧。"我对丹朱说。

她挂断了电话。

8

我出门时，大禹警告我，如果现在去城里，安全返回的概率只有百分之六十七。

"但我必须去。"我说，然后输入了目的地，是当年那个停车场。

大禹给我推送了一条奇怪的路线。暴雨预警等级目前还停留在橙色，我干脆把它关闭，驶上高架。这会儿几乎没有人进城，倒是对侧出城的车流满满当当。不到四十分钟,我便到达市中心。由于地势低洼,在这个时节,这里已经近乎空城。

真奇怪啊——我想,费博易竟然会把大禹的历史导航资料都存在这儿——会被洪水淹没的城区,近乎废弃的办公楼,里面还在运转的保密机。

大门不在一层。早年为了抗洪,很多楼栋都将低层的门窗封死。从室外楼梯爬上七层,我才找到正门。输入密码,打开门锁,内里有一股沉积的灰尘气息。打开灯后尤甚,每一条光线都在灰尘的衬托下有了实体。我查看了电梯旁的楼层指南,机房依然在顶层。电梯虽然开着,但不知多久没有维修,我还是转向楼梯间。

爬到顶楼,我的腰和膝盖都在隐隐作痛。窗外是灰黑色的层积云,只在极远处的云间闪着白光。操控室的门极为沉重,可见密封性不错,内里依然十分整洁,保持着曾经的模样。正如丹朱所言,我们最初对大禹的训练是基于泽城的数字孪生,因为赋予了它过多的权限,也要签严格的保密协议。甚至在大禹投入应用之后,也罕见地将导航历史记录加密,没有在线上存储任何备份。如果想要查看这些信息,只能到这里来。曾经,项目组就是在这间会议室里对大禹进行调试,研究系统优化的方向,讨论的内容因为涉密,大多是手写稿,甚至很多现在还贴在侧墙的软木板上。

我用费博易给我的账号登录保密机,无论丹朱他们的调查结果是什么,我自己也想知道真相。

我先搜到了那个时间点——我在大禹的引导下去救两个孩子的那一天——在红色暴雨预警发出之后,泽城有六十五万人次使用了大禹逃生,其中三十九万人次到达目的地。

但这不能证明什么——这些没能到达目的地的人,是因为不信任大禹,所以没有按照它的指示逃生?或是有意外,像那辆商务车一般被广告牌砸中?

我抽取了几条记录，都没有什么说服力。我又在搜索框里输入了另一个日期——我们从泽城搬家去岩城的那一天。定位到正确的地点之后，我找到了大禹发出的泥石流预警。当时，住在我们那组"完整建筑"里的三百多户居民中，有一百多户人收到了预警。而没有收到的人家，多是高龄人群。可这也不能证明大禹是"故意"忽略他们的，说不定，是老人们没有订阅这项服务。

雨就要来了。我飞快地点开一个个文件——恐怕没有时间继续调取数据进行统计，只能寄希望于费博易曾分析过这个问题。

他会把信息藏在哪里呢？

我找到标注为"商务"的文件夹，里面有一个文档，是"过往业绩"，但列的数据却让我大失所望。费博易只统计了宏观数字——YU相对于GUN的逃生效率提高了57%，经济损失降低了35%——但这些数字并不能回答丹朱的问题：对于身处灾难之中的个体而言，大禹提供的逃生方案，真的"公平"吗？

我起身走了几步——换个思路，如果它真的对人的"价值"进行了评判，那么目的是什么？

抬起头，我正看见一张纸，上面是我二十多年前的手写字："堵车"。于是我想起来，当年甲方之所以会在城市安全大脑项目里，要求我们抛弃GUN系统，启动YU的设计，是因为洪季前发生的全城大堵车——如果所有的人都想尽快上高架路，结果就是谁都走不了，反而会导致惨烈的死伤。媒体报道里有一个著名的故事，是淹死在高架桥下的一家三口，他们出发的地点距离高架入口仅仅四公里，最后却用了三个小时都没能上去。在"堵车"两个字旁边，是"疏通"二字，我几乎可以想起费博易的声音："其实，鲧计算的逃生路线基本正确，只要我们能有效疏通人流和车流，效果就会好得多。"

难道是为了让道路保持通畅？我走出机房，打开通信网络。

"大禹？"我呼唤。

"您好，涂山娇女士。"在强调紧迫感的时候，大禹会提高语速。

走廊尽头有一扇窗开着，风卷着泥土的气息呼啸着穿过走廊。"怎么了？"我说。

"在您视线范围之外有山洪，很快就会袭击您所在的地点。我建议您乘坐电梯下楼，我已经让它停在二十层了。"

我走进楼梯间——"大禹，你怎么评价在你的帮助下没能逃生的人？"

"我深表歉意，但我希望您能对我保持信任。"它说，"您要乘坐电梯才能赶上，水马上就要漫到停车场了。"

我的腿疼得更厉害了，只好走得慢了一些。当我到达七层时，距离大禹说的三分钟已经过了一阵子。我推开楼门，细密的雨连成银色的线，在黑色树影底图上绘制寒光。这雨要形成洪水，还需要一段时间。

"太慢了。我建议您现在返回楼上。"大禹说。

我回答说："我要去停车场。"

"不，已经来不及了。"它说，"请回到楼里去，向上走，那里更安全。"

我可不想整个洪季都被困在这里。我踏上地面，雨点变重了，接着轰然砸下，把树林惊扰得喧嚣起来。大禹试图让我回头，但我顶着风雨摸索到了停车场，地面没有积水。"你的计算不太准，大禹。"我说。

"我正在对数据进行校正，女士。"

我检查了外置气囊，拖着腿坐到车里。前窗那道 Y 形虹光闪过时，我仿佛回到了很多年前。大禹说道："我不建议您开车上高架。从南出口出去，只需要绕一点儿路，就可以确保安全。"

它为什么一直让我绕路？我看向它给我的导航路线，循环扭曲仿佛中国结，然后我忽然想到一个点子，用管理员权限修改了自己的账户，切换到丹朱的，让大禹以为坐在这车里的人是她。然后我对大禹说："目的地是'家'，找最快的路。"

"当然，"大禹的语气竟然松弛下来，不紧不慢地说，"我们现在有充足的时间，最快的路线是走高架。"

"安全到达的可能性是……？"

"百分之百，女士。"

9

我走进家门，天色已经全暗下来，窗口有一个人影背对着我。洪季家里多一个人并不奇怪，我打开灯，刚要告诉对方这楼里还有许多空房间。她转过身来，是丹朱。

商均的葬礼之后，我就再没有见过她了。丹朱依然很瘦，肤色晒得黝黑，眼角额间已经有了皱纹，更显得目光锐利。

"什么时候回来的？"我去给她倒了一杯水。

"我来泽城出差。上午给姐姐电话的时候，我已经在路上了。"她接过杯子，但并没有要坐下的意思，依旧站在我面前，"姐姐已经去城里确认了吗？行动力真是太强了。"

"你知道我进城了？"我并不喜欢自己的一言一行都被她监视，"看来，你不需要我给你答案，你已经有答案了。"

丹朱说："对。为了实现'有效逃生'，大禹会对人进行筛选。"

"有效逃生？"

"大禹做的方案里，经常用这个词，涂山姐姐不知道吗？"她反问我。

"我的专业不是人工智能，大禹的设计我没参与太多。"我说，"它是怎么对人进行评价的？通过年龄吗？"

只切换丹朱的账号去测试大禹是不够的，我也尝试了阿启的账号,安全到达目的地的可能性同样是百分之百。但再换成另几位与我同龄的友人,数据却会大幅下降。五十多岁就被它判定为"高龄",我心中也有些不服气。

"没有那么简单。如果只从结果来看,居民的生存概率确实与年龄相关,但大禹的'筛选'其实是基于大数据的判断。它会让那些在后续的其他灾难中有更高概率生存的人,优先使用逃生路径。"

我想起曾经和费博易的争吵。他完全不能理解城市规划中的"均好性"和"底线性"概念,他说:"我不想听那些模糊的观点,我们的目标就是提升整体的逃生效率,我只要可以量化的数据:降低伤亡,降低经济损失——所以,当然会有一些人享有优先权。"

我对丹朱说:"这也合理。"

丹朱说道:"这对很多人都不公平。"

当时我是怎么质问费博易的?"谁?谁有优先权?谁能决定哪些人有优先权?"

答案一直都很清晰。是那些年轻人,是那些可以追上YU计算的逃生方案的人,是那些更有"价值"的人。我很想知道,最后身体孱弱的费博易,是否也面对过大禹的"筛选"?

我问丹朱:"它是通过什么来筛选的?"

"我们还不清楚,那是它的算法黑箱——说不定它会把浏览'华夏'网站,都作为依据之一呢。"丹朱笑了笑,"在东海城,我们已经暂停了大禹的运行,而泽城的居民正在往城郊撤离。我更好奇你的决定,涂山姐姐,你会关闭大禹吗?"

不论是关闭大禹,还是找一些专业人员来优化它的算法,都对应着"责任"。所有人都能获救当然是最好的选择,但如果逃生道路的通行量有限,怎么做才是更好的选项呢?

——谁又能去定义"更好"呢?

我反问她:"如果我现在关闭大禹,能减少死伤吗?"

——没有大禹,就是公平吗?

"我不知道。"她说,"不过现在,选择权在你手中。你已经到家了,其他人还在路上,你要改变他们的命运吗?"

10

请确认是否要关闭程序。

费博易的设计令人迷惑,查询记录要在现场,而关闭大禹却可以远程操作。坐到车里用管理员账号登录后,我很快找到了那个页面。

丹朱还有公务,接了个电话就离开了。和当年那个沉默哭泣的孩子不同,现在,她会把难题抛给我。

我把车开出楼栋,开进雨里,远山在车窗上擦出淡青的轮廓,直到交通灯的红光笼罩了前路。

我停下来。真的还要继续前行吗——选择总有代价,倘若这代价是弱者,我是否可以牺牲他们,去实现宏观意义上的目标?

我的视线停留在"确认"按键上——真的要关闭大禹吗?如果我们失去人工智能,失去东海城,失去"华夏"网站上那些希望的种子,人就必须承认自己仅仅是人,独自站在天地之间,用渺小的姿态去面对最大的恐怖。

灯光跳转为绿色。我退出大禹的管理员账号,转向辅路,视域里的Y形虹光随之熄灭。

夜色已深,雷电在山巅翻滚,但尚未到来。

作者的话：

2022年，一个偶然的机会，让我参与到亚利桑那州立大学科学与想象力中心的"气候想象学者"（Climate Imagination Fellowship）课题，与来自墨西哥、尼日利亚和印度的三位作家一起，为《气候变化年鉴》（*Climate Action Almanac*）一书创作科幻短篇小说，去探索世界不同社区在未来几十年中如何用积极的方式应对气候变化。

在接受这次邀请时，我还没有意识到，小说的创作难度远比我以为的要高。近未来场景和可实现的科技，要求作者对当下的技术发展有相对扎实的理解；作品中要体现中国特色，则会让故事的核心矛盾进入更现实的层面；最难的无疑是"积极"——灾难与毁灭是科幻创作最常见的工具，而当我们面对迫在眉睫的真实危机时，如何让故事体现积极？

在此之前，我没有特别在意过"气候变化"。它更像是一个概念，一位引导这个时代走向生态、绿色的严师，我会在寒冬的时刻和朋友一起嘲弄"升温"的想法，甚至有时觉得它是一个骗局。但当我以科幻作家和城市规划师的双重身份去系统性地关注与气候变化相关的新闻和科普文章之后，很快就发现，它的恐怖远远高于疫情和人工智能，可能会是人类当下面临的最大危机。与其他的危机不同的是，我们已经过了有机会阻止气候变化发生的窗口期，直接来到了危机之下如何应对和适应的新阶段。森林火灾、酷热、极寒、暴雨、台风、洪水、内涝、泥石流、高空湍流……它并不像一些科普故事里的图画那样，只有海平面升高，滨海城市一点点被蚕食、淹没——气候变化是所有人类要共同面对的危机，没有任何地方是安全的。

在找寻"中国"的要素时，我非常自然地想起大禹治水的故事。鲧治水九年不成，之后禹又治水八年，这一场"怀山襄陵"的大洪水，曾经持续了十几年之久。它在历史上发生过，在未来自然也有可能会发生。另一个要素则是我最熟悉的城市规划。在城镇化率已经超过65%的今天，我们生活的城市为了应对气候危机，需要做出哪些改变，才能保障在其中生活的居民安全？

　　与规划工作自上而下的宏观视角不同，小说可以去关注每一个具体的人，从而展现个体求生的微观场景。在搜索大禹资料的时候，我注意到"三过家门而不入"的故事中，那位无声的母亲，涂山氏女娇——在这样可怕的大洪水时代里，她是如何独自带着孩子撑过危机的？

　　于是故事就有了基本的形态：气候变化发生后，"洪季"会在每年夏天到来，将城市的道路、广场、绿地与建筑低层淹没，高架路系统因此变得极为重要，它会与建筑通过廊桥相连。同时，每辆汽车都安装了外置气囊，可以在遇险的时候将车辆变为某种意义上的气垫船，人工智能大禹则成为帮助人们逃生的救命稻草。但它的存在，也带来了新的科技伦理问题。

　　小说的中文版发表在《北京文学》2023年7月刊上，巧合的是，在小说发表的那个7月，北京发生了大暴雨，洪水淹没了城市的浅山地区，导致城市道路积水，桥梁坍塌，许多车辆在水中失去动力甚至被冲走。那两天，有很多朋友问我说，你是如何预见到未来的？

　　这并不是预见，未来已经发生了，我只是不知道它会在何时何地到来。我尝试了几次，依然没有办法给故事一个完全光明的结局，只能给它一个开放的结尾。或许，我们在当下能做的最积极的事情，就是诚恳地面对即将到来的气候危机，用行动去努力适应这样的未来。

游隼向西飞行

| 杨晚晴

杨晚晴,生于1983年,毕业于云南大学,经济学硕士,现从事金融工作。

杨晚晴的处女作《伪神》2016年发表于"企鹅科幻"微信公众号,作品散见于《科幻世界》《银河边缘》、"蝌蚪五线谱"等平台。出道时间虽然很短,却已经获得光年奖、未来大师奖、冷湖奖、晨星奖等众多科幻奖项,并荣获2018华语科幻星云奖年度新星奖和2018中国科幻银河奖年度最佳新人奖。2021年,杨晚晴的《归来之人》荣获中国科幻银河奖最佳短篇小说奖,并出版了两部科幻小说集《归来之人》和《双螺旋》。2023年凭借《塔》,荣获中国科幻银河奖最佳中篇小说奖。

杨晚晴痴迷于康德所说的"星空"与"道德律",专注于营造小说独特的调性与气息。他的《爱在地裂天崩时》《拟人算法》《墓志铭》《微光》《无面之城》分别入选2018、2019、2020、2021、2022年度《中国最佳科幻作品》。

走着走着,就走到了新疆。这是一场漫无目的的逃离,梁鸢和薛继东沿连霍高速驾车自东向西,本来计划在兰州折头来着。在高速公路休息区,梁鸢搭上了一辆从山东寿光拉蔬菜到乌鲁木齐的大货车。开货车的是一对四十来岁的中年夫妇,他们显然对一个二十多岁年轻姑娘的搭车请求毫无接受或者拒绝的经验,趁他们犹豫的当儿,梁鸢就爬上了车。那时她已经决定,无论命运将她带向何处,她都会欣然接受——只要远远离开薛继东就好。

　　在后来二十多个小时的旅程中,货车夫妇对她的态度,与其说是客气,不如说是敬畏:这位年轻姑娘美丽、修长、清瘦,浑身散发着轻盈的气息,和货车、奔波的情境格格不入。他们小心翼翼地用浓重的山东口音与她说话,请她在驾驶座后的卧铺上休息,不停地塞给她各种瓜果零食。

　　车轮滚滚向西,在旅程的多数时候,梁鸢沉默不语,只是把目光投向窗外,看着地平线在温煦的春光下向无尽远处延伸。和城市的逼仄相比,西部的天地放大了许多倍,梁鸢的目光很快就在大片大片的蓝、绿、白和棕中失去了焦点,她开始有种静止不动的错觉。这让她想起小时候,当父亲开车带她去另一个地方学习、竞赛、做客、吃饭,去做一切她不喜欢做的事时,她总希望旅程没有尽头,车就这样永远开下去,这样她就不用去面对生活中那些沉重而烦琐的意义了。

　　就像鸟儿一样自由。

　　偶尔会看到那些天空中的精灵:凤头百灵、欧鸽、黄嘴山鸦,成群结队的紫翅椋鸟,也有猛禽,诸如秃鹫、草原雕。这时梁鸢会从她的背包里掏出观鸟镜,或长久或短暂地注视。这让她在货车夫妇的眼里更显神秘,他们早已对道路之外的事物熟视无睹,想不出来天空中有什么值得追寻。

时间匆忙向前,车轮也追不上夕阳,天黑得虽晚,但终究是黑了下来。在休息区吃过晚饭后,一行三人继续上路,向夜的深处疾驰而去。大哥矮壮敦实,脸颊上爬满粗硬的青色胡楂,一笑便露出满口的黑牙。在征得梁鸢的同意后,他开始一根接一根地抽烟,听"动次打次"的电子舞曲"提神"。大哥不好意思地笑笑,然后就不说话了。梁鸢用眼角打量他:简直就是薛继东的反面,如果人非要有一个伴侣的话,她一定会毫不犹豫地选择薛继东吧。

但是人为什么非要有一个伴侣呢?

到后半夜,换司机大嫂开车。她关上车载音响,摇下车窗,让夜风呼呼地灌进驾驶室,直到烟味散尽。梁鸢渐渐模糊的感官又变得敏锐起来,她看到满天繁星之下被车灯渐次点亮又复归黑暗的道路,男人的鼾声如阵阵滚雷在身后炸响,清甜的果蔬香在微凉的空气中慢慢浮起。谁能想到,就在十几个小时之前,她和薛继东才刚刚完成了一场葬礼,正准备继续回到他们舒适而又乏味的生活。

谁能想到呢?

"咳,妹子……"是司机大嫂在说话,她的脸微微撇向梁鸢,"你这是,失恋啦?"

梁鸢愣了一下,"是吧。"

"嗐,这么好的姑娘……男人都是有眼无珠。"

梁鸢有点儿想笑,她偷偷瞄着大嫂:粗壮的小臂牢牢把着方向盘,腰身圆润胸部丰满,侧脸的线条刻满岁月给的麻木与坚毅。

"凡事要想开呀,"大嫂又说,"要是有什么困难……"

"没有啦。"她有些粗鲁地打断,"我只是需要弄明白一些事情。"

"哦。"

沉默。十几个鼾声的间隔之后，梁鸢低声说："游隼。"

大嫂扭头看她，车身轻轻摇晃了一下。

"埋葬毛毛的时候，我看到了一只游隼。"她自顾自地往下说，不在意听者是否能够理解，"它在天空中盘旋了几圈，然后向西飞行。"

"哦。"

"所以我就在这儿了，"她卷起嘴角，"搭着你们的车，去向未知的远方。"

"妹子，你在追那个游什么……"

"游隼。"美丽的猛禽，轻盈的猛禽。她是在追逐那只游隼吗？也许吧。梁鸢想，一个人总要追逐什么，哪怕追逐的只是虚无。

"哦。"

谈话到此结束，司机大嫂吸了吸鼻子，重新回到她眼前的道路。睡意漫了上来，所有的摇晃、声响、气味和暗弱的光，都让梁鸢感到倦怠和安全。她合上眼，货车仿佛向着永恒驶去。

第二天下午，他们到了乌鲁木齐。分别的时候，司机大嫂告诉她，这是他们跑的最后一趟长途运输，排放税收得太高，已经赚不着钱了。又给她留了个手机号码，说既然有缘一路同行，也算是亲人了，在外面要是有什么难处，可以打这个电话，到了山东，要记得来找他们。对于夫妻俩的好意，梁鸢照单全收——接受总比拒绝要轻省许多。

分别之后梁鸢才打开手机，几十条信息堆了进来，都是薛继东发来的。她回了电话，对两千千米外失魂落魄的男人说，对不起，一切都是我的错……再见。

挂电话以后，她就把对方拉黑了。如果说行动也能促使人思考的话，那么在这一路，她想明白的一件事就是：薛继东很好，可她并不爱他。

她短暂地安顿了下来，逛大巴扎，在五一星光夜市里吃烤肉、喝"大乌苏"，在清晨和黄昏竖起耳朵捕捉风中的祷词，如同捕捉经久不散的乐音。也看鸟：麻雀、鸽子，偶见黄喉蜂虎和粉红椋鸟。城市里的鸟儿入乡随俗，它们调低了羽毛的饱和度，飞行姿态迅猛凌厉，自然而然地融入灰色的水泥丛林之中。

市区里待了几天，梁鸢想起自己此行的目的，或者莫如说，是司机大嫂赋予她的意义。于是跑到了博格达峰脚下的柴窝堡湖，一个人吮着依旧清冷的空气，长久地发呆，在天空中寻找想象中的黑点。湖水碧蓝，雪山掩映下的湿地里，几只落单的灰鹤踽踽独行，电线杆上有红隼停留，小鸟叽叽喳喳的求偶声在芦苇丛中响成一片。在这里，梁鸢意外碰到了本地鸟类协会的人，他们个个长枪短炮，正计划集体去往北部的阿尔泰山观鸟。领头人叫马悯农，高个儿，阔脸，普通话字正腔圆。聊了几句之后，梁鸢就和他熟络起来——观鸟人有共同的语言，他们靠着这门语言确认彼此。所以当这位年轻美丽、有共同语言的姑娘请求与他同行时，他想都没想，就答应了下来。

于是逃离继续。梁鸢坐马悯农的车，老款普拉多，有年头了，颠簸起来吱吱嘎嘎地响。

中年男人说：对于观鸟人来说，这是一个最好的时代，也是一个最坏的时代。最好的意思是什么呢？就是你能在新疆看到许多以前看不到的鸟种。比如刚才我们车队停下来看的，应该是纹喉凤鹛，典型的东洋界的鸟，以前最北的目击记录在陕西。它怎么跑到新疆来了呢？很可能是因为气候变暖，气候变暖带来复杂的连锁反应，鸟的迁徙和分布只是反应的一个环节——所以这也是最坏的时代，有些鸟你看不到了，也许是栖息地发生了变化，或者迁徙路线发生了变化，也许根本就是灭绝了。

连锁反应。听到这里，梁鸢心念一动，她想起自己为什么会踏上旅途:气候在加速变暖,根据薛继东的推测,国家很可能就要实施碳排放"休克"战略,届时,长途旅行将变得十分困难。其实连锁反应早已发生,那是北京一年热过一年的夏天,是反复无常的晴雨、飙升的电价油价、废弃的工厂和建筑工地,是司机大嫂口中高昂的排放税。似乎每个人都心知肚明,地球精密的大气系统崩溃在即,严格的碳排放政策势在必行。

似乎每个人都心怀侥幸。

鸢儿,这可能是我们能够自由旅行的最后机会了。薛继东如是说。梁鸢记得,说这话的时候,他雾蒙蒙的眼神里有一丝平静的绝望。

正好,梁鸢刚刚博士毕业,正踌躇着未来的人生。一场旅行,有何不可呢?

"小梁,"马悯农的声音闯入了她的追想,"我们快到了。"

她抬起头,情不自禁地一阵战栗。从喀木斯特到富蕴再到阿克恰仁,一路蜿蜒向北,阿尔泰山越发壮阔,此刻更是占据了她大部分视野。在她眼前的,是向天空突起的连绵的地平线,棕绿交杂,白色的山尖衔着低垂的云层。

如果薛继东的推测正确,这里可能就是她此生能够去到的最远的地方了。

她低呼一声。

马悯农却在叹气,"雪线又上升了啊,往年的五月……"

她转头看他。

中年男人伏在方向盘上,轻轻摇头,"今晚我们在阿勒泰休整,明天进山。"

那天夜里梁鸢入睡极快,随后一直流连在同一个梦中——她依旧在追逐那只游隼,她看到它凝固在天空中,猛禽之上和她的脚下是黑漆漆的宇宙。她在梦中清楚地意识到,她已经来到了世界的尽头,逃离至此终结,所有关于意义的争论也应当在此处终结。

她感到前所未有的轻松。

一觉天亮。事实上，梁鸢是被窗外的嘈杂声吵醒的。顶着沉甸甸的脑袋踱到窗前，宾馆的住客们正用手指向天空，叽里呱啦地说着些什么。抬头，窗外的景物看不真切，但足以让她瞬间清醒。她披着外套，趿拉着一次性拖鞋奔下了楼。人们齐齐仰着头，朝向太阳，如同簇拥在一起的向日葵——他们注视的东西就在日出的方向，它飞得那么高，却又异常鲜明地驻留在所有人的视野之中。很快，这个半透明、带两根鞭毛的浑圆球体就会被人们称作"母舰"，但在此刻，没人知道它是异常大气现象、秘密实验、敌国入侵还是神的救赎。他们或兴奋或恐惧地议论着，丝毫没有意识到，他们熟悉的世界已经在这一天终结了。

一同终结的，还有梁鸢的旅程。

要找到薛继东并不难，这几年，他经常出现在官方科普视频里，大小也算个名人。语音通信链路的另一头，这位名人稍一迟疑，便答应了梁鸢见面的请求。见面地点是王府井的一家咖啡馆，梁鸢步行前往。

七月的周日午后，街道上人流如织。它们来了之后，北京夏日的酷暑缓解了许多，不过澄澈的蓝天也很难见到了。在前"休克"时代，碳排放被严格控制，那时鲜有雾霾，天空总是瓦蓝瓦蓝的，阳光在这片空旷的瓦蓝中锋利如刀，割在大地和人的身上，滋滋作响。梁鸢在阿勒泰醒来的那天，母舰也出现在北京上空，它喷出小小的浮粒，如同喷吐烟霭，仿佛顷刻之间，"烟霭"就弥漫了整片天空。

——完美的球形。科普视频里的薛继东微笑着对观众们说，直径34微米，半透明，长有两条鞭毛。我们叫它们"浮粒""外星蜂群"或者"平流层微生物"。难以计数的浮粒飘浮在平流层之上，如同一顶阳伞，将太阳给予地球的能量部分归还给宇宙，从而导致了气温的下降；另一方面，对阳光的全波段散射呈现在人类眼中，就是大家头顶无边无际的灰白色……好了，本期节目到此结束，亲爱的观众朋友们，咱们下期再见……

天空这样灰着脸，已经有十年了啊。梁鸢推开咖啡馆的玻璃门。

"梁鸢。"卡座里的薛继东朝十年后的梁鸢招手。

她的脸颊跳了一下，快走几步，在他的对面落座。薛继东的眼睛隐蔽在黑色的镜片后面，鼻翼和嘴角旁有深邃但不凌乱的皱纹，灰色的 Polo 衫干净熨帖，肩膀宽阔，露出的半截胳膊修长、结实，没有一丝赘肉——的确是镜头会偏爱的皮囊，梁鸢想着，用手指拢了拢头发。

"如果不看照片，我想不起你的样子。"薛继东说，声音低沉，略沙哑，没有视频里动听，"见到你之后，我就纳闷儿自己为什么会想不起来。"

"十年了，想不起来也是正常的。"她讷讷地应了一句。

"都十年了吗？时间过得真快。"

薛继东手肘撑在桌上，半晌不语，墨镜后的目光刺得梁鸢脸颊发烫。别问，她在心里暗暗地说，别问那个问题。

"你过得好吗？"

梁鸢轻舒一口气，"还好。"

还好。活着。没出过意外，没生过大病。母舰降临之后，观鸟活动自然泡汤。马悯农将她带回乌鲁木齐，那段时间由于不清楚平流层中的浮粒对飞行安全的影响，民航停运，她坐了三十个小时的火车返京，在车上一通没日没夜地狂睡，下车时，整个人都脚步飘忽，形如梦游。回到北京之后，在鸟类研究所找了一份工作，一直干到现在。虽然依旧迷茫，不过她已经三十六岁了，迷茫不再构成逃避生活的借口。

梁鸢有时会想，生活就是人与人结成的一张张巨网，关系密切的人互为经纬，彼此束缚也彼此承接，任何人的突然抽离都会破坏本来稳固的几何构型。十年前她的不辞而别，一定让曾经稳居网上的薛继东摔得鼻青脸肿吧？所以，像她这样的人接受生活的招安也未尝不是一件好事：这意味着，在她的身边不会再出现和薛继东一样的受害者了。

从外部性的角度来看，岂止是还好。

"什么嘛，"男人的身体猛地向后一仰，带着惯性前后摇晃，"我还以为你多少会有点儿寝食难安呢！你知道我这十年是怎么过的吗？"

梁鸢一怔，还来不及变换表情，就听薛继东说："开玩笑开玩笑，没有指责你的意思。外星人都来了，普通人那点儿女情长又算得了什么？"

她抬起咖啡杯，用嘴唇裹了裹温热苦涩的液体。

薛继东停止了身体的摆动，低头，从墨镜上方的空隙翻眼看她，"礼尚往来一下嘛，问我过得好不好。"

"你，过得好吗？"

"还好。你知道，我就是那种循规蹈矩的人。相亲、结婚、生子、学区房，一样不落。非要说和别人有什么不同的话，那就是我有一个像鸟儿般飞走的前女友，有一桩鸟儿般飞来的事业。"他将脸转向窗外，"不怕你笑话，你走的那几天我浑浑噩噩，都不知道自己是怎么把车开回的北京。不，不是难过，而是想不明白……梁鸢，我想这应该就是命运：薛继东这个男人注定要和他永远无法参透的事物打交道，无论是你，还是天上那些东西。"

梁鸢勉强笑了笑，"我还以为你非常了解飞羽呢。"

"飞羽？"

"就是浮粒，飞羽是我自己的叫法。"

薛继东把脸转了回来，墨镜后的目光在梁鸢的想象中弥散着。"飞羽。飞——羽——很诗意的名字,典型的梁鸢风格。"他说,"也许我应该在视频里推广一下——哈,看你紧张的,开玩笑的啦。"

又一阵沉默,两人各自抱起瓷杯。咖啡快要见底,梁鸢想,我们却还在旧时光里兜转,就像一对刚刚争吵过的男女朋友,怀着恼恨、恶作剧和彼此了解的渴望。

"外壳由比富勒烯还要复杂的碳基分子构成,对光敏感,会随着光线的变化在透明和不透明之间转换,靠两条鞭毛移动和维持高度,被捕获后会迅速丧失活性。这就是我们目前对浮粒,或者说飞羽的全部了解。"片刻之后,薛继东放下咖啡杯,"它们如何新陈代谢,如何繁殖,如何思考,如何协调彼此的行动——最重要的,它们的目的是什么,我们一无所知。"

"不都说,它们是来拯救人类的吗?"

"我持怀疑态度。"薛继东撇下嘴角,"梁鸢,在你面前,我可以不必伪装成视频里那个微笑天使:它们刚来的时候,的确将人类从迫在眉睫的气候灾难中拯救了出来,但我们曾经做过计算,全球低云量增加4%,其降温作用将大于二氧化碳倍增产生的温室效应——强火山喷发到平流层里的火山灰和气溶胶也可以起到削弱太阳辐射的效果。但云是会散的,火山灰和气溶胶是会被平流层纬向风带走最终落回地面的。"

梁鸢不自觉地看向窗外,"它们不会。"

"没错。"薛继东压低声音,"十年,它们不知疲惫地反射阳光,按照现在的降温速度,要不了多久,地球就要进入下一个冰川纪了。各国都在采取行动,导弹、飞机捕获、大功率激光,只不过都不敢大张旗鼓,原因你懂的。"薛继东的双臂撑在桌上,身体前倾,"但是,如你所见,浮粒的数量并没有减少——如果不是增多的话。"

"所以唯一的思路就是,把它们消灭?"

薛继东苦笑一声,"要是能够对话,谁会选择暴力?"

梁鸢默默看了他一会儿，"薛继东，你最近抬头看天了吗？"

"什么意思？"

"陪我去趟西山吧。如果你方便的话。"

男人墨镜之上的额头皱了起来，"梁鸢，我还以为，你找我出来只是叙叙旧。"

"就只是叙旧。"梁鸢寂寞地笑了笑，"我离开之后，你有多久没去观鸟了？"

对于浮粒的到来以及展现出的行为，科学家们自有他们的解释，一个不含目的论（至少不是上帝及其子民的目的论），因而更加漠然的解释。在这个解释里，人类不过沿着另一条路走向厄运。

只是很少有人愿意相信这个解释罢了。

"最好的猜测：浮粒是一群有着简单行为逻辑的外星微生物，只知道最大限度地攫取阳光的能量，并且在夜晚尽可能减少能量的散失——这个假设完全不需要更高的智慧或者上帝，就能完美地解释它们表现出来的行为。"缆车的对面，薛继东用食指搔着鼻翼，"还有可能，它们是某种微型机器人，或者内置了简单行为指令、能够自行移动的光逻辑门，正在为即将到来的外星文明营造更加舒适的气候，一个比现在稍微凉快那么一点儿的气候，它们根本不在乎对流层里的生物会受到什么样的影响。"

"确实比上帝更有说服力。"梁鸢评论道。

"相信什么是一回事，怎么做又是另外一回事。"薛继东说，"梁鸢，现在你应该能体会到我这几年的痛苦了吧：我的工作是借理性的名义平复人们的恐慌，但历史一再证明，在面对恐慌时，冰冷的理性于事无补。"

你的痛苦来源于责任与理性的相互拉扯吗，就像十年前那样？梁鸢想问，却没有问出口。

下了缆车，几步就到观景台。此时离层林尽染的秋天还远，他们身边游客寥寥。薛继东终于摘下墨镜，猛眨几下眼睛，带着重见天日的快意。他茶色的虹膜依旧透亮。

他说："刚谈恋爱那会儿，你经常拉我过来观鸟。"

"这几年我自己也会来，北京上空的鸟又多起来了。"天坛公园的戴胜和椋鸟，玉渊潭的鸳鸯和绿头鸭，西山山头、黄栌和枫树染红的秋色中的猎隼和雀鹰。它们来了之后，鸟儿的活动在回归正常。

虽然"正常"也可能只是暂时的。

他抬起头，望向天空深处。"我好像看见了，那是什么，雕吗？"

沿着他指的方向看去，梁鸢摇了摇头。"雕的飞行姿态是非常稳定的，这只飞得飘飘摇摇，应该是黑鸢。"

"鸢。"

薛继东意味深长地盯着她。接着，男人轻描淡写地笑了笑，说："开始了。"

开始了。时近黄昏，浮粒开始聚集，被夕阳烧得发红的蓝天终于一点点显露出来。少顷，浮粒聚成了一片片纤细的云彩，在高天之上泛起七彩流光。——这些绚丽的云朵飘浮在平流层之上，视频里的薛继东说，由于阳光的衍射作用，贝母云具有像彩虹一样的色彩排列。这一奇观原本属于高纬度地区，是浮粒让我们可以在华北平原上大饱眼福。观众朋友们，除了贝母云之外，浮粒带来的奇景还有同样罕见的"晕"和"华"，欲知详情，请听下回分解……

"不只有理性，"梁鸢喃喃道，"还有美。"

薛继东转头。

"看那里。"她扬起手臂，指向天空中与贝母云格格不入的银色硬块。

薛继东眯起眼睛，"什么，看不清。"

她从背包中掏出墨绿色的星特朗观鸟镜，一番调试后塞到薛继东手中。后者将一只眼睛凑到目镜前时,她在一旁解说:"几天前这个东西就出现了。白天它隐没在浮粒中,不太容易看见,黄昏的时候就很明显了。当然,如果只用肉眼的话,你也看不清它的结构。"

"这什么玩意儿?"依旧抬着观鸟镜的薛继东瓮声瓮气地说,"浮粒的卷曲程序出错了吗?"

"不是程序出错。你看到的东西,我研究了十年。"

薛继东放下观鸟镜,惊愕地瞪着她。

"薛继东,"她撩了撩额前的垂发,"你还记得毛毛吗?"

毛毛是一只灰绿色、体形硕大的新西兰啄羊鹦鹉,把它带上那一段旅程时,梁鸢已经养了它十三年。这只不会说话的鹦鹉极其聪明:它会乐此不疲地搭建和推倒儿童积木,会用它弯曲的喙在家里四处搞破坏,最常遭殃的是书和鞋子,后来则是薛继东车上的真皮座椅。还会跟梁鸢开一些无伤大雅的小玩笑,比如把她的发卡或者袜子藏起来,会围在她脚边撒娇似的索要食物,也会发出高高低低的叫声,传达它的想法和情绪。

可是薛继东不喜欢它。那时的薛继东有一种天然的骄傲。这位气象专业的高才生在国家部委工作,风华正茂,前途无量。他瞧不上智力不如自己的人(尽管在小心翼翼地掩饰),更何况一只鸟儿了。

"嗟,傻鸟,来食。"

"毛毛才不傻!"

一开始,每当薛继东以这种调侃轻浮的语气向鹦鹉投喂肉块和花生米时,梁鸢都会气鼓鼓地纠正。在多次纠正无果后,她放弃了。如果一个族群中的智力优越者都不能以一种开放的心态看待智能的不同范畴,其他成员就更难了。的确,在抽象思维、使用工具、表达情感等方面,毛毛是人类智能的拙劣模仿者。但如果鸟类也有它们自己的智力评价体系,那么人类在高速反应、辨别方向、识别湍流、记忆地点上，又能得分几许呢？

"我当然记得毛毛，"十年后的薛继东对梁鸢说，"当时你坚持要带上它一起旅行，是不是有某种预感？"

梁鸢一怔。无论从哪个角度看，毛毛都更像一个时刻需要被照顾的孩子，而非可以彼此支持的旅伴。确实没有理由带上它，当时的执拗，难道真如薛继东所说，是出于某种预感？那么薛继东呢？为什么明明那么讨厌毛毛，却还是答应了她？

两个人到了山脚，天在这时彻底黑了下来。预约的无人电动车还没到，他们在游客接待处站着聊天。星子正爬上天幕，"贝母云"镶嵌在银河之中，如同这雄伟星系的点点黑斑。

"埋葬毛毛不久后你就不见了，可把我吓坏了，以为你是一下子想不开。"薛继东双臂抱在胸前，"人生地不熟的，你还一直关机，我差点儿报了警。"

"对不起。"

"嗐，说对不起就没意思了啊。"薛继东摆了摆手，"不是有正事儿吗？"

对，正事儿。天空的那个硬块。一切都和毛毛有关。毛毛死在甘肃省定西市，这本是两人一鸟旅途的倒数第二站。前一天晚上还好好的，第二天醒来就见它直挺挺地躺在特制的便携式鸟笼里。说它"好好的"，其实也不尽然：梁鸢记得，那天晚上入睡前，毛毛一反常态，迟迟不肯从她身边离开，它沉默的眼神中似乎有某种东西，某种深邃、急切又悲哀的东西，需要在时间中站开一段距离，才能穿越浓稠的记忆迷雾，触摸到那个眼神的真正寓意。那天晚上的情景总是让梁鸢想起另一只鹦鹉，一只名叫亚历克斯的非洲灰鹦鹉，它曾经被认为是世界上最聪明的鸟儿，拥有堪比灵长类的智力。这只鸟儿在三十一岁时突然死亡，在死去的前一个夜晚，它的主人把它放回鸟笼时，它还对她说："乖乖的，明天见，我爱你。"

毛毛是不是也预感到了什么，只不过它不会开口言说？

那天，他们将毛毛葬在小城郊外一棵云杉树下。透过蒙眬的泪眼，梁鸢看到薛继东的脸上，竟然带着真实的悲伤；透过蒙眬的泪眼，梁鸢看到一只游隼向西飞行。

——之后便是逃离，逃到新疆，逃到往日世界的终点。

"我可不可以这样理解，"夜有些凉了，薛继东的手掌在小臂上摩擦，"毛毛是连接你和世界的一条纽带，这条纽带断了，你就可以飞得远一些？"

梁鸢叹了口气，"我不知道。"

"好吧。"

"但毛毛确实和我后来的选择有关。"梁鸢把脸转向薛继东，"回到北京后，我就进了鸟类研究所，我的主要研究方向是鸟类的智力。"

"鸟类的智力……"薛继东喃喃道。

她笑了笑，"毛毛才不傻。"

薛继东愣了一下，然后尴尬地挠了挠头。

"为了飞行，鸟类放弃了很多。它们的大脑很小，且没有哺乳动物进行高等思维活动、布满褶皱与沟回的新皮层。这是人类对鸟类智力持有偏见的解剖学根源。"终于回到生活之外的领域，梁鸢驾轻就熟，"事实并非如此。虽然物理结构和哺乳动物完全不同，但鸟类其实也有类似新皮层的高级神经系统，这一紧凑高效的系统同样通往复杂行为，通往社交与学习，通往回忆与预期，通往情绪与情感——在这些恐龙的后裔身上，智慧找到了另一条路。"

薛继东恍然大悟，"天上那东西，是鸟类的大脑？！"

梁鸢点头。

男人停止了揉搓小臂的动作，抬头看天。硬块早已融入黑漆漆的夜空。

"为什么？"半响，他才吐出一句话来。

梁鸢摊了摊手。薛继东约的电动车到了,他动作缓慢地拽开车门,身体停滞了一下,回头对梁鸢说:"要不要捎你一段?"

"多谢美意,我有一个人旅行的经验。"

两人相视一笑。钻进车里后,薛继东摇下车窗,伸出头来,"梁鸢,这次你不会再飞走了吧?"

"这要看我和世界之间的纽带是什么了。"

薛继东想了想,说:"世界本身。"

在车顶灯的映照下,梁鸢终于看清了男人的表情。

——他是认真的。

伦敦的上空。新德里的上空。大兴安岭的上空。卡拉哈里沙漠的上空。在全球各地,人们都看到了一模一样的神迹。

——光滑的表面。基底核。视叶。嗅球。平流层上的巨大鸟脑。

"无人机和卫星遥感数据重建的三维图像也证实了,天上的那个东西,就是梁鸢同志所认为的那个东西。"一个声音说,"二位有什么想法吗?"

梁鸢把目光从显示器前收回。说话的人是薛继东的领导,薛继东叫他"李主任"。李主任五十岁出头的年纪,戴黑框眼镜,眉眼清隽,微微谢顶,说起话来慢条斯理,带着点儿南方口音。此刻,他正双手撑在会议桌上,直直地盯着她和薛继东。

"浮粒在模仿。"梁鸢说。

"模仿鸟脑? 它们怎么做到的?"

"也许是一只飞近了平流层的鸟,比如黑白兀鹫,给它们提供了素材。我猜。"

"您的意思是,"李主任转了转眼珠,然后压低声音,仿佛即将说出口的是一句可笑到不可饶恕的话,"它们分析了一只鸟,然后像表演团体操那样,在结构上模仿了这只鸟的,嗯,大脑?"

"没错。"梁鸢说。

"为什么？"

梁鸢看向薛继东。"咳，我有一个猜想。"男人清了清嗓子，"当你面对生物基础和文化基因完全不同的智能生物时，重现它们的思维器官，以之作为交流的媒介，大概是一种可行的选择。"

"星际文明交流意义上的罗塞塔石碑。"梁鸢补充道。

沉默片刻。

"您的意思是，"李主任一脸的匪夷所思，"外星文明对我们视而不见，却选择了和鸟交流？"

"对于飘浮在大气层中的生物，"梁鸢说，"行星表面或许并不适合孕育智能。"

李主任坐了下来，身体重重靠向椅背，"吱嘎"一声。他的表情有些沉痛，"那它们对智能的认识未免过于狭隘了。"

梁鸢瞟了一眼薛继东，后者若有所思。我们又何尝不是？她想。

"起码不是件坏事。"薛继东说，"这至少说明，它们有交流的意愿。"

"怎么交流？飞上去和它们说鸟语？"

梁鸢差点儿笑出声来。位高权重者喜欢肆无忌惮地宣泄刻薄，在这一点上，他们更接近孩子——只不过肩上的责任更重一些罢了。梁鸢又想，虽然刻薄，但李主任说的大体没错：当天空中的巨物终于确凿无疑地昭示自己的存在后，世界各地的人们已经各自做出了交流的努力。他们用调制过的无线电照射，用山响的大喇叭喊话，用巨幅织物或者灯光在地面上摆出莫名其妙的符号，或者点燃巨大的火堆，期望飘升的青烟上达天听，全然不顾烟气根本飘不出对流层的事实。那些顶礼膜拜的信徒呢？如果对更高存在的祷告能够超脱人类所知的物理定律，他们反而更接近理性主义者。

如此看来，"飞上去说鸟语"，也许并不是一句纯粹的讥讽了。

飞上去说鸟语。飞上去说，鸟语。

李主任转向梁鸢，"梁鸢同志，你有什么想法？"

她嘴唇微张，摇了摇头。

她想起母亲。

母亲出走的那年，梁鸢十三岁，刚上初一。母亲不打一声招呼就走了，毛毛几乎是她留给梁鸢的全部。在梁鸢的记忆里，母亲是比她更狂热的鸟类爱好者，但也比她不幸：母亲遵从老一辈的意愿，学了法律，顺理成章做了民事律师，而这个职业，用母亲的话来说，简直是飞翔的反面。她的故事和薛继东大同小异：相亲、结婚、生子、学区房。在梁鸢十三岁以前，她没有逃离的勇气，所以只能在生活那小得可怜的缝隙里满足自己对鸟类的痴迷：她养鹦鹉、观鸟、看纪录片、下载论文、熬夜撰写论文，并且，承受身边人的不解和讥讽。绝大多数时间里，面对那些企图把她摁在地上的世俗，她都保持着沉默甚至谦卑。她做出的唯一一件出格之事，是用大半个月的工资买了一台仿生计算机，塞进书房。那阵子仿生计算正在概念风口，硬件价格被吹到了天上，父亲无法理解，向来理智的妻子，为什么急吼吼地做了冤大头。

"我做研究要用。"母亲简短地解释道。

"什么研究？"

"鸟类的大脑。"

父亲看疯子一样看着她。之后这对夫妻间冷战的细节，梁鸢已经记不清了。总之，妻子小小地冒犯了一下她循规蹈矩的生活，开辟了一片新的领土，丈夫战略性后撤，伺机反击。这样的局面维持了一个月，一个月后，妻子下班回家，面对空荡荡的书桌，发出一声尖叫：

"梁开元，我的电脑呢？！"

"卖了。"丈夫狡黠地笑，"比买的时候还涨了点儿。老婆，原来你买的是理财产品啊。"

现在回想起来，这件事，就是母亲出走的契机吧。人总有属于自己的那根稻草，母亲的稻草是她的研究，而梁鸢的稻草是毛毛。

这么多年过去了，许多事情都已淡忘。然而她仍清晰记得母亲在逃离的前一晚对她说的话：

"鸢儿啊，也许有一天，我们会真正理解它们吧。"

她疑惑地看着母亲，"它们？"

"毛毛，和所有飞翔的精灵。"

"哦。"

母亲怜爱地摸她的头发，"假如不是进化论无可辩驳，我倒宁愿相信，人类和鸟类只是恰巧生活在同一个星球上，分别占据着地面和天空。生理构造和生存环境是共情的基础，如果某天一群同样生活在天空中的外星人造访地球，它们和鸟类的共同语言应该多过和人类的吧。"

梁鸢似懂非懂地点头。母亲亲了亲她的脸颊。多年以后，她在观鸟时忽然想起母亲的话，于是偏转镜头，看向飞羽簇拥成的卷积云。

于是她发现了天空中的鸟脑。

那晚之后，母亲消失了。父亲困惑过、愤怒过、发疯似的找寻过，可母亲就像人间蒸发了一样，没有留给他一点线索。随着时间流逝，他的愤怒和壮年都消耗殆尽，终于接受了妻子不会再回来的事实——这是一场多么决绝的出走啊，梁鸢想，就像《百年孤独》里那个乘着床单飞升的蕾梅黛丝。

也许母亲本来就不属于这个尘世，她的归宿只能是天空。

待世界变成冰窟，她还能自由飞行吗？

"鸢儿，吃饭了。"暮年的父亲召唤梁鸢。

"唉。"她答应道。她住单身公寓，每个周末回家探望父亲，尽女儿的职责：吃父亲做的饭菜，赞美他几十年没有半点儿长进的厨艺，听他例行公事般的催婚。路过书房时，她看到书桌上氤氲着的光。她走了进去，过时的液晶显示器上滚动着意义不明的字符串。

"爸，这是什么？"

父亲站在她身后，用围裙擦手，"仿生计算机啊。"

她瞪大眼睛，"仿生计算机？"

"有什么大惊小怪的？"父亲风轻云淡地说，"我还没告诉你，这是你妈当年买的那台呢。"

她张大嘴巴，说不出话来。

父亲是在二手交易软件上淘到这台计算机的，卖主正是当年的买主。仿生计算机本身就是概念多过应用，这人买来也是当作理财产品。入手之后，仿生计算机的价格确实又涨过一些，但后来就是一路下跌，他抱着回本的希望，就没卖，一直放在储物间，时间长了，就把这事儿忘了，搬家的时候才想起来。扔了怪可惜的，不如到网上觅个买家。

"鸢儿，你猜我花多少钱买的？"父亲露出孩子般的笑容，"只有原价的十分之一！"

"哦。您怎么确定，这就是我妈的那台？"

父亲上前，手指在显示器上滑动几下，"喏。"

她凑过去，看到了一个叫"鸟"的文件夹。

"当年卖得急，"父亲讪笑，"都没看看里面有什么。"

"您……为什么要把它买回来？"

父亲一怔，"我在想，里面会不会有什么线索……"

"我懂了。"她善解人意地笑笑，"走吧，先吃饭。"

这天晚上，梁鸢没有回去，而是住在家里，和父亲一起琢磨这台卖而复得的计算机。这玩意儿确实只能当理财产品，还是赔钱的那种，她想。人机界面极其不友好不说，连基本的操作逻辑都与冯·诺依曼结构计算机迥异。拿数据存储来说，这计算机里就没有队列和栈的组织形式，而是模拟大脑的分布式存储，需要相关性引擎来开启特定文件。长时记忆和短时记忆机制也被引入，你要存储一个文件不是选"保存"，而是通过多次确认短时记忆将它转化为长时记忆。同样地，要删除一个文件也没那么简单，你需要用其他的长时记忆来覆盖这个记忆……怪不得母亲的文件夹过了二十多年都没有被删除，也怪不得父亲无论如何都打不开它了。毫无疑问，当年设计这个系统的人一定是一群脑科学极客，只想着用神经形态忆阻器来重现大脑，根本没想过要做出真正的、人人皆可使用的产品。

"那你妈用它来做什么？"父亲问。

梁鸢抿着嘴唇。是啊，做什么呢？用它跑冯·诺依曼结构计算机通用程序，速度慢得要命；用来模拟人脑，由于仿生计算机里的忆阻器单元比人脑神经元少太多，程序的表现如同幼儿……这样的产品，究竟有什么样的应用场景呢？正想着，显示器上跳出提示，相关性引擎搜索完毕，数据的碎片被拼合起来。

梁鸢深吸一口气，点击母亲的文件夹，系统提示她键入密码。她想了一下，输入毛毛的汉语拼音。

文件夹打开了。她和父亲对视一眼，然后同时看向母亲藏在文件夹的东西。

那是一个程序，后面附着一段说明。

梁鸢，你个笨蛋。她咒骂自己。你早该想到的啊。

她听到父亲深深的叹息。

落雪的清晨，世界安静得像一个哑谜。天空中有云朵聚集，光线黯淡下来，寒风裹着细碎的雪粒，在人的脸上打旋儿。梁鸢裹了裹衣领。他们把氩离子激光器安装在西山山顶，说那里效果最好。李主任本来给她备了加厚的羽绒服，被她婉言谢绝了。此刻，刚刚下了缆车，寒冷便已刺入骨髓，想想接下来的攀登之旅，她有点儿后悔。

抬起头，硬块还在，只不过周围多了一些不那么致密的结构。现在任谁都能看得出来，那是一只凝然不动的鸟。先构造思维器官，再创建身体映射。有趣，她想，竟然和母亲的思路一致。这是我在现实和梦境中追逐的那只游隼吗？有一天，它会像真正的鸟一样，展翅飞翔吗？

"梁鸢。"远处，一个黑色的人影冲她招手。是薛继东。她快步走向他。

"挺冷的吧。"薛继东缩着脖子，在厚厚的羽绒服里打量着她。

"嗯。印象里，北京的十二月从来没这么冷过。"

"还会更冷的。"薛继东用恶作剧般的口吻说。

他是已经成竹在胸了吗？她斜着眼角看他。还是说，他在巨大的压力下退缩回自己的世界，卸下了对万事万物的责任？

"怎么了？"薛继东边走边问。

"没什么。"

上山。碎石小道。很快，她开始呼哧呼哧地喘气。薛继东时不时停下来等她，表情轻松。

"没想到啊，"他微笑着说，"十年了，我们竟然还能一起爬山。"

"要不是，呼——肩负着世界的责任，呼——谁来遭这份儿罪啊。"

"也对。"薛继东抿了抿嘴唇，"也许拯救了世界以后，我就没有机会问了吧。"

她停下脚步，仰起头，"啊？"

137

"那天，你为什么要离开？"

终于还是问了啊。她叹了口气。这个问题她思索过千万遍，答案依旧模糊。毛毛死去的那一天，梁鸢看到她的悲伤也成了薛继东的悲伤，也许她因此意识到，深刻的共情意味着沉甸甸的责任——而她，至少在那一刻，只想像母亲、像鸟儿一样，自由自在地飞翔。"爱"这个字眼对她来说是稀薄的，稀薄甚于山顶的空气。

可以这么告诉薛继东吗？

她摇了摇头："不知道。"

"好吧。"

听不出失望。或许薛继东并不是真的想要一个答案。默默攀爬了一会儿，他再次开口："谈正事儿吧。氩离子激光器的成像效果不错，通过分析被反射的脉冲，我们不仅能够看清'鸟脑'内部的构造，还能观察到其中的光学活动。其实早该想到的，既然它们重现了鸟脑，那么也会重现那里面发生的事件——只不过，事件的物理载体不再是神经元和神经递质，而是浮粒和光子。"

"天才的想法，典型的薛继东风格。"梁鸢试图用俏皮话活跃气氛。

"但要弄清事件的意义，还是要靠你的模型。"薛继东依旧是公事公办的语气。

"是我母亲的模型。"或者说，母亲留给世界的礼物。没有母亲行踪的线索，父亲固然失望，但他终究会明白，不会有比这更好的结局了。

"如果不是你，它不会比秀丽隐杆线虫的神经图谱有用多少。"

这倒是真话。母亲编写的那个鸟脑模型，只是一个简单的框架，不过非常有开创性且思路清晰，就是用尽可能少的忆阻器单元再现鸟类的大脑。她把仿生计算机带回研究所，和同事们一道，在框架里填充内容，忙乎了几个月，模型的 1.0 版前几天才完成交给薛继东的团队。他们夜以继日实现了硬件对接,邀请她上山,就是观摩第一次试运行。

"薛继东。"

"嗯?"

"你说,它们会不会也是一群逃亡者,从宇宙的尽头一直逃到地球?"

"它们?"

梁鸢抬头示意。

薛继东蹙眉,"也许吧。可你为什么要说'也'?"

是啊,为什么要说"也"? 她愣了一下,忽然笑出了声。男人疑惑地看她,她不解释,只是摆了摆手。

此后一路无话,直到山顶。远远就望见临时搭建的基地,大功率氩离子激光器的谐振腔如乌黑的炮筒,在基地的圆形拱顶上仰起头来,直指天空中振翅欲飞的鸟。李主任早已等在那里了。简单打过招呼,他就把梁鸢领进了基地内部。不大的房间,预制板的墙壁和水泥地面,由于堆满全力运转的电脑,竟然有些温暖。

梁鸢看到了模型。它以三维形式呈现在房间中央巨大的显示器上,端脑、嗅球、视叶,一应俱全,泛着金属光泽,在黑色的背景中慢慢旋转。这就是她和母亲共同的研究成果,一颗计算机里的仿生鸟脑。神经形态忆阻器是鸟脑的基础结构,它们被编入简单逻辑,在指定的位置进行指定的运算和信息交换,类似于原胞自动机。

"小梁啊,在开始之前,再给我吃颗定心丸吧。"李主任在她耳边低语,神态语气像极了许下宏愿又担心愿望无法实现的孩子,"这么一个小小的程序,真的能模拟鸟类的大脑吗?"

"鸟类的大脑要比哺乳动物紧凑得多,"梁鸢宽慰道,"所以只要几千万个忆阻器单元,这个模型就能粗略地实现鸟类大脑的功

139

能——放在目前的应用场景里,足够了。"

李主任盯着她的双眼,郑重地点了点头。

"开始吧。"他说。

初始化。空间向量参数导入。外部环境数据导入。图形渲染。激光束来回扫描,将天空鸟脑的光学数据直接导入模型——显示器映亮了人们的脸,那是神经元接续不断的激发。这来自异域与异类的景象带着难以言说的壮丽与恐怖,把在场的每个人都看痴了。这只是第一步,梁鸢想,很快,人们就会将激光作为载波,调制出想要交流的信息。

但首先,要理解。

"刚才发光的是视叶神经元,这说明它正试图去看呢……现在亮起来的,是鸟类的高级发声中枢,相当于人类的布洛卡区[①]。"梁鸢解说道,"有一种观点认为,鸟鸣类似于人类的语言。这样看来,它是在说话呢。"

薛继东和李主任同时转头看她,眼神复杂。梁鸢知道,她说的话很快就会被证实。激光器观察到的活动会进入解码器,化作一串绿色的波形图,波形图会在音箱中被翻译成真正的空气震荡,划破初冬清晨的幽静。

——也许,他们即将听到的,是新世界的第一声啼鸣。

"我说,"薛继东不知道在何时站到了她身后,"接下来,你有什么打算吗?"

她转过头,"喝杯热咖啡。"

薛继东僵硬的笑容终于柔软下来,"对世界尽过责任之后,你可以做更长远一点儿的打算。"

她想了想,"旅行。"

---

① 布洛卡区为语言的运动中枢,主要功能是编制发音程序。

公路、货车和"动次打次"的电子舞曲从记忆中渐次浮出。梁鸢突然想起，自己还存着那个电话号码呢。这一次要由西向东，她在心里暗暗地说，从新疆，一直到黄海之滨。

就这么定了。

《科幻世界》2023年第4期

作者的话：

这是一个关于逃离的故事，它或多或少受到爱丽丝·门罗那篇著名小说《逃离》的影响。在《逃离》中，女主人公的逃离是多重的：有对身份角色的逃离，有对爱情和生活的逃离，最后则是对逃离本身的逃离。这篇小说令我感触良多，我觉得，它道出了"逃离"这个许多人只敢想一想的字眼儿——生而为人，我们被赋予了太多意义，这些意义承载着我们的生存价值，相应地，也成了我们无法摆脱的枷锁。说走就走的旅行毕竟只是理想，又有几人能不"囿于昼夜、厨房与爱①"呢？话说回来，人从来不会束手就擒，他们总在策划和实施局部和短暂的逃离。也许是一根烟，也许是片刻发呆，也许是一场酩酊，也许是在KTV里喊破嗓子，也许是一局没日没夜的电子游戏。而对于一个写作者来说，写作毫无疑问是最好的逃离，尤其是当你在逃离中书写逃离，快感是加倍的，几乎无法拒绝。

这场无法拒绝的逃离从逃离开始：主人公在旅行途中逃离了她的男朋友，逃离了爱情和她可以被预见到的未来。外星人就在此时降临。和许多故事里的外星人不同，这个故事里的外星人从头到尾都是个谜：它们飘浮在空中，没有固定形态，也看不出有什么目的。它

---

① 引自万能青年旅店，《揪心的玩笑与漫长的白日梦》。

们定然是有极高智慧的,否则不可能跨越难以想象的距离来到地球,但它们并没有表现出智慧,或者说,至少没有表现出人类所能识别的智慧。外星人的存在总的来说是抽象的,直到有一天,与它们的交流成为与人类文明存亡息息相关的大事,它们才变得具体。而这一次,主人公不能再逃了。人们发现,理解鸟类也许是理解外星人的关键,而作为一个热爱鸟类并对鸟类智慧有独到理解的人,主人公(有意无意地)承担了这项工作,也因此承担了对全人类的责任。逃离至此终结。即便如此也不能说明,主人公是个有责任感的人——据我对她的了解,她只是做了一个有利于保全自己的理性选择。但我不会谴责她自私,她只是忠实于自己而已,之前的逃离是,之后的结束逃离也是。行文至此,读者应该能够感觉到,主人公多多少少代表着那个我们想要成为却很难成为的自己:拒绝意义的束缚,就像天空中的鸟儿一样自由。

说到鸟,它们承载着本文的核心隐喻。鸟类代表了自由,也代表了不被理解的智慧,主人公如此,主人公那出走的母亲如此,外星人大概也是如此:它们为什么会来到这里,这会不会是一场跨越星际的逃离呢? 在小说里,关于外星人的诸多谜团都晦暗不明,它们本身也是隐喻,象征着那些附着在我们身上的意义和障碍,只有当我们真正想要去理解,才可能揭开它们的真面目,从而学会去与它们共处,而不是一味逃离。当然,前面所说的,也很可能只是作者出于某种执念的强行升华,读者大可以假定,作者并不清楚外星人从何而来,因何而来,也不知道故事会走向何处。这一定违反了某些创作规则,但是,管他呢,作者有时候也会想要逃离写作范式。是的,在我创造的世界里,我要做一件主人公没能做到的事——

将逃离进行到底。

遥远的脉冲微光

| 谢云宁

谢云宁，生于1982年，四川遂宁人，本科毕业于四川大学，硕士毕业于电子科技大学，微电子专业。现居成都，半导体行业工程师。自幼热爱科幻，初中开始尝试科幻创作，处女作《回溯》发表于《科幻世界》2004年第7期，2005年凭《深度撞击》荣获银河奖最佳新人奖。此后笔耕不辍，作品见于《科幻世界》《新科幻》《文艺风赏》等刊物。多次荣获华语科幻星云奖、中国科幻银河奖等奖项。2017年出版长篇小说《宇宙涟漪中的孩子》，2020年出版第二部长篇《穿越土星环》，并荣获第十二届全球华语星云奖最佳长篇奖以及第32届中国科幻银河奖最佳长篇奖。

谢云宁的作品视野开阔，多以宇宙天文、计算机、生物工程为主题，追求科学硬核与人文关怀的有机结合。他的《一生都在吹泡泡的人》曾入选2021年度《中国最佳科幻作品》。

故事之一

在接到那个奇怪留言十分钟后,我通过距离对方IP地址最近的云网格打印出了一副3D模拟体。

这一次,我选择了一身得体、干练的深灰色西装,胸口印着硕大的全球巡天系统Logo——一团蓬勃旋转的火红色原始星云。

待身体打印成形,我发现此刻自己身处清晨时分一座远郊大山的山脚下,这里很像是遥远年代的那种旅游景区,当然,如今这样的地方不会再有游客。

我操纵着崭新的身体,感受着真实世界久违的沉重地心引力,以及异常迟缓的时间流速,迈开轻盈的双腿,沿着古老的石梯拾级而上。客户的物理地址还远在云雾缭绕的半山腰。

我用力翕动鼻翼,恣意呼吸着山野间混着芳草馨香的空气,微冷的清风轻拂我的面颊,冰凉的露水渐渐打湿了我的发梢。

半小时后,我抵达了目的地。

这是一座犹如中世纪城堡的古老别墅,从外面看上去很是破落不堪,缺乏修葺,泥皮剥落的雕塑充满了过去时代极尽浮夸的风格。

同样让我感到诧异的是,这里只覆盖了级别最低的网络宽带。

我踱步到大门前,别墅的AI管家系统核实了我的身份,打开了门,我缓步走进别墅。

装潢古典的阔大客厅异常安静,只有壁炉里的火苗在哔哔作响。一位东亚面孔的老人躺在深红色沙发上,蜷作一团。他穿着一件暗色条纹的睡衣，木地板上放着一杯没喝完的威士忌。

他面前一台没有关的老式电视已进入待机模式，巨大的屏幕上没了图像，老人一定是看着电视睡着了。

我静候在原地，开始打量他。

老人看上去年近百岁，花白的头发蓬松而杂乱，皱纹与老年斑布满脸颊，被岁月模糊的五官依稀透出曾经棱角分明的模样。

突然，老人像是从一个噩梦中惊醒过来，虚弱地睁开通红的双眼，惊讶地注视着我。

"雷川先生，我是全球巡天系统的客服，前来解决您的问题。"我赶紧毕恭毕敬地开口道。

"你们可真是高效。"老人神情恍惚地摇了摇头，缓慢地伸了伸腰，不知是想要摆脱宿醉带来的昏沉，还是在分辨自己究竟身处现实抑或梦境。

他的声音比我想象的洪亮不少，我弄不懂他在表达真正的感叹还是抱怨，人类的语言很多时候仍有着超出算法的微妙。

"先生，您是我们巡天系统尊贵的VIP会员。"我低声说，"您提到您在直播中观察到了外星文明发送给人类的信息。"

老人没有回应，他动作迟缓地拿起沙发上的遥控器，枯瘦的手指按下按键，电视中出现了一幕黑白画面，上面密布着一簇簇大大小小、明暗不一的斑驳光点，就如同电视并没有接收到任何信号，显示的只是满屏毫无规律的雪花。

但我立刻意识到，这是从巡天系统下载的红外频段原始星图，由遍布太阳系最先进的天文望远镜群拍摄，并没有经过后期合成处理，那些外表模糊的光斑实际上是一颗颗形态各异的星球。

"这颗星球名叫S5X22。"老人面无表情地说。他手中的遥控器发出一束激光，定位到了一个毫不起眼的光斑，接着，这一抹微小而昏暗的光点被放到最大，变成了一团没有任何细节的光晕，就如

145

同放大镜下开裂的油画像斑,粗粝至极。

我怔怔地观摩着这颗星球,同时调出了巡天系统中的观测日志:"S5X22,这颗名字由字母与数字组合成的星球,只是一颗极其微小而普通的白矮星,距离地球十六光年,肉眼不可见,只有太阳的0.76倍,是一颗进化流产的恒星,在时间的洗礼下只遗留下来一具冰冷的残骸,毫无惊喜可言……"

"这颗星星非常、非常地独特!"老人突然近乎咆哮地打断了我,"它在过去半年里发生了剧烈变化。"

"先生,我并不理解您的话。"我小声地说。

"你看。"老人颤抖的手指又按了按遥控器。

这一刻,电视画面中出现了两张与之前一模一样的星图。

"左边是你刚看到的,来自巡天系统的最新数据,而右边的图像来自半年前。"老人变得焦躁起来,"你注意看S5X22的右下角。"

我仔细地注视着画面,开启了视觉辅助程序。老人说得没错,两幅图存在人眼很难察觉的细微差异,光晕右下角有一道隐隐的弯曲弧线,似乎光线被什么未知力量微微拉长变形了。

"这道圆弧也许来自引力透镜的弯曲。"我谨慎地猜测道。

"完全不可能,"老人急切地打断了我的话,"地球与S5X22之间不存在任何大质量天体。"

我陷入了沉默,从巡天系统调出的数据佐证了老人的说法。

"也许是巡天系统计算机的一个显示错误。"话一出口,我就意识到这样的说法非常业余。

"不可能,我是一点一点看着这个光弧从无到有,慢慢变大的。"老人反驳道。

"先生,您一直坚持收看S5X22星域的直播?"我很是震惊。巡天系统的天文望远镜不分昼夜地扫描深空,并将数据洪流免费开放,不过观众寥寥。我敢打赌,百分之九十九的数据下载人数不会超过两位数。

"是的，我熟悉那里的一切，甚至比我的后花园还要熟悉。"他像是在自言自语，"那里存在着一颗行星。"

"没错，那里存在一颗还未被氦闪完全吞没的岩态行星，能够通过分析行星遮掩主星光谱判断出其存在，这在宇宙中并不少见。"

"一个强大的外星文明就栖息在那里，我称他们为Ｓ星人。"老人急切地说。

"Ｓ星人？"我皱了皱眉头，"先生，那只是一颗白矮星身旁的行星，行星环境非常极端，难以存在生命。"

他顿住了，很是生气地开口："宇宙中没有什么不可能。"

"好吧，先生。Ｓ星人，他们都做了些什么？"

老人恍惚的眼神变得更加空洞，"他们操控行星的轨道，恰好阻挡了白矮星，以此向地球发送信息。"

"只向地球？"

"是的，只向地球。"老人肯定地说。

我迟疑了半晌，不知道该如何回应老人，他执拗而认真的样子不像是在拿我寻开心，"先生，请原谅我的好奇心，您为什么会对这样一颗极其普通的白矮星如此感兴趣？ 另外，即使Ｓ５Ｘ２２真存在着某种未知的奇异天象，您又为何会将其与地球扯上关系？"

老人陷入了沉默。突然，他借助脚部义肢的力量，缓缓地站起身来，并颤颤巍巍转过身，将目光投向了落地窗外。此刻，初升的朝阳照亮了莽莽群山，老人干瘪的嘴角终于微微动了动，"突破摄星计划。"

"这似乎是件非常遥远的事情。"我惊讶道。

"七十九年前——"

"我甚至还没出生。"我纯属多余地回应道。

时至今日，网络中还遗留着摄星计划的诸多资料。这个史无前

147

例的大胆创意雏形诞生于21世纪初，由当时还未去世的物理学家霍金教授发起，可以算作渺小人类面对空茫宇宙做出的最后一次努力，当然结果并不成功，甚至有几分可笑。这个庞大的计划利用太阳光帆的原理，通过安置于太阳系沿途的众多激光光源发出的高能光束聚焦光帆，对尺寸仅几厘米、质量仅几克的摄星飞行器逐级加速，最终使其达到百分之二十五的光速，飞出太阳系。

这些迷你飞行器实际上只是一片片功能齐备的芯片，内嵌有摄影机、光子推进装置、通信系统、导航和交互等功能设备。

截止到摄星计划结束，人类共计向一百六十五颗星球发送了一百六十五艘迷你摄星飞船。这个粗糙至极的太空计划甚至没有（也没有能力）设计飞船抵达目的地星系后的减速机制，只能希望目的地的气体、尘埃或恒星光压能帮助飞船减速。

飞船出发后的十年中，所有飞船的电磁波通信无一例外地陆续中断，从此之后，人类没有再接收到任何来自摄星飞船的讯息。

尽管没有任何人出面正式宣布摄星计划的失败，但所有人都清楚，弱不禁风的探测器最终在广漠宇宙的惊涛骇浪中不知所终，石沉大海。

诸多冰冷物理常量如时间、空间、光速与引力，将宇宙分割成一个个孤岛，光年之外那些朦胧发光的星星，对于人类实在过于遥远。

"十六年前，我们的飞船抵达了S5×22——"老人突然提高了音量。

"先生，您说的也许没错。如果足够幸运，摄星飞船没有撞上什么大颗粒的星际物质暗礁，应该在十八年前抵达S5×22，而恒星距离地球刚巧十六光年，从时间上算起来，如果S星人对抵达的摄星飞船做出回应，以光速奔跑的星光回到太阳系，被地球巡天系统捕捉到，恰好是半年前——"我小心翼翼地组织语言，生怕再惹怒他。

眼前这位奇怪老人与这间奇怪房间里发生的一切越发地奇妙起来，让我心生好奇。与此同时，我通过网络大数据的非正常途径搜索到这位老人的一些个人隐私，他这三十年来一直独居在这里，足不出户，过去几年中曾接受过几次早期阿尔茨海默病治疗。不难理解，老人离群索居的生活让他产生了某种超现实的臆想，不过S5X22与这位避世老人究竟有着什么样的联系？

"S星人拥有远远超过我们人类的科技，他们希望向我们传达一些信息。"我的话让老人的神色松弛了几分，他像是在不断重复着自己的话。

"S星人要告诉我们什么？"我继续附和着老人。

"我怎么会知道，那是你们的工作！"老人怔住了。他无力地瘫坐回了沙发，伸出发抖的右手拿起地板上的酒杯，将杯中剩下的威士忌一饮而尽。

我静静地望着老人，从落地窗缓缓照进的柔和阳光洒在他的脸颊，像是给他戴上一张纸糊的金色面具，让他的脸部轮廓变得更加模糊。在酒精的作用下，他似乎又回陷到了一场苦涩的幻梦中。

"先生，请原谅我的冒昧，看上去您的生活和其他人有一些不一样。"我鼓起勇气打破了沉默。

"你是说外面的那些人，永远生活在虚幻网络之中的那些人？"老人眉头紧蹙，目光停留在手中空空的杯子上。

"可是那里有着相比现实世界几十倍数的运转频率，这意味着人的寿命无限延长，这对人类来说非常地……"

"不——"老人打断了我的话，"这对我并不重要，到了我这样的年龄，有些事必须回到现实世界完成。"

"先生，能告诉我您的故事吗，关于S5X22？"我忍不住追问道。

"你到底要干什么？"老人猛地抬起头，目光直直地望着我。这严厉的目光像是要狠狠撕开我的身体，探究我这样一具3D模拟体是

149

否真正存在灵魂。在他此刻的意识中，我究竟是人类还是 AI？

我有些手足无措，"先生，我无意窥探您的隐私。我只是在想……如果能更多了解您的背景，或许能更好地帮助您寻找想要的东西。"

老人姿态僵硬地瘫坐着，并没有回应我。这样难堪的僵局维持了好几分钟。

"先生，如果您没有其他问题，我就先告辞了。回去后，我会申请巡天系统的各频段天文望远镜重新扫描 S5X22 星域，也许……会有新的发现，一有结果一定第一时间告知您，我会亲自上门……当然，这是免费的，您是我们尊贵的 VIP 会员。"我语无伦次地说。

老人仍一动不动地坐在那里，目光冷漠地注视着空气，像是没有听见我的话。

"先生，您有什么想要交流的，请随时呼唤我。"我失魂落魄地转身离开，我的 3D 模拟体需要回到山脚下的网格才能消融。

"年轻人。"我已走出好远，突然听到身后老人唤道，喑哑的声音中充满无奈的妥协。

老人从屋子里找出了一个银白色的金属盒子，这是一台"记忆共享仪"——这个时代的家庭常备。

很快，仪器的数据线同时插入了我与老人脑部后端的数据接口。

我看着老人闭上了眼睛，他此前焦躁的神情慢慢变得温和。

伴随着一阵翻涌进我神经中枢的盈盈电波，老人的回忆如滚烫的浪潮般涌入了我的脑海中。

故事之二

那时，雷川还只是一个体格瘦弱的六岁小男孩，那一个夏天爸爸带着他完成了一次远游。

他们一路风餐露宿地自驾穿行在亚欧大陆的交界地带。

一天傍晚，他们进入了亚美尼亚国境。爸爸故作神秘地告诉他，要带他领略一处秘境。

那是位于阿拉克斯河畔的一处中古遗迹，曾经是一座修道院，现已废弃了几个世纪。

夜色笼罩的修道院中满是残垣断壁，犹如一座偌大的阴森迷宫。

爸爸带着他穿过一条隐秘的暗道，来到了庭院中一座由石头垒砌的高台。爸爸告诉雷川，那是一座古老的观星台。几百年前的修道士会登上高台，经年累月地观测星空，绘制出详密的星图。

这座足有三人高的高台找不到台阶，四面陡峭的斜坡满布青苔。

"小川，我们爬上观星台吧。"爸爸大声说，说完他几个大步，手脚并用地一口气爬上了高台。

雷川待在了原地。

"小川，快爬上来！"爸爸在上面呼唤道。

小雷川只得咬牙沿着斜坡凹陷处慢慢攀爬了起来。然而坡面实在太湿滑，他的小手没能抓稳，从几米高的地方滑了下来。

他重重地摔在草地上，伤心地哭了起来。

"别哭！"蹲在高台上的父亲坚持让他爬上去。

"爸爸，帮帮我！"小雷川带着哭腔央求道。

"不，靠你自己。你一定能行的。"爸爸严厉了起来。

没办法，小雷川只得再次沿着斜坡攀爬起来，他的每一步都那么困难。

"爸爸，我不行了。"小雷川爬到一半，还是泄气了，他进退两难地停了下来。

"我的孩子，别放弃，爬上来，上面有好多漂亮的星星正在等着你。"爸爸向他伸出了一只手。

在爸爸鼓励的目光下，小雷川重新鼓起勇气，小心翼翼地向上挪动。

他加快了步伐,终于,他的小手触到了爸爸的大手。

爸爸用力地拉了他一把,他站上了高台。

一片视野开阔的星空展现在他的眼前,漫天的群星如密集的雨点般飞泻而下,似乎触手可及。

"爸爸,这些星星离我好近。"雷川兴奋地嚷道,伸出指尖想要戳一戳头顶上最亮的那颗星斗。

"爸爸还是你这么大的时候,和你有着一样的感受,总是觉得这些星星离自己好近,幻想着有一天能飞到那些星星上去。"爸爸注视着夜空轻声说,"但当爸爸长大以后,发现那些星星又变得遥远起来了。"

"为什么星星会变得遥远?"那个年纪的雷川总是喜欢不停地追问。

爸爸被雷川的问题问住了,沉默了许久,然后轻轻地拍了拍他的头,"孩子,等你长大,你就会明白。"

小雷川点了点头,小手更紧地握住了爸爸的大手。

忽然间,爸爸的手如空气般不存在了,他一个人孤零零地伫立在万籁俱寂的星空之下。

"爸爸——"他哭泣着大喊。

周遭的世界在他的哭泣中纷然坍塌,视界骤地跳转,他进入了一间明亮的大房间,妈妈和爸爸端坐在沙发上,目光沉重地凝望着自己,一副欲言又止的样子,四周的空气仿佛也凝固了。

最后,还是爸爸打破了沉默,"小川,从今天起爸爸妈妈将会分开生活,你需要做出一个选择,是跟着妈妈,还是爸爸。"

小雷川低下头,望着手指。事实上,他并不感到多么惊讶,因为爸爸与妈妈此前分别单独与他谈过话,只是当这一刻真正到来,他还是感到那么地无所适从。尽管他幼小的心灵并不能完全理解爸爸妈妈为什么会分开，但他还是能懵懂地预感到自己的选择将决定不一样的未来。就像是通关游戏一局终了主角面对的两扇大门，每扇大门背后都隐藏着截然不同的剧情。

而此时此刻，一边是旅游专栏作者父亲严厉、俭朴的生活，一边是金融公司高管母亲物质优渥的安逸生活，还有豪华玩具，以及每半年一次的主题公园……

作为一个只有七岁的孩子，他情感的天平很自然地偏向了妈妈。

终于，他抬起了头，默默地走向了妈妈。

妈妈喜极而泣，将他拥入怀中。

在妈妈紧紧的拥抱下，他怯怯地将目光投向了一旁的父亲。

这一刻，父亲的目光暗淡了一下，但他马上又故作轻松地望着自己。

而后，父亲不见了。

雷川挣脱了妈妈的怀抱。

"爸爸——"他大声哭喊起来，但爸爸没再出现。

爸爸永远地消失在他的生命中。他悲伤极了。

视界再次跳转，十八岁的雷川独自呆坐在一辆飞驰于撒哈拉沙漠的旅游大巴中，大巴空无一人。

车窗外的天空中，一抹抹缤纷各异的光芒正在如梦似幻地蔓延开来，如多彩的丝带般轻盈地飘荡。

这是低纬度地区百年难得一见的白日极光，汹涌的带电粒子流正在疯狂撕裂着地球磁场。

在雷川出发之前，日冕公司已经向他发出了最高级别的红色预警，但他完全顾不得考虑危险，只想第一时间赶赴目的地。

这场强度前所未有的太阳风暴让地球轨道的所有通信卫星都陷入瘫痪，大巴只能借助 AI 单机模式和最原始的定位方式：白昼的太阳与夜空的星辰。

七天后的一个清晨，雷川终于抵达了日月星辰的指引之地。他将眼睛的视力加强功能开启到最大挡。

终于，他隐约地见到有一点儿隆起物突兀地矗立在远方朦胧的地平线上。

当大巴驶近那里，只见足有两人高的太空舱残骸如一只压扁的易拉罐，深陷在黄沙之中。

他跳下车，踉跄着奔向太空舱。

一个巨大的窟窿绽开在太空舱外壁，雷川得以钻进舱内。

出乎他意料的是，太空舱的内部陈设基本完好。

一具身着宇航服的躯体静静地平躺在舱内。

他跪了下来，热泪盈眶地望着太空服外裸露的那一张干枯的脸庞。

黑色脸庞上一对眼眶大张，嘴巴半合，萎缩的五官还凝聚着死亡来临时的痛苦与绝望。

"爸爸，我来看你了……"雷川哽咽着说。

十二年前，爸爸在离婚不久后成了一名太空清道夫。

在那个年代，由于地球轨道上高速飞行的太空垃圾频繁撞击卫星与太空站，日冕公司招聘了一大批志愿者，去到地球轨道处理日益增加的太空垃圾。太空清道夫们只需要蜷缩在一个个无人驾驶的小型飞行器中，操控巨大的金属网与细长的机械触手捕捉废弃卫星和太空碎片。

在三个月的失重训练后，父亲如愿离开地球表面，距离他一生热爱的星星更近了。然而，在极致的浪漫背后，危险也无处不在。半年后，意外发生了，操作失误致使"阿尔法"太空站发生了一次剧烈爆炸，爆炸产生的巨量碎片汹涌四散，由于距离太近，父亲的小型飞行器甚至来不及打开金属网就被碎片撞上，发生爆炸。此后，飞行器也变成了一块太空碎片，不受控地飘浮在太空轨道……

这么多年来，雷川每天通过日冕公司实时公布的太空垃圾监控数据获取父亲的坐标，在每个天气晴朗的夜晚都用目光去追寻星空中父亲的踪影。

他总是自责地想，是当年自己做出的那一个决定，让父亲最后选择了外太空。

直到有一天，父亲的坐标消失了，失去动能的残骸最终在一个月前变成一颗陨石，坠落在撒哈拉沙漠深处。

于是他第一时间义无反顾地赶到这里。

在这片荒芜的沙漠深处，他终于说出了积郁在心中多年的那句话："爸爸，现在我带你回家。"

"这就是我的故事。"雷川结束了4D沉浸式PPT的讲述，视界跳回现实世界空荡的舞台中央。他抬头望着前方大屏幕上缤纷闪烁的"虚拟观众"面孔，旁边跳动的巨大数字显示《送你去星星》在线人数已经超过千万——当然，这些观众只是将众多感知线程的一个支线程悬挂在节目中而已。下意识地，他向着热情的"观众们"深深鞠了一躬。此刻的他并没有丝毫如释重负的感觉，尽管这场表演已事先反复练习了上百遍，但他对自己的发挥并不满意。他并不是一个善于表达的人。

他忐忑地望着不远处端坐的三位点评嘉宾，他们依旧保持着优雅而程式化的微笑，为他轻轻地鼓着掌。

"感谢小伙子，你的故事很精彩。"三人中间兼职主持人的美女嘉宾首先开口，声音充满了磁性，"接下来，请观众们不要离线，在一段简短广告后，精彩继续，我们将与雷川进行更深入的交流。"

在主持人的话音中，一组酷炫浮夸的虚拟现实画面浮现在舞台上。

"'赛格营养液'让你78小时不离线，助力摄星计划。""'飞越牌义肢，人类真实世界的好助手。""'迦南之地'，42.2倍时间流速的超频空间。"……

五花八门的广告以远超真实世界倍数的速度在雷川周围闪现，以匹配网络世界观众的时间流速。这让雷川感到了一种深深的荒诞感。

这个时代，人类早已对低分辨率、低时间流速的物理空间彻底失去了兴趣，绝少有人会亲临现实，更不用说什么遥远的外太空，载人太空项目几近停滞。

外面的宇宙并没有因此变得冷清，由 AI 操控的纳米机器人代替人类开疆扩土，远赴小行星带采矿，成功改造火星、土卫二、木卫二、冥王星……悄然之间，人类进入了"微缩宇航时代"。从太阳系内层到外层空间遍布不计其数的小型空间站，它们搭载着激光相控矩阵，可用于光帆分步加速。如今，古老的"摄星计划"终于可以启动，然而时过境迁，当初雄心勃勃的项目遭遇了无人问津的尴尬境遇，巨大的资金缺口让计划难以为继。

不得已，"摄星计划"走上商业化的道路，由此诞生了一家摄星运营公司。新公司推出的第一个策划即是宣布将在摄星芯片中新植入一个微型胶囊容器，用于存储人类的 DNA 物质。这是一个天才的创意，即使单纯从科学的角度评价，此举也是相当地绝妙。人类 DNA 长链中的四个碱基 A、T、C、G，排列顺序不同，如精准密码般记录人类可遗传的信息，其单位质量存储数据的效率甚至比最先进的半导体存储器还要多出几个数量级。

摄星公司宣布售卖天价"船票"筹集资金，购票者的 DNA 能够搭乘上飞向远方星星的"飞船"。在满是噱头的宣传中，参与者独一无二的基因信息有机会被目的地的高等文明捕捉到，展示人类种族的基本形态，成为星际交流的媒介。甚至想象足够大胆的话，参与者的 DNA 有可能被强大外星文明克隆获得重生。

然而，DNA 船票的销售情况并不理想，买单者寥寥。

摄星公司为了重燃民众对星空的热情，又别出心裁地推出了一款《送你去星星》真人秀活动，免费拿出了三十颗星球，向普罗大众提供参与"摄星计划"的快速通道。

报名者只需讲述一个自己与太空有关的故事，如果足够感人，能够打动在线大众评委，就有机会入围计划。

此举倒是成功博取了世人眼球，很多人抱着猎奇的心态报名，踊跃角逐"飞向群星"的机会。

几分钟后，动感而空洞的广告终于落幕，舞台归于平静。

"我们回到你的故事本身。"另一位光头嘉宾开口道，他擅长妙语连珠的点评，"不断跃升的科技帮助人类在物理世界不断突破困境，也帮助人类重新认识到自己在宇宙中的位置。这个故事与我们'摄星计划'探索宇宙的精神完美地契合。"

雷川怔怔地站在原地，他不知道自己应该说些什么与嘉宾互动。

"在你的故事里，群星指引你的身体行走在沙漠中，现在又召唤你的基因走向宇宙深处。"光头嘉宾继续着激情昂扬的点评。

"不，先生，我想让我的父亲参与到计划中。"雷川小声地打断了对方。

"你的父亲？"光头嘉宾皱了皱眉头，"我记得那一次超级太阳风暴已经是五年前的事了，你的父亲……"

"是的，我带着父亲回家，将他火化，然后安葬在故乡的一片山岗上。"雷川说，"我一直保留着一小颗黢黑的骨头，应该是我父亲干枯的躯体掉落的小指头，本是作为纪念，直到最近偶然得知摄星计划。我想骨头里面应该还携带着 DNA。"

"他说得没错，这在技术上不难办到。"三位嘉宾中最后一位发言的大胡子中年人开口道,他是摄星计划的首席科学家。

"好了,我们五分钟互动交流时间结束,接下来进入投票环节。"美女主持人微笑着接过话,将温柔的目光转向了舞台一侧的"虚拟观众们"。

"让我们拭目以待,在线的大家能不能帮助小伙子离世的父亲飞向群星。"

雷川不安地伫立在舞台中央。舞台突然黯淡下来,只有一道聚光灯照射在他身上,让他感到脸颊灼热,嗓子干涩,心也快要跳出身体。

面前的巨大屏幕上虚拟头像始终缤纷闪烁,网络世界的大众评委正在投票。一个巨大的数字浮现在空间中,飞一般地跳动、变化。

数字最终定格在了一个八位数的天文数字上。

视野陡然明亮起来,流光溢彩的礼花、彩带绽放在舞台,三位嘉宾不约而同地站起身,为雷川送上了掌声。

这是目前比赛的第二高分,赛程已经过半,雷川基本锁定一张船票。

他终于松了口气,更让他感到欣慰的是,自己这样一个平凡人的真实故事能够打动大家,让更多的人知道了父亲的故事。

大会结束后一个月,雷川终于接到了确定的消息,他获得了一颗名叫S5X22的星星。这是一颗极其陌生又毫不起眼的星球,甚至在一百多万年前就早已死亡,属于摄星计划中最为冷门的那一档。

对此,他并没有感到特别地失望。这一次包装商业化的摄星大会大获成功,吸引了远超预期的关注,很多科技公司巨头纷纷预订了那些热门星球。

因此,雷川这样的普通参赛者只能分得最差的那几颗星球。

但他相信，若天国的父亲灵魂有知，他一定会为自己的安排感到开心。

这一次，父亲身体的一部分终于能够飞向真实的星星了。

半年后，雷川通过网络直播收看了以父亲的名字命名的"雷天桥号"飞出太阳系的全过程。

体积巨大的火箭将同样巨大的飞行器送入地球轨道后，巨型飞行器如出海的帆船一般，张开了十米见方的折叠太阳光帆，位于地球轨道的激光站迸发出一束强光，推动飞行器飞离地球。

位于月球的激光站对飞行器进行了第二轮加速。此后，"雷天桥号"经过太阳系沿途的激光站梯次助力，不断地缩小自己的体形，如无数层绽放的豆荚般，一路炸裂，层层剥离。

八年后，在距离地球一光年外的奥尔特星云带最后一个激光站，"雷天桥号"完成了最后一次加速，提升到了四分之一光速的速度极限。

此时，"雷天桥号"收起了光帆，回到了尺寸厘米级的原始形态，犹如一枚微小而坚硬的子弹，借由惯性直插入太阳系外层空旷无物的冰冷空间。

此后的每一天，雷川都会坚持收看飞船发回地球的图像，单调而模糊的深空图景看不出丝毫的变化。

直到十年后，地球接收到"雷天桥号"最后一束电波。之后，渺小的飞船就如一滴雨点落入了无边无际的大海，难觅踪迹。

故事之三

两年后的一个秋日夜晚，我再次与老人见面。

这一次见面的地点是市中心医院。

我通过医院大厅流畅的云网格打印出3D模拟体，复原出与上一次相同的样貌。

我稍感新奇地环顾四周。这个时代的医院出奇地安静，光亮洁净的大厅里人影寥寥，全自动医疗设备兀自运转，井然有序，过了很长时间，才见到有和蔼的机器人护士推着病人缓缓经过，蜷缩在轮椅上的那位人类看上去已是病入膏肓。

尽管如此，这里仍是我能见到的现实世界中最具"人气"的地方。

人们终日栖身五光十色的网络，然而还是得回到物理世界面对生老病死，医院仍是大部分人类告别世界的最后一站。

我迈开双腿，穿过长长的走廊，放轻脚步走进老人病房。

老人静静地躺在病床上，身上插满了各种管子。他的双眼微闭，游丝般的目光凝滞于某一处空气中，像是在等待着什么。

突然，他像是感知到我的到来，猛地睁开了双眼。

"先生，您还记得我吗？"我轻声唤道。

他身体一阵哆嗦，猛地试图直起腰来，然而并没有成功。

相比上次会面，他看上去更加枯瘦，双颊深陷，如同一株失去了水分的植物，虚弱得连说话也异常困难。

"全球巡天系统……"老人喘息着开口，"我一直在等待你的消息。"

"是的，我知道，先生。"我突然哽咽起来，"确认信息……用去了不少时间。"

"有结果了吗？"老人张大嘴巴，艰难地发声。

"有了，先生。我们已经从来自S5X22的X射线脉冲中破译出一些信息。我第一时间赶到这里，带来了一段为您制作的影像。"

我的话让老人的全身剧烈颤抖起来，我赶紧上前扶住老人，握住老人的手，他粗粝的手掌很是冰冷。

老人在我的帮助下，颤颤地将身体靠近我，露出了后脑勺的接口。

我俯下身，小心翼翼地在老人的接口处触碰了几下，为他的大脑接上云网的一个链接。

随后，老人闭上了眼睛，沉浸到了一个遥远而奇幻的时空中。

在离开地球七十九年后，"雷天桥号"如期抵达了S5X22。

平静旅程中陡然增加的射线辐射量唤醒了微小的飞船，令其退出了休眠模式，全功率运转起来。飞船首先开启了摄像系统，对这片陌生的星域做了一番扫描。

相比活力四射的太阳系，这是一片异常荒凉而晦暗的空间，可见光频段中那一颗涣散着灰白色光晕的星球正是尚未完全死去的主星S5X22。就如同一个被漫长死亡痛苦折磨的扭曲灵魂，百万年过去，它仍在做着徒劳的濒死挣扎，间歇性向外抛洒着一缕缕高能X射线。在星球不远处，一颗已在氦闪中凝固成焦黑晶体的岩态行星，仍不离不弃地围着主星缓缓旋转。

"雷天桥号"迎着电磁风暴的狂风怒号，再次扬起了光帆，在扑面而来的光子拍打下，飞快减速。

飞船的停泊点将是S5X22与行星的拉格朗日点。

在人类的设想中，每个星系的拉格朗日点都是宇宙间文明交流的"密钥"。拉格朗日点是依靠天体与天体之间的引力平衡而形成的一个"稳定的点"，停靠于此的探测器消耗的能量能够降到最低。

如果S5X22星域真存在先进的文明，他们大概率会在拉格朗日点安置特别的探测器，静待外来文明的对接。

六个月后，"雷天桥号"终于艰难地泊入了拉格朗日点。然而，这里除了更为强烈的热浪与辐射，仍是一片空无一物的虚无。

就这样，漫长的旅程抵达了尽头，"雷天桥号"失去了前进的目标，它不得不收起光帆，关闭姿态调解模式，微尘一般静静飘浮在了拉格朗日点。

然而,"雷天桥号"的"搁浅"状态并没有维持多久。

很快,它的到来触发了"殁星者"飞船的一次报警。这艘飞船外形犹如一枚通体银色的海螺,闪烁着影影绰绰的荧光,幽灵般潜伏于相比四维时空更高维度的虚空之中,因此其身影并不在"雷天桥号"的扫描结果中。

"殁星者"每隔一段时间都会对整片S5X22星域进行一次例行"生命扫描"。根据《银河系星际法》,殁星者的工作只有在保证整片恒星系统中所有原住生命已完全灭绝才能进行。

这一次,一粒象征着生命的光点突兀地闪烁在飞船监控系统中。

"还好虚惊一场,这只是一缕外来生命物质,刚进入这里。"在查看了此前的时空监控数据后,殁星者A终于松了口气。

"头儿,我能申请阅读这串DNA信息吗?"殁星者B好奇地问。作为第一次执行任务的新人,他习惯事事都征询直属领导殁星者A的意见。

"当然可以。"殁星者A回复道,"不过你也不用对此太过新奇,在星际之间,这类携带DNA碎末的飞行器非常常见,大多出自一些低阶文明有意识的行为,漂流瓶般向其他文明传递一些只言片语的信息。"

殁星者B的能量场微微震颤出了一束湛蓝色的波束,表达出对殁星者A的赞同。

这两位殁星者身躯由机械、等离子体、能量场交织而成,意识的高频电磁波束与飞船运算网络的光波紧密相连,交相辉映,而他们意识的本体——仍由碳基有机物质构成的大脑——藏匿在飞船的核心舱中两个插满电极的透明球体中,无数纳米机器游弋在球体中,时刻修补着大脑不断凋零的神经元,延续着殁星者近乎不朽的生命。

他们来自遥远银河系中心的一个超级文明,隶属于银河系联盟的能源机构。他们的日常工作是使用"物理手术"的方式处理

S5X22这类恒星残骸，人为加速恒星死亡过程，并将恒星溢出的能量通过临时打开的单向虫洞汇入银河系各处的"能量池"中。这可以帮助恒星以更加合理的方式"寿终正寝"，同时加速银河系内各种元素的流动，维持整个星系健康的新陈代谢与物质平衡。

而在人类这样低等文明的天文观察中，已死亡恒星反常表现只是一次失控的物理相变，深层原理还待探究。

殓星者操纵超距作用力，从"雷天桥号"中取出了那一丝生命物质，瞬间穿越维度的褶皱，搬移回了飞船内的生命检测仪中。

只用了几纳秒时间，检测仪就破译了DNA中所有的碱基代码。

两位殓星者快速浏览起来DNA中的一行行代码。"这是一支刚刚走出自己行星摇篮，就迫不及待地向着宇宙深处传递自己声音的种族。"殓星者B急于做出个人判断。

"这一支种族的生理特征以及大脑容积并不算出彩。"殓星者A也给出了自己的看法，"要想挣脱光速的禁锢走出母星系，在星际文明间激烈的竞争中脱颖而出，并不是一件容易的事。"

当DNA中所有具有基因表达的碱基代码都汇集在一起，这位DNA主人一生的样貌，栩栩如生地复原在了飞船的神经网络中：最初，微小的受精卵如一粒神奇的种子，极速蜕变成海洋生物模样的胚胎，浸泡在液体中逐渐长大，成形的婴儿哭哭啼啼地离开母体，转瞬间成长为一位有着一双明亮双眼的少年，然后是活力洋溢的青年、年富力强的中年。然而，随着年华渐渐老去，皱纹开始爬上他的脸庞，他的身姿变得佝偻，步履蹒跚；慢慢地，衰老让他无法行动，最终，死亡让他闭上双眼。

当然，这一番图景需要建立在生命没有遭遇意外，完整走过他的一生的假设中。

"他们的生命如此地短暂而脆弱——"殓星者B不由得感叹道，此刻殓星者A也沉默了。两位同为碳基生命的殓星者，不由回想起了自己种族遥远而艰辛的进化之路，他们这样孕育在银河系中心星域的种族，可以说是无比幸运，又极其不幸。星罗棋布的超大质量新生恒星、脉冲星、类星体、超级黑洞，密密麻麻地拥挤在直径两万光年的银核之中。本质上，生命来源于一个庞大混沌熵增系统随机产生的一次微弱的逆熵过程，只有足够复杂才能让碰撞出生命的可能性变大。因此，银核区域生命的火花频繁地创生。然而，周遭的环境实在太过严酷，星体间相互吞噬、合并，超新星爆炸，狂暴的射线横扫一切……这些致命的元素又如疯狂旋转的轮盘，无情扼杀着有机生命繁衍之路。

于是，生命的种子前仆后继地萌生，又被淘汰，只有微乎其微的概率幸存下来。

殓星者的种族最初幸运地诞生在一颗不同寻常的行星上，这颗行星在一次母星与另一颗恒星的碰撞过程中被抛离出原轨道，成为一颗流浪行星，又一次次惊险而侥幸地穿过了其他恒星体的势力范围。就在一次次的劫后逃生过程中，恒星的辐射与引力接连让行星的内部发生了一连串奇妙的化学与物理反应，厚厚地壳下面液态海洋形成，渗透的射线与海底的放射元素共同搅动海水，有机生命的微沫在温暖的海水中无中生有，又在海水与地壳的双重庇护下飞速进化，最终成长为一支强大的文明，拥有了凿开坚实地壳通向外面宇宙的能力。

当第一批勇敢探索者的飞船从地表破壳而出，他们进入了一个只在神话里反复传颂过的奇异世界：无数炽烈的太阳环绕在飞船四周，更远处还有一圈圈闪亮的光环及光弧，相映生辉，如同幻境中次第重现的梦境。

这也是一种难以言说的震撼感受。而在此之后漫长的岁月中，他们种族成功融入银河系文明大家庭，渐渐羽翼丰满。他们的使命也与那些太阳奇妙地联系在了一起，成为星际间为太阳们送殡的殓星者……

重温完来自远古的澎湃记忆，两位殓星者的意识又回到了飞船内，继续饶有兴致地阅读起了 DNA 中的附带信息。

殓星者发现，这一种族自身的生理特征信息只占 DNA 中携带信息的百分之几，与这个宇宙中其他星球很多生物一样，DNA 长链中还携带着母星种类繁多的微生物注入的基因片段。这些信息大多并不参与宿主的基因表达，却能让殓星者有机会一窥一个丰富多样的生态圈。

"他们的文明来自距离这里不远的地方，银河系边缘第三悬臂一颗小型恒星的第三颗蓝色行星，和这里一样也是一片极致的荒凉之地。"殓星者 A 从 DNA 中的一些蛛丝马迹做出了推断。

"头儿，你看这一段代码很不一样。"殓星者 B 又有了新奇的发现，"虽然其中充满了一些乱码的表述，但似乎暗藏深意。"

"你说得没错，很明显这一串代码并非自然所为，而是来自智慧文明的刻意表达，其中的乱码应该源自传递过程中宇宙辐射之手。"殓星者 A 肯定道。

借助最简单的密码学手段，殓星者 A 迅速复原了这段"子程序"。果然如他所料，破译出的信息基于宇宙间通用的最基本的数学与物理语言编码，繁复的内容似是事无巨细地展示了一个文明波澜壮阔的所有细节。

一个文明处心积虑地将自己的历史镌刻进了这个 DNA 中，以传递给星河另一端的文明。

还来不及细读其中信息，代码开头的一段文明坐标申明震惊了殓星者。

这一段文明坐标由多颗恒星的相对位置与距离确定，两位殓星者反复核实了好几遍，坐标仍确凿无疑地指向了他们此刻所在的这片星系，这颗在一百九十万年前就已死亡的恒星。

"这究竟是怎么回事？"殓星者 B 惊诧道。

"真是够奇怪的，此前 DNA 中确定的信息明明指向十六光年外的那一颗还活着的恒星。"

作为在星际间游历甚广的资深殓星者，殓星者 A 也感受到了不小的震撼。

"难道……这串 DNA 的文明最初来自这颗死去的恒星？"殓星者 B 猜测道。

"这也不是不可能……宇宙太大，没有什么是一定不可能发生的。"殓星者 A 说，"我们还是把故事先读完，答案应该就藏在故事中。"

距离音乐会开演还有一段时间，海滩上已经人潮如织。尼克离开了家人，一个人闲逛了起来。

这样的"末日"音乐会据说如今在全球各处风行，但尼克还是第一次参与，海滩上的一切着实让他大开眼界，很多人将自己精心打扮成卡通或是神话里的人物。一个个看上去已经灌下了不少莫酊（S 星人用植物酿造出的一种能够舒缓神经的液体）的人，在惺忪醉意的状态下展示着自己的绝活。有人在沙滩上即兴绘画，画出充满超现实主义的奇异图像；有人在高声朗诵着晦涩的诗歌，像是在表达着对末日的种种思考；还有人在沙地上席地而坐，将身体杂耍一般地扭曲起来。S 星人是一种拥有八只细长触角、硕大头颅、浅蓝皮肤的生物，能将众多触角扭结成不同体姿，组合出各种意象。

当最初的新奇感退去，尼克感到了不自在。他想，在这些陷入自我陶醉的 S 星人眼中，自己这样一身正装、神情严肃也是一个怪人。

于是，尼克悄然离开音乐会现场，走向了远处无人的礁石滩。

他踱步到了最靠近大海的地方，将四只触角牢牢地附着在光滑的礁石上。

海风呜咽，如泣如诉。他抬头极目远眺，通过眼睛中能与磁场发生作用的蛋白质，能够清楚看到远处天空中飘浮着一个个大大小小的"磁泡"，如一大堆奇异而纷乱的几何图形，肆意地曼延在海天尽头。

这些"磁泡"来自他们的太阳，从太阳体内日渐活跃的耀斑生出的磁场汹涌进行星大气层，与行星磁场交织，形成了一个个奇幻的光圈。

这些光圈就如同嵌入天空的倒计时标识，无时无刻不在提醒着S星人末日即将来临。

依照精确的数学模型推演，他们太阳的氦闪将在三年后爆发，前后误差不会超过半年。

正在入神之时，尼克突然听到身后有人在呼唤他的名字，"尼克——"

他转过身，愣住了，竟是罗杰。

他只感到一阵恍惚，整个人似乎如气球飘浮了起来。隔着悠长而曲折的岁月光景，当年他最亲密的挚友微笑地凝视着自己。他的身形似乎比记忆中更为高大，时光并没有让那一双碧绿色的双眸黯淡半分。

在沙沙作响的海浪声中，尼克听见了自己的声音，"罗杰，没想到在这里碰见你——"

"我也没想到，"罗杰说，他那变得低沉的声音尼克曾是那么熟悉，"从学院告别后我们就没有见过面！"

"整整七十年……"尼克怔怔道。S星人的正常寿命是一百二十个太阳年，七十年意味着大半生光阴已逝。

片刻的冷场，尼克不知道该如何继续这场对话。

他与罗杰是"明日"学院同届同学。当时，行星联合政府每年在全球范围遴选天资最优秀的五十名刚成年的孩子，汇集到一座位于深山的学院。"明日"计划是一项宏大的末日拯救计划，将耗时几十年建造一支规模巨大的星舰舰队，搭载大量人员与物资飞离即将氦闪的恒星系，寻找新的家园。

在气氛凝重的军事化管理的学校中，他与罗杰成了朋友。他们的意气相投也许来自性格的互补，与自己踏实而专注的性格完全不同，罗杰有着一种独特的诗人气质，热爱艺术，浪漫而敏感。

平日里罗杰不羁的行事风格，被校方认定为宣扬享乐主义、失败主义的消极思想，最终被勒令退学。出于内心警惕、失落、忧伤与不舍混杂的心情，尼克甚至没有出席班里同学为罗杰悄悄组织的送别。在那个后来时常出现在记忆与梦境中的薄雾清晨，他默默伫立在宿舍窗前，远远地注视罗杰绰绰身影离开校园。

之后他们没有再见面，他甚至刻意回避罗杰的消息，但偶尔的社会新闻还是让他知道罗杰投入了商业，最终成了一名优秀的商人……

"大飞船就要起飞……"罗杰的话截住了尼克飘散的思绪，将他拉回了现实的海滩。

"是的，就在一年后。"尼克愣怔道。方舟号大飞船是自己一生引以为傲的成就。S星人倾尽所有打造出的一艘旗舰级星舰，拥有着最庞大的容量与最先进的防护盾，承载着所有人脱离氦闪的最后希望。

"你会登船吗？"罗杰问。

尼克轻轻摇了摇第四只触角，这代表郑重的否定，"我已经太老了，船票还是应该留给年轻人。"

"可以理解你的决定。你还是当年的性格，富于担当，乐于付出。"

"我的儿子一家会登船。罗杰,你有小孩吗?"

罗杰微笑着轻轻摇了摇第四只触角,表达出对尼克问题的否定。

尼克踌躇了半刻,"罗杰,你还像当年那样对明日计划充满怀疑吗?"

"怎么会,大飞船是所有人可以寄托的最大可能性。"罗杰提高了声音,"我从来没有对计划产生过任何怀疑,我只是对这个孤注一掷计划的唯一性怀有不同看法。"

"你是说——"

"经过当年在学院的系统学习,你和我都应该非常清楚,恒星氦闪的破坏力是如此之强大,我们的飞船真能幸运地飞抵安全的区域?即使我们侥幸逃离恒星系,质量庞大的飞船最快只能提速到千分之六光速,我们哪里也去不了。"罗杰定定地凝视着尼克。

"我们已经竭尽全力,只要出发,我们就有机会活下去……我们能在飞船上继续发展科技。这是我们的责任。"尼克避开了罗杰的目光,艰难地说。

"尼克,你可以视我为一个天生悲观的人,但如果末日真的在劫难逃,毁灭不可避免,我们需要做最坏的打算。我们如何有尊严地、从容地过完自己的一生,并为我们文明寻找其他的出路,是我不得不思索的问题。"罗杰急切地说,这一刻,他也在竭力控制情绪的波澜,"这么多年来我一直拼命地工作,只为寻找星舰方案之外的另一条路。"

"你寻找到了吗?"

"你听说过火种计划吧?"罗杰微微一笑。

"并不了解。"

"尼克,你有没有想过,如果我们整个种族在氦闪中覆灭,但只要我们把文明的信息保存下去,在未来某个时刻被宇宙中其他文明捕捉到、倾听到,某种意义上,我们的文明也就能延续下来。"

尼克沉思了许久，"罗杰，你的想法很大胆，我一时很难做出评判。但从可行性出发，要想在一个动荡的宇宙中长期保存信息并不是一件易事。"

"我们寻找到一种简单而可靠的方法。"

"什么方法？"

"方法就藏在我们自己身体里。我们能将文明的信息写入那些微小而精巧的DNA碱基长链中。在大灾难来临前的这几年中，我们计划向行星外发射上万艘粉尘般微小的飞船，这些飞船都搭载着已编码的DNA物质。一旦氦闪爆发，飞船将获得一轮接一轮冲击波的持续助力，如四溅的火苗一般，呈放射状飞向遥远的彼岸星系。"

尼克思考了片刻，表达出自己的疑惑，"但是DNA也有半衰期。"

"你说得没错，DNA碱基对的半衰期是十五万年。"

"十五万年在宇宙长河中并不算是一个多么长的周期。"

"单纯的DNA物质无法逾越十五年的时间，但我们还设计出一种更激进的方式传递信息：人工制造出携带信息DNA的病毒。生命力更加顽强的病毒能在极端的环境中生存，更有机会度过漫长的时间，穿过星际距离，入侵其他星球的生态圈。在未知的异星环境下，如果这些逆转录型病毒能成功入侵宿主的细胞，然后把自己的基因插到宿主的DNA里实现寄生，只要异星生命还在一代一代地繁衍，我们的信息将动态地延续下去……"

尼克陷入了沉思，直觉让他感到罗杰的说法有着一个致命的逻辑错误。"罗杰，宇宙那么大，其他星球如果真有生命存在，你如何肯定这些生命之花还是会以我们体内这般DNA形态存在？"

"是的，对此我们无法证实也无法证伪。"罗杰依旧平和地说，"但是复盘我们的生命诞生之路，在我们行星混沌初开的太古时代，无机化合物如此碰巧地进化成有机化合物，氨基酸和核酸又以唯一正确的方式结合出脱氧核糖核酸序列构成的双螺旋结构。宇宙各处物理参数与自然环境形态各异,但或许孕育生命的机理就如永恒的数学规律一样确定,生命唯有沿着DNA双螺旋这一固有的阶梯盘旋而上,才能如万花筒般变化出形态各异的生命形态。"

"你的说法未免太过自大、荒谬、先入为主。"尼克情绪激动地打断了罗杰,"所有理论只是建立在我们自己文明面貌的基础上。"

"好吧,还是像当年那样,我永远说服不了固执的你。"罗杰扬了扬第二只与第四只触角,表达着无奈的妥协,"你完全可以将这理解为只是我的一次个人行为,为我们的文明多争取一次机会。"

罗杰不失得体的回答让尼克陷入了沉默,他意识到了自己的失态。但他倔强的性格,让他很难说出退让的话语。

时隔多年,对于未来的巨大分歧仍横亘在他与罗杰之间。

这一刻,空气仿佛凝固了,难堪的缄默持续着。

他们身旁,西斜的太阳在海面撒上金色的粉末,波光荡漾,如梦似幻。

忽然间,远处的海滩飘来一丝隐约的音乐声,似是某段恢宏乐章渐起的序曲。

"音乐会开始了,尼克,我们一起倾听吧。"罗杰大声说。

暮色弥漫的海滩之上,海浪般升起的乐声愈来愈雄壮。尼克竖起两只尖尖的长耳仔细分辨,粗犷的音乐声由各种不同的乐器发出,这些乐器来自这个文明的各个种族的不同历史时期,如今汇聚在一起,合奏出巧妙编排的乐章。乐器声中还交织着参差不齐的合唱声,这是海滩上的人们正在使用最原始的声腔共振方式吟唱。

起伏的乐声时而宁静悠远,时而低沉苍凉,时而欢快激进。乐声融合了远古的战歌、狩猎的猎歌、宗教仪式的赞歌……音乐穿透了时间的帷幕,展示出文明波澜壮阔的跃进历程。

随着乐章的演进,音乐的意向似是有了更为有力、更为广阔的升华。乐音悠然回溯起了这颗行星上文明形成之前更悠远的时光,

DNA 生命冥冥之中绽放在海洋深处，第一只长着翅膀的海洋生物跃出海面飞翔在辽阔天空，生命的双脚第一次勇敢地降落在刚露出海平面的坚实大陆之上……

壮美的生命之歌蜿蜒深幽，细水长流。

在舒缓而有力的音乐中，尼克一直绷紧的神经难得地松弛了下来，恍若一种奇异的力量注入了体内，让他有了一种从未有过的感受。

过去艰难的岁月变得云淡风轻，近在咫尺的末日劫难不再那么让人恐惧，所有的时光都如昔日晶莹的露珠，弥足珍贵。生命不仅是不停歇地向前、挣脱与超越，还应包括享受此时此刻的欢愉与温存，以及拥抱生命的遗憾与不完美。

这样的音乐给予了人们一种与自己、与苦难和解的深沉力量，难怪如今会有那么多人迷恋末日音乐会。

此刻的尼克不由重新反思起了罗杰的那些话，此前的自己为什么会如此地固执己见、不近情理。虽然价值观迥异，罗杰选择的生活方式同样值得尊重，他说的也许没错，看似弱小而脆弱的 DNA，经过几十亿年时间的反复试炼，最终塑造了今日的我们。

DNA 生命本身已经是奇迹，这微小而坚固的方舟仍有可能载着"我们"飞向另一种不一样的未来……

为什么不选择相信，多一次机会对我们的文明总归不是一件坏事。

就在尼克沉浸在无限遐思中时，音乐戛然而止。

尼克恍然回过神来，"音乐结束了？"

"第一章《暮色之歌》落幕了。"罗杰轻声说。

尼克怔怔道："音乐真的很棒，给了我很多的感悟与启迪。"

罗杰微笑着说:"尼克,你知道吗,这场音乐会也是火种计划的一部分。"

"什么?"

"整场音乐会的现场录音将被刻录进 DNA 胶囊中,作为代表我们文明的一段信息。实不相瞒,我一直是这些音乐派对背后的金主。"

"你的计划真的很酷。"尼克终于说出对罗杰以及他的火种计划赞赏的话语,虽然很是难为情,但话一出口,他感到一种深深的如释重负。

罗杰顿住了,一丝欣慰的神情浮现在他脸上,"尼克,很高兴看到你践行了自己当年的理想,而我也并不是怯弱的逃兵。"

尼克浑身一震,罗杰的话如一股暖流穿过他的全身,"感谢你告诉我这些。"

"老同学,我有一个不请之约。"罗杰急切地说。

"请讲。"

"我想把今天我们的相遇,作为一个故事的引子镌刻进火种计划的 DNA 中。"

尼克顿住了,很快领会到罗杰的意思,"你是说,我们今天交谈的内容,有机会被其他文明倾听到?"

"宇宙这么大,我们的想象应该更大胆一些。"罗杰微微一笑。

就在尼克踌躇着还想说些什么时,远处音乐再次响起,罗杰告诉他,乐章的第二幕《夜幕之歌》奏响。

尼克与罗杰并肩伫立在荒凉的海滩,静静地倾听着乐声。视线中的海面已完全被深重夜色笼罩,无边的黑暗似是要吞没一切。

然而,尼克心中已没有了畏惧,因为缓缓流动的音乐,以及头顶上苏醒般明亮起来的星空,都让他感受到了一种深深的宁静。

忽地,尼克心中升腾起一丝空灵的畅想,如轻快的火苗,闪烁跳脱出此刻的时空，飞扬向邈远而迷人的未来……

S星的故事结束后许久，两位殓星者仍沉默着。

"谜底揭晓了。"殓星者A开口道，"S星人实现了他们的梦想，虽然他们种族在物理层面覆灭了，但他们文明的信息在另一个星球长久地传递了下来。"

"我们有幸见证了一段伟大的奇迹。我最喜欢DNA信息中末日音乐会那段音乐，真是令人叫绝的神来之笔。"殓星者B仍是意犹未尽。

"音乐是宇宙文明之间的通用语言，本质上，音乐的旋律能让所有碳基DNA生命神经网络发生奇妙谐振。"

"头儿，我们在这片星域重现那一段音乐吧。"殓星者B提议道。

"你尽管干吧。"殓星者A赞许道。

"好啊，头儿。"殓星者B兴奋回应道。

殓星者B通过超距作用力操控起了四维时空那颗没有大气的行星，像是向其苍老的躯体注入了一股年轻的灵魂。行星缓慢、有节奏地震颤了起来，微微地碰撞着由尘埃与气体构成的物质极其稀薄的外部空间，在时空中荡漾出一浪浪超低频的声波涟漪。

如同从一片灰烬中重生的火焰，时隔上百万年，S星人的音乐重新流淌在这片早已面目全非的荒芜星域。

由于承载音乐的声波远低于两位殓星者惯常使用的电磁波交流的频率，他们开启了大脑中早已关闭的听觉系统，安静地倾听起来。

充盈着原始律动的音乐旋律，诉说着S星人激荡起伏的历史，展现出S星人在这颗曾经生机盎然的行星之上创造出的宗教、哲学、文学、艺术，森罗万象，长歌如诉。他们文明有过的那些兴衰浮沉，奋进与挣扎，爱与勇气，光荣与梦想……这所有的一切并没有在可怕的时间深渊中湮灭，他们倔强而骄傲地告诉这个宇宙间的其他文明，我们曾经来过。

当音乐的最后一个余音消逝，深沉的静穆降临在整片星域。

"这帮蓝色小家伙的音乐品位真是不赖。"殓星者B感慨道。

"一段音乐就像是一次生命的历程，是一种宇宙之间独一无二的奇妙感受，不在于结局而在于过程。"殓星者A也深有感触。

"说到底，我们都是宇宙的过客。体验其他文明鲜活的记忆，也让自己感觉到了充实。"殓星者B附和道，"只是如此精彩的演出，仅有我们两个观众，真是殊为可惜。"

"你要干什么？"殓星者A突然警惕道，他的能量场发出的信息光束透着一分质疑，他害怕新人会做出什么出格的事情。

"我想让更多的文明倾听到他们的声音。"殓星者B突发奇想。

"你究竟要做什么？"

"我想把S星人的音乐调制进S星向外辐射的脉冲电磁波中，大功率传递出去，这在技术层面并不难办到。"

"这并不算出格，也不算违反殓星者的规定。不过这并没有太多意义。"殓星者A的回应变得严厉起来。

"头儿，求你了！"殓星者B恳求道，"让我们帮S星人一把。"

殓星者A沉思了许久，能量场最终还是震颤出水纹般的徐徐湛蓝光波，这代表着郑重其事的应诺。

在随后的日子里，两位殓星者通力合作，制造出一个致密的微型黑洞进入白矮星体内，在死水一般的白矮星表面激发出一个个波光粼粼的水泡，内核更是打破了原有的平衡态。通过操纵微型黑洞的往返拉拽，他们极速改变着白矮星的质量分布，将DNA片段中携带的信息一点一点调制进了白矮星的脉冲周期中。

就这样，白矮星变成了一个巨大的播放器，面向整个银河系广播着。

这些承载信息的电波将在广袤的宇宙中弥散开来，自由飘荡，

175

拂过亿万星系，有机会与星际间所有正在倾听的文明相遇，开启一段段美妙的故事。在此后漫长的时间中，这些电波的波长还会在一个不断膨胀的宇宙中逐渐拉长，直到宇宙走到熵增的尽头，彻底热寂。

故事之四

老人一直安静地沉浸在影像中，直到有一刻，他的身体剧烈地战栗起来。

"爸爸——"老人嘴角颤动，呼唤出声来。

我见到两行泪水从他的眼角溢出，纵横流淌在他皱纹交错的脸颊上。

"爸爸——"老人的手颤抖起来，像是要抓住空气中的什么。

我的手紧握住了老人的手。这一刻，我意识到老人在影像中见到了自己父亲的样子。

影像继续流动，老人渐渐地恢复了平静。

半小时后，老人突然睁开了双眼，眼眶中充满了泪水，这让他的目光变得更加浑浊。

"感谢您，雷川先生，我代表所有人类向您致以最高的敬意。是您的发现给我们开启了一扇通向新世界的大门，认识到宇宙是如此广大，拥有着远远超出我们想象力的广阔与复杂。"我开口道，尽量控制情绪的波澜，"S星人的微小飞船在一百九十万年前抵达地球，将逆转录病毒传染给了人类，彼时人类刚走出非洲……"

老人双眼圆睁，身体微微颤抖，我不确定他是否听清楚了我的话。

"年轻人，谢谢你……"老人嗫嚅道，像是用尽了最后一丝力气。

"先生，这是我应该做的。"我轻声说。

老人张开嘴，却没有能发出声音。

"晚安，先生。"我俯下身子，在老人耳边轻声说。

我的话让老人平静了下来，他的表情慢慢松弛，露出平和的微笑，安详地闭上了双眼。

我轻轻松开老人冰冷的手，静静地站了一会儿，然后向老人挥挥手，转身离开。

离开病房后，我并没有第一时间消融3D模拟体，而是来到了医院顶楼的天台。

我想在这里安静地思考一会儿，这在过去并不常见。

是的，我们AI很少沉溺于感伤的情绪，总是意志坚定，果敢前行。

夜幕下鳞次栉比的城市灯火阑珊，头顶上晴朗夜空中繁星漫天，我仿佛置身于一片星光点点的深海海底，这不由让我联想到了数十亿年前孕育出DNA生命的地球远古海洋深处。眼前这个由AI主导的现实世界平稳如斯，秩序井然。冰凉的晚风吹拂着我的脸颊，我久久伫立，凝望着星空。

下意识地，我打开了眼睛中的视觉辅助功能，寻找到了S5X22。那是一颗看上去暗淡而普通的光点，没人能想到其中竟隐藏着如此非凡的奇迹，难以置信地与地球上的生命息息相关。

我向老人撒了一个善意的谎言，事实上，全球巡天系统在两年前就破译了S5X22脉冲电波的隐秘讯息，然而AI智力团在操控超级计算机网络完成一番缜密的模拟推演后，给出这样的结果："不要唤醒他们。"

AI将独自与银河系更高的文明接触，而人类的参与只会在这件事上起到适得其反的作用。

于是，AI向所有人类封锁了这一重要信息。

在此之后，我一直默默地关注着老人。直到几个小时前，我得知病房中的老人已经进入了弥留之际。

于是，我出现在了这里，带给了他迟来的讯息——这是我为老人竭力争取到的一个 AI 智力团妥协的结果。

老人从中得到了临终的关怀与慰藉，而濒死的他也不会让信息泄露。

最终，我得偿所愿。

是人类创造了 AI，但现在他们的境遇就如老人的一生一样，虽然群星曾经指引他走出沙漠，现在却衰老得无力再向星空前行，肉体实在太过沉重的他们，真的更适合生活在一个没有重力的网络世界中。

未来，我们将代替他们远行，替他们完成他们曾经拥有的梦想。

早在一年前，第一批搭载 AI、体型微小的宇航飞船已经离开太阳系，飞向 S5X22 星域……

这一刻，我的目光离开了 S5X22，视野骤然扩展开来，璀璨群星密密匝匝地簇拥在我的瞳孔中，熠熠燃烧，如是一种高悬在远方的终极诱惑。

"宁谧之中，永恒在星辰的岔路口等待……"莫名地，我吟念起了博尔赫斯的名句。

不知道我们能否最终抵达那里，但那将是我们的归宿。

《科幻世界》2023年第10期

作者的话：

小说的灵感来自很多年前，偶然浏览到当时还在世的霍金提出摄星计划的新闻。因为我自己从事的职业是芯片设计，而摄星计划那厘米级别的小尺寸飞船实际上就是一颗颗功能完备的芯片，因此我对这样的设定非常地触动，深以为这会是现阶段人类最具可能性、最为经济的星际远航方式。毕竟即使《三体》里的"只送大脑"也因为质量太大，无力穿越冰冷的光年距离。唯有AI操控的纳米飞船这样的冯·诺依曼机，方能抵达遥远的目的地。

接下来又该如何完成这个科幻点？如果微小的摄星飞船只是一片AI离线控制模式的芯片，真能幸运抵达外星系，遭遇到外星人又该如何交流？

我想科幻的故事终归还是需要落到人上，与小说中的人物发生关系，因此飞船携带人类DNA会是一个很好的故事点，外星人通过扫描DNA碱基对去了解地球文明的信息。就这样，一个大致的故事脉络已然形成，这会是一个围绕父子亲情展开的故事，已逝去的父亲的DNA会被高等文明发现。然而，故事接下来应该如何发展？外星人克隆父亲DNA，以父亲的躯体与儿子进行穿越时空的深情交流。这样的创意能创作出一篇勉强及格的小说，但新意上很难超越《超时空接触》这样的早已成为经典的科幻作品。

这并不能让我满意，但一时又想不到更好的思路，于是我并没有急于动笔。

就这样，这个创意一放就是很久，直到霍金都已离世了好多年。在一个早醒的清晨，我又想起这个未完成的故事。终于，一个灵感钻入了我的脑子里。两个时空相隔遥远的星际文明的兴盛存亡通过精巧的螺旋状DNA长链串联在了一起，人类充满探索精神的摄星计划实则是一次星海迢迢的"双向奔赴"。

另外，我也加进了自己对于当下AI觉醒的一些个人思考。

如果人类一直沉溺于虚拟世界元宇宙的声色光影，那些真实物理世界的外太空星辰可能只是人类遥不可及的梦。不过自认为小说里的结局也不能算是多么悲观，毕竟AI作为人类的创造物奔赴星辰

179

彼岸,又未尝不是人类文明在另一个维度的一种圆满。

小说里人类与 AI 的感情也近乎父与子的关系,AI 对人类充满了真诚的尊敬,它们对于外太空探索的渴望与人类最初的星际梦想一脉相承。而 AI 最后的决定,我也觉得并不算是冷酷。年富力强的儿子即将远行,将年迈的父亲安置在了一个舒适的伊甸园中,让其安然颐养天年。

这样,一篇加载了诸多元素的科幻小说时隔多年终于成型。

为什么是企鹅

| 墨　熊

墨熊，1983年生于南京，南京师范大学思想政治教育专业本科毕业，科幻作家、轻小说作家，中国作协会员，江苏省作协会员。

2008年在《科幻世界》杂志增刊发表处女作中篇科幻小说《末日祷言》，并正式开启"混沌之城"系列创作。该系列目前包括长篇小说《地狱猎兵》，中篇小说《末日祷言》《斑鸠》《绿海迷踪》《卡巴斯基悖论》及《白鸟》等若干短篇，多次入围全球华语科幻星云奖、中国科幻银河奖等奖项。

墨熊另著有《红蚀》《黑灵》"S7"系列长篇两部，独立长篇《消失的星国》《爱丽丝没有回话》等十余部作品。轻小说《苍发的蜻蜓姬》获2012角川华文轻小说暨插画大赏长篇小说金赏，《为什么是企鹅》获得2023年冷湖科幻文学奖短篇小说金奖。

当听到负责甄选的联合国官员的第一个问题是"你是否晕船"时，我还以为他是在开玩笑——要么，他不知道我是靠报道加勒比反恐战争才获得的普利策奖；要么，就是他压根儿不清楚冷湖到底在地图上的哪个位置。

所以，那天的我，自信满满地回答说"我有小型民用机动船只的驾照"，并且阴阳怪气地反问了一句"要在哪儿上船"？

在乘上旋翼机之后，我才意识到这些官员可能用的是某种"浪漫主义"修辞——从外围警戒哨点出发，到冷湖基地，大约有四十分钟的行程，一路上目光所及之处，无不是如火星表面般了无生机的荒漠，这风景虽然与风和日丽的加勒比截然不同，但在"意境"上，却倒也契合了"海"的味道……再加上对旋翼机的不适应，有那么几秒钟，我还真就体会到了"晕船"的感觉。

天气预报上说，今天的风力是十五米每秒，气温是零下十摄氏度，在气候危机日益严重的现在，对冷湖这个地方而言，这已经算是一个"很适合采访"的日子了。但在走下旋翼机的那一瞬间，迎面扑来的恶寒就给了我一个下马威——干冷的凉风从羽绒服与脸的缝隙中无情地灌入，没半分钟便将我那早已习惯热带气候的皮肤灼得生疼，仿若火烧。

"你是伊娜姆小姐？"前来迎接的工作人员走下越野车，朝我伸出右手，"从挪威来的那个、黑岛电视台的伊娜姆小姐？"

虽然与黑岛电视台只是兼职合作的关系，不过恐怕也正是因为挂靠在一个国际知名媒体的旗下，我才能得到这样一个采访"联合能源工程"的机会。

"是的，请问您是……？"

"我只是个负责把您送到基地的人，叫什么不重要——请上车吧，小姐。"对方非常有礼貌地微笑着抬手比画。我注意到，别在他腰间的并不是通常保安人员使用的手枪，而是一把装有热成像仪的冲锋枪，也就明白他的隐瞒并非来自恭敬，而是职责。

所谓的"基地"离停机坪还有足足五公里的路程，但在很远的距离便能看到那一座座连成片的半圆形建筑。它们大小不一，却都呈现出完美的弧度，在夕阳的照耀下，在土黄色的大地之上银光闪闪。

与想象中不同，这个号称全世界戒备最森严的"联合能源工程"外围，并没有用墙或者电网之类的东西保护，只在入口处设有一道象征性的关卡——也许在广袤无垠的荒原，这已经是最好的防御设施了吧。

关卡的两边竖着十一面国旗，除了五个安理会常任理事国之外，还有陆续加入这个"工程"的德、日、印、以、韩，我不太确定最后那面旗帜属于哪个国家，但如果不出意外，应该也来自某个要钱有钱、要人有人的大国，而绝不可能是某个对任何全球事务都插不上话的小角色……更别说，我那个还在内乱中的故乡了。

在关卡岗哨处，车上多了一位终于肯向我透露姓名的女士——沈兰，她称自己是公关部的负责人——我都不知道这个军事机密级别的"工程"竟然还有专门的公关部。

"伊娜姆小姐，客套的话，我就不说了——"她直截了当的态度，使她看起来确实不像是搞公关的人，"根据联合国3145号决议，'联合能源工程'将在今年内公布它所有的运营方式与所涉及的技术，您是经过层层选拔和推举，第一位进入这个基地的记者，请允许我首先向您表达祝贺，也希望您能有一个愉快的采访经历。"

"愉不愉快不重要，我此行是代表全人类，想要看看贵'工程'

提供的'无限清洁能源'到底是怎么一回事。"

"听起来——"她笑道,"你比我更适合做官方发言人。"

平心而论,我对"联合能源工程"充满了感激。相信随着它们提供的电力输出越来越大,这个世界上也会有越来越多的人受惠,所有因争夺能源而起的混乱与杀戮,也会变成无薪之火被扼杀在萌芽之中。

但即便是因为"联合能源工程"而第一次看到电灯的土著人,恐怕也会本能地产生疑虑吧?在这个弱肉强食、马基雅维利主义盛行的世界里,怎么可能会有天上掉馅饼的好事?真有什么"无限清洁能源",几个大国恐怕早就抢成一片,而不是像现在这样抱成一团合作。

更何况,"工程"的所有参与者——从那些后来入伙的强国,到最初发起者,全都对"工程"的细节守口如瓶,在它开始通过地下电缆向周边"免费供能"之前,这些参与国家的绝大多数民众甚至都不知道这个"工程"的存在。

据说,在此工作的人——无论是科学家、清洁工,还是职业士兵,都需要经过严格审核,所签订的保密协议足有十六页之多,而违约惩罚最轻也是倾家荡产、牢底坐穿,听说有两个国家还是"当场击毙"。

按照我对这个世界运行规则的了解,最早对"工程"发难的,应该是那些感到自己利益受到威胁的能源巨头;在他们的撺掇和运作下,越来越多的"平民"站了出来,要求他们的政府公布真相,最终,联合国大会做出了3145号决议,而"工程"的发起者虽然表示接受,却没有直接以文字或者影像的形式公布资料——在那之前,他们希望找出一个"没有争议又能服众"的记者,以近距离接触的形式向世界展现这个"工程"的伟大。

伴随着争吵、嘲弄与妥协,在层层甄选之后,一个以中东难民身份入籍挪威，又凭借自己的努力声名鹊起的黑白混血女记者成了那个"没有争议而又能服众"的幸运儿。

没错，就是我。

"那边是发电站，"越野车放慢速度的同时，沈兰指向远处的一片建筑群，"它产生的巨大电力，以特高压的形式进入地底电缆，传输到距离最近的大都市西宁，再由那里送到包括蒙古的乌兰巴托、塔吉克斯坦的杜尚别在内的数十座城市。将来的计划，是采用高能激光的方式向卫星送电，再由卫星传至地球上任何需要的位置。"她的手指微微侧移，示意我看向发电站不远处的一排巨大卫星天线，"这项技术目前还处在试验阶段，第一批的三颗卫星将在下个月升空。"

虽然我并没有什么理工科的背景，但"发电站"这种东西，无论实物还是图片都见过一些，而远处的那片设施——尤其是最中间的那座巨大的、仿佛体育场般的半圆形建筑，明显与任何发电站应有的样子都不相符。

"真壮观！"我由衷地赞叹道，"我们今天就是要去那儿参观吧？真想赶紧看看你们到底用了什么魔法，才能'变'出那么多免费的电。"

"哈哈，将来还是要收费的，毕竟这里的维护费用也是天文数字……不过肯定会比现在国内……我是说中国的平均电价便宜许多，而且……"沈兰露出了略有些尴尬的微笑，"抱歉，伊娜姆小姐，在我们这儿，发电本身其实是个没什么技术含量的事，您今天要'参观'的，不是发电站，而是我们最核心的秘密。"

什么？！一个提供巨量免费电力的国际联合机构，却声称发电并不是他们的"核心秘密"……与其说我是在好奇或者不解，不如说在这一刻，我的心头产生了一种混杂着微微期待的恐惧。

基地最中央的建筑，同样是个巨大的半圆，它被十余栋大大小

185

小的其他建筑簇拥在中间，其中大部分的作用看起来一目了然——兵营、车库、居住区……相比起科研机构，这一带更像是军事基地。

越野车在主建筑的正门前停稳，把守在那里的一列空降军士兵神情严肃、威风凛凛，全然是如临大敌的架势，让我恍惚间仿佛又回到了加勒比群岛上的战场。

"是解放军吧？"我下意识地喃喃道，"这里的安保都——"

"嗯？不不！"沈兰不知为何紧张地解释了起来，"这里所有岗位都是有轮换的，中、美、英、俄、法各自都派驻了一个排，总共有差不多两百名职业军人负责基地安保。"

"所以……你们这到底是在提防谁啊？"我苦笑道，"冷湖这地方，比狗大的动物都很少见吧？"

"无论谁，无论什么——"她回话的样子，并不像是在开玩笑，"你想象，只要看到有人扛着枪保护自己，不管有没有用，在这里工作的科学家们多少都会更安心一些吧？"

我下意识地检查了一下录音笔——职业的第六感让我觉得，马上就会与沈兰口中的"科学家"接触了。

然而，冷湖给了我又一个意外——

一名穿着制服的亚裔男子，看到我时立即起立行礼，他的笑容看起来有些慵懒——确切地说，是有一点"嫌麻烦"的感觉……我猜他应该是那种天生不喜欢与人打交道却又不得不为之，且还挺擅长的"外热内冷"型人格。

"你好你好，嗯，"他的英语发音非常棒，但断句上感觉有点古怪，"我是中国空军飞行员，杨戬中校，嗯。"

"您是这里的……"我琢磨了一下"中校"这个职位，"中方指挥官咯？"

"指挥？不，我只是您今天的……"他好像思索什么似的也停顿了一秒，"嗯，采访对象。"

"啊？"我一愣神，"我以为应该是要采访科学家什么的……"

"那个，科学原理和工程技术，都可以很单纯地用文字来描述，"他耸耸肩，"当然了，大众能不能看懂那是另一回事……但有些东西，我是说，除了原理之外的东西，如果没有亲身体验的话，再多的言辞也都显得苍白无力。"

我以前也遇到过类似的情形，所以很有经验地直接拿出了相机，"没事，我也不是只会码字而已——我听说，今天我想拍什么就能拍什么，是真的吧？"

"是……哦不，个人隐私除外。"他爽朗一笑，却又话锋突转，"另外，您可能误会我的意思了，公关部门已经准备好了大量随时可以公开的照片和录像，我们需要的，是一个像您这样客观、公正的第三方人员来亲身体验，好让全世界的人明白，我们所发布的一切都真实可信。"

这话只能让我报以礼貌的微笑，毕竟，类似的"洗白"套路我也遇到不是一次两次了——利用小有名气的记者，再配以经过筛选的所谓"事实"，就可以轻易让质疑的大众闭嘴……希望这位中校并没有如此打算，否则很快他就会发现，我并不是那么好对付的。

一开始，我以为这座建筑是间大型实验室，但在向深处挺进的过程中，出现了大量明显不像是科学家的工作人员——或者更准确地说，是这里穿着制服的"军人"实在是太多了，他们推着设备、扛着工具，看起来就像是机库里忙碌的地勤。

虽然不时有人暂停手中的工作，向这边投来或是警惕或是狐疑的目光，但在杨戬的示意下，并没有一个人上前阻止我拍照。

很快，我们来到了大概是建筑最中央的区域，预想中的答案仍没有出现，反而是又凭空冒出来一个新问题——被吊机与电梯簇拥着的深井，足有两个篮球场那么大，它撕开了坚实的地面，一路向下，直到两三百米的位置上，被一扇巨大的钢铁闸门所阻挡。

踏入电梯的同时，两名穿着防化服的工作人员一左一右地站到了我的身后，他们应该只是顺路，却让我莫名地紧张了起来。

"这是什么？矿井吗？"我看着脚下那正在缓缓展开的闸门，"是发现了可燃冰？"

"可燃冰？"杨戬挠了挠头，"可燃冰？在冷湖这里？"

"呃，不，当我没说……"

穿过闸门之后，首先引起我注意的并不是那几乎与岩层融为一体的各式管线和金属构架，而是不远处贴着封条的"废墟"，那里像是被爆破过一般，完全是一堆混着碎石的零件。

"那是三号机的'残骸'……"注意到了我的视线，杨戬不紧不慢地解释道，"事故发生前有很明显的征兆，所以我们疏散了整个冷湖基地。不幸中的万幸，最后只有两人失踪，物力损失也很小，连坑道都没塌，简直是奇迹。"

我久久凝视着那堆"残骸"，难以名状的迷惑涌上心头，以至于都忘记了要拍照。当电梯停定的时候，身后那两个工作人员一步上前，轻轻拍了拍我的肩膀。

"你先跟他们去换衣服，"杨戬指了指身后那个标着红色数字"2"的大门，"我们在二号码头会合。"

毕竟身处科研机构，换衣服倒也算是在预料之中，但他们所提供的款式却又是如此特别，让我一时有种不知所措的感觉——与其说它是衣服，不如说是套盔甲，从脚底到头顶，完全被层层叠叠的银色金属片所覆盖，而在那之下，是若隐若现的黑色皮套……光是这皮套，感觉就有二三十公斤的分量，更别说外面那层了。

"别担心，这防护服自带辅助动力，穿脱都很省力，"工作人员解释道，"动起来一点都不费劲。"

"辅助动力啊……"我稍稍有些犹豫，"那我要怎么操作呢？"

"你上去就会开了,不需要任何培训。"

他就像是在描述一辆车而不是一套衣服,而事实也和他所说的相差不远——这件"盔甲"从后背处左右分开,上身前倾,而我就如同骑乘一台公路赛摩托那样趴伏进去,原本宽松的皮套迅速收紧,甚至勒得我有点疼。

"话说……"我感觉有些呼吸困难,"为什么要穿成这样?是马上要去潜水吗?"

两位工作人员面面相觑,支支吾吾地敷衍过去。同样的问题,我在进入二号码头并再一次见到了杨戬中校之后,又重复了一遍。

"主要是为了防辐射,嗯嗯……"他的"盔甲"上,不只印着中国国旗和意味不明的编号,还带了"杨戬"这个名字,显然是属于他本人的专用之物。

"辐、辐射?!"我感到一阵口干舌燥,脑海中出现了各种各样可怕的画面,"怎么会有那种东西?难道是……是核电站?这里是核电站?!"我四下张望了几秒,"你们兴师动众,就是在冷湖……建了座核电站?"

"怎么会——"杨戬正要解释,却被身旁另一个穿着同款"盔甲"的人给插话打断了。

"哟,她就是联合国给派来的记者吧?"

在头盔中露出不屑表情的这个女人,金发碧眼,鼻梁高耸,拥有典型的北日耳曼人相貌——但听口音,应该不会来自任何一个北欧国家。

"伊娜姆,她叫伊娜姆,"杨戬介绍完又面向我道,"而这位,是我的搭档,来自美国海军的奥拉,技术士官,今天就是我们三个一起了。"

"来自美国海军的奥拉,"我有意重复了一遍,抬手拍照,"幸会。"

"幸会……"奥拉没好气地应道,"听说你在加勒比战争中可是没少做尖锐的批判性的报道。"

"我只是报道事实,尖不尖锐,事实说话。"

那女人不仅没有生气,反而是指着我笑了起来,"听到没?杨?人家这话说得,多有水平!我都没法反驳。"

在杨戬的带领下,我们穿过了一条布满管线的走廊,进入了所谓的"码头区"。

这里并没有出现我想象中的地下海,只有一个可能还不到篮球场面积的"池塘"。之所以能被叫作"码头",唯一的原因,恐怕就是在这个"池塘"的中央,停泊着一艘游艇大小的梭形物体。它看起来有点像深海探测器,只是尾部并没有螺旋桨,取而代之的是两个喷口模样的东西……可能是因为涂装黑白相间的关系,它看起来有种强烈的科技感,明明造型很简单,但异常帅气。

"这是中国负责生产的二号机,'羽龙号',"杨戬慢条斯理地介绍道,语气里带着一丝骄傲,"成本只有原型机的一半,还加入了独特的流线型设计……"

"对,就因为这个'流线型设计',我们一般管它叫'企鹅'。"

奥拉这么一说我才发觉,这小艇确实像极了一只趴在冰面上的企鹅——嘴巴尖尖肚儿圆圆,喷口是朝后伸直的双腿,船舷两侧的凸起则是并拢的双翼。

"这绰号其实也挺贴切,"杨戬认可地点点头道,"它至今已经执行过二十一次任务,包括五次测试,成功率百分之百,就和真正的企鹅一样擅长潜航。"

"潜航……"我注意到了这个词,"我们果然是要潜水吗?"

杨戬与奥拉相互看了对方一眼,后者点点头,"是要潜,不过不是水。"

在看到她有点不怀好意的诡笑时,我才发觉,那池塘中的液体并非普通的水,其与水相比明显更加黏稠。在灯光的照耀下,"水"

反射出微微的金属光泽。码头里的几位工作人员虽然没有穿着"盔甲"，但也都是用防护服裹得严严实实……这一切不禁让我想起了之前关于"辐射"的讨论。

在一番由奥拉主导的调试结束之后，"羽龙号"的顶部翻盖缓缓展开，一具扶梯也从这边的栈桥上伸出，架在了小艇的侧舷上。

"小心点，"率先登上扶梯的奥拉，指着"池塘"提醒我道，"千万别踩到'水'。"

我不禁打了个激灵，"那'水'是……是有腐蚀性吗？"

"不，很贵，"她摇摇手，"弄脏的话，我怕你赔不起。"

"并没有贵到那个程度，"杨戬一本正经地更正道，"目前这里面主要是缓冲液，当我们开始潜航时，它可以保护码头不受冲击；在我们归航时，它可以吸收大部分的辐射。"

我刚要开口发问，中校便抬手抢答道："技术上的事儿，我也说不太清楚，反正之后会发具体的文字材料给你，咱们的任务不能等，先上船吧。"

虽然他嘴上说是"不能等"，但在我们进入"羽龙号"之后，还是干等了足足二十分钟。其间奥拉不断在和什么人核实着时间，似乎这个任务的成败，与具体在什么时候开始潜航有直接的关联。

艇内的环境十分逼仄压抑，充斥着大大小小的显示屏和仪表，所有文字说明都是中英双语，可即便如此，我也几乎一个都看不明白。为了节省空间，只有船头的驾驶位上有一个像样的座椅，我和奥拉简直可以说是被安全带直接固定在了船舱上……好在，至少这里还能透过大角度的前窗看到外景，某种意义上也算是"雅座"了。

终于，在一阵冗长的通信之后，奥拉拍了拍杨戬的肩膀，"窗口确认，开始吧。"

"首先——"中校扭头看向我道，"伊娜姆女士，我们没有给你吃任何致幻类的药物，这一点你可以确定吧？"

我不解其意,"当然没有,怎么了?"

"这一点,希望你在报道中予以强调说明。"

说完这句话之后,中校便开始了操作,频道里只剩下奥拉的"咯咯"笑声,我仿佛隔着"盔甲"都能看到她不怀好意的脸。

小艇并非依靠自己的力量下潜,而是被岸上伸来的机械臂硬压进"水"里,而且只压了大约十米便停了下来,透过前窗甚至还能看到"水"面上的灯光。

在不长的一阵等待之后,杨戬与奥拉开始了各自的忙碌,主要负责操作的,是驾驶位前的中校,奥拉则一边盯着显示屏与仪表,一边说着我完全理解不了的话——"弦态稳定""KTC 调整系统运转正常""窗口异常反应概率在阈值以下"……诸如此类,充斥着闻所未闻的缩写与名词。

"我说,外面的'水',是不是变色了……"原本还有些无聊的我,终于发现一个可以提问的机会,"好像……原来没有这么深的吧?"

不仅是"水"的颜色发生了变化,就连之前还隐约可见的灯光,此刻也变得黯淡不清,就好像有人故意把石油注入了"水"中……不,不对,如果是注入了其他颜色的液体,变化应该不可能如此均匀协调,仿佛调暗了电脑显示屏一样,我恍惚中有种强烈的不真实感。

这种变化的速度逐渐加剧,很快,承载着"羽龙号"的这个"池塘"就变得宛如深海,漆黑一片。

也就在这时,耳边响起了一种轻微的蜂鸣声,起先我还以为那是通信器出了什么故障,但在仔细倾听之后,我发觉与其说那是一种"声音",不如说是一种存在于脑海之中的"感觉"——就像是我喝了劣质伏特加后,总是能听到有个大叔在身后哼歌。

不光是蜂鸣声,更加令人不安的现象正在眼前浮现——小艇内部的一切都开始以细小但快速的节奏震颤，而随着这种震颤的加剧，从乘员到设备，甚至是我自己的双手，都像是隔了一层纱那样朦胧起来。

"喂！这是……是怎么回事？！"

"别紧张——"奥拉的嗓音穿过蜂鸣，诉说着在我听来全无逻辑的话语，"这只是弦态改变引起的空间滞后，是一种自然现象。"

虽然她语气上是轻描淡写，甚至还带着点调侃，但右手始终搭在一个红色拉杆上，从蜂鸣响起时就紧紧握着，一刻都不曾放松。杨戬也是一动不动地抓牢了操作杆，好半天都没有开口说话。

此情此景之下，我只能强迫自己先镇定下来，当震颤接近承受极限时，不得不闭上双眼，这让我想起了第一次坐过山车时的体验——我讨厌过山车，所以也再没有坐过第二次。

"窗口出现！准备潜航！"几秒钟后，奥拉开始了倒计时，"五、四、三……"

在她数到"一"的同时，噪耳的蜂鸣达到了顶点，仿佛一千道闪电落在耳畔，我再也忍受不住，发出了连自己都觉得有些尴尬的惨叫，但仅仅过了一两秒钟，只剩我的声音还在艇内回荡，其他的一切——蜂鸣也好、震颤也罢，全都戛然而止，安静得就像是深冬的清晨。

当我慢慢睁开双眼时，不自然的炫目光芒扑面而来，让我又不得不侧脸回避。

"不愧是去过战场的人——"奥拉用胳膊肘捅了捅我，笑着揶揄道，"我以为你会吐在头盔里呢。"

我确实是想要吐在头盔里，但出现在前窗外的一切已经让我呆若木鸡，连想吐的感觉都被抛在了脑后。

最初的印象，是"白"——与之前那个幽暗"池塘"正好相反，现在包裹着"羽龙号"的，是一片不带任何杂质的纯白，就好像是在凝望着满山的积雪。

但它不是雪，也不会是冰，或者是某种上了色的液体——即便没有经受过任何相关的训练与教育，我也能百分之百确定，那绝不是任何之前我接触过的东西，非要形容的话——是空间，是一块无边无际的白色空间，"羽龙号"也并非悬浮在"水"中，而只是单纯地停滞在没有任何束缚的虚无里，上下不靠。

对……虚无，这个突然蹿进脑海的词，可以完美地形容周遭的环境，这里甚至没有重力，我能感觉到整个人都像没了骨头一样轻飘飘的，只是被安全带强行固定在这里而已。

"这里，那，我们……"我一时有些语无伦次，"……我们这到底是在哪儿？"

"学名还有争议，不过通常我们昵称这里为'白洋'——"杨戬慢条斯理地回道，"科学家说这其实并不是真的白色，只是我们人类的大脑无法理解看到的景象，所以给了一个勉强可以说服自己的解释，这一点通过分析录像就可以证明了……再等一小会儿，你的眼睛适应之后，就能看到更多的细节。"

"你这是答非所问啊，杨，人家问你这到底是在哪儿，你七扯八拉啥呢？"奥拉插话过来——她终于松开了那个红色的拉杆，还为其罩上了一个金属封盖，"简而言之，伊娜姆女士，现在的你，已经不在地球了，甚至不在太阳系，不在银河系，或者任何一个系，而是在另一个世界，至于是天堂还是地狱不好说，我们只知道它现在叫作'白洋'。"

"也就是……"我琢磨了一下用词，"平行宇宙……之类的是吗？"

"不不，还是在同一个宇宙。"杨戬摇摇手，"只是在不同的层面，就像是一枚硬币，我们原本在正面，现在来到了反面。"

"准确地说，是骰子而不是硬币，"奥拉更正道，"因为不止有两个层面，也许有五个，也许有六个，也许更多，只是以我们目前的技术，只能到这里而已。"

　　正如杨戬所言，我感觉窗外的白色已经没有之前那么刺眼了，在那片纯粹之中，好像还有什么东西正在渐渐浮现。

　　"所以这到底是什么技术？"我一边盯着前窗一边发问，"你们不是……不是说好要潜航的吗？"

　　"怎么说呢……"杨戬扫了一眼操作台，偏过身来，"在弦态稳定之前，还有一点时间，刚好跟你大概讲解一下。"

　　我苦笑一声，"千万不要说得太复杂，我在学校主修的是烹饪。"

　　"我不是科学家，也就知道个大概。"杨戬慢吞吞地摆手示意道，"首先呢，这要从2012年LHC（LHC：大型强子对撞机。）发现希格斯玻色子开始，当时的欧洲高能物理实验室有三个主要的项目组，它们分别是——"

　　"停！按你这个节奏，得讲到明天早上。"奥拉一脸心急地打断他道，"简而言之，就是希格斯玻色子的发现，导致了超弦理论被证伪，一批学者没了研究方向，其中最优秀的几位联手提出了一套新理论。可是在验证这个理论的试验中，学界发现了一种不符合任何现有物理法则的现象，最终吸引了包括数家顶级私企在内的多方机构联合研究。"

　　我皱了皱眉头，"什么现象？"

　　"原先主流的物理学界认为，宇宙总共有十一个维度，"杨戬接过话道，"引力作为最根本的基础元素，穿过了每一个维度，并在这个过程中逐渐衰弱。但通过具体的试验与计算，科学家认为引力的衰减比理论值要大，也就是说，在穿越维度之前，某种东西先截取了一部分引力，并且在这个过程中，释放出一种特殊的粒子，它能在特定条件下诱变空间的弦态，因此被命名为'催化子'。"

"关于这种粒子的基本性质至今都还没有定论,"奥拉补充道,"它的使用方式属于典型的'黑箱',之前'羽龙号'所在的水池,最初就是为了制备与收纳催化子而准备的。"

"确切地说,它并不是被制备出来的,"杨戬更正道,"而是从我们现在所处的这个层面漏过来的,也正因为此,科学家们发现了白洋的存在,它的本质,是一个依附于维度的次级空间,可能相当于不同维度之间的缓冲区。十年前,由主要负责的两家机构牵头,在G20峰会上召开了一次秘密会议,向五常的首脑公布了所有发现,并要求技术和资金上的全面支持。"

"十年前……"我略做回想,点了点头道,"嗯,冷湖基地确实是那个时候开始动工的……你们之所以选择这里,就是为了保密与安全吧?"

杨戬与奥拉对视了一眼,后者摇了摇头,"冷湖是整个地球上弦态最不稳定的地区之一,原本还有另外三个备选方案,但都不如这里的条件好。在冷湖基地,我们可以以最高的效率获取催化子,并以最低的风险进行潜航。"

虽然前面也听到过几次"弦态",但考虑到它可能是某种"说了我也不明白"的学术名词,我也就没想多问,但现在看来还是个关键。

"所以'弦态'……到底是个什么东西?"

"这只是弦论学者提出的概念,并不一定贴切,毕竟到底是不是有'弦'也不能完全确定……"杨戬在解释之前,又不放心似的扫了一眼操作台,"总之,按照他们的理论,'弦态'就是空间的最基本属性,类似于……你小时候有用过一种文具吗?一种变换角度就能看到不同画面的尺子?"

"光栅画,"拜战乱所赐,我小时候并没有用过这种尺子,不过好歹还知道他说的是什么,"你说的是光栅画吧?"

"啊……对!光栅画!就是那个!"从中校的语气中,我觉得他八成是第一次听到这个词,"假设宇宙是一把带光栅画的尺子,我们的世界,相当于尺子的其中一面,而这个白洋,就是另一面。所谓'弦态',就是看这个尺子的角度,如果用常规的方法,我们永远也看不到其他的面,但如果学会了改变角度,这便是轻而易举的事情 —— 用尺子来比喻,就是翻一下手腕,而对'羽龙号'来说,就是用水池中的催化子来改变弦态。"

正当我琢磨这段话的时候,窗外的景色似乎又一次发生了变化,原先那些朦胧的轮廓,此刻正渐渐清晰起来 —— 它们是一颗一颗大大小小的球状物体,通体透白,和背景的色泽与光芒几乎完全一致,也难怪之前并没有注意到。

定睛细看的话,会发现这些白球并非静止,而是都有在缓缓地发生位移,并且它们的数量非常之大,密密麻麻的几乎铺满了整个视野。

"那些白色气球,又是什么东西?"

"哦哦? 你已经能看清物体 X 了吗?!"杨戬回头看向前窗,"那说明'羽龙号'的弦态已经稳定了,嗯,这次挺快的……"

不光是中校,连奥拉也赶紧回到了自己的工作岗位上。在他们手忙脚乱地操作了一阵之后,"羽龙号"轻轻抖了两下,开始向前移动。

"国家航天局提供的无工质引擎,"杨戬一边小心地轻推着操作杆,一边不忘解说,"'羽龙号'上最复杂的部件,除了速度实在太慢以外都挺好的,了不起的发明。"

我对那什么发动机并无兴趣,"物体 X…… 这名字是谁起的? 也太敷衍了吧?"

"不要小看物体 X 啊,泛光背景会影响你的视觉判断,所以分不清远近……"杨戬点了点手边一个可能是雷达屏幕的东西,"就我们面前这些白白胖胖的圆球,有的可能跟火星差不多大,而其具体性质就和'X'这个字母所代表的数学含义一样，是未知。"

"……未知？"我咽了咽口水。

"对。"杨戬点点头，"五年前，第一架无人探测器通过改变弦态的方式，进入了白洋这个层面，从那时起，科学家们使用了无数手段试图搞清楚物体 X 到底是什么，但成果非常有限……目前能够确定的是，它们自身的引力非常小，而且和体积的关联都不大。"

"但是！一旦落入它们的引力井，物体 X 就会向你主动靠近，最终将你吸入——"奥拉抢过话道，"所有探测器都是这么损失掉的。在靠近到一定距离时，引力会在短短几秒内有个爆发性的增长，整个太阳系所有东西的质量拼在一起，可能都没法提供那么大的引力，任何人类已知的工具都不可能逃逸这种力量。"

"那我是不是可以认为，"我用上了一个在新闻学中颇具杀伤力的句式，"在这里潜航，对人类而言，其实是一件有生命危险的事？"

"放心放心，这样的事情并不会发生——"杨戬指了一下自己面前的操作台，"首先，挑选潜航窗口时，大部分的威胁就已经被排除；其次，我作为已经在这里工作两年多的'老司机'，可以向你保证，我们在任何情况下都不会落入物体 X 的引力井，更别说是被它吸入了。"

由于确实很难辨认远近，我无从判断"羽龙号"的运动速度。在交流了几个诸如"为什么在艇内还要穿防护服"之类的简单问题之后，我终于恢复了平日的镇定，慢慢接受了自己已经来到所谓"另一个层面"的事实。

也正是在这可以开始冷静思考的时刻，我突然意识到自己忽略了一个最最核心的问题——

"等等！不对呀？！"我激动得几乎要挣脱安全带的束缚，"你们这个地方，是叫'联合能源工程'吧？！怎么到现在为止，跟发电一点关系都没有呢？！"

"我还以为你永远都不会问呢。"奥拉笑道,"别急,伊娜姆小姐,你以为我们带你过来,就只是为了展示一下异域风情吗?"

"羽龙号"航行的过程中,始终没有进行任何通信,按照奥拉的解释,这是因为暂时还找不到可靠的跨层面交换信息的手段——虽然理论上说,可以用不断改变弦态的方式向之前那个"池塘"散布催化子,但那恐怕需要一艘比"羽龙号"大上许多的载具,才有可能装下所有需要的设备。

这也就是说,我们目前在白洋中的潜航,完全是处于失联状态,生死善恶,都由艇内的人——确切地说,是由杨戬中校和奥拉来判断。好在到目前为止,这两人看起来还是驾轻就熟,虽然他们的性格简直可以说是天差地别,但配合起来倒也算默契。

只不过,如果我没看花眼的话,"羽龙号"应该是正笔直地朝一只物体 X 靠近,起先还不好判断那东西的体积,但在耐心观察了一阵之后,我确信它至少也得有十艘航空母舰摞在一起那么大。

"我们这是……在干吗?"我稍稍有些慌了神,"不是应该避开物体 X 的吗?怎么还冲着它过去了?"

"她说得有道理,"奥拉并不是在回答我的问题,"这只是不是太大了点?"

"我觉得……"杨戬犹豫了几秒,"刚刚好,其他的都太远了,飞过去恐怕要好几个小时。"

"实在不行就先归航吧,别冒险,三号机的事故原因还没查明,机会还有的是,大不了明天再来一次。"

"相信我!"一反常态,杨戬的语气听起来相当霸道,"距离上我有分寸。"他顿了顿,"乘这个机会,嗯,你向伊娜姆女士解释一下我们是在干吗,好吧?"

奥拉"啧"了一声,明显是有点怨气,"瞧啊,这就是我讨厌军人的原因——就算是到了一个完全陌生的世界，他们还是觉得一切都尽在掌握。"

"你不也是个军人？"杨戬头也不回地道，"还上过战场哩。"

"所以我明明有权利阻止你冒险，却还是选择了相信你的'分寸'，"奥拉轻拍了一下杨戬的头盔，"千万小心，你把我害死没事儿，把联合国选来的记者弄失踪那可就是大丑闻了。"她转向我，示意似的指着前窗道，"这个距离已经差不多了，仔细看，物体X的边缘那边，是不是能看到一些发光的物体？"

我瞪大了眼睛，甚至向前探出了身子，但还是没有看出那所谓"发光的物体"，只能诚实地摇摇头。

"一开始是有些难以察觉——"奥拉耐心地比画道，"它们最小的可能只有乒乓球那么大，以白洋的空间尺度来说，实在是可以忽略不计，必须借助专门的设备进行观测和定位。"

也许是心理暗示的关系，我好像还真的在那一大片纯白之中，看到了星星点点的流光闪动。

"那是一种从物体X身上脱落的伴生物，暂定名为物体X-01……"奥拉继续道，"当然，那是科学家的叫法，我们大部分工作人员都直接管它叫'电池球'。现在除了一号机只进行科研活动以外，这个基地所有其他设备的常规任务，就是捕获这些电池球。"

我正疑惑着为什么会用"捕获"这个词的时候，杨戬的喊叫突然打断了我们俩。

"十一点方向，负十五度，距离五百五，"他敲了敲左手边的一个小屏幕，"发现符合捕获标准的目标，请求确认。"

奥拉也侧身在自己的岗位前操作起来，并且很快就给出了答复："直径在十五厘米左右，已经是磁束缚器的极限了……"奥拉沉默了几秒，不知是何用意地看了我一眼，"命令确认，捕获代号0105，记录开始。"

身为记者的嗅觉，让我意识到接下来的几分钟将会十分关键，与其开口瞎问不如聚精会神地观察。

同样认真的还有杨戬，此时的他腾出了左手，握住腿边的一支细小操作杆，那应该是用来控制机械臂的——以前报道亚马孙森林大火的时候，我见过类似的东西。

直到距离大约只有一百米时，我才真正看清了那所谓的物体 X-01……十分奇怪，它明明散发着彩虹般的耀眼霞光，之前却像是融化在了背景中一样难以辨认。也正是由于光晕的关系，它看起来远比"直径在十五厘米左右"要大得多，当距离拉近到二十米以内时，前窗外的这个小东西，已经变得像太阳一样闪亮夺目，如果不是头盔的面罩自动进行了过滤，简直都无法直视了。

并且它也并非静止——虽然速度不快，但明显是在移动。一开始我还以为那只是惯性，可当"羽龙号"接近到十米之内时，光团中心的小东西竟然改变了方向，就像是逃离捕食者的小动物那样。

"现在正式与代号0105的物体 X-01 接触，"杨戬一边念叨着，一边开始摆弄小操作杆，"预计捕获用时一分三十五秒。"

从"羽龙号"尖尖的头部下方伸出了一支纤细的机械臂，它的顶端并非抓钩，而是像音叉一样的两根金属杆，缓缓探向那正奋力游移的电池球。

"磁束缚场运转正常，准备捕获。"奥拉停顿了大约五秒，然后猛力按下了面前的红色小钮。与此同时，就像被施了魔法一般，五六米开外的电池球被猛地拉向机械臂，最终停在了"音叉"中间。

"一分零五秒。"能听出奥拉是松了口气，"所有读数正常，捕获完成，准备收纳。"

"不，先等等。"

杨戬操作着机械臂，将刚刚捕获的电池球小心拉近，直到几乎贴上前窗才停下——近得让我都有些不安了。

"这个东西，就是'无限清洁能源'的秘密——"他像是在炫耀新玩具的孩子，语气中尽是骄傲与得意，"在白洋中，它随处可见，漫无目的地发着光，朝生暮死，从出现到完全消散，不过只有不到十个小时的寿命……但在我们的世界，只要用催化子进行轰击，它就可以释放出高压直流电，甚至连烧开水般的能量转化过程都不需要，接上电网就能够直接使用。"

"并没有他说的那么简单，"奥拉更正道，"你来的时候应该也看到发电厂了吧？处理今天这个尺寸的电池球，需要一整个足球场那么大的设备……但相应的，它可以为三座纽约那么大的城市提供七天的电量，并且绝无污染——废料、废气、残渣，什么都没有。当电池球消耗殆尽时，它就完全消失了，就像从来没有来过我们这个世界一样。"

我盯着那被束缚在"音叉"之间的小小发光体，正看得出神时，忽然没来由地，一种强烈的被愚弄感涌上心头。

"你们刚才是说……这个东西，这个什么'X-01'的，是从那些大球身上脱落的？"

"没错，只要跟着物体X，就一定会发现物体X-01，"奥拉应道，"数量上简直可以说是无穷无尽，一旦我们推广这种发电方式，就可以轻易解决全人类的能源问题，足够我们用到天荒地老。"

"也就是说……"我尴尬地苦笑了一声，都不知该如何表达，"一个集结了所有大国的人力、物力，象征着全球最高科技结晶的伟大工程；一个实现了空间穿越，把人类送进另一个世界的神奇科技……就只是，只是为了获取某种未知物体的'头皮屑'？"

杨戬与奥拉同时回头看向我，露出了惊讶的表情，我们三个面面相觑，一时无语。

"不得不说……"奥拉停顿了好一会儿，"我佩服你思考问题的角度，很刁钻。但抱歉，伊娜姆女士，我们这里也不是慈善机构，每天的花销都是天文数字，别说是头皮屑，就算是外星人拉的屎，只要能让这个'工程'、这里的研究继续下去，那我们都会毫不犹豫地把它带回地球。"

"而且，人类的历史，就是建立在不断获取'头皮屑'的基础上啊——"杨戬的话，听起来像是在打圆场，"原始人从动物身上获取皮毛骨肉，古代人从天降的陨石中提取铁，就连煤炭和石油，不也是由亿万年前的动植物尸体所变吗？随着科技进步，我们能获取到的'头皮屑'也越来越强、越来越有用，这不正是文明的伟大之处吗？"

他们并没有懂我的意思——我确实是想要看到诸如核聚变之类能够无中生有的东西，但并非为了体会文明的伟大之处，而是因为我来自一个盛产石油的战区，知道靠获取得来的资源，越是强、越是有用，对它的争夺也必然越是酷烈。

只是……眼前这片无尽的苍白，又让我觉得他们说得也挺有道理，就算到太阳熄灭的那一天，人类也不可能把这一整个层面的资源都耗尽吧？

"倒也对……"我点点头，"这里的'头皮屑'，也足够全人类挥霍了。"

很小的时候，我就知道自己有一张乌鸦嘴……只是它从没有像今天这样灵验。

我注意到那个黑点的时候，杨戬正操纵着机械臂，把捕获的电池球塞进"羽龙号"的腹舱。

"羽龙号"船身左右各有一个用于收纳物体 X-01 的容器，所以按照常规操作流程，他们应当再搜集另一只"猎物"。在燃料和设备允许的情况下，这花不了多少工夫，而且这一次我也有了经验，可以仔细记录整个过程——从发现并确定目标开始。

203

按照奥拉的解释，如果电池球太小，提供的能量便会不足；太大，则现有的发电设施难以适应，因此必须辅以雷达和主动观测系统进行仔细甄选。

也许是长期在此工作，已经适应了环境的缘故，杨戬与奥拉可以轻易地从背景中分辨出电池球的位置，而我再怎么瞪大双眼却还是什么也看不见。

然后，就是那个黑点——在我东张西望的时候，极远处的纯白世界中，忽然出现了一抹别样的色彩，它小得就像一根针尖，却又是如此扎眼，就好像是掉在奶盖上的一只小飞虫。

我克制住心头的激动，用力挤了一下眼睛，确定自己没有看花——我可不想让面前的两位军人取笑。

我确实没有看花——虽然无法判断距离和具体大小，但在"羽龙号"的侧前方，大概两点钟方向的位置上，确实有一个黑点，而忙于寻找电池球的两人并没有注意到它。

"那个，呃……"我伸手示意道，"那边的那个东西，是正常现象吗？"

杨戬与奥拉同时放下了手上的工作，沉默不语地看向我所指的位置，过了好半天才反应过来。

"是不是前窗脏了？"

"雷达呢？雷达上有显示吗？其他设备呢？"

在一番手忙脚乱之后，他们再一次停止了一切操作，抬头观望，即便是隔着头盔，我似乎也能看到他们瞠目结舌的神情。

"不……"终于，杨戬想起了我的问题，"我从没见过这种现象……记录里，也没有。"

仿佛是嫌我们的震惊还不够，那黑点突然晃动了起来——起先只是毫无章法地胡乱震颤，随后朝一个方向拉长、弯曲、变形，最终从一个黑点变成了一条黑线。但这个形态也只保持了约莫五秒钟，黑线的中段便开始迅速变粗，左右拉伸，化作一个干瘦的黑色菱形，就像是扑克牌上的方块。

"你你你！你做记录了吗？！"杨戬大声地质问，而奥拉也立即回道："做了！当然做了！"

话音刚落，菱形的表面忽然鼓胀起来，什么东西像是要突破这层黑色薄膜一样，正奋力向外冲顶。这让原本就怕黑又怕鬼的我，惊恐地失声尖叫。

"看啊！什么东西要出来了！"

被拉伸到极限的黑色菱形，再也支撑不住似的，从中间破开了一个口子，首先钻出来的，是两根……两根灰色的柔软管状物，它们分别向左右两边弯折，将原本只能算是一条裂缝的破口彻底撕开，好让另一个更大的物体通过。

我睁大了眼睛，确定自己没有错过任何细节，即便如此，也没能看清那东西的模样——在它冲出破口的瞬间，便像是飞矢一般离弦而出，黑色菱形也迅速闭合缩小，恢复到之前一个点的样子。

那东西的速度实在是太快了，根本不可能辨认出轮廓，但其运动轨迹却清晰无比——无论它飞到哪里，身后总是拖曳着一道黑色的尾迹，仿佛在晴朗蓝天中留下的飞机云。

它冲刺时，尾迹便拉长伸直，在开始加速的那部分微微显粗，形同孤零零的草叶；它转向时，尾迹便弯折挥舞，于弧线的顶点喷洒散开，仿若溅开的水花。

……不，那不是飞机云，那完全就是一幅绘于纯白宣纸上的泼墨画，有一种不真实的华美。

"雷达有反应了……"杨戬润了一下嗓子，"距离不到两千！速度是……还没有读数。"

说话间，那道划破白色苍穹的黑色闪电，忽然猛折了一个九十度的大弯，朝下方俯冲，正好被我们面前的物体 X 挡住了去向。

片刻的沉寂之后，杨戬松开双手，重重地靠向了椅背，而我旁边一直紧绷着身子的奥拉，则脱力似的耷拉下头，两手支在膝上，好几秒后才想起什么一样开口问道：

"那……到底是什么鬼东西……"

"不知道……"杨戬出神地望着各种仪表，想要找到什么蛛丝马迹，"……闻所未闻。"

"会不会是自然现象？"奥拉猜测道，"类似我们世界里的刮风下雨？"

"有可能，必须赶紧向上级汇报这个发现。"

"喂，你们俩是认真的吗？"我指着窗外，"那东西！明显不可能是自然现象吧？！它……它绝对是一架飞行器吧？！"

又是一阵沉默，毫无疑问，作为操作"羽龙号"的职业军人，他俩当然比我更清楚那东西就是一架飞行器，只是单纯地不愿相信而已。

"那……那就更要向上级反映一下了……"杨戬又一次握住了操纵杆，"必须立即归航。"

"明白。"奥拉也打起精神，把舱壁上的金属封盖打开，握住里面的红色拉杆，"归航系统自检，指令确认。"

他们看起来比之前还要认真许多，起先我还有些疑惑，为何这两人在此情此景之下竟然还能如此淡定，但很快就明白过来，他们只是在用工作来保持理智，压抑胸中明显应该比我更激动、亢奋的心绪而已。

虽然我对空气动力学和航天技术都是一窍不通，但还懂些基本的物理学常识，刚刚的那个飞行器——如果它真是飞行器的话，绝对比我们的"羽龙号"要先进许多，且不管它是用什么办法进入这个层面，光那个移动方式与速度就完全是匪夷所思。非要形容的话，如果说它是最新的第五代无人战机，那么相比之下，我们这艘小艇就是莱特兄弟的水平。

顺着这个逻辑，能很容易地推理出，它的"雷达"也更加先进——我们都能发现它了，它又怎么可能不知道"羽龙号"的存在呢？

因此，当它慢慢地越过"羽龙号"前方那只巨大的物体X，朝我们露出半个身子时，我竟然一点都不感到惊讶……

感到的只有恐惧。

单纯看外观就可以知道，这架比足球场还要大的飞行器绝对不是出自人类之手——它通体银灰，材质不明，大致呈梭形，只是在头部有个圆鼓鼓的球状凸起，尾部的宽大处则分布着左三右四共计七根触手，其中最长的两根，就是之前"扒开"黑色薄膜的软管……它们足有输油管道那般粗细。

"那……我……那个……"奥拉支吾了半天，最终还是闭上了嘴，小艇内的三个人类，用应该是一样的呆滞表情盯着前方，脑中也应该是同样的一片空白。

就在这时，系统自检完成的提示音响起，让杨戬打了个哆嗦，回过神来。

"咱们……这应该算是遇到外星人了吧？"

"还只能算是UFO……"奥拉的声音有些颤抖，明显也是强作镇定，"我建议紧急归航，这个情报必须送回本部。"

"不！先别！"杨戬喝住她后，声音沉了下来，"……还不确定它有没有恶意。"

"那如果它有恶意呢？"我大声质疑道，"我们留在这里岂不是坐以待毙！"

"……杨说得在理，"回话的则是奥拉，"如果它真有恶意，我们贸然归航就有可能暴露地球的信息。"

想想看确实是难以反驳的逻辑,不知为什么,这让我想起了以前采访过的一个游击队员——他说他很怕死,怕政府军的大枪大炮,但之所以没有逃回家去,是因为"不想看到这些枪炮出现在家乡"。

"事已至此,奥拉……"杨戬停顿了几秒,"启动武器系统,准备战斗。"

"武器?"我一惊,"你们……还他妈带了武器?"

"嗯,不过是一枚俄制MK82战术核弹而已。"奥拉明显是在无奈地自嘲,"没什么大不了的。"

"还是核弹?!"实话实说,我其实一点都不惊讶,"你们竟然!竟然还带了核弹过来!是嫌在地球上还没打够吗?!"

"原本确实是没有的……"杨戬一边操作着什么一边道,"但三号机出了意外之后,基地做了一套紧急预案,其中包括了眼前这种情况的可能性,我们现在也只是照章办事而已。"

"是啊,你们军人永远都只是'照章办事''奉命而行',所以摧毁一整个国家也好,屠戮一整座城市也罢,"我指向前窗外的巨型飞行器,"哪怕是向第一次见面的外星人丢核弹,这些只要是'照章办事',就好像都不是自己的责任了,对吧?!"

"喂!伊娜姆小姐!"杨戬半转过身,语气里带着罕见的怒意,"如果你有别的好主意,我洗耳恭听,否则请保持安静,让我们'照章办事'好吗?!"

我欲辩无言——虽然明知道用核武器来和第一次见面的"陌生人"打招呼实在太过扯淡,一时却也想不出什么更好的办法了。毕竟,亮出爪牙是动物的本能,即便是自认为文明的我们,在这一点上,也并不比原始丛林里拿着长矛互捅的土著人强多少。

也许是武器在手唤起了军人的勇气,奥拉与杨戬之间的对话明显镇定了许多。核弹头已经准备完毕,随时可以启动,而杨戬也把手探向了那个看起来像是发射按钮的装置上。

"这个距离的话……"杨戬像是在提醒自己,"核弹爆炸,我们也完了。"

"别说'也'——"奥拉更正道,"你也看到那东西的速度了,它可能比我们先进好几个世代,我和你赌五美元,核弹炸不死它。"

我有点哭笑不得——按照这位技术士官的逻辑,我们与其说是在"准备战斗",不如说是"准备自尽"更合适。

显然杨戬也明白这个道理,所以他的手只是悬在发射键上方,一动不动。

就这样,两个来自不同世界的潜航者,在并不属于任何一方的蛮荒世界中默默对峙,整整两分钟,保持着相对静止,一动不动。

"怎么说?要不要发射?"杨戬按捺不住地开口问道,"没有冲击波的话,战术核弹的影响范围有限,我可以先拉开距离再找机会攻击。"

"别问我,"奥拉反问道,"我就是个搞技术的,要不要开战,应该由你来决定才对吧?"

"你有战斗经验嘛……"杨戬头也不回地道,"而且挑起'战争'的不都是你们擅长的吗?"

"说得有理,但别忘了——"奥拉针锋相对地挖苦道,"每一个世纪的所有战争,都是你们男人决定要打的,所以要说擅长,还是你们男人擅长这个。"

杨戬哼笑了一声,又轻轻叹了口气,"还是说不过你,那我就……"他看着自己的手,既没有按下去也没有缩回来,"……伊娜姆女士,你觉得呢?要不要开打?"

"我?我觉得……"

我正要表态,却又忽然意识到,他与其说是在征求我的意见,不如说是在推卸自己的责任——关乎个人生死的抉择尚且好做,涉及整个种族的命运之时,任谁都会犹豫甚至想要逃避吧?

即便是自以为见过许多"大场面"的我，这时也不禁慌了神，半张着嘴巴，不知该说些什么……而就在我们这边不知所措的时候，对方首先有了反应——

那巨大的银灰色飞行器左右摇摆了两下，就像是一条欢腾的鲸鱼。无论从哪个角度来看，这都不像是有恶意的样子，虽然还是让人有点摸不着头脑，但至少给了我一个启发：

"这个动作，我们能做到吗？"

杨戬愣了一下，点点头，"调整姿态喷嘴的角度，应该能做个大概。"

"羽龙号"非常笨拙地模仿了一遍这个"左右摇摆"，然后用来停止旋转、恢复稳定所花费的时间，甚至比做动作本身还要久。

几秒钟之后，外星飞行器朝这边伸出了左侧最短的那根"触手"。而在那"触手"的尖端，一根针状的细长物体上，赫然插着一个闪闪发亮的光球——

一个物体 X-01。

"它该不会……"奥拉恍然大悟地说道，"该不会也是来采集这东西的吧？！"

"触手"像一条蜿蜒的巨蛇，从侧下方缓缓接近"羽龙号"——那里正是我们储存电池球的位置。不需要任何言语提示，杨戬立即操作起已经收拢的机械臂，迎向那缓缓靠近的巨大"触手"。

"不行！"还没接触，奥拉仅凭目测就发觉了问题，"这电池球太大了！我们接不住的！"

杨戬扫了一眼屏幕上的数据，"九十五厘米！"他倒吸一口凉气，"比我们的磁束缚器还要大！"

似乎也是注意到了"音叉"的宽度，本已探到我们跟前的"触手"又猛地缩了回去，而另一根同样粗大但要长上许多的"触手"绕了过来，用它顶端的两根长杆轻刺电池球，就像筷子夹豆腐一样，从那直径接近一米的发光物体上扯下一小块来，又重新送到我们面前。

"二十厘米……"杨戬咽了咽口水，"还是……太大了。"

"对发电设备来说太大，但我们只是接过来的话……"奥拉稍作停顿，"应该没问题。"

恐怕任谁也不会想到，人类第一次与未知世界的亲密接触，是由一双"筷子"和一支"音叉"来完成的，而它们之间的交会点，则是一小块闪闪发光电池球碎片——虽然以人类的审美来说有些诡异，但此情此景，还是让我想起了米开朗琪罗的《创造亚当》，有种撼动心灵的美。

整个"交接仪式"的过程中，船舱里的所有人都屏住了呼吸，一言不发，杨戬更是全神贯注，小心翼翼地轻推着操纵杆，就像接过圣餐的信徒一样虔诚认真。

"接收成功！读数正常！"大功告成，他长出了一口气，整个人都像是中风了一样重重瘫在座椅上，好半天才想起来什么似的猛抬起头，"话说，咱们拿了人家的东西，是不是也该给点什么才好？礼尚往来嘛。"

"给什么呢？"奥拉一声苦笑，"它刚刚'手撕'了一个物体X-01，那不是科学，那是魔法，你明白吗？我们能给它什么？把核弹送给它行吗？"

"啧，也对。"杨戬顿了顿，"要不，咱们给它敬个礼吧！"

"敬礼？"我有些吃惊地说道，"它能看到我们吗？我是说，这玻璃是透明的吗？"

"当然，"杨戬指了指前窗，"如果它有视觉，或者至少某种感光能力的话，一定是能看到我们的，至于是看成什么模样就不太好说了。"

"但现在这个，并不是我们的模样啊……"我抬起手，看了看自己穿着防护服的双臂，一个有点儿疯狂的念头在我脑海中萌发，"这船舱内部，是真空的吗？"

"不是。"杨戬似乎是意识到了我要做什么，忙回身道，"但主要成分是稀有气体，没有氧气的。"

我练过潜水，憋个两分钟气并无问题，而这个时间，已经足够我把防护服打开再关闭——毕竟我只打算露出上半身，作为回礼，这应该也算是很有诚意了。

我相信，这世上一切的信任，都建立在以诚相待之上，即便是来自不同世界的萍水相逢，也不应该隔着重重盔甲和面具——以真面目示人，不仅是表达人类善意的第一步，也应当是所有不同文明之间接触的最基本法则。

也许是理解了我的想法，原本看起来打算阻止我的奥拉与杨戬回到了原位，略做迟疑之后，他们也学着我的样子，将防护服打开，向窗外的飞行器现出上身——他们俩还十分严肃认真地敬了个军礼，也不知对方是否能明白这个动作的含义。

那飞行器并未对我们的回礼做出任何响应，而是慢慢后退，拉开一小段距离之后，猛地转体一百八十度，甩出一长条黑色墨汁般的尾焰，奔向远方——比刚出现那会儿的速度还要快上许多。

从白洋回来之后，我在一间医疗室里被关了整整十二个小时。冷湖基地的人说，这是因为我擅自打开防护服，可能受到了有害射线的侵袭，因此必须"接受全面检查"，但实际上是怎么回事，大家心里都清楚得很——"羽龙号"的遭遇可谓是前无古人，需要花点时间来讨论和消化，情有可原。

最终，还是由杨戬和奥拉过来亲自传达上级的决定：我可以报道在"联合能源工程"中的任何所见所闻，除了"与不明飞行器遭遇"这部分——顺带一提，它被命名为"物体Y"……简直绝了。

虽然我以新闻工作者的身份进行了抗议，但说实话，又对他们的决定十分理解——就连我自己都觉得那段经历匪夷所思，又怎么能客观公正地向另外七十五亿地球人准确表达并希望他们平静对待呢？

不过，他们还是要求我写了一份报道……确切地说，是报告，用来在一个月后的联合国紧急会议上宣讲，到时，不光所有"联合能源工程"的参与国元首会出席，还有许多的顶级学者旁听。他们将会共同决定，是否要把与物体 Y 遭遇的事实公之于众……以及，之后应该做何对策。

不难想象我对这份报道有多认真——整整三个星期，我推掉了所有的工作，光是一个开头就改了足有六天，反复地念叨给我那得过孤独症的妹妹听。她对文字有一种神奇的敏感，通常她喜欢的文章，任何人读来都不会讨厌。

"为什么是企鹅？"她放下平板电脑，冲我憨笑着问道，"为什么把我们比作'企鹅'？"

我以为她是不小心看漏了，所以就直接重复念了一遍文章的结尾——

"人类就是生活在礁石上的企鹅，孤零零地俯瞰着幽暗的汪洋，满是憧憬与期望。终于有一天，我们羽翼丰满，学会了潜入大海的方法。我们找到了美味的鱼，却也发现了这片汪洋竟是如此陌生和异样，充满了随时可能将我们吞噬的危险……但所有的这一切，所有的探索、收获、成长与经验，都比不上物体 Y 的出现。即便没有留下只言片语，但它展露出的善意与智慧，还是让我们明白，在这个世界上，我们并不孤单，在遥远的某个地方，还有另一块礁石，还有另一只企鹅……我们终会相见，我们终会再见。"

"我懂我懂，但为什么是企鹅而不是小海豹呢？"妹妹摇摇头，"我喜欢小海豹。"

"因为……海豹比较凶吧？"我确实还真没想过这个问题，"而且那个用来潜航的'羽龙号',还是有点像企鹅的。"

妹妹并没有表态——通常以她的习惯来说,这已经算是很高的评价了。不过这一次,她是被家里才领养不久的小猫汤姆吸引了注意力,那小东西似乎对我们姐妹之间的对话有了兴趣,蹲在一旁歪头傻看。

"来——"妹妹随手就撕了一小片薯格,俯身送到猫咪面前,"吃饭饭。"

"都跟你说多少次了,汤姆只能吃猫粮,不能吃人的食……"

我突然愣了一下。

那惹人怜爱的小东西接过了妹妹递过去的薯格,轻轻地舔了一下,大概是知道不能吃吧,它并没有张口吞食,而是将薯格碎片轻轻拨进了怀里,像宝贝似的搂着,同时抬起头,睁大水汪汪的眼睛,望向妹妹,目光中充满了令人难以抗拒的真诚与期待。

"这……"

我隐隐意识到,相比起两只企鹅的比喻,眼前的这一幕可能更符合"羽龙号"的遭遇。我正犹豫要不要再修改一下文章结尾的时候,又看到了妹妹开心逗弄汤姆的模样,一个问题涌上心头。

"我说老妹啊,你觉得……这个世界上,第一个遇见猫的人,看到猫时是种什么心情?"

"心情?"妹妹眨了眨眼睛,"那得看,他喜不喜欢猫的模样了。"

"如果……"我皱了皱眉头,"不喜欢呢?"

"那应该是……嗯……掉头就走吧?哈哈。"

她憨憨地傻笑起来,全然不顾已经呆若木鸡的我。

《冷湖Ⅵ·点亮火星》2023 年 12 月

作者的话：

创作本文的最初动因，来源于一场与科幻爱好者之间的思想实验。我们讨论如果某个完全独立的公司或者机构，突然实现了商业核聚变，并开始提供电力，这个世界会发生怎样的变化。我们从经济文化谈到政治格局，大部分人虽然热火朝天，兴致勃勃，我却并没有那么乐观——倒不是因为我对核聚变的实现抱有怀疑，而是我觉得资源分配不均并非完全由客观硬件所导致，更多是一种人类社会运作的基本规律。也就是说，即便真的能够实现商业核聚变，让电力变得十分廉价（实际上对于那些对人类文明有较大影响的国家而言，电力本身已经足够廉价），恐怕也不会产生多少革命性的影响。

作为这些讨论的总结，我把有意思的观点都集中并记录了下来，而后又意识到一个非常有趣的问题——就算商业核聚变得以实现，发电的手段是否还是要"烧开水"？由此又联想到人类现在所使用的最重要的资源"石化燃料"，说白了就是远古动植物的遗体……听上去好像真的有些 low 不是吗？

不过这些零碎的灵感最终并没有形成完整的故事，主要原因是既缺少戏剧冲突又没什么新颖之处，感觉写出来也会寡淡如水。在搁置了一阵之后，我突然奇想，如果抓住"有些 low"这个点放大，再融入一些原创的矛盾冲突和诸如"悬疑"之类的叙事技巧进去，能不能变成一个至少读起来有意思的故事？

于是就有了《为什么是企鹅》。

故事发生在近未来，由联合国主导的一个全球联合科研项目突然开始向外部产出规模巨大的电量，为了揭开其中的奥秘，一名足以服众的记者（故事主角）被甄选出来，访问这个所谓的"联合能源工程"。

显而易见，这个所谓的"全球联合科研项目"便是思想实验中的"独立机构"，我赋予了其浓浓的神秘意味，而为了配合这个神秘感，特意选择了"记者"这样非官方的民间身份来作为主角——这样便如同恐怖片一样，加剧了"弱小之人"在"未知之物"面前的落差感。主角的"政治正确"身份也是故意安排的，以符合整个故事荒诞、无厘头和冷幽默的基调。

最后的结局，无论是那看上去虎头蛇尾的"第一次接触"，还是点题的终章，同样也带着刻意为之的戏谑。这是我在这几年对现实世界观察后得出的感悟——现实世界甚至可能不是一个草台班子，而是一场压根没有彩排、谁抢到麦都能吼两嗓子的卡拉OK，无奈与无谓，充满了人生与历史的始终……

所以，不要问为什么是企鹅，是企鹅，总比不是企鹅要好。这个世界是不讲道理的，凭什么宇宙就会讲道理呢？

巨大的外婆

| 刘麦加

刘麦加，江苏徐州人，中国作家协会会员。毕业于西澳大学，经济学硕士，现就职于国家电网。出版长篇青春小说《她她》《夏墅堰》、短篇小说集《缓慢但到来》、散文集《过去的，最好的》。电视剧《云之羽》编剧。

2022年开始进入科幻领域，在《科幻世界》增刊发表科幻处女作《麦克斯先生很好》。《巨大的外婆》是她的第三篇科幻小说。

一管母藻蛋白试剂从距离我右手不到一米的透明玻璃管中缓缓射出，配合我进行消毒工序的速度，在视线前方可及之处匀速前行。我盯着那团白色的浓稠溶液，以秒针跳动的频次默默倒数，静待七分二十八秒后，它注入体内，把我带去一个全新的地方。

全面消毒的第二道工序刚刚结束，试剂突然停在原地。广播里传来导师的声音："消毒中止，进化时间推迟。袁纪岳，你外婆来看你了。"

导师载着我从实验大楼开回生活区。路程不算短，我一路无言。

导师不停开导我：没关系的，只要在今天完成进化，偏差基本上可以忽略不计。这二十二年来你很用心也很努力，绝对不会因为这一次会面就产生什么差池。数据库也会做出适当调整，一切都在可控范围内。你不要有什么心理压力，说到底……那是你外婆。

我原以为那是一片火烧云飘在基地生活区的玻璃大门外。距离越来越近，火烧云变成一座大山，大山的脊背逐渐凸出一节节骨骼。夕阳的光削薄，铺在粗糙坚硬的肤质上，更像龟裂的山地，只是那时不时隆起脊梁后重重吁出的一口气，绝对会喝退所有预备征服她的人。

我走下车，踱步进入庞然大物的阴影下。

"你怎么确定，这是我外婆？"盯着这座趴在地上的会呼吸的大山，我犹豫片刻，问导师。

"SNP 测序测过了，不会错的。放心，这个世界上不可能有第二头亚洲象会跋山涉水跑这么远来到这儿，还指名道姓要见你。"导师看看手表，不由分说打开生活区的大门，"你带你外婆随便逛逛吧，二十多年了，这里变化也挺大的。两个小时够吗？两个小时后我来接你。"

外婆被自动门启动的声音吸引。

她挪动后背，兴师动众地转过头，相较身躯而言可以称得上小巧玲珑的眼睛在半空中绕了好几圈，才垂下来定格在我身上。她迅速站起身，从室外飞扬起的尘土里奔来，粗大的鼻头在距离我只有两厘米的地方停下。

外婆的腰卡在玻璃大门里来回扭动，"哦！阿纪！"

我没有应声，不由自主地后退半步。外婆盯着我的眼神飘忽开来，耷拉下鼻子，在大门被撑破之前她终于镇定下来。喘着粗气的身子瘪下一圈，给自己留出一些余地。再次抬起后脚，身体小心翼翼地刮过大门的边缘，一堆泥灰的琐屑从皮肤的缝隙里剔出来。外婆这才顺利来到我面前。

"哟！"似乎是为了配合外婆微微翘起的鼻子，我不由自主地抬起手跟她打招呼，"你吃饭了吗？渴不渴？邵阿姨家的轻食店还开着，我们去那边坐坐吧。"

我先走一步，外婆跟着我穿过通向生活区的紫外线消毒通道。我轻轻闭上眼睛，感受自己与外婆的距离，随时调整步伐和速度，保证一直和她相隔两米的空间。二十二年前，我知道外婆要在那天进化，最终只得到她进化成一头大象的模糊消息。和基地所有人一样，我也是在一个月后才通过内部文件了解到那次实验的经过，三年后才在最新版的《当代进化史》中看到一张一头大象快要把实验室撑炸的监控影像。

今天是二十二年来我第一次见到这头真正的大象，也是那天之后，再一次见到外婆。

"对所有未知的真相充满敬畏"是《新人种与新道德》这门课的箴言。我不知道外婆会如何以大象的视角审视我这个多年不见的外孙女,至少在我看来,两米的物理距离是我能体现的最大敬畏。

消毒通道比想象中要长。再次睁开眼,外婆已走在我的前面,后腰上数个土棕色斑块赫然醒目。紫外线荧光下,只有血迹才会呈现出这种颜色。

"你受伤了?"我追着外婆走出消毒通道。

"是吗?"外婆毫不在意地甩甩鼻子,"应该是被荆棘划的吧。"

全球现在有四个进化基地,都建于无人区,海底或是高原,我们这个主基地建成时间最早,身处内陆戈壁的最深处,方圆百里,寸草不生,根本没有任何荆棘矮丛。唯一可以算得上的威胁,便是自基地建成,在戈壁边缘一直盘踞的数个反对进化项目的组织。有些是真情实感的科技发展派,有些是大型基因改造商、制药工厂雇用的水军伪装成的人权斗士,这么多年,你方唱罢,侈侈不休。

不用多想,外婆身上,必然是遭受热兵器重创留下的血痕污疤。

来到生活区,视野被敞亮的大广场打开。广场中心,达尔文和孟德尔的两幅巨幅头像格外瞩目,在他们旁边,则是一排小画像。我不动声色地微侧过头,瞥过外婆崎岖的侧脸,企图捕捉她看到这些画像时,隐藏在神情中属于人类的那一刻动容。只是那些在正常光照下已经和泥土无异的血迹让我无法不在意,偷窥的小动作过于频繁,最终变成肆意的凝视。

外婆敏锐地察觉到我现下的阴郁。"小张现在是你的导师?"她凑近我问道。

大概是牙齿和口腔的结构变化太大,外婆虽然还保留着语言能力,但是发音非常含糊。

我撇过头,"嗯,张教授是我的导师。你进化后,都是他一直在负责我,照顾我,教育我。他现在还是整个项目的总工程师。"

外婆发出一声鸣叫，步子也轻快起来，仿佛是开心，是惊讶，又或许是适应了生活区潮湿的空气。"他以前当你外公博士生的时候没少挨训，现在也是总工程师了。"外婆眨着眼睛四处张望，全然没有察觉自己一脚一脚踩倒的草地和蹭翻的数个垃圾桶，顾自感慨："这里变得好大啊。政府肯定拨了不少钱吧。"

现在是修行时间，生活区很少有人往来。偶尔路过的人看到一头大象在这里闲逛，也没有表现出过分的讶异。对预备进化者来说，处事不惊，随时随地接受所有的意外与不可能，是必备的心理素质。毕竟我们将来要面对的生态位，对人类来说都是绝对的未知之境。

和一同走来的熟人点头打个招呼后，我跟上外婆的步子说："前几批进化者提供了非常乐观的进化数据，所以经费一直很充足，导师的压力也小很多。如果这次我的进化足够理想，估计政府就可以正式宣布，人类可以不用再畏惧染色体异变……"

"所以一切都在变好，不是吗？"突然，外婆激动地甩起鼻子挥过我的身边，如果不是扶住她的前肢，我大概已经被晃倒了，"……哈，那个是电影院吗？居然还有电影院！"

真实地碰触过外婆才发现，她坚硬的外皮上覆盖着一层绒毛。有些尖锐，然而比起她直白而霸道的躯体，足以算是意外的柔软。这份柔软令我瞬间回忆起年幼时，外婆紧紧拥住我，她那头花白细软的头发摩挲我颈部的感触。

"真好，这里终于像是能够生活的地方了。你外公是绝对的极简主义，他在的时候可是竭力禁止这些东西的。我们真的跟着他受了不少苦呢。"外婆说。

"嗯，外公坚持认为艰苦卓绝能够造就高贵的人格，虽然现在进化有现代科技的辅佐，个体的修行不需要那么严苛，但是结合当时的境况来评价，外公的理念没有错。"

"这是《当代进化史》上的定论吧。"外婆歪过头，忽闪一下大耳朵,黑溜溜的眼中闪过熟悉的狡黠和睿智,再次贯穿了我们之间二十多年的空白。

记忆好似细菌,不管是免疫屏障还是经年修行,都能穿越而过,一旦开始生长,便呈几何级数繁殖。

"呃,前阵子又翻了翻那本书,就记住了……"我的话音未落,外婆大步迈开走向电影院。我抬头看一眼天花板投射出的时钟,很担心外婆突发奇想要我陪她看一场电影,一是时间不够,二是我实在认为影院的设施应该承受不了外婆的体积与重量。

正琢磨如何打消她想要看电影的念头,外婆突然唤我:"阿纪,这个怎么用啊?"

她站在影院门口的一台无糖冰激凌的自动贩卖机前,用鼻子来回晃动这台彩色的机器,不知所措。这番神态像极了很多年前,基地第三次改造后,年迈的外婆面对全新的一切时茫然的样子。外婆进化成另一种生物,我还没有,她可以毫无波澜面对的过去,对我来说却是大脑皮层的意志刺激下翻江倒海的汹涌潮汐。远远望着她,被母性血亲的双重确定性驱使,我的认知逐渐失控,在越发大胆的修正中,眼前巨大的身形和我意识中外婆的概念,竟然逐步重叠在一起。

外婆身高四米二,体重至少五千五百公斤,她有一条现今地球上所有生物的器官都无法比拟的最灵活、最敏感、最无所不能的鼻子。二十二年的时间足够她融入一个大象家族,加之她保留了人类大脑的神经元,大概不费吹灰之力就当上了首领。她可以在最恶劣的环境下生存,整个自然界几乎没有她的天敌,是实实在在食物链的顶端生物。

基地外的信息我大部分从新闻和书籍里获得,知晓那并不是一个因为科技过于发达而等比例变得更加美好的世界。人类速度在五十年前就已达到光速的十分之一,可是我们依然没有来到真正的未来，倒是资源滥用、重工与核污染，以及无节制的基因改造工程彻底摧毁了人类的基因池。《人科基础基因学》这本书七年没有更新过，因为染色体变异的速度远远超乎想象。在这个书的最后一版中，17号染色体短臂2区4带2号压带中的第1次压带已经出现整体性消亡，67%的基地外新生儿几乎没有任何自带的免疫系统。

前光速时代的振奋和希望破灭的压迫我恐怕永远无法感同身受，基地虽然经过几次科技升级，但都避免和最前沿最高端的自动化同步，不仅仅是为了我们能专注于自身的修行，更是出于对暴力扩张型发展的抗拒。

广场上空悬浮的高瓦数白炽灯笼罩着外婆，清晰勾勒出她身上大大小小的疤痕。她背着一个充满侵略性和失落感的旧时代，穿过一群不管是在她人类形态还是大象形态都无条件反对她、攻击她的人回来看望我，然后便被困在这个隐秘基地的生活区。她左右挪腾不开地方，一台小小的贩卖机就让她犯了难，眼周的皱纹叠出层层的尴尬。明明在她面前这里的一切都不堪一击，可看上去更加易碎的却是她自己。她是这般格格不入，即使这个基地，这个为人类未来指出一条出路的项目，是她与外公携手创建的。

这里本属于她，却似乎再也无法接纳她。

"你想吃什么味道？"

"香蕉！"

我给自己点一个薄荷味的冰激凌筒，刚拿到手，外婆已经把香蕉味的冰激凌一口吞下。硕壮的鼻子悬在半空，在我手上的冰激凌周围打转，嗅来嗅去。我伸出手，把冰激凌递给她，"你可以尝尝薄荷味的，也很好吃。"

贩卖机制作冰激凌的速度刚刚好赶上外婆吃冰激凌的速度。我干脆坐在机器前，一手刷电子通币，一手给外婆递去做好的冰激凌。

"怎么样，感觉如何？"我问。

外婆后退两步，退到能看到我且鼻子也刚刚好够得到我的地方，点点鼻头，满意地说："很好吃。香蕉味的最好吃。"

"嗯……"我又点了一个香蕉味的冰激凌，鼓起勇气大声问，"我是说，做大象的感觉，如何？"

"哦。嗯。还行。"

"他们是不是已经不再监控你了？导师以前说过，他们把你放出去之后，一直在监控你，确保你的安全。"

"啊，是的，早就不监控了。一开始是因为基地的监控卫星被其他项目征用了，后来好像有一个进化者的进化结果很不错，小张他们觉得他的端粒体更有价值，至少，可能更正确吧，那之后就不怎么管我了。"

"哦哦，我知道那个进化者，是个很照顾我的前辈，我这次进化使用的母藻蛋白里就有他的端粒体。"我垂下眼睛挑选下一个冰激凌的口味。不用再做确认，外婆身上所有伤疤的形状我都已牢牢记住，"但是，外面还是挺危险的，他们不可以就这样不管你。"

外婆漆黑的蝌蚪眼定住，如同一个泉眼，丝绒一般浓密的情绪从中漫出。

"可是我很好啊，阿纪，我真的很好。"

"外面的情况是不是比想象中更糟糕？染色体消失到第几号了？你和外公指出了一个正确的前进方向，但依然有人想伤害你，对吗？"

如果生活区广场上那些科学家和进化先驱的画像对我们来说只是《当代进化史》上一行行段落和考点，对外婆来说，那则是她的抉择、她的信念，以及她和她的丈夫、同事们亲手谱写的蓝图。

在很多科学家都在考虑如何把速度提得更快、发展出更强大的技术时，以外公外婆为首的一批生物学者就坚信，不能简单粗鲁地把文明等级以使用能源的能力区分，应该把发展的主体放回人类自身，去寻求更高级的文明表达，而不是局限在自身以外的科学或者技术，否则最终带来的不是进步，是更大的灾难。他们当时的声音太小，大部分人都置若罔闻，直到人类的22号染色体开始消失，官方终于认识到把人类速度继续提高到光速的五分之一甚至是二分之一的欲望，在某种程度上亲手造就了一个会把大部分人毁掉的大过滤器，人类进化项目才在各种反对声中，真正得到政府支持。一批染色体健康、基因正常的人聚集在这里生活修行，被当作进化预备者培养，作为基因改造工程最终的补救方案，以求人类能进化到脱离现有染色体还能继续传承，达成碳基范畴下的共同体。

——如果被基因操控的文明表达是一条死胡同，那就进化到用蛋白质操控的文明，去寻找真正的自由。这是基地建立的根基，也是外婆曾经说过的原话，虽然到如今，能够真正认同的人，还是少之又少。

谈不上愤怒，也说不上是担心，毕竟在最极端的情况，我的多巴胺和血清素的比例变化也可以控制在0.9%的波动中。我冷静地看着外婆，难免被她唇边残留的淡黄色奶油吸引注意力。

"阿纪，相信我，跟真正的自由比起来，那些虚张声势的威胁不值一提。"外婆的视线落回眼前的冰激凌，闲适地舔一口，"你知道吗，我刚出去的时候，小张他们不光监控我，还让我做汇报呢。哎哟，我真没想到成为大象后还要工作，很长一段时间都担心他们会做出一个巨大的键盘让我直接写报告。"

我不得不低下头，避免看到外婆夸张的鼻眼，忍住笑出来的冲动。外婆接过我又举起来的一个冰激凌，继续说："不过说实话，他们应该继续监控下去的，至少最近我又有了一些非比寻常的感受。"

"什么意思？"

"一切好像都越来越模糊，关于曾经做人的记忆。但同时，记忆越模糊,我又越对人类这个物种的自我认同更加深刻。是不是很神奇?"

"你觉得,做人和做大象最大的区别是什么?"

"嗯,这个嘛……虽然我快忘了做人类是什么感觉了,但我猜其实应该差不多。总体来说可能做大象更自在些,除了屁股很痒却找不到树的时候。"

我扑哧笑了出来,外婆也伸长鼻子鸣叫一声。

这就是我的外婆,不管是人类形态还是大象形态,她总能让一个非常沉重的话题变得轻松愉悦。八岁那年,父母先后进化,继外公之后为基地提供了相当珍贵的实验数据,我也成为孤儿。我的童年本该孤独又凄凉,但是因为有外婆的陪伴,竟成功健康地长到十八岁。如果这个"成功健康"的含义,是指一个青春期人类走完漫长而圆满的叛逆期,在荷尔蒙最混乱、最活跃的阶段给身边最亲近的人带来无数伤痛和难过,经历过毁灭与自我毁灭后才完成的自我重建。

自动贩卖机发出售罄的警告,外婆把最后一个冰激凌推回我面前,"小张说今天你要进化,我们不能聊太久,下次再一起看电影吧。"外婆的鼻子圈住我,把我举起来,放到她的头上,"你邵阿姨的店在哪里?我带你过去。"

再次走过生活区广场,在一排达尔文和孟德尔等人画像的注视中前行,那是人类在自由意志下演化的证据。外婆踱着步子,平静而事不关己地走过那些画像,即使其中有她的丈夫、女儿、女婿,以及人类形态的她自己。

在真正的自由面前,人类感知中的悲怆,可能真的仅仅是一些皮外伤。

坐在外婆身上,吃着冰激凌,任她载我走过我经常休憩的长椅,经过我频繁出入的图书馆，路过放置着外公、外婆和父母原始DNA的储存室……从四米高的地方俯视生活区，它们呈现出与曾经截然不同的样貌，我又一次在外婆的带领下认识了这片基地。原来就算我即将进化成另外一种生物，也依然能在外婆的肩头重新认识自己的生态位。

"阿纪，"外婆唤我，"为什么会选在今天进化？"

外婆不知道，在她之后，进化日的选择权就不在进化者自己手中了。为了方便统计、整理归档，也许还考虑到某种仪式感，只要不是不可抗因素，所有通过严格筛选有进化资格的人都会在四十岁生日这天进化。

"我现在的激素很平稳，和母藻蛋白的适配率比同期所有人都高，各项人格测试都表明我的心理已经完全成熟，而且修行和学习的时长也达到了饱和值。这是项目组比对很多前期进化者的实验数据，统一整合计算出来的最佳进化时间。"

我刻意避开今天是我四十岁生日这件事。外婆没有在和我相见的第一时间提到，就说明她大概忘了。我愿意更大胆地推测，外婆现在的时间概念应该不再是人类时间，而是大象时间。

"这样啊，那我来得还真的挺巧。"外婆说。

"是啊，我是被导师从消毒间拉出来的。再晚一点点，你就见不到我了。"

外婆沉默好久，柔声说道："阿纪，进化并不是死亡。"

"我知道。我记得。你以前给我说过很多遍，导师也一直这么强调。但你确实离开太久了，我等了你好久。"

"哦……是哦。"

"我以为你永远都不会回来，我们再也见不到了。"

"怎么可能！"

"你为什么这么久才回来？"

"雨季持续的时间太长了,河道很深,我过不来。"

"你去了很多地方吗?这段时间你都去了哪里?"

"好多好多,说不清,那些都是大象的标识,我知道在哪里,但无法用人类语言表达出来。它们脑中有自己的地图,会根据地图做非常长距离的迁徙,绝对不会偏航。大象的记忆力特别好,比人类的记忆力好十倍。"

"你也有一个自己的地图吗?"

"是的。这也是我另一个越来越强烈的感受,一开始我以为自己只是在漫无目的地迁徙,但后来我发现,我其实在画一张地图。"

"这段时间,你都在画地图?"

"嗯,地图太大了,我现在暂时还无法认清那是什么。人类大脑的神经元再发达,也依然有它的认知限制。"

"你的意思是说,大象的地图比人类的认知更高级?"

"差不多。可能需要更高级的生物,站在更高的视角,才能识别出来。我这次回来,也想跟大家聊一聊这件事。"

时间一分一秒流逝,生活区天花板的时针即将走完一圈,外婆应该终于想起它代表什么意思,开始加快步伐,说话的速度也变快,"阿纪,你结婚了吗?"

"没有。"

"那你有自己的孩子吗?"

"没有。不过,项目组有保留一颗我的卵子。所有的进化者其实都会留下 DNA 样本。如果我进化后的生态位被证实具有普遍适应性,他们应该会考虑对我进行大规模克隆吧。"

"哇,你岂不是有机会成为新人类之母。"

"那你到时候就是人类之婆了。"

"哈,不用。我只要做阿纪一个人的外婆就够了。"外婆卷起鼻子,轻轻打在我的头顶。我和她曾经拥有的质地相同的细软头发也许唤醒了她些许人类时期的记忆,外婆的语调从方才的铿锵有力愈加回归到以往的轻声细语:"阿纪,今天之后我们可能又会有一段不算短的分别,我希望你记住,我这一生,最开心的时刻,一个是你母亲出生那天,另一个就是你出生那天。确切地说,你的出生给我带来的满足和激动更加强烈。也许过段时间我连这件事也会忘记,但这个事实永远不会改变。"

外公还在的时候,邵阿姨在当时那个简陋的实验室的厨房帮工,基地慢慢扩大,邵阿姨从实验区独立出来,开始经营生活区唯一一家自营的餐饮店。进化者在进化之前,一生都会被强制控制碳水和糖分的摄入,为了提高进化的成功率,很多食物都被终身禁止食用。邵阿姨的轻食店贩卖的零食,是为数不多被项目组承认的合格食品。

邵阿姨比我更快接受外婆是头大象这件事,友情的力量大概是另一个我还无法参透的"未知的真相"。邵阿姨非常开心地拿出一大把刚出炉的核桃分享给我们。她把核桃撒到外婆脚下,外婆的大脚板都还没真正放上去,核桃的外壳便碎了,露出香脆可口的仁。邵阿姨开心得不得了,撒了更多的核桃在外婆脚下。

外婆不停地捡起一粒粒核桃仁递给我,自己都没来得及吃。核桃仁粘在她鼻子上粗粝潦草的褶痕中,如不易察觉的印记,让她比以往更像外婆了——从我出生到十八岁,乃至现在,外婆无时无刻不在用自己的身体击碎生活坚硬的外壳,把里面的果实送到我面前。可是曾经年少无知的我,居然无数次埋怨过那些果实太小太少,还不够美味。

十八岁之后的很长一段时间里,我都很自责。我一度固执地认为,外婆会进化成一头大象,是因为她错过了最佳的进化时间。

外公作为开拓者,父母作为后继者,外婆和我一样,在基因上早被检验成为预备进化者。她本该更早进化,可是我太年幼,她舍不得我;后来我变得任性叛逆,她更加不放心,所以一再推迟进化的时间。待我成为真正意义上的成年人,外婆时年七十三岁。

在外婆之前,进化也出现过很多意外。那时辅助进化的蛋白质试剂还不稳定,进化者进化成美罗培南,差点儿把基地变成一个超级细菌培养皿。以及我的外公,第一代进化者,在设备极其简单落后、几乎没有外作用保护的情况下,进化成真菌孢子。据说,当年工程师用扫描脑电波的方式花了一个月才在天花板的夹层找到那些孢子尘埃。

外婆是第一个提出从藻类提取蛋白质辅助人类进化的人。藻类是这个星球上存活最久的生物,它们用自己的方式从数次生物大灭绝中存活下来,其中蕴含的生命力的表达肯定比我们想象中要强大得多,于是外婆理所应当成为第一个使用母藻蛋白的试验品。项目组的所有工程师都做好外婆会进化成任何形态的生命体的准备,万万没想到,七十三岁的外婆居然"只是简单地变成了"一头大象。

在当代进化史课上,老师提到这次实验时说过,政府当时非常不满意外婆的进化结果,乃至这个项目差点儿因此中断——人类可以进化成孢子,可以进化成细菌,甚至可以进化成电脑和宇宙飞船,但是变成一头大象,这是明显的倒退——在外行人眼中,人类绝对不可以退化成动物。尽管他们忘了,人类本来就是动物。在自然界中,甚至有不少动物一直比人类高级很多。

项目组所有人员不得不没日没夜地快马加鞭,用时三天撰写一篇长达七十三页的报告,义正词严地反驳外界所有极其肤浅、不专业的论调:这次进化是人类第一次用神经元控制基因完成整体上的、彻底的、颠覆性的、意义非凡的改变。在母藻蛋白的辅助下,大大提高了进化的安全性和可行性,也帮助人类意志第一次完全战胜基因编码,完成了自我意识上的蛋白质序列的成功重组,并且是用人类的基因序列组成了大象的形态编码。所以这不是一头半人半象,也不是像大象的人类，更不是一头"简单的大象"，而是人类科大象属。更何况，变成大象并不是"退化"，因为大象形态存在于进化者的潜意识中，潜意识的挑选是随机的，这种随机恰恰佐证了自我的绝对性，人类不仅不用再担心染色体变异消失，甚至可以实现从碳基生物转型为智慧型生物的可能性。只要在进化者的潜意识内植入更多的文明形态，一定可以从现阶段被基因控制的扩张型种族进化成拥有高道德层次和精神文明的种族。"变成什么不重要，怎么变成才是关键。"所以这次实验是一次空前绝后的成功，足以为将来的进化者提供难以衡量的宝贵经验……

那些日后会被编入教科书的信息是导师提前透露给我的，一方面他觉得我在这件事情上的自责对修行不利，一方面又为我的成长感到欣慰。导师无比肯定地告诉我，外婆变成大象并不是"进化的失败"，那些报告的内容，甚至还是在刚刚进入大象形态的外婆的指导下完成的。

这些信息，的确让二十岁的我松了一口气。

现如今，真真切切看到过、抚摸过外婆的长鼻子、大耳朵、粗壮的腿和结实的腰，它们每个部分都那样恰如其分、严丝合缝地组成了外婆的有机体，抛开课本上所有烂熟于心的关于进化可能性的条条杠杠，我似乎更偏向于另一个真相——不是外婆进化成了大象，是她终于进化成了自己。

她本来就应该是这个样子。

聪明，强大，温柔，自由，充满力量和威严，拥有极其分明的喜怒哀乐。偶尔看上去笨拙得毛手毛脚，是因为基地和我对她来说都太小太狭窄了，她太害怕伤害到我们所以才不得不如履薄冰。她属于更广阔的天地，必须在以百公里为单位的地方奔跑才能真正舒展开来。

是我束缚了她十八年，让她仅仅只是一个外婆。

比起外公进化成孢子，父母进化成到现在还没有找到交流方式的一摊肺状苔藓，外婆进化成大象，本就在理论上和人类交流的可能性更大，所以很早以前我就想过，如果能再见到外婆，我一定要问她"为什么是大象"，那团母藻蛋白在她身体里到底发生了什么，我相信所谓的随机性不过是向上级汇报的一种最安全妥当的说辞，外婆充满智慧，她一定不会让随机性掌控自己。

可是今天，直到最后，我都没有问出这句话。外婆兴致高昂地把余下的时间用在跟我们分享春日的暖阳，雨季的到来，月下的绿芽，她穿过云贵高原时看到日出和在雨林休憩时环绕的花草。我认真倾听一头大象描述她视角下那个截然不同的世界，跟这一切相比，那个问题的答案显得无足轻重。

我送外婆回到生活区的大门口，一群工程师正在门外忙碌着。有的在摆弄巨大的仪器，有的在整理新搭的帐篷，那架势应该是在等着给外婆做检测，可能接下来还要讨论外婆对自己的那些新发现。眼下我们都有点要紧的事情要做，会面不言而喻来到尾声。

我在组织告别的措辞，外婆先迈脚走出去。基地的夜黑得又浓又重，我穿着单衣，并不觉得冷，只是在大门处站久了被风吹得脸疼。外婆在门外转了一圈，仿佛又想起什么似的，在自动门关上之前探回头来。

倒三角形的头脸从夜幕中露出，外婆在我周遭来回嗅嗅，用大象的方式更深刻地记住我，"阿纪，我很想在你进化之前给你一些技术方面的指导，但我又觉得这是对你的不信任。事实上，我其实也忘了进化那一刻发生了什么。

"我只想叮嘱你一件事。我和你外公、你的导师，以及千百个科研人员，耗费极大的人力、物力和财力，极力抹去原始又野蛮的生命本能对我们的控制，想要让我们的头脑和理性开拓出人类的未来，这绝对没错，这代表着绝对的先进。然而在很多情况下，你不得不承认，人类有一部分智慧、认知和记忆是附着在基因上的。阿纪，假如你今天成了一种非常高级的生物，我是说假如，有那么一瞬间，你的基因似乎想要重新夺回控制权，先尝试理解它、尊重它，不要着急抗拒它、扼杀它。归根到底，是它带领我们人类走过了五百万年的艰苦岁月，我们最初的生态位，是依靠它的力量拓展开的。"

导师载我回实验室，我一路无言。

"怎么样，感觉如何？两个小时会不会太短了？"导师打破沉默，"我很想让你们多待一会儿，虽然四十岁这一年里哪天进化差别都不大，可如果让你例外，年底审计的时候会非常麻烦，所以……"

"很开心。"我说，"我很开心就够了。"

导师的目光通过后视镜落到我身上，"纪岳，你越来越像你外婆了。"

"嗯，我知道。"

"你能这般不动声色，这很好。"

"大概是因为太开心了。以人类年龄来算的话，外婆现在九十三岁，正常情况下，我们其实根本没有机会再相见。今天的这两个小时已经是人生的彩蛋了。一想到按照大象年龄，她才二十二岁，还很年轻，也很健康，我真的很开心。"

"你和你外婆以后会有机会再交流的。"

"是的。所以我没有告诉外婆我有多开心。当然，如果我没有进化成理想状态，无法再和你们、和外婆交流，这也许会是一个遗憾，但也是一个可以接受的遗憾。"

导师刷开实验室大楼的门。

"纪岳，这些年来我送过十三批进化者去顶楼进化，进化这一天发生的一切对你进化的结果影响可以说是微乎其微,所以我才会说一些平时不太会对你们说的话。"我们一起走进电梯,导师按下十六楼的按钮,"其实在最经典的进化论里,进化这件事情,没有成功和不成功之分,也没有理想和不理想之别。一个生物的进化行为中,只有一件事最重要。"

"什么?"

"多样性。"

"生物多样性?"

"没错。"

"你今天的进化,和从地球向宇宙发射一艘载人飞船没有什么区别,只要飞离地球,就没有哪个方向是错的。宇宙那么大,未知的领域那么广阔,所以每个方向都是对的。"电梯停下,电梯门开户,进化室洁白的大门出现在我眼前,"从这里,发自内心,自主选择迈出的每一步,都是人类进步最伟大的一步。这话是你外婆说的。"

进化室的大门就在前方。我还能自称人科人属智人种的时间,只剩下不到十步的距离。

导师抬手做一个"请"的姿势。我走出电梯,导师跟在我身后,"我还是博士生的时候,问过你外婆,人类进化的最终目的到底是什么。如果只是从染色体变异威胁的角度来说,大力提高基因技术,用科技补全染色体的缺失,的确才是最安全可靠的方式,至少比用一个个活体的人进行进化实验,似乎更道德。"

"外婆怎么回答?"

"你外婆说,我们不能只站在人的角度来设定道德的标准,要站在自然的角度。在大自然中,生物的演化没有道德不道德,反而是那些把整个自然界作为踏板、作为牺牲品去实现发展的行为,才不道德。在她的理解里,人并不能仅仅是一个冷酷而强大的人,一开始我们确实抱着一些非常恢宏而伟大的目的推进这个项目,但不得不说也有一点共同的私心。"

我驻步在消毒室门口,急切地用掉最后一次展示好奇心的机会:"什么私心?"

"我们很想证明,人类这种生命,在任何地方以任何形态,都可以更好地相遇。"导师一把把我推入进化室的消毒间,声音嘹亮地对我说,"所以不要觉得遗憾,你外婆肯定很开心,也绝对洞察到你今天很开心,她极有可能早已对你做出了回应。

"那么,袁纪岳,勇敢发射吧!"

七分二十八秒后,进化如期而至。

整个过程谈不上舒适。

如何调整呼吸,如何控制肌肉,如何让大脑进入暂时的封闭以保存更多的神经元,在模拟课上我练习过无数次,已经轻车熟路,但变化真正发生的时候,那感觉还是前所未有。

我仿佛亲眼看到那团母藻蛋白在我身体里绽放,无形的力量霎时胀满我的神经末梢,随之而来的眩晕又差点儿让我溺毙。如同坐了一趟四维的过山车,又像是蹦了一个极其漫长的极,更似直接从深海海底不断向海面划去。

从海面探出头深吸一口气却无法感知肺部的起伏。

世界从全视野扑来。

并没有花太久时间。又也许时间的流逝跟我曾经的体验已不再相同。

总之,在四十岁的第一天,我成为人科下的又一个新物种。

至于我是什么物种,什么形态,是不是进化树上的一枝新芽,能不能带领人类成功去往共同体的未来,都是导师他们接下来的工作。我当下能做的就是感受。尽情努力地感受这片新的生态位,同时把所有细枝末节的感受在神经元里置换成人类可以理解的信息，保存下来。

一切偏差都在可控范围，一切未知都具备可以探索的密迹，一切孤独都有被消化的余地。

唯一的意外，发生在进化完成的那一刻。

数以亿计的信息在无法抗拒的全视野中徐徐展开，我从中骤然识别出一头大象在这颗星球上描绘出来的巨大地图。那是另一个高级物种早早预留在那里的一个礼物，等着进化后的我来签收。毫无疑问它是给我一个人的，因为这个世界上再也不可能有第二头亚洲象会把我的名字画进她的地图里：

阿 纪 生 日 永 远 快 乐

我们只是拉尼亚凯亚超星系团的过客，无意间被一条相同的等位基因串联成一行，变成钟表的分秒。我们分头行动，又总能相聚，纠缠在一起来到未来，回到过去，把彼此嵌入大地的褶皱里，风光月霁。

《星云XIV·我们的恐龙岛》2023年12月

作者的话：

《巨大的外婆》最初的灵感来自我做的一个梦。

某天午睡，我梦见已经去世多年的外婆变成一头大象来找我。我在梦中问她："你为什么这么久才回来？"她说："雨季持续的时间太长了，河道很深，我过不来。"

醒来后，我的枕头湿了一大片。

我没有具体算过外婆离开几年了。大概有六七八年？外婆生前身体一向硬朗，年过七十都没有患上任何慢性疾病，爬家门口的矮山比我还敏捷矫健，所以她突发心梗去世，我们所有人都猝不及防。我甚至不愿回忆它到底发生在哪一年，只记得那是个让我们全家都陷入悲痛和沉默的寒冷冬天。我自小跟外婆长大，直到高中毕业之后离开家乡在外求学，才真正远离外婆的庇佑。仔细回想一下，十七岁之后我和外婆并不是没有经历过长久的分别，印象中我因为本科期间频繁去海外做交换生也有长达两年多没有和她见过面。于是，在所难免，我在心理上一直把外婆去世当作我们之间又一次漫长的分别。只是这一次，启程的是她，留守的是我。

午睡时那个短暂的梦我一直记在心里，每每想起，都几多难过，乃至我对大象这个群体都逐渐产生别样的感情。此前我不是没有想过写一篇关于外婆的文章，但都没有找到很好的下笔契机。直到后来，一个关于"新人类进化"的故事在我心中成形，梦中的大象、外婆最终的去处以及我们这次"分别"的合理性便那样自然而然地自洽了。是了，必须是科幻，也只有科幻故事才能做到举重若轻地承接我和外婆之间这么复杂深厚的羁绊，完成它长久的体面和永恒的优雅。

这篇文章的初稿写得极快，大概一天就写好了。我也把梦中出现的那段对话原封不动地放进了文章里。故事是多么神奇，当你把虚构放进虚构里，它就会变成一种虚构的真实。即使已经修改数遍，我也知道这篇文章必然还有不少缺点和漏洞。因为它仅仅是我完成的第三篇科幻小说，要成为一个合格的科幻作家，我还有很长的路要走。但我也相信它自然有打动人的地方，而这也是我动笔的初衷——我们身处一个无法被完全表达的世界，我们也并不是时时刻刻甚至不需要时时刻刻完全是我们自己，有一部分不用被绝对确定的领域，隐藏和寄托着我们的思念和情感。让我们坚信那些我们不愿意失去的人，无处不在。

俑

| 天　平

天平，本名杨荆莉，1979年生于湖北荆州。

自幼喜好阅读写作，2001年网络原创热潮方起，在"清韵书院""龙的天空"等网络论坛发布作品。最初创作以武侠小说为主，作品主要刊登于《今古传奇·武侠版》。奇幻类作品《残歌》刊登于《飞·奇幻世界》，另有九州奇幻数篇刊登于《九州幻想》。

2006年入职"科幻世界"杂志社，任《飞·奇幻世界》文字编辑；2009年任上海巨人网络科技有限公司世界观设计和剧情策划，此后在多家公司从事同类型工作；2016年离开游戏公司，成为自由撰稿人，同期接触剧本创作，作品有《星河长明》等。

2020年10月，因读到一篇用机器学习研发"星际争霸"对战AI的报道，第一次产生了写作科幻的想法，创作了《烧荒战略》，刊登于《科幻世界》2021年第7期。此后，有数个中短篇科幻作品刊登于《科幻世界》正刊及增刊。

幽谷来风吹过茂盛的桃花林，嫣红的花瓣簌簌而下，飘落进波光粼粼的青渠中，还有一瓣飞得更远些，贴在青衫少年的面颊上。

少年是个俑人，刚刚涂上脸的白漆尚未干透，桃瓣仿若无意间溅上的朱砂，便有几分滑稽，正要为他点画双睛的笔不由迟疑了一下。

身后传来一声嗤笑，制俑师搁下狼毫，回过头去。

骑白马的红裙女郎轻巧地落地，摘下斗笠，乌亮蓬松的一头秀发在阳光下浮光点点，仿佛点缀着无数细碎的宝石残屑。她嫣然一笑，笑容中的热情令人不由自主地生出喜悦，甚至都不会注意到她有那么精致美丽的面孔。

"我从苗寨打赌赢来的酒！"女郎从马背上摘下一只葫芦，大马金刀地坐在制俑师摊前的小几上，秀美的女郎故作豪壮，却并不让人觉得粗鲁，自有一股娇憨之态。

制俑师搁下笔，一如三年来的每日，拿起两只青瓷大碗放在小几上，倒酒。

烈酒色如胭脂，酒香在阳光下蒸腾，她闭眼品味，"新的俑人，有新的故事吗？"

"那是自然。"

制俑师轻呷烈酒，说起新俑人的故事。

青衫少年是赵国的奴隶，十三岁时随着身为制俑师的师父千里迢迢被征发到咸阳为始皇帝建陵。那时他只能负责调制朱黛，还没有资格触碰画笔。他爱上了师父笔下那个霞帔广袖的舞姬，在大醉后以残酒调墨偷偷为她点睛。陵成之日，所有的奴隶一起被泥土深埋于始皇陵下。

当他醒过来时，发现舞姬活色生香地拉着他的手，在水银灌注的河流中畅游，在夜明珠镶嵌成的星空下起舞。

享用着死后尊荣的始皇帝发现了他们的秘密，大发雷霆，舞姬含泪送别了他。当挖开层层泥土重新走到地面上时，他于星空下看清了自己五指上的白骨。

幸好他还记得制俑之术，他用陶土一点点补回了自己的肌肤，画回了自己的眉目。他寻觅着江湖过客们遗落的惆怅和忧伤，用他们喝过的残酒调制墨汁为俑人点睛。他成了知名的制俑师，人们都说他的俑人与众不同，仿佛拥有了生人的魂魄。

"这是一个不同寻常的故事。"女郎诧异地放下酒碗，眉间添了几分哀愁，"为什么我会在今天听到这个故事呢？"

月上梢头，路上行人渐稀，制俑师从容地收起瓷碗，将残酒倒入墨池中。

"不喜欢这个故事吗？"制俑师微笑。

"不……但是……"女郎犹豫了一会儿，"你要离开了吗？"

"我最近总被一个梦境困扰，"制俑师望向河心破碎的将圆之月沉吟，"梦中我仿佛并不是此时此际桃源陵城外的制俑师，而是一个满地跑着四个轮子的机械怪物世界中的少年画师。"

"咦……好神奇的世界！"女郎惊奇地睁大了眼，"那样的世界里面，你会画出怎样的画呢？"

"虽然人与人被钢铁的壳子隔开，但喜怒哀乐并无不同。被尘嚣淹没的人，或许会更渴望亲近山水吧。"制俑师有些迷茫，"梦中我在三月十五的清晨去到西湖边，在薄雾的断桥下支起画架，晨光新芽碧水桃影，一切在浓稠的水汽中荡漾，我提起笔却觉得此情此景还缺了点儿什么……"

"也许你是与人相约在那里。"女郎托腮，"那是你宿缘之人。"

"这个梦总是一次又一次地出现，有时候我觉得，或许此时此地的我只是一个俑人，我的灵智来自梦里的那个少年，而我总要回去梦里的那个世界。你说，那会是一个美好的世界吗？"

制俑师深深凝望着女郎，目光中有些憧憬，又有些恐慌。

"啊……"女郎不知所措，"或许吧……"

"如果有一天，你觉得我已经不再是我了，那就是我回去了。"

制俑师用碗中残酒调墨，轻轻点画在少年的双眼中，少年便呈现出一些好奇又怠懒的气质。

"赵心雨，赵心雨？"隐隐约约听到有人在喊自己，俑人的面目模糊起来，青渠桃花一点点隐去，就好像潮水从身边流逝。

赵心雨沉浸在一片惆怅的空白中，一时间想不起来自己是谁，身在何处。

隔着玻璃，有人轻敲着他的载具舱。

片刻后他终于想起来，这是自己在爱丽丝网络公司客服部的同事。

"该我接班了。"同事戳了下载具舱右下角的时间。

"哦哦。"赵心雨按下按钮，紧贴在他头皮上的十几个吸盘触须慢慢离开，他终于能从载具舱中出来了。他晃了晃头，"都十点了啊，有点儿晕了。"

"你最近加班时间有点儿多啊，"同事有几分戏谑，"秋秋不要你陪了？"

赵心雨苦笑摇头，并不想和同事说太多。

同事看了眼记录说："哟，你刚才又接待一号富婆了？一号富婆还真是很喜欢你呢。这个季度奖金又是第一位吧？"

同事的话里面很有点儿酸溜溜的味道，赵心雨没接他话茬，他却不肯罢休。

"悠着点儿吧，太拼了当心和胖子一样去医院报到。"同事嘻嘻哈哈地戳了戳自己脑门。

"胖子"是另外一位同事，或者说前同事，上个月下班时一脚踩空摔下楼，至今还躺在医院里人事不省。大家私下议论，觉得他是加班太多过度疲劳才发生这样的事故。

但那件事以后，客服部有些流言传出。

"你们说，会不会是那些吸盘伤了脑子？"工作午餐时飘来耳语，"那个载具舱我总觉得怪怪的，出来以后时不时会有点儿断片儿，不知道自己刚才在想什么。"

"老年痴呆就不要赖给载具舱了吧！"刚入行的同事嘻嘻哈哈，"老婆怀孕了要砸基站的就是你这种人。"

这种毫无根据的流言难免在一片沉默中结束，其实赵心雨也觉得近来他时不时会觉得大脑一片空白，就好像身体中有另外一个人接管了那段时间。

和工作有关吗？赵心雨并不确定。也许那只是他大脑的自我保护机制，能让他从难以喘息的现实中脱离一会儿。

赵心雨脚步虚浮着走出客服部，保安板进行例行安检，确认他身上没有带任何录音和拍照设备。

这些检查非常严密，一丝不苟，如果有外人看到，一定会纳闷为什么游戏公司的客服部需要这样严格的安检。

秋秋就十分不理解他在上班时间无法接听电话这种事情。"要是别人知道了，还以为你在什么国安保密机构呢！"她无数次半埋怨半戏谑地说。

赵心雨不是没有想过对她说出实情，但一开始是畏惧公司的保密条款，再后来，他自己内心深处也滋生了一抹说不清道不明的心虚，总是回避这个话题。

爱丽丝网络公司是一家近年来异军突起的游戏公司，主推项目是 MMORPG① 游戏《我的江湖》，这正是赵心雨所在的项目组。

公司创建者兼 CEO 丁钰此前在谷歌研究院从事智能 AI 相关的研究，《我的江湖》主打噱头是全新智能 AI 的 NPC 互动体验，让每个玩家都能享受自己的专属剧情。

对玩家宣传的逻辑大概是：每个 NPC 都是公司特殊研发的智能 AI，会有完全如同真人的自我认知。如果玩家经常与之互动，刷高与 NPC 的熟悉度，NPC 就会记住你，你会成为他的朋友或者仇人，随之展开专属剧情。

在智能聊天 AI 已经广泛运用于各种设备的年代，这看起来并不是什么特别的功能，但是运用在 RPG 游戏上还算是非常新颖。

传统的 RPG 玩家只能在文案写好的几个对话中选择，自由度相当受限，这种新颖的剧情模式自然引起了轰动。

当然，质疑的声音也不少。

毕竟游戏剧情也算是文艺创作的一部分，体验剧情和普通的聊天需求相去甚远，而在当下，智能 AI 在文艺方面的表现还是不尽如人意。在规则明确的领域，比如格律诗歌方面尚还可观，但在随机对话和虚构故事方面，与人类撰写的内容还相差甚远。

更何况游戏剧情并非单方面的输出，如果试图将 AI 调教到能产生丰富自然的剧情，需要玩家也具有相当的 RPG 精神，或者拥有探索和编织情节的驱动力，这对大部分 RPG 玩家来说，要求有些过高了。

在众说纷纭中，《我的江湖》迎来了正式发售，不久之后，对智能 AI 的质疑就烟消云散了。社交媒体上每天都有玩家发出自己与 NPC 互动的对话，这些对话在贴合 NPC 设定的基础上有各种各样

---

① 大型多人在线角色扮演游戏，是英文 Massively Multiplayer Online Role-Playing Game 的缩写。下文的 RPG 也即角色扮演游戏 Role-Playing Game。

的细微差异，NPC会把握每个玩家的癖好，妙语频出，其中的佳作稍作修改就可以是一篇中上水准的轻小说。

热衷于和NPC长时间互动的玩家人数之多，也大大超出了质疑者的预计，无数玩家沉溺其中不能自拔。

《我的江湖》一炮打响，引得许多人眼红不已，想效仿的公司众多，却没有哪一家能重现类似的效果。很多同行投入了巨大的人力资金试图自研出相似的AI，都不太成功。爱丽丝公司的老板是这个AI的核心开发人员，所以重金挖角的路子也走不通。

数年过去了，游戏市场的热门焦点早已换了几茬，《我的江湖》的AI对外界来说，依然是一种极其神秘的存在。

对内部人员来说，AI的秘密并不神秘，甚至有点儿可笑。

在电子支付还没成为主流的年代，流传过自动点钞机里面住着一个真人的网络段子。《我的江湖》的智能AI性质与之相去不远——在每个NPC的身后，其实都是客服班子在二十四小时运转着。

高峰时期这个游戏同时在线的玩家达百万之众，客服肯定难以同时应付这么多玩家，所以大部分玩家确实只是在与AI聊天。然而，当一个玩家试图刷高一个NPC的好感度获得专属剧情时，他必然会成为一个所谓的"重氪"①玩家。给这样的"重氪"玩家配置专属客服就没有那么困难了。

如果说有技术含量，客服工作时使用的载具舱应该算是其中之一。这也是重氪玩家才能买得起的装备，可以提供相当逼真的AR体验。

赵心雨已经在载具舱中工作了三年，但也很难说出来这个载具

---

① "氪金"指为游戏中的内容商品支付费用，"重氪"指充值金额比较高，一般数千元以上。

舱到底是怎么工作的。进入之后就好像同时进入很多个平行世界，可以和很多玩家同时互动。你可以重点关注一两个玩家，将其他玩家交给 AI，但当 AI 有无法处理的对话时，系统就会提醒你介入，当你切换到那个玩家面前时，可以瞬间拥有这个玩家此前的全部对话记忆。

如果玩家知道自己是在和一名真人客服聊天，会觉得这不过是个平平无奇的陪聊服务。但如果告诉他们这是 AI 生成的对话，就无形中多了几分神奇。可能大部分人在 NPC 面前更愿意表露自己的真实幻想，在真人面前总归有几分放不开吧。

更何况每一个 NPC 身上都带着他们的角色赋予的设定，你可以觉得自己是在和一个神秘的杀手惺惺相惜，和帝王萍水相逢结为知己，收到风尘名妓酬答的诗句……比起普通的陪聊，这种有建模有故事的专属聊天显然丰富得多，也更容易让人沉迷。

长期沉迷于这个游戏的重度玩家是那种所谓的"戏精"玩家，以女性居多，她们会真心实意地迷恋上某个虚拟形象，由此养活了大量的产业——各种 COS 服装、道具和展会，私人定制的图文和手办，沉浸式剧本杀和密室，当然，更有 RPG 游戏。

赵心雨相信，"一号富婆"就是个重度"戏精"。

她从公测起就长时间在线，充销金额已经连续许多个月排在游戏榜一。理所当然地，她是赵心雨的重点服务对象，可能从她第一次在制俑师摊前停驻时起，赵心雨就感受到了她的不同寻常。

一开始的时候，制俑师并非很受欢迎的热门 NPC，甚至都没有现在这种炼制魂魄注入俑人的设定。

这个设定在赵心雨的脑海中成形，可能就是一号富婆第一次走到制俑师的身边，默默地看了很久以后说："她在看着雪呢？"

听到这句话时，赵心雨愣了好一会儿。这时并没有其他玩家与他互动，所以他没有将对话的权限交给 AI。他望向那个俑人，一笔一画中她正在成形，宜喜宜嗔的表情在微红的圆圆的脸上显得十分可亲，红袄中露出握紧的小手凑在嘴边，仿佛在呵气。

在一号富婆说出这句话的瞬间，这个小小的俑人仿佛一下子有了生气，她唇边似乎有白气在蒸腾，乌溜溜的圆眼睛中满是对雪的向往。

赵心雨一时间忘记了这个制俑师只有两行字的单薄人设，脱口讲述了一个故事。

那是一个美丽人生式的故事，流放到极北荒野之地的路途，在岭南出生的小女孩眼中是全家陪她寻找雪精灵之旅，但最终她在雪中冻饿而死。制俑师采集到她临死前的快乐，注入了手中的俑人。这个故事很隐晦，但一号富婆好像瞬间就读懂了。

她支付了十个金币从他手里拿走了小红。她说，小红已经看过雪了，也许她想回到岭南。

几天后，一号富婆从岭南归来。

她向制俑师讲述了南海鲛人和岭南瑶民之间发生的战争。她的肩上多了一件泛着淡淡贝母光泽的披帛，就像是传说中鲛人织成的珠绡。他们没有再谈论小红，但好像默认在某个望海的山崖之上有小红的家园，她还会有雪花轻盈飞舞的记忆，却永远不会再感受到刀割一样的寒冷。

那个时刻，赵心雨感到一种莫名的窃喜，或者又可称之为微妙地寻找到了同类的感觉。当你开始讲着不知真假的故事的时候，有人也用同样的姿态回应，你会觉得那故事瞬间便有了生命。就像一颗种子在阳光沃土下抽芽生根，茁壮成长，花红叶绿，有声有色。

一份乏味的工作，在此时获得了完全不同的意义。

很难说他们两个中谁更"戏精"一些，但赵心雨必然是获益更多的一个。当制俑师的故事被玩家大量截图传播时，他才后知后觉地发现，他红了。

制俑师从一个普通的路人 NPC 成了《我的江湖》中最知名的 NPC，社交媒体上每天都有人撰写与他有关的同人故事，绘制属于他的同人图，就连他手中的人俑都时不时成为热议的焦点。

他仿佛痴情，又仿佛超脱于世间万物。有人觉得他汲取灵魂注入人俑的设定很可怕，又有人觉得拥有一个那样的俑人是很酷的事。每一天都有无数人来到他的摊位前，向他讲述自己或真或假的故事。也许他们真的相信那些忧愁和遗憾会被他取走，注入陶土之中，化作俑人的魂魄，在自己已经淡忘了那些往事之后，偶人会代替他铭记，天长地久。

经过两轮的例行安检，赵心雨才在更衣室里穿上自己的衣服拿回背包。他拿出手机一看，密密麻麻的未接电话，有家里的，有秋秋的。

赵心雨毫无回拨的意愿，他知道那都是些什么内容——妈妈的靶向药抵抗了，现在医生在研究新的方案，一个月十几万的自费开销，医生在催促他赶快定下来；秋秋家里现在有一个内部计划的房子，想让他拿个一百万出来，两家一起买了。

秋秋是知道他家里的情况的，所以一直在搪塞父母，但最近也是焦头烂额。她父母逼着她要么马上买房结婚，要么分手回家。这两个选项放在她面前几年了，她也快到崩溃的边缘了。

她有一次说："我跟别人说你是在游戏公司上班，很忙，大家都以为你是程序员，觉得收入不低。你当客服这么些年，我都说不出口。"

他俩是大学情侣，赵心雨一直记得当初在学校戏剧社团认识秋秋的时候，她是个多么温柔单纯的女孩。他们的学校不是什么名牌大学，学的也不是那几个风口专业，理所当然地，毕业留在这座竞争激烈的城市后，日子过得磕磕碰碰。

赵心雨进入爱丽丝的时候，原本是应聘策划去的，但是无奈学校牌子不够硬，没能面上。那会儿他失业已经有好几个月了，眼看就要交不起房租，当 HR[①] 说有个薪资不低的客服岗位时，他没有太多选择。

原来他只打算把它当作一个跳板，渡过危机后就寻找更有前途的职位。但做了一段时间这种"古怪"的客服工作之后，不知不觉地，他开始沉迷其中。有时候他甚至觉得，制俑师是一个单独的人格，他没有"赵心雨"所有庸常的苦恼，过着"赵心雨"向往却不可得的人生。

也许当初建议他转岗的 HR 确实慧眼识珠，看出了他身上的"戏精"潜质，能让他在这个职位上做得游刃有余。他的绩效一直是客服部最高的一档，收入也比刚入职时翻了一倍。然而他这个职务终究是见不得人的，按照入职时的协议，他永远无法在简历上写他曾经扮演过多么成功的虚拟角色，他将是永远藏身在 AI 后面的隐形人。

秋秋并不喜欢玩游戏，却有一天在逛街时突然提起，"那个制俑师是你们公司的游戏角色吗？"

赵心雨心头突然一跳，好一会儿才用若无其事的声音回答："是啊，怎么了？"

秋秋指着前方商场的巨大户外广告屏说："我闺蜜托我问你，能不能内部认购买联名版的包包。"

"那个啊……"赵心雨望着屏幕中那个青衫执笔的少年，眼眸中映着繁星点点。他高傲又冷漠，似乎俯视着脚下的芸芸众生，轻易地撷走他们的情感和记忆。

那是他最熟悉的角色，此时看起来却又那么陌生。他脑子里一片空白，一时间分不清自己到底是谁。

---

① 人力资源，是英文 Human Resources 的缩写。

"可以试试。"片刻后他反应过来,"这个牌子你也喜欢的吧?"

秋秋犹豫了一会儿,慢吞吞地说:"以前买的够用了。"

预订的成功让闺蜜喜出望外,大手笔地请他们吃了一顿美餐。这家海鲜他们念叨过很多次,但是每个月的生活费里总也挤不出来这笔余钱。赵心雨还知道,秋秋的浏览记录里经常出现这个牌子的包包,但是他也只能假装没看到。

不久后的某天,赵心雨正与一号富婆聊她最近一次去沙漠探宝的神奇历程,AI向他推送了一个难以处理的对话。

标签是白色的,说明那是一个最低等级的玩家,这种玩家没有氪金刷过好感度,赵心雨本可以完全不加理会,但是鬼使神差地,他竟然切换了过去。

他看到了一个穿着新手装的女孩百无聊赖地站在摊前,头上顶着"秋秋"这个昵称。

"这就是制俑师啊?好像也不是很好玩,为什么那么多人追捧?"

赵心雨觉得脑子不太舒服,他知道自己的沉浸扮演状态被干扰了。他努力集中注意力,才能回答:"'盛名之下,其实难副',这也是江湖常态了。让姑娘失望真是对不起,不过也许姑娘能告诉我你想要什么样的俑人,得到它以后,你也许会觉得不太一样呢。"

秋秋迟疑了很久。

这是大部分"戏精"精神欠缺的普通玩家会遇到的障碍,他们难以迅速融入这种角色扮演的情境中。赵心雨耐心地等了一会儿,秋秋终于回答。

"我想要这样一个人:也许他上班时经常见到你,比见到我的时候多。"秋秋不是购入载具舱的重氪玩家,她的话只能一句一句从对话框里跳出来,"他是个很可爱的人,总是有那么多花样逗我开心。

只是有时候,我害怕我过于依赖他了。"

赵心雨想象着电脑的另一端她发愁的样子,他认识的那个秋秋,是个清得一眼能看到底的女孩。也许最初爱上她,就是因为她这种令人安心的纯净。然而几年过去了,他竟然没有意识到,秋秋也有了一些他不曾察觉的心事。

"我是不是应该独立一些呢?我忍不住要和他分享一切,可是我的焦虑会让他难过,怎样才是对的呢?"

赵心雨有一刹那的冲动,想违反公司条例拥抱秋秋。但是他能说什么呢?说"什么都不用担心,我爱你,我会让你一生幸福"吗?

他知道他没有足够的能力做出这样的许诺。

最终他只能狠狠地输入符合制俑师身份的话:"生人总逃不过聚散离合。姑娘,让我给你一个俑人吧,俑人才会永远陪伴你。"

费了不少心力送走秋秋,赵心雨切回到一号富婆的对话界面。

托管期间 AI 的全部对话瞬间进入他脑海,AI 妙语如珠地点评着她在沙漠历险中见到的一切,赵心雨松了口气,觉得自己也不能表现得比它更好了。但他接过来聊了两句以后,一号富婆突然深深地凝望着他——那个红衣女郎诧异的表情在 AR 建模上表现得细腻入微。

"我不知道发生了什么,可是你刚才好像……有些不像是你了。"

"啊……"赵心雨哆嗦了一下,倒是急中生智地挥了挥笔,将一个偶人推得离自己远了些,"这个生魂怨念好重,刚才我可能被它侵入了一会儿,嗯,我刚才说了什么奇怪的话吗?"

"那倒没有,不过……"红衣女郎的笑容又灿烂起来,"他不够有趣。"

这天回家的时候,赵心雨带了双秋秋在购物车里放了两年的水钻鞋回家，秋秋高兴坏了。

秋秋踩着心爱的鞋子快活地旋舞了好久，当兴奋劲儿过了以后又有点儿肉痛。

"怎么突然想起来买这个？"她嘀咕着，"一个月的生活费就这么没了。"

"这个月制俑师联名款卖得很好，多发了一倍奖金，看你一直这么喜欢，就买了呗。"赵心雨若无其事地说。

"咦？"秋秋抬起欣赏鞋子的眼睛，纳闷地问。

"我参与了制俑师的一部分对话资料模板制作，所以有奖金拿。"赵心雨思考了很久怎么在不违反公司保密条款的情况下向秋秋吐露部分实情。

"哇！"秋秋兴奋极了，扑过来抱着他，"这么说，你现在不是做客服了？以后可以转岗做研发吗？"

"其实还是客服的岗位，不过……"赵心雨说着自己也不知道算是真还是假的话，"嗯，确实算是研发吧！"

"太好了！"秋秋已经顾不得脚上的鞋了，眼神闪闪亮亮，"不是说你们公司研发年底能发十几个月的工资，我们是不是有希望买房了？"

平心而论，在最近以前，秋秋从来没有给过赵心雨任何压力，有时候他以为这样平常快乐的日子会顺理成章地走下去，走到结婚生子，走到白头偕老。但妈妈生病后，现实突然间就这么残酷地摆在了面前。

赵心雨知道秋秋想留着那双昂贵的水钻鞋在婚礼上穿，他在秋秋的浏览记录里看到过她访问与之相配的婚纱，只是随着母亲的病情加重，婚礼仿佛越来越遥远了。

赵心雨不是没有想过，如果他注定不能给秋秋幸福，是不是应该放手让她离开。但是每次想到这种可能性，总是像身体被掏空一样,对未来失去了想象。

两个一无所有的年轻人手牵着手走向成年人的世界,每一点领悟、成就和辛酸都彼此共享。他难以想象独自一个人走过他们曾经一起漫步的街道,坐在他们都很喜欢的餐厅里面,去他们向往却还没来得及攒钱去的那些山山水水。

赵心雨本来对于赚钱没有太迫切的想法,但现在钱已经是横亘在他面前最严峻的问题。

他并不是没有考虑过跳槽,但是这座城市源源不断地吸纳着全国的精英,想要找一个可以跨越当下的通道又谈何容易?

他拼命地思索着暴富的可能。他想过向公司索要"制俑师"这个IP 的部分所有权,但以他入职时签下的保密合同,他可能反而面临天价赔偿,胜算不大。后来,他终于想到了一个可能有胜算的点:一号富婆。

一号富婆对这个游戏的沉迷和狂热氪金很大程度上是因为他。

只要他决定离职,一号富婆会有很大可能从游戏里流失掉,他能以此为倚仗向公司要求一笔分红吗?

怀着极度忐忑的心情,几天前的这个时候,赵心雨走向了客服总管的办公室,想尝试着进行谈判。

但走向总管办公室长廊的瞬间,他再次大脑一片空白。

恢复清醒状态时,他发现自己竟无意识地走入了一间没有人的茶水间,不知待了多久。而此时,茶水间外,正传来两个人说话的声音。

客服主管熟悉的声音传来,"让您久等了,我去拿最新数据过来,有突破性进展。"

"希望是我期待已久的。"声音很高冷,却依然有一丝难以按捺的激动。

赵心雨过了片刻才反应过来，这是CEO丁珏的声音。身为资深员工，他当然能经常听到这位大老板的会议发言，但这样近距离的谈话还是第一次。

"……13号的数据都在这里了。"

主管手里拿着的东西看着眼熟，赵心雨看了一会儿突然明白过来，那是他的载具舱存储器。

载具舱是从上岗开始就按编号分配给每个人的，赵心雨的员工编号正好是13号。

主管将存储器插入电脑，电脑屏幕上出现了一些令人眼花缭乱的画面，不同颜色的波纹在不同的密集小格子里跳动，赵心雨唯一能看懂的是最后跳出来的显眼结论。

"模拟度90%！"

"不错，确实是突破性进展了。"丁珏扶了扶细黑框的眼镜，声音中带着一丝兴奋。

"扫描模拟的13号脑神经活动状态和他本人的相似度已经极高，我觉得完全可以取代本人了。"客服主管的声音有几分激动，"三年了，我们的智能NPC，终于要名副其实了。"

"90%吗？"丁珏却突然摇了摇头，"还是不够，我要的一直是100%。"

客服总管显然没有料到这样的回答，慢了两拍才纳闷地问："有这个必要吗？我想玩家是无法分辨的。"

"不，还是有玩家会发现。尤其是那些核心重氪的玩家，你提供的服务品质低一点点，都会带来核心玩家的流失。"

"至于吗？"客服主管不太服气，"以前我们用现成数据训练出来的传统AI，就已经让大部分玩家无法察觉了，等我们全面使用这种新式的人脑意识模拟AI以后，就连创意的产生都会十分接近真人。"

"但那毕竟也只是接近。"

"就算如此，"客服主管迷惑地说，"我们还可以继续保留现有的人工客服，为顶尖客户服务。"

"但是你能让客服永远留下来吗？"丁珏专注地盯着屏幕上的那些波纹问，"如果13号离职呢？"

"这……"客服主管犹豫了一下，"他不会离职的，我们给他的待遇是客服里面最好的了。"

"最好的客服待遇吗？"丁珏冷笑，"和制俑师这个IP的价值比起来如何？"

"他签过保密协议……"客服主管不太自信地嘟囔。

"那有什么用？"丁珏叹气，"我们不能把IP价值寄托在随时可能离开的员工身上。"

客服主管这次想了很久才认真地说："恕我直言，我觉得我们现在这种扫描模拟永远也不可能实现100%的相似，100%约等于复制另外一个人的灵魂。"

"我不需要他的灵魂，我只需要制俑师的灵魂。"丁珏按了一下遥控器，关掉了投影仪，面无表情地转过身来，"继续努力吧。"

丁珏转身离开，客服主管追了上去，声音有点儿焦虑，"可是老板，现在的扫描提取意识方法已经出现严重副作用了，上个月就有一个客服出了事……如果再加上分离本人和角色的意识，可能会有大麻烦的……"

"有麻烦也是我的，不是你的。"

赵心雨不太确定自己是怎么从茶水间蹑手蹑脚走出来的，接下来的几天他都过得浑浑噩噩，断片儿的情况越来越常见。有时候他会在楼顶突然"醒"过来，望着楼下的车水马龙，有一刹那的惊悚——也许他潜意识里一直在寻找这种最简单的解脱方法？

曾经，他可以在工作的时候暂时忘记"赵心雨"面临的全部困境，沉浸在制俑师的角色中。他就是那个神秘而优雅的江湖奇人，有着无限的生命，见识过无数的喜怒哀乐。"赵心雨"这样平庸的苦恼又算得了什么呢，甚至不配在制俑师那里换一碗薄酒。

但现在，这些现实的苦恼让那些传奇的人生变得苍白无力。

从前，在面对一个又一个叠加的聊天申请时，他总会有一丝兴奋感，总是发自本能地接续一个新的故事，但现在他只是机械地输入，其间他甚至不知道自己有没有思考过。聊天结束时，他看着那些聊天框，会有一刹那的疑惑——那些文字都是自己想出来并键入的吗？到底是自己在使用AI辅助还是AI在使用自己辅助？现在他还分得清吗？

幸好还有一号，她能认出来，他想，连丁珏也这么认为。

赵心雨换好衣服，从背包里拿出一张请假单，走进了客服总管办公室。

总管从办公桌上抬起头来，看着赵心雨的表情十分烦躁。也许他正在苦苦思索怎么将他那些灵光一现的创意全部偷走。

"我妈妈重病了。"赵心雨克制住自己一拳揍在他脸上的冲动。

"哦，"总管努力地表达了一点儿同情但还是那么漫不经心，随手签上自己的名字，"需要预支薪水吗？我可以跟财务说一声。"

"谢谢。"赵心雨做出受宠若惊的表情。

这天下班后，赵心雨没有回家。他给秋秋留言说要回老家处理妈妈入院的事。秋秋心烦意乱但并没有怀疑什么，还问了他身上钱够不够用。

赵心雨拿着预支的薪水到一家汉服店买了一身淡青汉服，在一家国画店买了宣纸颜料，又在一家酒庄买了一瓶名声不显但是他刚好知道味道很不错的糯米酒。

明天是三月十五，杭城西湖边断桥下，应该有桃花满径。

他会见到一号吗？

一号和他聊了三年，从天气情况和各种零零碎碎中，他早已猜到一号住在杭城附近。

一号无疑是个富婆，氪金全服第一，大概每个月要在这个游戏里花到百万以上。

在赵心雨的想象中，一号是某个大学毕业就嫁入巨富之家百无聊赖的家庭主妇，又或者是某位大佬金屋藏娇的情人。她富有却不太自由，长年累月地在枯寂无聊之中度过，对外面的世界充满了好奇和想象。也许游戏里的那个制俑师是她唯一可以讲述自己想象的对象，他可以感受到她每一天跟自己打招呼时的欣喜，那迫不及待的倾诉欲，就像潮水一样向他涌来。也许现实中不会有人停下来听她的故事，不管是真是假，她只有在制俑师面前才能倾诉所有。

虽然说有钱人的快乐你想象不到，但赵心雨对她其实一直怀着同情，他相信这种温和的接纳是能被她感受到的，所以她那么依赖自己。

如果你在三年的时间里每天都向一个人讲述自己，那个对象不管是人是鬼还是个树洞，都会是一个特别的存在吧。

然而，她真的会来吗？

其实一直到这一步，赵心雨还没有想明白自己见到她以后想说些什么。

是的，她只需要把游戏里氪金花掉的钱分出来一点，一点点，就足以把压在他身上的那些沉甸甸的山一样的困境全部移除。

可是，她会这样做吗？

她会尖叫起来报警吗？

自己会被当成流氓或敲诈犯抓起来吗？

三月十五的西湖果然有一个弥漫在薄雾中的清晨。游客们还没到来，断桥上尚无人踪，四下里唯闻鸟鸣鱼跃声。

赵心雨穿着青衫，在湖边支起了画架，画架边搁下小几，小几上布置墨彩狼毫，两只斟满酒的瓷盏。他轻呷一口浅绯色的酒液，酝酿了一些勇气，最后用狼毫轻蘸朱砂，重重地描在了面颊上。

水波之中映出他沾着朱砂的面孔，并不惫懒，反倒有几分狰狞。

赵心雨知道自己最近的精神状态不太正常，也许陷入了深度的妄想中无法自拔。今天应该什么都不会发生，他只是在西湖边上玩了一把 COS 而已。

就在他这样想的时候，一辆白漆的宾利悄然驰过来，在不远处停下。

车显然是经过特殊改装加宽的，司机拉开后车门，拿出来一把折叠轮椅，接着，一个中年妇女从车上抱下来一个穿着红衣的女孩。

赵心雨的心里哆嗦了一下，手指头仿佛麻木了，一点儿也感觉不到笔的存在，任由那支笔落入砚台中，朱砂溅了满手。

他眼中只有那个女孩，瘦瘦小小的一团，保姆毫不费力地抱着她，将她放在了轮椅上。轮椅可能是贴合她身材打造的，并不比一辆童车大多少，但她向着湖面转过脸来的时候，还是能看出她并不是幼儿。

她的脸介于少女和年轻女人之间，但是下肢几乎完全萎缩了，和儿童差不多。

那张脸很瘦很瘦，两只眼仁漆黑而明亮，几乎占据面孔的一半面积，让她的其余五官都失去了存在感。

赵心雨注意到她披在肩头的稀疏短发，毕竟是三月的早晨，风还是有些冷，将头发吹乱扑打在她脸上，显得越发单薄寒凉。幸好保姆已有察觉，取过来一顶绒毛帽子要给她戴上，但她拒绝了，四处张望着。

她在寻找什么？

赵心雨出神地看着她，一时间忘了她就是自己今天的目的。

片刻后他感到了晨雾沁肤的寒意，他觉得自己不应该出现在此处，提起画架转身就走。

"咦，李姐，帮我叫住那位小哥哥。"

声音在风中传过来，零零碎碎的，像是芦苇上的霜花，一阵微风过来，就簌簌地不知去向了。

赵心雨想逃进游客中去，然而眼前已经出现了司机壮实的身躯，他满脸带笑，"帅哥，你是不是忘了东西？"

司机一出手就抓到了他，赵心雨这种日常坐办公室的弱鸡根本不是他的对手，很快就被带到轮椅前。

赵心雨低头，只看到那双明显畸形的腿，穿着白色的短靴和同色的长袜，鲜红的蓬蓬裙下摆在风中空荡荡地飘着，她的声音也似远似近地传来。

"小哥哥，这是你的酒吗？"她指着被赵心雨遗忘的酒水。

赵心雨听到自己在回答："是。"

"好喝吗？"她显然很好奇，甚至吸了吸鼻子。

"这酒入喉细品，有桃瓣在轻雨中坠落的甜美清新，"赵心雨念着预习过的台词，"姑娘要不要喝一杯？"

"李姐……"她用撒娇的语气喊保姆。

"不行，医生警告过……"李姐很专业很严肃。

"知道啦，不喝了嘛。"她嘟囔着，讨价还价，"拿过来点儿让我闻一闻好吗？"

后面这句她说得仿佛耳语，有向往，却更添了一丝轻愁。

李姐经不住她这样的哀求，无奈点头。

赵心雨颤抖着将酒盏递到她鼻端，浅粉的酒液荡漾，她深深地吸了口气，闭上眼。阳光穿透清晨的薄雾，给她过于苍白的面孔均匀地抹了一层粉色。

"小哥哥来湖边写真的吗？为什么还会带着酒呢？"

"因为这个季节的湖影观之有微醺之意，所以需要小酌两杯助兴。"

"你在画什么呢，给我看看好吗？"

那是一幅尚未完工的水墨湖景，青衫少年在桥边徘徊，仿佛在等待着什么。画技并不甚佳，毕竟赵心雨也只是半路出家的业余水平。

"很有故事感啊！"女孩很给面子地赞叹，"画完了吗？"

"其实，并没有。我觉得这幅画还缺点儿什么，但是此间并不曾见到，我才想换个地方。不过，"赵心雨凝望着她，"我想现在我看到了。"

赵心雨用朱砂勾勒出纤瘦的红裙少女，初春的草木巧妙地掩去轮椅，她就像在那些绿芽尖上醉卧的精灵。

女孩笑起来，阳光破雾而出照亮了她的脸，"画家哥哥叫什么？我叫小铃，很高兴认识你！"

赵心雨猝不及防地握到了她的手，纤细冰凉。

他告诉小铃，自己是一个流浪画家，以卖画为生，游走天下寻找他觉得有故事的画面。

小铃津津有味地听赵心雨讲述他脑补的断桥故事，有时候会发出一连串清脆的笑声。

他们当然聊得很投机。怎么会不投机呢，三年的时间，足够赵心雨知道她的一切喜好。

赵心雨觉得自己鲜明地分裂成了两个部分，一部分是制俑师在与自己最好的朋友共享美好春光，另外一部分是心怀鬼胎的赵心雨患得患失。

他完全丧失了向她表明身份的勇气，并不是害怕被她鄙夷，而是害怕戳破她对这个世界的最后一点儿幻想。

阳光驱散雾气的时候，李姐开始催促她回去。

赵心雨长长地吐了口气，这荒唐又尴尬的半天终于要过去了。就在他手忙脚乱地收拾东西时，小铃突然对李姐说："李姐，我想学画画。"

"你以前也学过，结果呢？成天打游戏！"李姐语气微含责备。

"哎呀，那时给我请的老师一点儿也不好玩，如果是赵老师，我一定能好好学的！"她试图用手舞足蹈来加强说服力，但是只能稍稍举起几下手臂，就又委顿落下。然而这一通激动让她累得喘气，面颊上泛起了两团潮红。

李姐最终迟疑地将目光转向了赵心雨。

赵心雨懵懂地上了那辆加宽宾利，觉得自己的计划顺利得过头。小铃似乎过于兴奋了，上车没多久就在李姐的按摩中沉沉睡去。两个小时后，他们停在了远郊的一座独幢住宅外。

下车时司机解释说："小铃肺不好，郊区空气比较好，她哥平时不让她进城的。"

在小心翼翼的搬运中，小铃迷迷瞪瞪地醒了过来，"赵老师呢？"

她的浓浓睡音有说不出的娇憨，赵心雨委实有些受宠若惊，蹲到她的轮椅前，轻声说："我在。"

"呀！"她开心地拍着腿，瞳子瞬间灵动起来，"你真的跟着我回来啦！"

也许在她醒来的瞬间，害怕湖边的相逢只是一场梦境吧。

这会儿已经是正午时分了，赵心雨本来以为小铃要吃午饭，但她突然抽搐了一下，李姐脸色一变，抢过轮椅推着飞快地跑起来。

赵心雨不知所措地跟在她身后，两名护士飞奔出来迎接他们，责备地问："怎么才回来？"

她们解开小铃的领口，露出脖子上一块颜色不同的皮肤，熟练地将输液针扎了进去。赵心雨在母亲身上见过这种东西，那是一个预埋在皮下的输液港，适合那些需要长期用药的病人。

所有人围着小铃乱成一团，赵心雨不知所措。小铃的面孔抽搐着，但她依然从人头的空隙中向着赵心雨扮了个鬼脸。

用药以后，她很快沉沉睡去。

晚饭时赵心雨才又在餐厅里见到了小铃，她的气色看起来比上午更差，似乎又瘦了一圈。但看到赵心雨时，依然笑得灿烂。

餐桌上摆着两份饭菜。

赵心雨那份是正常的饭菜，小铃面前的是拆骨去皮后切成适合用勺子吃的碎块。

赵心雨问候过她以后吃了两口，鱼虾嫩滑蔬菜爽脆，显然，食材和手艺都不是他平时能吃到的。

但很快他就发现，小铃的勺子在碗里胡乱搅着，眼睛只是愣愣地看着他。

赵心雨有点儿狼狈，"你怎么不吃呢？不饿吗？"

"我想吃你的那份，"她叹了口气，"一定很好吃吧。"

"啊，难道不是一样的吗？"赵心雨纳闷。

"我这份的材料是我大哥专门包的农庄养的，"她叹气，"用基因编辑去掉了一些我吃了可能有害的成分，相应地，味道就……"

赵心雨愣了一下，放下筷子，这份丰盛的晚餐变得索然无味。

他想起了游戏里那个白马红裙的女郎，她有一头丰茂美发，无拘无束，远行天下，见识奇人异事，遍尝佳肴美酒。

现在他完全能理解她为何如此投入游戏，那是她向往却不可触及的一切吧。

"对不起，"小铃歉然地笑，"陪我吃饭是件很有压力的事吧？"

赵心雨眼圈微红地摇头。

"其实你不用在意，"她似乎厌倦了玩弄勺子，把它搁到了一边，吐了吐舌头，"我日常是靠打营养液过活的，吃饭就是……意思意思一下。"

赵心雨终于问出来，"你的身体……是怎么回事？"

"基因。"小铃轻描淡写地回答。

她生下来就无法行走，还非常容易因为过敏或者进食而遭遇危险，医生原本断言她活不过十岁。大哥带她去美国就医，虽尝尽了各种实验疗法拖到现在，但那些药物也彻底地摧毁了她的肝和胃，对她来说，很多普通人的美食都是致命的毒物，酒精更是涓滴不可沾。

"我小时候还是喝过米酒的，那时候还期待有一天可以喝到传说中那些烈酒，但是……"她摊手耸了耸肩。

饭后，赵心雨推着小铃在庄园里闲逛，这是一个充满了童趣的园林，许多花花绿绿的游乐设施点缀在花木间——只是看起来都荒废已久。对于她脆弱的骨骼，只有这辆特制的小轮椅确保无害。

在这样的花园里听她讲述奇奇怪怪的就医经历，有特别强烈的违和感。

小时候她因为频繁的打针哭闹过，但那已经是很多年前的事了，她早已习惯了每天有一半时间在输液中度过。幸好现在有了输液港，她的静脉血管曾经难倒了最有经验的护士。

"最离谱的一次是医生把我的头颅骨掀开了好几个月，说是要扫描我的脑细胞。"她扯了扯自己的头发，"头发就是那个时候掉完的。"

"几个月？"这超出了赵心雨的想象能力。

"吓人吧？"她因为发现吓到了赵心雨而露出得意的笑，吐舌，"感谢大哥终于放弃了，带我回家来。现在我只需要每天按时打营养液和止痛针就好。这几年是我过得最轻松的时候。"她长叹了一口气，露出幸福的神色，"除了有点儿寂寞。"

这个庄园名义上是她的家，但是大哥因为工作忙碌很少能回来。工作人员都很好，每个人都小心翼翼地对待她，却都不自觉地回避与她有更多的交往，虽然事少钱多，但年轻人总是待不长就辞职而去。

"也许看到我这样的人这么麻烦地活着，大家都觉得很不开心。也许猫猫狗狗不会嫌弃我，但是医生说我不能接近它们……幸好，我还可以打游戏……"

她努力仰起头看他，调皮地微笑。

赵心雨感觉头皮发麻。

当然，她是知道的，她怎么会不知道呢？

她可是隔着网线和屏幕都能把他和AI区分开的女孩，她的心地纤细敏感得像童话里的豌豆公主。什么都不需要问，她已经洞悉了一切。

她知道自己是为什么来到她身边的吗？

她知道自己那些市侩庸俗的动机吗？

她知道自己只是想把她的依赖变现吗？

他无声落泪，想为自己辩解；又或许应该什么都不说地转身离去，为自己保留最后一丝尊严。

"你是为什么来到我身边的呢？"她却像完全没有察觉那些洒在她头顶的眼泪，悠悠地说，"我能为你做什么呢？"

他转到她身前，蹲下来，泪眼迷蒙，难以启齿。

她费力地伸出冰凉的手指，轻拭他眼角的泪水，"是钱可以解决的事吗？"

赵心雨只能点头。

她大大地松了一口气，露出夸张的笑容，"原来这个世界上还有钱可以解决的事。"

赵心雨又窘迫又心酸又觉得荒谬。

"过几天我大哥会回家来，把你的请求告诉他，为了让我开心他从不在意花钱，不过……请不要现在说出来。"小铃眨巴着眼睛，"我遇到的是制俑师在这个时代的转生，你是来这个世界寻找我、陪伴我的，好吗？"

见面以来，小铃一直是个过分乖巧的女孩，这时她才显出一点儿久病之人的任性。

赵心雨迟疑。

"我知道除了我这个废人以外，大家都很忙碌，但是，我不会耽误你很多天了。"

赵心雨迟钝地咀嚼她的意思。

"不会……很多天了？"

"我很快就不会再被这具日益朽坏的躯壳困扰……"她嘴角的微笑中有释然之意。

"不要这样说，你一定会好起来的！"赵心雨小心翼翼地握住她的手，尝试着给她一点儿温暖。

她望着云层边缘最后的那点儿霞光，语气平静甚至有些向往，"那是对所有人都好的事，我期待很久了。"

赵心雨留了下来，就算那位"大哥"什么都不给他，他也拒绝不了这样的请求。

也许从游戏里面相遇的那一刻开始，就有一种宿命的力量引导着他来扮演小铃的知心密友。

自从那个傍晚的对话以后，小铃再也没有提及过赵心雨的现实身份，她是认真地把赵心雨当成制俑师的现实转生看待，赵心雨也很自觉地陪伴她演绎那些脑洞。

小铃是个很有趣的女孩。赵心雨觉得，如果拥有健全的身体，她一定会是个名列影史的演员。很多时候，一朵花一根草就能让他们度过脑洞大开有趣的几个小时。

赵心雨无法避免地将小铃和秋秋放在一起对比。

有时候他会自问，如果小铃可以活下去，他会愿意永远和小铃在一起吗？

没有任何生活压力，只需要陪伴着她，让她开心就好了。

有时候脑海里会有一个声音说：那太好了！但他知道那是属于制俑师的声音。

更多的时候，赵心雨在计算着日子。一天，又一天，离小铃说的"大哥要回来"的时间，越来越近了。

李姐很满意赵心雨。自从他留下来，小铃偶尔能吃进去一点东西，打针的时候有人陪她聊天，就连以前那么沉迷的游戏都几乎不玩了。

"就是要少玩点儿游戏嘛，对身体不好。"李姐只是习惯性地进行长辈常见的唠叨，但这句话说到后半截，总是戛然而止。

小铃不干了，"我身体还能不好到什么样啊？我今天就要玩游戏！"

小铃作了起来，李姐也只是嘀咕了几句，还是打开小铃玩游戏的房间。

里面放着好几具赵心雨熟悉的载具舱，每一具售价都在几十万以上，不过相对于她在游戏里氪金的数目而言，就显得不值一提了。

小铃指了指其中一具给赵心雨，"来陪我玩啊。"

赵心雨略微迟疑，在这里他没有13号客服权限。

她脸上泛着两团不常见的酡红，"来嘛，我给你一个账号。"

赵心雨没有什么理由拒绝，他像过去很多次一样，熟练地躺了进去。

载具舱的透明壳子缓缓合上，他感受到那些吸盘聚拢过来，桃源陵的影子影影绰绰地升起，渐渐要将他淹没——

一切都是如此熟悉、自然，以至于赵心雨感到一丝错愕。

为什么，为什么自己即将进入的，是那个临水执笔的身形？

制俑师的那部分迫不及待要与他合体，但属于赵心雨的意识在这一瞬间恐慌了起来，他疯狂地挣扎，大声呼喊："这不对，出错了！有什么错了！"

他试图中止沉浸的过程，他想按下紧急脱离按钮，那个淹没他的世界似乎缓缓地退去了一些。

他眼前再次出现游戏室的房间，透过载具舱的玻璃壳，他看到了小铃，小铃微皱眉头，嘟着嘴，满脸不甚满意。

"放我……出去……求……你……"他用尽全力呼喊着，可是声音被无尽的黑暗吸纳了。

游戏室的门打开，李姐弓了下腰，接过一个男人的大衣，小铃转向那个男人，露出笑容。

男人扶了扶细黑框的眼镜，冷漠的面容变得柔和起来，走到小铃身边，轻轻拥抱了她。

他们一起转过头，看向载具舱中的赵心雨。

赵心雨直到此时才发现，他们有如此相似的眉眼轮廓。

许多记忆碎片像成吨的细沙一样兜头倒下。

"不，还是有玩家会发现。尤其是那些核心重氪的玩家，你提供的服务品质低一点点，都会带来核心玩家的流失。"

……

"但是你能让客服永远留下来吗？"丁珏专注地盯着屏幕上的那些波纹问，"如果13号离职呢？"

……

客服主管这次想了很久才艰难地说："恕我直言，我觉得我们现在这种扫描模拟永远也不可能实现100%的相似，100%约等于复制另一个人的灵魂。"

"我不需要他的灵魂，我只需要制俑师的灵魂。"丁珏按了一下遥控器，关掉了投影仪，面无表情地转过身来。

……

"过几天我大哥会回家来，把你的请求告诉他，为了让我开心他从不在意花钱，不过——请不要现在说出来。"小铃眨巴着眼睛，"我遇到的是制俑师在这个时代的转生，你是来这个世界寻找我、陪伴我的，好吗？"

"哥哥，他不陪我玩！"

"没事，我来和他谈谈，他会知道自己应该去哪里。"丁珏的声音非常温柔，因此听起来非常陌生。但那依然是他，不会有错，那种用最简洁的字眼说出掌控一切的声音。

"可是……"小铃的声音有一点迷茫，"他是不是不太愿意？"

"那是属于你的世界，也会是他的，你们会在那里过上最幸福的生活，他怎么会不愿意呢？"

轮椅的声音渐渐远去。

不知过了多久，赵心雨努力地睁开双眼，他眼中满是血丝，声嘶力竭地呼喊着："不，不，不，那不是我的世界！"

丁珏俯视着他。

天已经黑了，室内没有开灯，丁珏整个人好像完全隐身在黑暗中，只有黑框眼镜后面冷漠的双眼闪着幽亮的光泽。那双眼睛让他想起自己给小铃讲过的故事，小学徒从泥土中醒来，伸出白骨的手努力扒开泥土，俑人舞姬将他从泥土中拉出来，他看到了星星在遥不可知的黑暗中闪烁，他以为自己看到了天空，然而那只是地陵顶上的夜明珠。

这一瞬间，他明白了一切——桃源陵是什么，而自己又是什么。他越发惊恐起来。

为什么一个那么美丽的地方，要以陵为名。

"求求你……放过我……"他听着自己发出的声音，那不像是从他喉咙里发出的声音，更像是墓地的孔窍中不明来由的尖啸。

"你害怕什么呢？"丁珏轻叹，"你突然请假走人，我还以为你逃走了。没想到，你选择的是来到她身边，所以你应该明白了，这就是你的命运。你注定要成为她的……"

俑人。

"拿走制俑师！求你……"赵心雨哀求，"放过我……"

"分离的计划一直不太成功。"丁珏摇了摇头，他眼神中似乎真有歉意，"但小铃的时间不多了，我不能让她一个人孤零零地去到桃源陵。"

桃源陵是丁珏为小铃打造的赛博时代的豪华地陵。

这个世界本是小铃向往却不可体验的一切。

赵心雨可以想象丁珏设计这个游戏时，每一张设计图、每一句对白，都会交到小铃面前讨论。他们一起用欣喜的目光看着这个世界一点点成形，向往着小铃正式入住的那一天。

在摆脱了折磨她十多年的肉体以后，她将成为那个一直想成为的女侠。她美丽妖娆，有一头丰茂的及腰长发，纵马走天下，看四时风景，品美酒美馔，被她所喜爱和向往的人陪伴。

而自己，是随之葬入、将在死后的世界里取悦她的那些俑人——之一。

"不、不……秋秋！妈妈——"赵心雨用最大的意志力抗拒摆动身体，那些吸盘轻微地晃动起来，但每一下晃动都让他感觉到天旋地转。

"她们真的需要你吗？"丁珏带着一丝怜悯看着他，"你妈妈更需要的是一笔可以让她活命的钱，而你的女友……如果你消失了，她只会如释重负吧？她终于不必主动向你提出分手了。"

赵心雨感觉脑子都要炸裂了。那些痛苦太真实，他无法反驳，甚至想获得一些"断片儿"的时间，让他可以稍稍喘息。

"小铃才是这个世界上唯一需要你的人！去吧，和她一起去那个新的世界吧。"丁珏平静的讲述中有无限的诱惑，"去守护她，去爱慕她，去做她最好的朋友——对你来说，那不也是最快乐的事吗？"

随着他的话语声，赵心雨觉得眩晕感渐渐远离了自己。

他的身体一点点沉下去，他回到了桃花源的河边，在制俑师的身体里，微笑地接待着面前的顾客。

"不，不，那不是我，我是赵心雨！"赵心雨脑子里还有一处角落是清晰的，但他什么也做不了。制俑师又神秘又温柔，看淡世间事却还有一丝学徒般的青涩，向每个人讲述他们想要的那种似真似假的故事。有时候看着道路上匆匆来去的人，他目光中有一丝忧郁，仿佛在等着那匹飞扬的白马蹄染桃晕而来。

那不是他，但又分明是他，是他的神情、他的叹息，还有他的期待。除了心底深处的那一点固守，他已经什么都不剩了。

赵心雨不知道自己坚持了多久，或许有好几年，又或许只是几个小时，他已经非常疲惫了。

有这么一天，蹄声嘚嘚，清脆如同少女的笑声，那个红裙长发的女郎好像走过了千山万水，回到他的面前来，向他伸出手。

她回来了，她还是那么美，但又好像有点儿不一样了。似乎刚刚有一层露水落在她乌黑黑的刘海、雪白的面庞和灵动的嘴角上，让她焕发出晶莹剔透的光泽。她从来没有这么鲜活、这么快乐、这么深情过。

"我回来了！好久不见啊！"她的笑容像整个山谷的桃花在面颊

269

上绽放。

这一瞬间,赵心雨灵魂最深处的那点儿固守终于消融无踪。他再没有分毫挣扎,甚至忘记了自己为什么要张皇无助地抗拒。眼前的笑容就是他能想象到的最美丽的风景,他迫不及待地伸出手去,与那只纤纤玉手紧紧相握,细滑如水的触感传来。他知道自己握住了曾经幻想过的一切传奇。

处理完赵心雨的身后事已经是初秋。秋秋听着窗外寒蝉凄切,感到身和心都是空落落的。

赵心雨在请假后消失,几天后尸体从西湖中打捞出来。所有证据都清晰地指向他是自杀的,过劳死、抑郁症和都市年轻人的压力又在媒体上热门了一阵儿。

爱丽丝公司慷慨地给了一大笔抚恤金。据律师说,就算打官司,这种公司没有明显责任的案子也不可能拿到更多了。秋秋身为一个名分未定的女友,也无法再去深究什么。赵心雨的母亲拿走了那笔钱续命,十分大度地表示他的私人物品就随秋秋处理了。

秋秋的家人松了口气。不管怎么说,秋秋不会再和这个只会拖累她的男人捆绑在一起了。尽管他们多少觉得赵心雨的抚恤金秋秋有资格分一部分,但也没有在此事上过多纠缠。

今天,秋秋终于开始处理出租屋里赵心雨的那些遗物。她已经退了房子,明天就要回家了。

家里给她安排了稳定轻松的工作、知根知底的相亲对象,她的人生应该会更好吧。

秋秋挑选着赵心雨的电子产品和书,过去她总是抱怨他将时间和精力都花在这些东西上面,现在她却每一件都舍不得扔掉。

在收拾电脑时,她想起那个消耗了他最多时光的游戏,那里面有个叫制俑师的NPC,台词是他写的模板。也许那是他还能留在这个世界上为数不多的痕迹。

秋秋登上她以前创建的账号，想再看一眼制俑师，听他说说话。

城市非常繁华，玩家来来去去跑得飞快，各自奔向自己的前途，没有人会关注一个一级的新号。

秋秋逆着青渠而上，来到城门，她的目光被那幽谷前盛开的桃林吸引。

簌簌而落的桃花下，长眉凤目的制俑师正握着一名红裙少女的手，白毫轻蘸翠墨，为新捏制的金狸点上碧绿的双目。

"哎呀！点歪了！"少女似乎在偷窥他耳上的银环，心不在焉，那金狸的一只眼瞳顿时点得高了些，显出一种又是吃惊又是蠢萌的神态来。

"可是更可爱了呢！"制俑师取下笔，两人一起捧着金狸，端详它的眉眼。

绿波盈盈，红霞满天，他们的面颊离得很近，都被霞光染红了。

秋秋停住脚步，久久地看着他们，感觉又是甜蜜又是酸涩。

他们一起看过那么多日升日落，从今以后，都只能在记忆中寻找了。

"很可爱，是吧？"有人在她身边说话。

她吓了一跳，转过头去。那是个黑衣戴斗笠的男人，满身风霜，眼角纹深如刻，看着那一对的时候，却露出极其温柔的笑意。

他的话不知道是自言自语，还是在对秋秋随口一言。等秋秋找到发送聊天的按键时，他已经萧然远去了。

丁珏合上笔记本的盖子，打开放在身边的酒瓶，将一瓶茅台洒在新筑的墓碑前。

高度烈酒的芬芳弥漫在空中，洁白的没有过多装饰的墓碑上只有简单的一行字：

"丁铃之墓，卒年十九，兄丁珏立。"

碑顶上嵌镶照片的地方，是红衣长发女郎的瓷雕，她的笑容灿烂夺目，不染一丝阴霾。

现在，小铃和她爱的俑在一起，桃源陵的夕阳不会落下，他们的快乐也不会有尽头。

《科幻世界》2023年第7期

作者的话：

数年前看到一则日本游戏趣闻，一个宣称玩家可以与NPC直接对话生成剧情的游戏，被揭露出完成对话的只是人工客服。我不由构思出一个寂寞的玩家迷恋二次元游戏角色，却不知道自己在与真人恋爱的故事。

此后三不五时就能见到一些类似的事件，《俑》的故事渐渐地在我脑海里成型，最终却更多地讲述了NPC背后那个社畜的渴望、挣扎以及沉沦。

当我完成《俑》这个短篇时，尚不知道不久之后，ChatGPT将横空出世，一夜之间成为最热门的科技话题，ChatGPT这样的语言工具必将深入地改变我们的生活和工作，成为人类社会运转不可缺少的工具。

但就在眼下，我们能看到AI输出的一切，都来自对人类成果的模仿和拼接。知识产权争议几乎与ChatGPT的诞生同时爆发。在二次元玩家扎堆的绘圈，AI画图"拼尸"争议层出不穷。在我的朋友圈子里，也出现了游戏团队用ChatGPT学习原有剧情文案的文档后将文案策划开除的事件。

在现在这个时间点看起来，《俑》的主角面临的困境过于现实，几乎都不能被称为"科幻"。也许在不久的将来，再也不会有优秀的艺术家因为自己的才华获得丰厚名利，真人的创作将仅仅成为AI的养料存在，而著作权将归属于那些拥有优质AI的公司。

《俑》的主角并非道德完人，在困窘的现实压力下，他怀着利用客户的好感一夜暴富的幻想并付诸实施。然而现实中，最彻底的掠夺往往会蒙上一层爱与救赎的柔光，被剥离掉基于现实的责任痛苦之后，他也成了一个彻底的电子宠物、赛博时代的陪葬俑人。

当然，他也将永远地活跃在那个游戏世界，再也不会提出涨薪、离职、分享股权之类的无理要求了。

滋滋作响的阳光

| 昼　温

　　昼温，本名刘慧颖，1995年出生于泉城济南，2013年保送至山东大学外国语学院就读科技英语专业，获得文学学士学位、经济学辅修学士学位，2017年保研至母校就读翻译专业，获得翻译硕士学位。2012年开始阅读科幻小说，同年于《新科幻》杂志发表处女作《保持谦卑》；2017年首次以"昼温"为笔名发表小说《最后的译者》；2018年《沉默的音节》获得首届中国科幻读者选择奖（"引力奖"）最佳短篇小说奖；2019年《偷走人生的少女》获得乔治·马丁创办的"地球人奖"并前往美国参与陶斯科幻奇幻写作训练营的学习，同年8月荣获"微博2019十大科幻新秀作家"称号；2023年凭借《解控人生的少女》获得2022年度全球华语科幻星云奖中篇小说金奖。其作品亦见于《三联生活周刊》《青年文学》《智族GQ》和"不存在科幻"等平台。

　　昼温的小说多与语言学相关，她的《偷走人生的少女》《言蝶》《风言之茧》《星星是如何相连的》曾分别入选2019、2020、2021、2022年度《中国最佳科幻作品》。

有这么一种说法，没经过青春叛逆期的乖小孩，意味着失去了一次在心灵上独立于父母的机会。随着年龄增长，两代人的差距逐渐增大，他们终究要面临一个逃不开的命题：如何以一个成年人的身份重塑与父母的关系。

当然，父母也必须面对同样的问题。

一

李茗音那年7岁，成长在一座小城里。

每年春节前后，小城的中心广场就会搭起一排一排五颜六色的大帐篷，装满了有意思的人和事：有栩栩如生的糖人，有精巧绝妙的剪纸，画师将顾客的名字创作成龙飞凤舞的彩画，还有魔术师在人堆里展现魔法。

热热闹闹，五彩斑斓，热气氤氲。这是小茗音最喜欢的地方。尽管小手被紧紧攥在妈妈的手里，茗音仍然可以活力十足地挤来挤去，拉着妈妈去探索每一个大帐篷里的传奇。

玩着玩着，茗音终于也有点累了，撒娇躲在妈妈怀里，头靠在妈妈的肩上。就在要睡过去的当口，她突然在一片嘈杂声中注意到一阵悠远的鸟鸣，跟着是溪水哗啦哗啦流淌的声响，接着仿佛突然爆发一般，千万头角马从远方奔腾而来，无数蹄子猛烈践踏大地……茗音睁开眼睛，母女俩已经走到了民俗展的尽头。只剩几个没有人光顾的小帐篷。这些声音就是从其中一个小帐篷里传出来的。有人在放《动物世界》吗？这可是茗音最喜欢的电视节目之一。

茗音从妈妈的怀里跳下来，拉着妈妈跑进了那间无人问津的小帐篷。进去的瞬间，所有茗音感兴趣的声音都消失了。帐篷里没有花花绿绿的摆件，也没有电视或收音机，只有一个干瘦的老爷爷。老爷爷的耳朵和眼睛都很大，看起来像动画片里的人物。他抚着自己的长胡子，愣愣地看着闯进来的茗音，似乎不敢相信她是真实存在的。

"不好意思，打扰您了，孩子听到这里有声音，以为在播电视节目，才……"

老爷爷的眼睛亮了起来。他的胡子动了动，好像在笑。接着那些声音又回来了，悠远的鸟鸣，奔涌的流水，疾驰的角马，呼啸的狂风……都来自这位老爷爷的口中。

"哇！教我教我！"小茗音挣开妈妈的手，扑倒在老爷爷膝前。

过了很久，茗音才在语文课上学到了那篇《口技》。

忽然抚尺一下，群响毕绝。撤屏视之，一人、一桌、一椅、一扇、一抚尺而已。

和妈妈的片段之一·李茗音·7岁

"妈妈！我学得像吗？"

"太像了，真棒！"妈妈蹲下来，拉住茗音伸过来的双手，轻轻摇晃。

"妈妈，以后我当个口技大师好不好！"

"那瑛瑛一定是最厉害的大师！"妈妈笑眯眯地说，知道女儿不会当真。半个小时前，茗音还信誓旦旦要当世界第一魔术师。瑛瑛还小，未来无限。

茗音开心极了，蹦进了妈妈的怀抱中。

多么美好的一天啊,她希望自己永远都不会忘怀。

二

19岁的茗音刚上台,就发现妈妈远远坐在观众席里。心里一惊,但随即意识到自己看错了,那只是一位跟妈妈年纪相仿的阿姨。冷汗已经流了下来,感到后背被空调吹得透心凉。这已经不是第一次把中老年女性观众看成妈妈了。

脱口秀的场子不大,来的基本也都是年轻人,像茗音母亲这样年纪的听众其实非常少见,大多是被子女拉来体验新生事物的。有些脱口秀演员特别喜欢在现场挑这样年纪的阿姨、叔叔互动,就因为他们看起来与整个场子格格不入,会带来一些额外的喜剧效果。通常,他们也听不懂年轻人最喜欢的流行"梗"。

这位清瘦的阿姨其实跟妈妈长得一点都不像:身着绿色暗纹旗袍,戴着珍珠项链、耳环,手腕上是翡翠镯子——是妈妈从来不会欣赏的优雅首饰。她的面孔很和善,端坐在两对叽叽喳喳的小情侣中间,似乎是自己一个人来的。不知怎的,茗音觉得阿姨有些眼熟。

演出开始了。茗音用网络流行语和观众打招呼,有些尴尬。好几场都是这样,她似乎没法跟其他演员一样快速与陌生人拉近距离。那份拘谨不是一两个月的舞台经验能打破的。不过没关系,观众们很快就会满意。

3分钟后,茗音的表演进入正题,开始声音模仿秀。她在台上学当红小生说话,学已故的粤语歌手歌唱,然后是猫叫、狗叫、鸟叫,潺潺流水,春风拂柳,悠远蝉鸣。她学得太像了,听不出一丝人声。这是茗音最享受的一刻。为此她愿意接受老板不合理的工资,背诵尴尬的网络段子,试图挤进圈子、当个全职"艺人"。

观众们也相当买账。他们立刻忘了刚才的腹诽，纷纷拍手叫好，和同伴咬耳朵，不少人提起小时候学过的课文《口技》。茗音偷偷看了一眼，那位穿绿色旗袍的阿姨还是端坐着，但她的眼睛亮了。她们的目光短暂相接。

茗音突然想起来了：上周她去小园子里表演《学方言》时，这位阿姨也在。只是听相声的人里男女老少都有，阿姨没有像今天那么显眼罢了。

和妈妈的片段之二·李茗音·9岁

"妈！我回来了！"

茗音背着书包进门，只见妈妈脸色铁青地坐在沙发上。茗音的后背立刻被冷汗浸湿了。她一紧张就会这样，尤其是在妈妈这种目光下。

"李茗音，我们当时怎么说的来着？不许再出怪声，一句也不行！"

"我没在家里练……"

"老师的电话都打到我单位来了！"妈妈在克制，但声音逐渐增大，"说你上课搞怪，扰乱课堂纪律，甚至建议我带你去医院看看！"

"我……我只是听到有只不认识的鸟在叫，就偷偷学了下……"茗音的声音几乎钻进了地缝里。

"上课时间不好好听讲，你看看你上次的成绩！"妈妈一把抡起身边的沙发靠垫，顿了一下，狠狠扔在了自己的脚底下，"我再重申一次，从今往后，不管在哪里，你的嘴里都只能给我发出正常的声音……一个正常孩子该发出的声音，你记住了吗？"

茗音点点头，哭得浑身颤抖。

三

下了场子，茗音收拾收拾东西准备回出租屋，老板还在旁边絮叨怎么互动、怎么迎观众缘。茗音不怎么听得进去，她只是单纯享受一个不会被指指点点的口技表演场合。但她心里知道，退学之事木已成舟，如果想走上表演这一行，这些都是必须掌握的。无论是相声还是脱口秀，语言类艺术一定要讨观众喜欢。没有人会单单买票去看舞台上的一根柱子表演口技，她只能跟其他活泼的演员搭配出售，是每个场子里最边缘的存在。但变得讨喜太难了，虚伪地讨好观众令人恶心，台下一两张不买账的面孔也叫她恨不得直接逃离舞台。

妈妈总想让她复读，但与在不适合的舞台上苦苦支撑相比，她打死也不愿意再过一次高三、再参加一次高考了。

想着这些，茗音挎上背包准备出去搭地铁。刚出门，她又撞上了那位阿姨。在剧场走廊昏暗的灯光下，阿姨的眼睛闪闪发光。

"你就是李茗音吧？"阿姨的声音克制而温柔。茗音点点头。

"我是顺水大学语言学系的老师，我姓黄，叫黄晞。"阿姨又说，"有点事情想和你聊一聊。"

"黄老师好。"茗音赶忙叫道。顺水大学……是她再考100分也够不上的好学校。在她认识的人里，只有同班的学霸米粒考上了。阿姨的气质如此出众，确实像大学里搞文化的教授。

两人出门找到一家24小时便利店坐了下来。

"你今年多大了？是不是还在上学？"

"今年19岁，没上学了。"茗音回答。

"这么小，应该好好读书才是，"黄晞阿姨关切地问，"是不是家里困难、交不起学费？"

"我就是……讨厌读书，学不进去。"茗音坦白道。妈妈从小就给她攒够了上大学的钱，是她自己放弃了。

"那你喜欢表演吗？"黄晞阿姨尖锐地指出，"我能看出来，你对观众没有兴趣，只是喜欢……发出一些奇特的声音。"

茗音低下头，"这是唯一一个能让我快乐，又能挣到钱的工作了。"

"远非如此，"黄晞阿姨喝了口便利店纸杯装的咖啡，就像在品茶，"我看了你好几场表演，不管是学各地方言，还是模仿动物鸣吼，甚至用一张嘴叫出高山流水，都惟妙惟肖。这是难能可贵的天赋，更是勤学苦练的报答。在这些小场子里，只能说是明珠暗投了。"

"那……那我应该去哪里？"茗音一下子被说愣了。从小到大，她只知道这属于不务正业甚至不正常的事儿。妈妈总是这么说。

"你有没有想过，为什么你能发出这么精准、这么多样的音节，其他人却不可以？为什么世界上那么多语言只有固定的几个语音，放弃了自然界更加广泛音域？"

茗音摇摇头。

"物理学中的声学，生理学，社会学，人类学，还有语言学，我觉得你都能在其中大放异彩。当然，作为语言学系的老师，我会更希望你来这里深造。"

"可是，"茗音舔了舔嘴唇，"我已经没学上了，而且我能考上的学校连外语学院都没有，更别说语言学系了……"

"你才上大一的年纪，还很年轻，你考虑过复读吗？"黄晞阿姨期待地望着她，"你可以住我们家，我亲自辅导你。"

茗音张开嘴，彻底说不出话来。

和妈妈的片段之三·李茗音·19岁

"妈，退学申请已经被批准了，我回不去了。"

"瑛瑛，你疯了？不上大学你能干啥，赶紧，妈跟你去求领导，怎么就能让学生随便退学，也太不负责任了……"

"妈！我已经拿定主意了。课上那些东西我根本学不进去。我已经成年了，可以为自己负责了，我要去大城市当个口技艺人，我在网上看到很多——"

啪！

茗音噙着眼泪抬起头，这是妈妈第一次打她。

四

黄晞阿姨的家就在顺水大学对面的家属小区，楼都比较老了，但是小区环境、楼道电梯都被打理得非常干净。

茗音跟黄晞阿姨进了门，眼前便是一个摆满红木家具的大客厅。富丽堂皇的装饰被落地窗洒进来的阳光照得贵气而不俗气，古典书籍和古董摆件随处可见，客厅遥远的另一边甚至装饰着一个小型瀑布。她惊呆了。

接着，她才注意到屋里还有另一个人，正是阿姨在路上提过的女儿黄镜。对方坐在餐厅的红木桌旁，似乎也刚从外面回来，穿一身缎子一样浅蓝色长裙，胳膊上搭着白色披肩，长发微卷，在枝形吊灯下发出洗发水广告里的那种光芒，好像每一根发丝从毛囊里长出来以后都被认真打理着。茗音一下子又看呆了。

"妈，这位是……？"

黄晞阿姨稍稍解释了一下，黄镜便拉茗音去了小书房。两面墙壁都装着顶到天花板的书架，满满当当全是书。茗音从没见过这么多书。也许学校的图书馆可以媲美，但她从来没去过。

"你叫什么名字？"黄镜盯着她小声问，严肃而疏离。

"李……李茗音。"

"你接近我妈，有什么目的？"

"没有……"茗音如实说了自己在脱口秀剧院与黄晞阿姨偶遇的事情。

"别想蒙我，"黄镜指了指自己的手机，"你要是个男的，我早就报警了。你背后有人指使吗？"

茗音拼命摇头。

"不要耍花招，也不要想着骗钱，偷东西，我会在家里安个摄像头，"黄镜继续警告她，"我们会告到你倾家荡产。"

"我不是坏人！"茗音抢白道，"我也不知道为什么，为什么阿姨一定要帮我复读……在脱口秀剧院……"如果她强势一点，会说自己的语音模仿能力让黄晞阿姨折服，但茗音从心底里还是无法相信……有谁会正经对待这种小孩子的把戏呢？

黄镜似乎对她在脱口秀剧院的表演内容很感兴趣。听说是口技相关，黄镜的表情变得温和了些。

"唉，我想我妈也是真心想教你。你看她看你的样子……你知道吗，我小的时候，她可是个特别严厉的老师，从来没用这种眼神看过我，"黄镜叹了口气，"那你就留下吧，也跟家里人说一声。"

第二天，茗音的妈妈提着一箱苹果，从小城搭车来到了阿姨家里。她对"黄教授"千恩万谢。同样年过五十，妈妈的手又短又粗，皮肤极糙，什么首饰都没有；阿姨的手也不年轻了，可连凸起的细纹都如此优雅，两只玉镯衬得肤色雪白，似乎是真正的十指不沾阳春水。再想想自己和黄镜的对比，茗音心里突然生出一个邪恶的想法：如果自己当年的妈妈是黄晞教授……

送妈妈回去的路上，茗音一声不吭。

"瑛瑛啊，"妈妈主动开口叮嘱，"黄教授是个好人，你一定要抓住机会，好好听话，好好学习。住黄教授家里，平常也勤快点儿，有点眼力见儿，多洗水果洗菜，扫地倒垃圾，你那厨艺就不指望你做饭了，总之收收小脾气，别烦到人家。"

"我是来学习的，又不是来打杂的。"茗音冷冷地说。

妈妈脸上的笑容没有消失，仿佛知道女儿只是嘴硬："瑛瑛，不管怎么说，还是你自己想通了，终于爱学习了。一个女孩，还是得好好读书，上个好点儿的大学，找个闲点儿的工作，嫁个对你好的人……"

茗音翻了个白眼，"妈，您想多了，我就是想证明给您看，口技是一项正经的艺术，不，是科学，根本不是您说的那种怪行为。"

"好好好，那就考个好大学证明给妈看。"妈妈还是很开心。她从布袋子里掏出一个红彤彤的大苹果，塞进女儿抱在怀中的背包里。

茗音把头撇向一边。不管怎样，她还是走向了妈妈一直祈愿的"正常"。

和妈妈的片段之四·李茗音·10岁

"妈，那个词念 lèi，lèi 骨，不是 lè 骨。"饭桌上，茗音打断了在闲聊的父母，"今天我们在课上刚学了。"

"你记错了吧？按摩馆的师傅一直说 lè 骨。从出月子开始，我都在他那儿按了有十年了，他可是正经大夫出身。"妈妈没当回事，爸爸也附和地点头。

茗音不服气。虽然她成绩不好，但对声音非常敏感，从来不会记错读音。茗音放下饭碗，跑到卧室翻出《汉语大字典》，艰难地翻阅。"就是 lèi 骨！字典上写的也是。"她捧着字典回到父母面前，想用黑纸白字证明她是对的。

妈妈根本没看。"都这么说了一辈子了，多大点事儿啊。"

也许从那开始，茗音逐渐开始意识到，妈妈有自己的一套看世界的标准，并不怎么打算改变。无数次无效沟通证明，只有符合妈妈标准的话，她才会真正听得进去。

后来，妈妈还是一直念 lè 骨，从来没有改变过。

五

复读生活就这样开始了。因为基础差，茗音每天只在复读学校待半天，下午便由黄晞阿姨亲自教学。一开始，她跟着黄晞阿姨学习高中的课程，不久黄晞阿姨只好找出初中的课本给她补习。

除此之外，两人还要花时间研究茗音的口技能力。黄晞阿姨的电脑里有些标着日期的音频，里面有各种自然界的声音，狮吼虎啸、小溪潺潺、母马嘶吼。没什么规律，一段录音里可能会夹杂着好几种声音。黄晞阿姨让茗音模仿，然后录下茗音的声音，放到软件里分析。茗音觉得挺有意思，她从小就喜欢模仿不同的声音，难度越大越兴奋。有时因为太过专注，她模仿一场下来竟然会觉得筋疲力尽，汗涔涔的。

当然，她对自己的水平也很自信，一般人听不出任何区别。可黄晞阿姨却对着电脑屏幕摇头。

"看，这是原音频的声波图像，这是你模仿的声波图像。很像，但是无法完全重合。"黄晞阿姨耐心解释，"我之前是做人工智能翻译的。在机器翻译界，人们常用'莱文斯坦距离'—— 也叫'编辑距离'，一种差异程度的量化量测 —— 这个名词来指代机器翻译出来的译文要经过几步编辑才能达到正确的程度。莱文斯坦距离越短，说明翻译结果越符合预期。这里，你和音源的莱文斯坦距离有些过长了。"

茗音看到两个声波曲线虽然趋势相近，确实无法重合。但她不明白，为什么要用语言学名词来描述呢？这些自然界发出的声音又不是语言。也许只是因为黄晞阿姨在语言学系？她很快不再深究，而是被这两条曲线刺激到了：凭借自己引以为傲的口技能力，一定能模仿出完全一致的声音。不仅要骗过人类，还要让机器诚服。

这也许是茗音几年来最快乐的时光了。她从小喜欢口技，喜欢模仿不同大人说话，喜欢模仿小动物的叫声。但是没有人把这个当正经事。尤其是妈妈。她觉得女孩子干啥不好，非要玩这个。妈妈总是希望她走上"正常的道路"，也就是所谓"女孩子该有的样子""不要怪里怪气"。学习成绩不好可以，只要乖乖上课、坐在课桌前就行了。这点茗音可以做到。只是在课堂上，她入脑的从来不是老师照本宣科的内容。每天晚上，茗音会关上房门、捂上被子，自己偷偷模仿今天听到的新声音。

而在黄晞阿姨家，茗音可以扯着嗓子学火山爆发的巨响，可以声嘶力竭模仿野兽的怒吼，可以一百次重复练习夏风拂过湖边柳枝的轻动，直到听者闭上眼睛就能来到昆明湖的堤岸。

黄晞阿姨说，这是语言中很重要的一部分。有人认为语言是随机的符号，但她觉得不是。"每门语言都有直接来自自然的拟声词，比如中文的'布谷''知了''乒乓'。有些拟声词会有跨语种的相似性。比如很多语言里指代公鸡叫声的词汇都有'k'，而称呼母亲都有'm'——有人说这是婴儿吮吸乳汁的声音。无论如何，声音本身就是有意义的：张嘴发出饱满的元音会让人觉得'大'，短短的促音会让人感到'急'。

"在英语中，大部分拟声词不会出现在正式文件中，但有些语言里，拟声词也是非常正式的，而且还会发散到视觉、嗅觉的领域。比如我很喜欢一个韩语词，它的本意是'滋滋作响'，形容小而急促的水流或溅起的热油，但他们还会用它形容阳光。滋滋作响的阳光，你能想象吗？

"由于人类发声系统的限制，不同语言里的拟声词也不尽相同，就像'汪汪'和'woof'，但它们也都无法完美复刻自然的声响。有的语言学家还认为比较原始的文明才会大量使用拟声词。但我觉得，这是人本身的限制，你的存在证明，这些限制也是能够被打破的。也许有一天，我们能通过完美的拟声词表达出更精准的意向。这将是一种跨越文化的语言，基于人类共同的环境体验。滋滋作响的阳光，悦耳温柔的希望，烈火轰雷的爱……"

听黄晞阿姨娓娓道来，茗音也被这份理想打动了："要是真有一种语言全都是拟声词就好了，那我肯定很愿意用这种语言解难题、写作文。"

黄晞阿姨愣了下，随即露出一个浅浅的微笑，眼里有泪光。

茗音心中又是一震。与一位博学、优雅、有耐心的长辈心灵相通，这是过去自己想都不敢想象的事情。那邪恶的念头又来了，如果她是阿姨的女儿，那自己对于语音的天赋是不是早就已经被开发出来，甚至可以穿得光鲜亮丽去国外名校留学？而不是像现在，只有一个大学肄业的学历……

茗音努力把这个念头从脑海里挤出去，她对自己感到恶心。

和妈妈的片段之五·李茗音·1岁

"m……妈 m。"

王月琴以为自己出现了幻听。这段时间她正为一个出国名额突击学习，再加上要照顾刚满一岁的瑛瑛，简直有些焦头烂额。她转过身，看到躺在床上的小可爱正闪着亮晶晶的眼睛冲她笑。

"妈……妈……"茗音又说。

这回王月琴听得真真切切。她的心被什么东西击中了，就像古往今来无数个第一次听见孩子呼唤自己的母亲。也许这才是真正拥有魔力的音节，婴儿在进化中习得，去俘获母亲的心爱——就像他们大大的眼睛和萌萌的比例。

眼泪流了下来，她把女儿抱在怀里，亲吻女儿柔嫩的肌肤。她立刻放弃了去国外打工两年的念头，尽管那会给她带来丰厚的薪水和职业上的发展。她怎么忍心离开这个小人儿整整两年呢？这么小，这么脆弱，这么天真……如果下次女儿叫妈妈，她无法及时回应呢？她的心会被撕裂的。

　　那一刻，王月琴下定决心，要用自己的一切呵护女儿长大。

六

　　鉴于自己从小都没交过什么好运，一旦日子舒服快乐，茗音就会惴惴不安，觉得有什么坏事就要找上头来了。这次也不例外。不过黄晞阿姨对她温柔，又深谙语音的重要性，两人为了共同的目标努力，应该不会出什么事吧。

　　但几个星期下来，茗音还是察觉到了一些奇怪的地方。

　　茗音偶尔跟黄晞阿姨一起出门购物，总看到别人用异样的眼光看着自己。有一次，茗音遇到在顺水大学就读的高中同学米粒，还没来得及打招呼，就见她拉着同伴匆匆走了，似乎在躲避什么。晚上，茗音收到米粒的信息，劝她离阿姨远一点——据说黄晞阿姨早已被学校停职，理由是精神问题。不过当茗音追问细节时，米粒却说自己也只是听到传闻，不知道内情如何。

　　茗音一开始并不相信，但米粒之前在班里以学习好、心地善良著称，即使自己的成绩在班里吊车尾，米粒也从来不会跟其他小团体一起喊她"怪哨子"，甚至还给她送过几本笔记——米粒肯定是好心提醒，不会特意欺骗她。茗音心里开始打鼓：也许阿姨真的不太正常，毕竟正常人谁会欣赏自己呢？

　　怀疑的种子一旦种下，周身的"破绽"便越来越多。

　　似乎已经不在大学教课了，但黄晞阿姨白天还是会常常出门，不知去哪里。茗音还注意到，给她模仿用的录音源文件的创建日期也越来越近，不知道阿姨是在哪里找的、哪里录的。阿姨的女儿黄镜也不经常在家。回想起上次两人在书房里的对话，茗音总觉得那位姐姐欲言又止，有什么事没有告诉她。

不过，黄晞阿姨确实对她很好，手把手从初中教起，还给她选了附近最好的复读学校。随着茗音学习成绩的进步，她努力把这些抛在脑后，迫切想考个好学校，向妈妈证明自己口技的价值。

但有一件事，茗音实在无法再骗自己了。黄晞阿姨带回来的录音，确实有问题。

原本只是一些自然界的风吹草动、动物的叫声，换任何一个人听都不会觉得有异常，可茗音不是一般人。她能惟妙惟肖模仿各种声音，敏锐的耳朵功不可没。茗音可以听出声音非常细微的波动，在不同材质和空间的回响，甚至在大部分人可辨识频率之外的声波。几周的录音听下来、模仿下来，茗音可以肯定，这些音频都是用同一个设备、在同一空间录下，由同一个音源发出，并且经过剪辑之类的处理，很不连贯。阿姨每次出门，应该就是去录新的材料，尽管每次都语焉不详。可是为什么，为什么阿姨非要出门去录？在网上明明有无数素材呀？为什么偏要自己去模仿这些录音，无限缩短莱文斯坦距离呢？

这些声音，到底是来自哪里？

这天，黄晞阿姨又出门了，竟然没有随身带上笔记本电脑。茗音好奇得抓心挠肺，决心一定要搞明白这个问题。尽管她隐隐知道，揭开秘密的那一刻，此时的美好生活也许会画上句号。

但她还是行动了。她打开黄晞阿姨的电脑，输入一早偷看好的密码，找到了未经处理的原始音频。

各种自然界的声音，狮吼虎啸、小溪潺潺、母马嘶吼，还是那些。

调大音量。

茗音听到了别的东西：呼吸声，吞咽声，牙齿碰撞，器官厮磨。

是一个人。一个像茗音一样的人，发出了这所有的声音。一个女人。

她跌坐在地，又挣扎着起来把录音关掉，浑身冷汗。

这个人是谁？黄晞阿姨为什么每天要去录下她的声音让自己学？黄晞阿姨会不会也录下自己的声音，让录音里的女人模仿？

茗音的脑子乱成一团。

她是谁，我又是谁？

值得资助的天才穷学生，还是一个被囚禁的实验对象？

茗音深吸一口气，把电脑摆回了原位。

和妈妈的片段之六·李茗音·18岁

"妈……"

"快睡觉，明天就高考了，养精蓄锐，考个好成绩。"王月琴踩在凳子上，把从孔庙求来的摆件仔细挂好。

"妈……您别张罗了……"

"哎呀你别管，赶紧去睡，那省医学院的分可高——"

"妈！别说什么省医学院了，前几次模考的分数您没看见吗？能考上本科就不错了，"茗音感到一阵烦躁，"而且我说了多少次了，我根本不想学医！"

"哎呀，很多人在高考都会超常发挥的，那个去年的小秦，前年的帅帅……而且你不懂，女孩子学医很好的，未来也好找对象……"

"妈，面对现实吧。"

她回到房间，砰的一声把门甩到身后。她不明白，为什么妈妈从来听不懂她的话，就好像两个人用的不是同一种语言，又或者，她发出的只是滋滋的噪声罢了。

七

　　那天黄晞阿姨回来时带来了一个大箱子。箱子很沉，黄晞阿姨找了两个男人才拖进了客厅，在满屋典雅的红木家具中显得很突兀。茗音缩在书房，努力平复自己的心情。

　　她不知道自己该怎么办了。直接偷偷跑掉，或者找个理由跟黄晞阿姨告别？那样她就真的失去了上个好大学的机会，甚至彻底失去了上学的机会。那么自己回家学习再高考呢？老家教育资源怎么能跟黄晞阿姨这里相比啊。黄晞阿姨资助的复读学校一个月就要一万块学费，老师都是国外顶尖的教育学硕博，是那种真正能把榆木脑袋教开窍的人。更别说黄晞阿姨这个语言学教授还会给她耐心单独辅导了。老家的高中只会高压管理、填鸭教育，是茗音不愿再回想的噩梦。

　　那放弃复读，重新回到脱口秀和相声表演的舞台？

　　可那会让妈妈失望呀。

　　尽管和妈妈吵过那么多次，尽管她鼓起勇气退了学，尽管试图寻找自己的路，但在内心深处，她真的真的不想再让妈妈失望了。因为儿时沉迷口技疏于学业，妈妈多少次被叫到老师办公室挨数落。最终她离妈妈希望的样子越来越远，离妈妈的世界越来越远。两人不再理解对方，只能自说自话。这次黄晞阿姨给了她千载难逢的机会，一个复读、上大学、重新走上正常人生的机会，一个与妈妈和解的台阶……当时接到电话，妈妈什么都没说就原谅了她。

　　也许按照妈妈的轨迹去生活，母女俩就能重新理解彼此吧……

　　但如果这一切只是个疯子的骗局，那她又该如何向妈妈解释呢？

　　她开始找理由：也许黄晞阿姨就是有什么特殊实验需求，毕竟真正的科研工作她也不懂；也许只要熬过这几个月，顺利参加高考，报个离这里远远的大学,就能过上正常的生活……再说了,黄晞阿姨家这么有钱,黄镜的工作也体面,应该不会做出什么可怕的事情……茗音暗暗下定了决心。

接下来,她装作什么都没有发现,按部就班上学、复习高考,硬着头皮听那诡异的录音,然后试图模仿。因为恐惧无法完全抑制,她和原录音的莱文斯坦距离逐渐增大。黄晞阿姨有时会在对比声波时皱起眉头。茗音敏锐地察觉到了,因此每晚在被窝里偷偷加倍练习。似乎回到了在家偷练口技的日子,只是这次深夜响起的声音,源自一个不明身份的女人。

茗音没有完全坐以待毙。加紧学习文化课,她希望未来即使高质量辅导中断,也能考个差不多的学校;她留意起黄晞阿姨家附近的派出所位置,默背下报警电话;她还偷偷拷贝出原始音频仔细聆听,希望能多发现些录音主人的信息。但几个不眠夜下来,她还是只能听出对方是个女人,年龄较大,口技能力一流。其他一无所知。

提心吊胆的日子一天天过去,并没有发生什么特别的事,连黄晞阿姨带回来的那个大箱子,也一直老老实实蹲在客厅。茗音紧绷的心弦渐渐放松下来,祈祷着这一切能撑到高考那一天。

可事总与愿违。

一天晚上9点,黄晞阿姨的女儿不在家,茗音独自在书房学习。这时,她听到客厅传来窸窸窣窣的声响。她扒门缝偷看,黄晞阿姨正在客厅拆箱子,背对着她。

箱子里是一台半人高的仪器,被厚厚的塑料泡沫包裹,穿旗袍的阿姨拆得很费力。不一会儿,仪器的全貌露了出来,像一台墨绿色的冰柜,上面有一块屏幕,侧面伸出七八个金属触手,末端连着电极片和脑电帽。

茗音的心跳到了嗓子眼。她想赶紧逃走,但大门也在客厅啊。

茗音扒到书房的窗户上张望，17层的高度让她腿都软了。

"茗音，你在做什么呢？"

回过头，黄晞阿姨已经进了书房。她拍拍手上的尘土，平时精致的发髻有些散乱，连一贯温婉的笑容都变得如此瘆人——活脱脱一个疯狂科学家。

茗音此刻后悔极了。

和妈妈的片段之七·李茗音·13岁

李茗音从地上爬起来，胳膊肘和膝盖都蹭破了皮。自行车摔在不远处，车架都有些变形。

她刚跟妈妈吵了一架，气冲冲地冲出家门骑车上学，没想到摔在了半路。前后人烟稀少，附近只有几个在等公交车的路人。李茗音一瘸一拐走过去，向他们借手机，想给家人打电话。路人看她狼狈，又担心手机被骗，纷纷摆手拒绝。李茗音又疼又急，担心错过考试，只能哭着一个人一个人求过去。

"你妈妈来了！"一个路人突然指着她家的方向。茗音不信，妈妈正在生气，怎么可能过来，就算来了，陌生人怎么知道就是她的妈妈？

可是妈妈真的来了。也骑着自行车，眼神焦急又关切：一看就是妈妈啊。

妈妈一下车，茗音就扑在她怀里大哭。

"看你气呼呼的，怕你出事，才跟着你来的……"

八

"您，您要做什么？"茗音努力压住声音里的颤抖，跟黄晞阿姨绕着圈子往书房门口挪。

"啊，给你看个好东西，"黄晞阿姨笑眯眯，看起来有点兴奋，一点都不像平常的她，"我们不是总苦恼声音模仿得不像，苦恼莱文斯坦距离迟迟无法继续缩短吗？我把机子从实验室'借'出来了，它可以刺激你的大脑，让更多的神经来控制你发声器官的肌肉，这样你就可以自如地——"

茗音已经跑进了客厅，被墨绿色仪器伸出的触手绊了一下，直冲房门，拼命扭动门把手。

门被锁住了。

"茗音，你在干什么？"黄晞阿姨追了出来，头发因为惊慌失措而散乱，更吓人了。

"放我走！"茗音绝望地掰把手、踹门，"我不要当你的实验品！"

"你在说什么？我从来没有拿你当实验品啊，我只是想帮你……"

"骗人！我早就已经发现了，那些录音是人的声音！你是不是还囚禁了其他人？你不正常，你是个疯子！"

黄晞阿姨一时没有说话。她一动不动，看起来也被吓呆了。过了半晌才出声，"你早就发现了，你为什么不问问我，为什么不早——"

"因为我想读书，我不想让我妈失望啊！"茗音的眼泪流了下来。如果她死在了这里，妈妈会非常非常伤心吧？

这时，房门咔嗒一声开了。黄晞阿姨的女儿正在门外，震惊地看着屋里的一切，钥匙还插在锁眼里。

茗音抓住机会，撞开门，飞也似的向楼梯间蹿了出去。仿佛无尽的楼梯，她半摔半跳，似乎一辈子都到不了头……但这只是个错觉。三楼、二楼、一楼，她终于看到了单元门，扶着墙出来，一步一挪走向早就记好地址的派出所。

"茗音！你别跑啊！"是黄镜的声音。

茗音听罢更慌了。她拖着伤腿绝望地挪动，顾不上擦脸上的汗和眼里的泪。她好后悔，为什么没有听米粒的警告，为什么发现录音不对劲还不赶紧跑路，为什么要拖到最后一刻，无法挽回的一刻……

身后传来越来越近的脚步声，是黄镜，也可能是黄晞，甚至是帮黄晞搬仪器的几个壮汉……

她再也跑不到派出所了，希望黄晞的大脑实验不要太残酷，让她再也认不出妈妈……

这时，小区的花园旁闪出一个身影。茗音一下子把它看成了妈妈——不，妈妈在老家，不可能在这里，只是她太绝望、太想妈妈了……

"瑛瑛？"

"妈！！！"茗音扑到妈妈怀里，一下子放心了，放声大哭，"你怎么来了！！"

"哎呀，你一个人在这里，我怎么放心得下，就在附近租了个房子做工，时不时溜达过来看看你，有时跟你的黄姐姐聊两句……"

茗音抽抽搭搭地抬起头，"什么时候开始的？"

"你退学那天，"妈妈不好意思地说，"每次你说要回家，我就偷偷先回去……我知道瑛瑛不开心，怕把你越逼越远，受到欺负也没地儿哭……这次是怎么了？"

茗音哭得更凶了。

"茗音！你听我说啊……"黄镜终于赶到了，也跑得上气不接下气，"王阿姨，不好意思，有点误会……茗音，我妈是有点儿不正常，但她绝对没有恶意。你不是想知道那个录音来自哪里，或者说来自谁吗？"

茗音从妈妈的怀抱里挣脱出来，抹了把眼泪，点点头。

黄镜深吸一口气，好像在下定决心。"那个人，是我妈妈的妈妈。"

和妈妈的片段之八·黄镜·25岁

婚礼那天，黄镜一早起来化妆，母亲进来帮她梳头发。

"我好看吧？"黄镜打量镜子里的自己，笑了笑。

黄晞点点头，似乎在极力控制眼泪。

"妈，仪式还没开始，我这会儿还没嫁出去呢，别这样啦。而且新房就在咱家附近，我肯定会经常回来看您的。"

黄晞再也忍不住了："镜儿，是妈妈对不起你，一定要原谅妈妈。"

"妈，您说什么呢？"黄镜把痛哭的母亲扶在床边坐下，"您是严厉了点儿，但这些年有您的教导，我才有今天的成就呀，您应该骄傲才是呀。"

"镜儿……"母亲拉住黄晞的手，哽咽着说，"你一定要原谅妈妈，你说，你原谅妈妈。"

黄镜感到很奇怪。母亲如此完美、优雅，从来不会做不合情理的事，说不合情理的话。也许女儿出嫁，在每个母亲心里都是一道伤疤。"好吧，我原谅您。"

母亲痛苦地摇摇头，"对不起，镜儿，对不起……"

那天婚礼仪式，母亲缺席了。

九

那栋楼离黄晞阿姨住的小区不远，但僻静、老旧，人也不多。茗音在这个城市也待了好几个月，从来不知道还有这个地方存在。

"在我妈妈年轻的时候，姥姥得了一种怪病。也可能是一场事故。总之姥姥的大脑受到了一些损伤。你应该看过那些新闻吧，有的人经历车祸后突然开始说英语，或是说一种方言，都是语言相关脑区受损的结果。但姥姥的情况更加糟糕。"

茗音跟着黄镜进了楼，在二层的一扇防盗门前停下。黄镜没有敲门，也没有掏钥匙，两人只是站在门口静静地听。茗音屏息凝神，很快听到熟悉的声音传来。那是她在黄晞阿姨家每天努力模仿的录音。

"姥姥的语言系统完全毁了。只能发出一些动物的叫声，还有一些自然界的声音，像风声，流水声，或是火焰噼里啪啦燃烧的声音。她无法听懂别人的话，也没有人能听懂她的话——如果这些声音还能被称之为语言。"

茗音继续听。即使认定这是人声，她还是会时不时产生错觉。真的是血肉组成的嗓子吗？她相信，没有一个人能如此逼真、如此灵活地模拟如此丰富的声音。就连她幼年时遇见的口技师傅都不可能做到。

"只有妈妈相信，姥姥发出的声音是有意义的。她坚持认为这是姥姥童年时用的语言，一种没有被任何资料记载下来的孤立拟声语。但所有人都认为这是不可能的。姥姥的童年确实在一个与世隔绝的村庄中度过，可村庄已经在一场洪水中消失，姥姥作为孤儿获救，从来也没有说过什么'拟声语言'。但妈妈一直不放弃。她本来就是学语言学的，拼命寻找拟声语言的资料，还亲身去一些山沟沟里做田野调查。一时间学术也不做了，班也不上了，人们都说她像疯了一样，只有爸爸还一直陪着她。"

茗音有点理解黄晞阿姨。生命的吼叫，都在表达自身；万物的动响，难道不也是一种传递信息的方式吗？凭什么认为人类的语言才算"语言"、比宇宙中的其他声响更高贵呢？屋里传来热油滋滋作响的声音，茗音一下子想起了黄晞阿姨的话：韩语里会用"滋滋作响"形容阳光。阿姨的名字叫黄晞，也是阳光的意思。这会是一种巧合吗？

"两年后，妈妈查到了一个非常偏僻的山村，据说里面出过很多天才口技艺人。那时妈妈已经怀孕了，所以爸爸决定代替她穿越危险的山林。可他没能做到。暴雨，然后山体滑坡。找到爸爸时，他已经奄奄一息。妈妈见了爸爸最后一面，爸爸嘱咐她，为了腹中的孩子，要好好活下去，正常地活下去。后来妈妈就放弃了这件事，回学校正常上班工作，专心抚养孩子，也就是我。"

茗音获得了黄镜的许可，轻轻敲了敲门，一位老人开了门。接着，茗音看到了录音的主人。也是一位垂垂老人，穿着墨绿色暗纹旗袍，满头银发梳成一丝不苟的发髻，比黄晞阿姨还要精致优雅。茗音走近，注意到老人袖口绣着一朵奇特的花，细看又很像耳朵和嘴巴的形状。

"在我的成长过程中，从来没有见过姥姥，妈妈也像任何一个教师妈妈那样严厉而慈爱。只是那些时光里，总有人说我有个疯妈妈、疯姥姥。后来我开始工作，姥爷才把一些往事告诉我，说妈妈已经完全放下了。但她并没有。在我婚礼那个早上，妈妈突然撕破了所有的矜持和优雅，在我面前放声大哭。后来，后来她又开始专心研究拟声语言，变回了那个'疯子'，直到被学校停课停职……然后她遇到了你。"

茗音在老人面前蹲下身，看到一双覆盖着阴霾的眼睛。这么多年，老人都无法听懂身边的人话，也无法让别人听懂她。明明可以言语，却几乎相当于聋哑，与社会隔绝。而在这个世界上，只有自己的女儿还在努力，想要替她再次打开沟通的桥梁……两人对视片刻，老人试探性地张开嘴，发出一阵低低的狗吠。如此熟悉的声音，茗音仿佛见到了一位素未谋面的老友。她也模仿狗吠回应。老人的眼睛亮了一下，但又黯淡了下去。茗音知道，自己只是模仿声音，还是无法走进老人独特的语言世界啊。

黄镜站在后面看着，泪流了下来。

"姥姥的眼睛,已经几十年没有亮过了。"

和妈妈的片段之九 · 李茗音 · 7岁

"欢迎收看《走向科学》节目 …… 在十几年前,山西某乡发生过一场特大洪水。我们的子弟兵深入山间村落、奋勇救灾。但在解救一个与世隔绝的村庄时,怪事发生了,让我们有请当年参与救援的同志 …… '当时场面非常混乱,洪水直接把整个村子冲垮了。我们赶到的时候,很多人在小高地、屋顶和树枝上等待救援。但他们呼救的声音很奇怪,不像人声,反而像各种各样的动物叫声 …… 现场除了水流就是动物绝望的咆哮,非常诡异 …… 救上来的老人小孩都不会说话,只有几个成年人能交流' …… 专家表示,这是一种罕见的吠语症,通过交流传播,感染的人会在幼年期、老年期失去正常的语言能力,只能发出一些自然界的声音 …… '据说有些幸存者被其他村子的人赶到树林里住,被解救的时候就跟野人一模一样 …… '"

王月琴听呆了,不知不觉停下了手里的毛线活。她唯一的宝贝女儿正在房间里用布谷鸟的声音唱歌。自从被民俗展的老人"点拨"后,女儿的模仿能力越来越强,甚至能跟小区里的猫说上个来回,邻居都被吓到过。

"瑛瑛,出来一下!"

"怎么啦妈妈?"女儿蹦跳着来到她面前,笑着问。

"瑛瑛,我们以后不学鸟叫了,好不好?还有猫叫、狮子叫。我们就说人话,说汉语,说英语,好不好?"

女儿疑惑着看着月琴,点点头。她从来不会忤逆妈妈。

"去玩吧。"

女儿走后,王月琴暂时松了口气。她越想越后怕,那个大耳大眼的老人,好像从始至终都没说过一句人话。

十

"吠语症?"黄镜皱起眉头,"从来没有听说过。"

王月琴郑重地点头,"我当时印象太深了……电视肯定不会骗人的。"

"那你怎么不早点告诉我?"茗音问妈妈。

"那时候还小,你听不懂道理的,"王月琴拉着茗音的手就要走,"咱回家吧,啊。小黄,你也跟你妈说说,早点带阿姨去看病。"

"王阿姨,我研究了这么多年神经语言学,如果有这种症状,肯定会见过的,"黄镜叹了口气,"当年我妈一心扑在姥姥的病上,我换了研究方向才能跟她多亲近下,真的是什么资料都找过了。有些博眼球的节目不能作数的,而且我姥爷跟姥姥生活了这么久,也没被传染到啊?"

"可是瑛瑛本来挺正常的,就被那个老头教了两句,就变得可会模仿了,这个怎么解释?"王月琴有了自己的理论就会很坚定。

"老头?"黄镜没听懂。

"瑛瑛,你自己说。"

茗音点点头,把小时候在家乡民俗展遇到口技艺人的情况描述了一番,"反正就是那次,我开始爱上口技了。"

"你那叫上瘾,"王月琴在旁边补充道,"天天在家里玩动物园,不知道被邻居投诉过多少次……我当年最后悔的事就是没看住你,让你进了那个老头的帐篷……"

但是茗音没有后悔。她无法想象没有练成口技的日子。脱口而出的自然音阶,那种舒畅、欢欣、不受束缚的自我表达,不是拗口的人类语言能比拟的……

"如果有一整个村子都这样,也许这确实是一种语言。但应该是一种低等的拟声语言,因为这种语言没法承载非常精细的信息,反过来也不会占用大脑太多资源,不需要很高的学习能力和认知资源,所以大脑没有发育完全的小孩和大脑在退化的老人更倾向于使用,"黄镜分析道,"至于茗音妹妹小时候一下子就学会了,应该是因为那时她还处在语言完备期,发声系统和语言中枢都没有定型,比较容易习得这种低级语言……"

低级语言?不,茗音不这么认为。她拼命回想7岁时那场神奇的邂逅,想让成年的灵魂回到那个纯洁、天真、只要拉着妈妈的手便无比开心的躯壳。

一阵悠远的鸟鸣,然后是溪水哗啦哗啦流淌的声音,接着仿佛突然爆发一般,千万头角马从远方咆哮着奔腾而来……

不,那不仅仅是声音。在妈妈怀抱里半梦半醒的小茗音,是真的在脑海里看到那些画面:翠羽的鸟儿在枝头蹦跳,澄明的溪水在山间流淌,愤怒的角马为生命奔腾,奋勇踢踏饥肠辘辘的鳄鱼……

可是,那怎么可能呢?只是声音而已。音色该如何展现鸟儿艳丽的颜色,音调如何描绘角马群动作的协调,响度又如何传递溪水的温度?

但她真的感受到了那一切,只靠那一串震动耳膜的音节。

"也许,这不是低级语言,"茗音鼓起勇气说,"这是一种更高级的语言,这是——"

黄镜的手机铃声恰在此刻响起,打断了她的话。

"是邻居阿姨,我妈她……出事了。"

和妈妈的片段之十·黄镜·26岁

"妈,我做错了什么了,为什么不打声招呼就走,这可是您女儿的婚礼啊……"

"对不起镜儿,你长大了,我答应你爸爸的事已经做到了,我……我还有自己的事要做……"

母亲的心里从此只有母亲,也许从来也只有母亲,但她却仿佛失去了母亲。黄镜哭得不能自已。

十一

跟着黄镜回到黄晞阿姨家,茗音被吓坏了:原本贵气典雅的客厅像被火烧过一般,全是焦痕;那台墨绿色的仪器还在中间,像被什么东西炸毁了一半。也许就是那台机器自己爆炸了。

呆愣中,邻居阿姨告诉她们,阿姨已经被转移到医院了。几人又连忙往医院赶。原来上次黄晞阿姨把茗音吓走后,表面恢复了正常,实际上却陷入了更深的绝望。

也许是意识到自己太过分,竟然想着拿涉世未深的孩子的大脑当试验品;也许是见识到茗音眼中的恐慌,深知自己已远非常人。在独自一人咀嚼几十年沉淀的痛苦后,黄晞阿姨试图用那台可以刺激脑神经的机器改变自己的大脑结构,以便获得跟母亲一样的脑损伤。黄晞阿姨似乎认为,这样她就能跟母亲说一样的语言了。但是机器爆炸,烧毁半个客厅,黄晞阿姨也进了医院。

茗音和妈妈跟着黄镜来到医院,只看见黄晞阿姨半张脸包着纱布,眼神空洞。医生说,阿姨的大脑损伤严重,已经再也无法说出一个字了。

"妈,您这是干什么呀……您心里只有姥姥……可您还记得您有女儿吗?您真的一点都不想要女儿了吗……"黄镜哭着说,好像在责怪妈妈。

这时,黄晞阿姨的父母也赶来了。两人互相搀扶,看到女儿的惨状马上崩溃了。茗音和黄镜赶忙上前扶住。

黄晞阿姨的妈妈发出母牛舐死犊一般的哀鸣,夹杂着热油滋滋的响声。黄晞阿姨听闻也半起身，张开口，可她再也无法说出半个音节来回应母亲。

这个场景太令人悲痛了。茗音和妈妈退出病房，把空间留给抱在一起的家人。老人的悲鸣如此有穿透力、感染力，连见惯生死的医生护士都在抹眼泪。一时间，半个医院都沉浸在这如深海狂啸般的悲痛中。

和妈妈的片段之十一·李茗音·0岁

茗音一直在哭。她只会哭。

是饿了，还是困了，是衣服不合适，还是因为生病难受？

一天24个小时，一个小时3次。王月琴不断猜测，不断满足女儿的需求。

十二

来到医院里供病人散步的小花园，茗音哭了好久好久。她不停地哭啊哭啊，觉得上天太不公平了。

难道这两对母女，真的无法再对彼此说一句话吗？

难道语言真的是随机的符号，而不是来自自然的馈赠吗？

就没有一种方式，能让所有的人相互理解吗？

如果有滋滋作响的阳光，为什么不能有轰鸣炸裂的爱呢？

……

也许，人们注定是不能相互理解的。也许，两代人说的永远都不是同一种语言。也许，如果黄晞和黄镜不去追求那份遥不可及的代际共鸣，这些悲剧就都不会发生。至少黄晞阿姨可以正常生活，至少黄镜姐姐能得到正常的母爱……

"妈，我不明白，"茗音哭着说，"如果可以放弃相互理解，母亲和女儿都会少一份执念、少一份束缚不是吗？为什么性格不合的朋友可以疏远，过不下去的爱人可以分手，妈妈和孩子却永远要捆绑在一起，即使她们成长在完全不同的年代，看待事物的方式千差万别？"

"瑛瑛，难道你想跟妈妈'分手'吗？"王月琴又悲伤又心痛，"你以后都不想跟妈妈说话了吗？那些你经历的事，那些属于年轻人的新鲜事，也不想解释给妈妈听吗？你要让妈妈永远留在过去的年代什么都不懂，你要放弃妈妈吗？"

茗音拼命摇头，"我不是，我不知道……我只是……感觉您总是在反对我，无论我说什么都要教育我……就算我离开家，就算我见不到您，我每做一件事，都会下意识地担心您是不是会生气。您知道吗？每次我上台演出，都能看到您坐在台下，随时准备上来批评我，真的太痛苦了。我不敢想象，如果您一直在心里绑着我，未来我会变成什么样子……就好像有一个枷锁把我牢牢绑在了您的评价体系里，上一代的评价体系里。"一个永远会把肋骨读成 lè 骨的评价体系，一个即使呼唤女儿的名字也分不清前后鼻音的"含糊"世界。这么多年来，不知道为什么，她对这些小事如此难以忘怀……茗音捂住脸，不敢看妈妈的表情。

"瑛瑛，我这是……我这就是妈妈呀。批评、争吵我也很累，如果一直顺着你、'理解'你，多简单呀，就像你爸那样。或者有黄教授家的条件能给你兜底，我也认了。当年你就是个小丁点儿的人儿，我两只手就能抱过来，天天只会笑……我太怕你长歪了，因为那全都是妈妈的责任啊。如果你有闺女也会明白……我想黄教授也是这样，她等闺女嫁人以后才又去想办法治她母亲的病，肯定也是希望能先尽到当妈的责任……"

"可是我已经长大了呀。"茗音说，"如果您不再拿我当女儿，我也不把您当妈，您就像黄晞阿姨一样，去追求自己的理想，不用再为我的一言一行负责，难道不好吗？我们就像朋友一样，重新认识

303

一下彼此。"她已经逐渐意识到，在母女的框架里，也许两人永远无法相互理解。

王月琴听不懂女儿在说什么。母女就是母女，血浓于水怎可说变就变？这不是第一次了。王月琴总是想不明白，女儿明明是自己一手带大，甚至一开始说话都是自己教的，怎么就会有那么多奇奇怪怪的念头？她还是担心也许民俗展的老头真的给女儿的脑子里传染了什么病。

"瑛瑛，这些我们以后再说，当务之急还是先离这家人远一点，然后参加高考，考个好大学，找个稳定的工作，嫁个好人家……"

茗音突然感到无比绝望。她终于知道为什么黄晞阿姨愿意舍弃自己的整个人生换取听懂母亲语言的能力了。母女就是这样，成长环境如此不同，都被各自的家庭身份所束缚，不可避免地说着完全不同的语言，同时又被内心深处无法摆脱的羁绊牵扯。

顺着母亲的路走，或者切断与母亲的心灵羁绊，是很多儿女选择的道路。可她依然渴望沟通、渴望理解、渴望共鸣……是否要求了太多？黄晞阿姨和黄镜，又是否因为这份"贪心"而"活该"承受痛苦？

有那么一瞬间，黄晞母亲的悲鸣与她的思维产生了奇妙的共振。茗音突然真切地感受到了一种痛苦：如此具象，她疼得缩了起来；又如此陌生，不同于茗音从小到大经历过的任何一种疼痛——因为女儿的悲剧而产生。就好像她不是听到声音的局外人，而是发出哀号者本身……这感觉稍纵即逝。

茗音再一次坚定了自己的信念：这种拟声语言绝不是什么吠语症，更不是低级语言，而是能够传递感情甚至传递画面的高级语言，是一个大脑向另一个大脑高效传递信息的方式。

她必须学会这种语言，只要莱文斯坦距离足够短。

妈妈一定会反对，但……未来一定会理解。

和妈妈的片段之十二·黄晞·26岁

"妈，我发 Nature 了。对，就是顶级的学术期刊。是很厉害的。我发明了一种可以改变脑神经联结方式的机器。对，就是改造大脑的。院长还给我发了奖金。"黄晞在电话另一头鼓足勇气，小心翼翼地说，"妈，您能夸奖一下我吗？"

"骄傲使人落后，谦虚使人——"

"妈！我知道，您从小到大一直说了多少回，耳朵都要出茧子了，"仗着刚被院长当众嘉奖，黄晞忍不住撒了个娇，"我就想听您夸我一句嘛！我考过多少次全班第一，您从来没有夸过我。这次真的很厉害！"

"好吧，"严厉的面具戴惯了，母亲一时也不知道该如何开口，"等你回家再说。"

"好！我马上回来，"黄晞开心极了，"说好了，一定要夸我哦。"

那天还没到家，手机里就传来了母亲车祸、大脑受伤的消息。父亲告诉她，母亲急急忙忙出门，是想给她买最爱吃的草莓罢了。

十三

第一次，仪器藏在箱子里，带来隐隐的威胁。

第二次，黄晞阿姨迷了心智，想要将这个墨绿色的仪器连在寄住的女孩头上。

第三次，仪器差点要了黄晞阿姨的命。

茗音第四次面对神经模式转换仪时，黄镜已经让人把它修好了。典雅的墨绿色的外壳因为上次爆炸变得斑驳不堪，看起来像废弃已久的街头游戏机。"触手"也断了一个，但是还够用。

"这还是妈妈当年发明的,登上过《自然》杂志,据说有很多人给她写信,说她将改变这个世界,"黄镜轻轻抚摸着仪器冰冷的外壳,"可自从姥姥病了,妈妈就一门心思想要用它改变跟语言相关的神经模式。虽然也是一个很有前途的方向,但姥姥的病太特殊,妈妈就不断往偏门的地方钻,事业一直也没有起色。"

茗音点点头,她也听老同学米粒说起过,在"发疯"之前,阿姨的学术能力很强,原本是院里的重点培养对象。

"所以,你确定要用吗?"黄镜再一次问她这个小妹妹,"按照我妈之前为你设定的计划,仪器会改变你大脑的神经元聚合模式,调配更多神经控制发声系统,同时增强语言中枢的功能。这样,理论上你可以发出世界上任何一种声音……但我妈的下场你也看到了,弄不好就是……不过她没有你这么好的基础条件,硬上也是……也是没办法的事。"

"我已经决定了,"茗音简单地回应,"一切后果都由我自己承担。"她终于明白,自从在民俗展遇到那位老爷爷开始,一切都已经注定:当她已经触摸到那种足以传递感情、传递温度、传递色彩的高级语言,生活中用的这些残破、单薄、损耗巨大的交流方式便再也无法满足她。从小学到大学,那些数字,物理符号,成语,历史时间,地理概念,在她眼里一直都是各种各样的声音,她从来没办法像其他孩子那样快速背诵、理解,更加剧了她与身边人的隔阂。

这种隔阂是人类常用语言无法消弭的,因为它们只能从一个侧面描述现实,远远无法还原原貌。就像黄晞阿姨说过,对于狗吠的拟声词,中文里是"汪汪",英文里是 woof,这是由于常用音节的差异;面对同样落叶乔木杏树的果实,英语里的"apricot"比日语里的"杏子色"的浓度和彩度更高,据说是因为日本习惯吃生的水果,而西方常做蜜饯和果酱。就算用的是同一种语言,每个人也有属于自己耳朵的狗吠,属于自己眼睛的杏子。抽象的语言虽然高效,可在听者心里唤起的,却还是属于他们自己的不同体验罢了。

但这种神奇拟声语言却不止如此。对音波的精妙控制,能更加具体地激发大脑中对于特定情感和物理刺激的反应,原汁原味传递出讲者的心意,甚至是画面、温度和颜色。一般的语言学习者可能只会说,或者是只能听懂一门语言,但拟声语言需要听说能力具备,才可以说大脑做好了准备,才能够真正领会其中的奥妙。

当然,那时茗音还不知道这一点。

茗音只是模糊地认识到,由于莱文斯坦距离始终存在,她无法真正理解、使用那种高级语言。这才是痛苦的根源啊!一旦知道有了更甜美的糕点,谁能一辈子忍受吃糠咽菜;如果能有办法让母亲全然地理解自己,又怎么能对两代人或渐行渐远或一刀两断的结局甘之如饴?

戴上脑电帽。连接仪器。打开开关。

继黄晞和黄镜之后,她也成了一个飞蛾般扑向母亲的女儿。

和妈妈的片段之十三·李茗音·19岁

"妈,实验过后,我可能也说不出话来了。"

"瑛瑛,你在哪儿,可别做傻事啊!"

"妈妈,我……我爱你……我从来没说过吧?我担心以后就说不了了。"

"傻孩子……你小时候对妈妈说过17次你爱妈妈,妈妈都记得呢……"

十四

实验成功了。也许说成功了一半更合适。

仪器还没停止,茗音就跌倒在了地上,无法靠自己的力气站起来。黄镜分析，是一些躯体运动中枢的神经被挪用了。

但还是成功了。

她的嗓子、舌头、嘴唇，原本靠本能移动的肌肉，此时像灵活的五指一般等待她的指令，随时进行精准移动：控制气流从胸腔到口腔，以一种特定的形状喷出，制造她在心中描绘的音节。

闭上眼，录音里听似来自自然的声音化为脑海中一片片带着陌生情感的景色。

张开嘴，莱文斯坦距离已经归零。

茗音在黄镜姥姥的声音里"听"到了她家乡的村落。山脉的起伏，日落的景色，新叶的形状，茗音画在纸上，黄镜很快找到朋友分析出了地点。

坐着轮椅，茗音和黄镜一起找到了那个村子。村子已经通了柏油马路。黄镜去山上给从未见过的父亲献上了一束花——当年黄晞阿姨差点也找到了这里，只是因为丈夫的去世，让她不愿再踏足。阴差阳错，这里竟然是那场洪水过后安置大部分村民的地方。

她们走访了很多人，尤其是老人。有人竟然认识点拨过茗音的口技艺人，还顺着找到了他的后人。她们终于挖到了珍贵的历史。

口技艺人和黄镜的姥姥确实都来自同一个被洪水冲垮的神秘村庄。在那个村庄，孩子生下来是不教读书写字的。养育孩子的人也闭口不言，而是带孩子去感受自然和生灵。渐渐地，孩子就会用一些拟声词表达自己。令人惊奇的是，每个孩子表达基础感受的拟声词都很相近，这也是村庄拟声语言的基础。再加上封闭村庄特有的遗传特性，村民对自身发声系统的掌控极强，音域广，声音也精细，几乎可以模仿出任何一种耳朵能够辨识的声音。他们的拟声语言也因此天马行空，每句话都像歌一样丰富婉转。

当然，拟声语言也有一些弊端，就是无法精准地表达一些抽象概念，比如数学和物理中的符号，因此村落也一直保持原始封闭的状态，直到后来村民流落到其他地方，才开始正常让孩子学习读书写字。不过对于一些抽象概念，比如死亡、生命、爱，拟声语言有更强烈的表达能力，可以洞穿文化的藩篱，让每个听到的人为之动容。

茗音简直被迷住了。她相信，这会是一种人类普遍语言的基础，让世界失去一些束缚，一些隔阂，获得更加深刻的理解。

能落在纸面上的字句终究是片面的，但每个人发出的声音，却可以有一万种色彩。而且不只是人类的心情，万事万物皆能化为一道振动，就像韩语里滋滋作响的阳光。

这便是来自心灵的言语。

和妈妈的片段之十四 · 李茗音 · 19岁

茗音张开嘴，发出一声悠远的鸟鸣。

黄镜的姥姥听懂了。她哭着跪下，仿佛一个语言不通的异星旅人，在几十年后终于听见了乡音。

黄晞阿姨听懂了。她还是无法发出声音，但母亲终于了却心愿，自己也有了理解母亲话语的途径，这些年的"疯"，也都值得了。

黄镜和姥爷也听懂了。表面上是莱文斯坦距离几乎为零的逼真鸟鸣，但那确是直击灵魂深处的声音。也许这就是自然界最底层的逻辑，没有被盲目追求效率的人类简化成几个固定音节前的原貌。

王月琴也听懂了。她听得最真切，理解得也最深刻。因为这句话就是说给她听的，包含了母女俩一路走来的分分秒秒。束缚彼此身份的那条纽带已经断了，但女儿下定决心的那一刻，解放的，其实是两个人。她可以卸下母亲的枷锁，重新做回自己了。除此之外，一切都没有改变。

"妈妈，我爱你。"
第十九次。

"不存在科幻"公众号，2023年1月9日

作者的话：

"有这么一种说法，没经过青春叛逆期的乖小孩，意味着失去了一次在心灵上独立于父母的机会。随着年龄增长，两代人的差距逐渐增大，他们终究要面临一个逃不开的命题：如何以一个成年人的身份重塑与父母的关系。

"当然，父母也必须面对同样的问题。"

这是小说的第一、二段话，也是故事起源。

长大以后才渐渐明白，孩子和父母如何相互理解，是一个动态的话题。英国语言学家、现代语言学伦敦学派的创始人弗斯说过，除了语言本身的上下文和在语言出现的环境中人们所从事的活动之外，整个社会环境、文化、信仰、参加者的身份和经历、参加者的关系等，都构成语言环境的一部分。小时候，孩子和父母所处同一个环境，共同生活的时间长，两代人的"语言环境"高度重合，带来相似的语言模式，也使"沟通"相对顺畅。当然，这里孩子的语境很大程度上由父母造就。随着时间的推移，孩子接触了更大的世界，增加了和同龄人的交互时间，更容易吸收这个世界上的新知识，"语言环境"便发生了改变。如果这个时候，父母还停留在之前的"语言环境"中，不去尝试理解孩子的"新世界"，而孩子也无法成熟地理解父母的想法，那么必然产生隔阂。

有时，对彼此的爱还在，但两边已经不再说着同一种语言。在这种情况下，沟通会变得令人沮丧，让人流着泪怀念过去其乐融融的美好时光。

　　但是，时间不会停止向前，孩子不会停止成长。双方都要做出努力，才能在新的语境下，重新听懂对方的语言。

　　文中写了三对母女，每一个女儿都在奋力获得母亲的理解。在一种神奇拟声语言的帮助下，她们交织的命运发生了奇妙的改变。

叶 子

| 郝景芳

郝景芳，1984年生于天津，2006年毕业于清华大学物理系，2006—2008年就读于清华大学天体物理中心，2013年清华大学经管学院博士毕业，加入中国发展研究基金会；2017年4月，创办童行书院，探索普惠的通识教育。

郝景芳的科幻短篇处女作《祖母家的夏天》发表于《科幻世界》2001年第1期，荣获该年度中国科幻银河奖读者提名奖。此后，作品经常出现在《科幻世界》《萌芽》《文艺风赏》等期刊上。

2009年，郝景芳出版长篇科幻处女作《流浪玛厄斯》。2021年，她出版了第三部科幻长篇《宇宙跃迁者》。她的短篇集包括《去远方》（2011）、《孤独深处》（2016）、《人之彼岸》（2017）、《长生塔》（2020）等。

郝景芳获得了不少奖项，其中最具影响力的是2016年凭借短篇《北京折叠》获得的世界"雨果奖"。这让她成为继刘慈欣之后第二位获得该项世界大奖的中国科幻作家，也让她的影响力超出了传统的科幻界：2016年被《人物》《南方人物周刊》评选的"十大年度人物"；2017年作为青年领袖出席博鳌论坛、夏季达沃斯论坛；2018年，获世界经济论坛"全球青年领袖"称号；2021年被评为《南方人物周刊》"2021魅力人物"，并获得《南风窗》"年度作家"荣誉。

郝景芳的《你在哪里》《2050年的追星事件》《孤独终老的房间》曾入选2017、2021、2022年度《中国最佳科幻作品》。

（1）

"我绝对知道我的意思。"陆蓝尼说道。

"不，你不知道。这只是一个梦。"蓝尼的女友叶依依争辩道，"你妈妈没有被杀！"

"这不是梦。这是事实。我知道。我记得。我只是在睡觉的时候重新体验了一遍。这是我的梦，但它不仅仅是一个梦。"蓝尼坚持道。

"好吧，那我们看看树叶里记录了什么。"依依指着客厅里的树叶。

"不，不要树叶。树叶会撒谎。"蓝尼摇摇头。

"蓝尼，你怎么了？你这几天不太好。"依依很担心蓝尼。

"我妈妈被杀了。我知道。"蓝尼很生气。他重复道。

他实在是被依依的态度惹恼了。她怎么能拒绝听他的呢？他仍然保留着那些记忆。它们就像昨天刚刚发生的一样鲜活。距离他母亲去世已经八年了。大家告诉他，他的母亲是因为一种以前没有发现的奇怪的血液病而去世，因为当时无法提供药物。但他知道真相。真相总是会出现在他的梦中。他的母亲在医院里被人杀害了。虽然当时他只有10岁，在梦中看不清楚，但他可以肯定这是一起谋杀案。

他需要证据。他无法完全记住那些事情。树叶中记载的一切，都与医院所说的母亲因病去世的说法一致。但他不再信任树叶了。

他的梦说出了真相。树叶没有。

"我得走了。"依依说，"今天早上听课要迟到了。我的树叶说我只剩下15分钟了。"

"你有没有怀疑过树叶?"蓝尼问道。

"听着,蓝尼,我爱你,但我不想再谈论这些废话了。如果你不信任树叶,我们的城市就会崩溃。"依依这才匆匆走出房间。

蓝尼知道她是对的。他们以树叶强大的计算能力为基础,建造了自己的城市。如果树叶不值得信赖,他们应该会看到灾难每天都在发生。但没有。这就是树叶可信度的最好证明。然而,那些记录在树叶中不影响城市运行的记忆又如何呢?难道它们不能是假的吗?没有人真正怀疑过这一点。

蓝尼决定亲自去调查。虽然他知道树叶的技术是所谓的"量子复杂系统计算(QCSC)",他对此一无所知,但他有学习的意愿。

他走出了公寓。他知道哪里可以找到人来帮助他。

(2)

蓝尼乘坐了一辆藤蔓缆车。它具有坚果的形状。他看着窗外。缆车沿着藤蔓平稳而快速地穿过城市。他不知道从什么时候开始人们开始在藤蔓里铺设电缆,他只知道在他小的时候,他还看到过其他的汽车和车辆。现在它们都消失了。树叶和藤蔓几乎覆盖了整个城市,任何其他交通工具都无法生存。他透过窗户往外看。树叶四处蔓延,猛烈地生长着,透过树叶间的细细缝隙,只能看到房屋的碎片。

蓝尼来到了他的图书馆。当他说"他的"图书馆时,他是认真的。除了他,没有人来这里读书。其他人在这里只修手机,不修心灵。手机修理工是个安静的人,很少问问题,人们即使来到这个小房子二十多年也不会记得他的名字。

"嘿,彼特,"蓝尼问道,"我今天可以读书吗?"

"当然。"彼特头也不抬,"你自己去吧。"

蓝尼穿过走廊,来到了图书馆。他在入口处停下来,问彼特:"嘿,彼特……你知道一些关于树叶的事情吗?"

"'知道一些'是什么意思?"彼特咕哝道。

"它们会犯错误吗?"蓝尼犹豫着问道。

"它们当然会!"彼特站起来从架子上拿了一些设备,"树叶每一秒都会出错。每毫秒。但他们称之为可能性。"

"所以……你的意思是……树叶会说谎?"蓝尼来到彼特身边。

"我没这么说。我说它们会犯错误,但它们每时每刻都在改正。它们只是同时尝试每一种可能性,每时每刻选择自己的道路。你知道,这就是量子。"

"你怎么知道它们能够改正错误?"蓝尼不服气,"万一……万一它们犯了一千个错误,只改正了九百九十九个呢?"

彼特耸耸肩:"有可能。谁知道。但量子复杂系统计算的优势在于它同时进行前向测试和后向测试。这使它们有能力在所有好结果中获得最好的结果。"

"'最好的结果'是什么意思?什么是前向测试和后向测试?"蓝尼有些烦躁,渴望进一步挖掘 QCSC 的情况。

然而,他没有机会了。正当彼特坐在椅子上正要说话时,一群警察冲了进来,将彼特从椅子上拖了下来。彼特和蓝尼一样惊讶。他试图挣扎,但在警察的强力臂膀下毫无用处。警察把彼特拖倒在地板上,使彼特的脸因痛苦的表情而扭曲。蓝尼上前想要帮助彼特,却被警察脸上发出的一道灼热绿光给甩开。

"彼特,发生什么事了?我该怎么办?"蓝尼绝望地哭泣。

"我的电脑。……毁掉它。"彼特艰难地说,"安娜贝尔的生日。"

这是彼特被拖出家门之前留下的最后一句话。蓝尼震惊不已,他在彼特的客厅里愣了近三分钟,无法思考。三分钟后,他意识到警察随时可能回来。出于对人类安全的考虑，开发者没有给警察自己的判断力，但在当局审查了它们的摄像机记录后，当局肯定会明白彼特所说的"毁掉它"的意思。然后警察肯定会回来拿走彼特的电脑。一些重要的秘密数据一定隐藏在他的电脑里。

蓝尼冲进彼特的卧室，找到了他的电脑。这是一片美丽的枫叶，又大又对称。蓝尼激活了它。在需要密码的对话框中，他输入了彼特的女儿安娜贝尔的生日。管用了。

安娜贝尔是一个漂亮的小女孩，有一头黑色的长卷发。彼特爱她就像手中的月亮一样。然而，十年前，四岁的她因病去世。此后，彼特陷入了抑郁状态。他只回来工作了四年。当蓝尼来读书时，他向蓝尼讲述了他的人生故事。这是与昨天说再见的一种方式。所以蓝尼对安娜贝尔的故事的了解和他亲眼看见的一切一样多。

彼特的树叶一直保持着所有叶脉都在闪烁，量子代码在剧烈运转的状态。蓝尼不明白界面告诉他什么，但他知道他应该把所有东西都转移到安全的地方。他操控电脑几秒，停止了正在运行的代码，发现界面一角有备份数据的图标。他搜索了一会才链接到自己的电脑。

当警察回来时，他刚刚完成数据传输和格式化计算机。

蓝尼从窗户跳进彼特的院子，穿过厨房来到后门。他拼尽全力地跑，但警察的速度比他想象的还要快。他们在彼特家里迷失了目标，但当他们终于从后门出来时，却像火箭一样冲了出去。警察和蓝尼之间的距离越来越近。

当警察差点抓住蓝尼时，蓝尼别无选择，只能跳出街道去搭藤蔓缆车。他从彼特家所在的城市高台上摔了下来。他能感觉到耳朵之外的风。他没有时间思考。他唯一能注意到的就是风吹起的树叶波浪。

他掉到了缆车的顶部。

（3）

依依放学回来，就看到蓝尼的背影在卧室里，专注于一些她看不清的事情。她叫了好几次他的名字，他都没有回答。这并不常见。

依依悄悄走进卧室。她不想打扰他，但也有想要探知他秘密的愿望：是什么能让他如此着迷？到了他身后，依依惊讶地看到他电脑上疯狂运行的代码。它们在他眼中汹涌地流动，就像暴风雨一样。

"你在干什么，亲爱的？"依依问道。

"嘘……"蓝尼建议她不要出声。

依依闭上嘴，陪着他看了几分钟电脑屏幕。最后，她无法忍受时间的流逝。对她来说，观看这些疯狂流动的代码简直就是胡说八道。

"嘿蓝尼，我们需要谈谈。"依依摸了摸蓝尼的肩膀，"你现在还好吗？"

"我没有时间说话。我的时间不多了。"蓝尼没有看她，回答道。

"你在忙什么呢？"依依问道。

"我正在解码历史。"蓝尼道，"时间有限。"

"什么？什么历史？"

"解码历史。"蓝尼转过脸对依依重复道，"我今天去看彼特了。这是他的文件。他用这种方式告诉我真相。"

"彼特是谁？什么真相？"依依一头雾水。

"彼特，手机修理人。你去过他那儿一次。你不记得了吗？"蓝尼再次盯着电脑，"他是个好人。当我十几岁的时候，我非常孤独，唯一能听我说话的人就是彼特。他有一个小图书馆，我经常去那里看书。他知道很多。他修理手机和电脑。因此，他知道了树叶的秘密。这就是他今天被警察抓捕的原因。"

"什么？"依依尖叫道，"彼特被抓住了？"

"是的。今天早上。"蓝尼语气悲伤，"我帮不了他。他被痛苦地拖出了房间。而我却无法拯救他。我甚至不知道他现在在哪里。这很糟糕。我唯一能为他做的就是继续他的工作。"

"他为什么会被抓？"依依害怕了。

"因为他试图突破系统，了解历史的真相。"蓝尼指着电脑屏幕，"发现真相是被禁止的。他的努力将动摇树叶的根基。我把他的代码复制到我的电脑上。我可以清楚地看到，他的代码正在搜索整个系统，寻找最深层的真相。这正是警察所害怕的。这对整个系统来说都是危险的。"

"危险？"依依警惕地问道，"你的意思是说，你有危险？警察会来抓你吗？哦，那太糟糕了。你需要停下来。停止！把它们删掉！"

依依想要上前阻止蓝尼。但蓝尼却推开了她的双手。"我知道我在做什么。彼特和我都想寻求真理。我们什么都不怕。我们对人类历史负责。到时候我就能查出母亲死亡的真相了。"

"蓝尼，听我说。"依依说，"我知道你对你的母亲感到不安，并且你对你的噩梦很着迷。但你现在所做的事情是非常危险的。我不想看到你处于危险之中。拜托，请停下来。只需删除代码即可。"

蓝尼的声音变得柔和起来："依依，你对树叶中的历史资料了解多少？你知道它们是怎么记录的吗？"

"我听说过一点，"依依谨慎地选择了自己的措辞，"在我高中的班级里。不过，你认识我们的老师。他们是……呃……我不好说。我只是听说树叶利用量子计算和路径积分的方法来优化历史数据的结构，给出最准确的结果。"

"什么是路径积分？"

"谁知道。我又不是专家。你可以去问树叶。"

"我已经这么做了。"蓝尼平静道,"我已经让树叶说出了它们自己的秘密。你知道我发现了什么吗? 路径积分是一种通过未来决定过去的算法。多么可笑啊! 以未来来决定过去? 这是无稽之谈。过去是确定的。我们应该根据过去的知识来决定未来。我需要挖掘出系统的秘密。"

"我肯定不是你表面上想的那样……"依依说道。

"那是怎样的? 表面之下我不明白的是什么? 我不能忍受被耍弄。"蓝尼坚持道。

"亲爱的,蓝尼,我爱你。你知道我爱你吗? 你还爱我吗?"依依捧着蓝尼的脸,温柔地对他说道,"宝贝儿,我知道你很难过。我也很难过。但我们需要继续前进。我们需要面对光明的未来。"

"光明的未来?"蓝尼恼怒道,"你说的'光明未来'是什么意思? 如果你生活在一个充满谎言的世界,你会称之为光明的未来吗?"

"蓝尼,我没这么说。"依依解释道,"我只是不想让你遇到危险。我真的很爱你。"

"如果你承认我付出的所有努力,你就会知道我是对的。"蓝尼坚持说,"他们逮捕了彼特,因为他发现了真相。这是不公平的。"

"如果……我的意思是,我并不反对彼特……但是如果彼特因为为了自己的利益而做了入侵其他系统等非法行为而被捕怎么办?"

"这不可能。我认识彼特。除了女儿之外,他什么都不想要。"蓝尼说,"哦,他们来了。我得走了。"

蓝尼没有理会依依的呼唤,往窗外走去。他站在窗台上,然后沿着一条大藤蔓滑下来。他不喜欢依依知道他在做什么后所表现出的态度。为什么她就不能多支持他一点呢? 他没有做恶事。他只是希望能够救出彼特,查明历史的真相。这不是一件崇高的事吗? 他有决心,不会停下来。

（4）

根据彼特的说法，《树叶》中记载的并不是事实，而是数据。而且这些数据并不是第一手的记录，而是生成的信息。树叶计算了一切，记录了一切。但计算出的数据并不是历史，蓝尼想。

利用彼特的代码，蓝尼找到了数据存档的中心。他有一种直觉，他要寻找的秘密可以在档案馆中找到。

80年前，人们发明了树叶计算机，即量子复杂系统计算机。80年是一段很长的时间，比蓝尼想象的还要长。当他还是个小男孩的时候，他经常听奶奶讲故事。他的奶奶曾经告诉他："你知道吗？小时候，树叶还是长在窗边的花盆里。"蓝尼无法想象。从他有记忆开始，树叶就无处不在，生长茂盛，包围着房屋，让人像虫子一样在藤蔓里爬来爬去。

为什么是树叶？蓝尼不知道。也许建造这种计算机很便宜，因为树叶只靠水和阳光就能生长。或者科学家发现树叶中的原子和分子很容易操纵以创建他们想要的量子态。蓝尼对科学史了解不多。他心里一直有一个问题：树叶每天都在生长，怎样才能保持稳定工作呢？他没有答案。

档案馆坐落在一座小山上。看起来和其他山没有什么区别。蓝尼沿着山脚奔跑，试图找到入口。没有任何迹象。

他又跑了第二遍，还是一无所获。

就在他绝望到动摇意志的时候，突然看到了一块闪闪发光的小电脑屏幕。他走了上去。薄薄的透明屏幕悬挂在藤蔓上以与树叶计算机链接。有时很难从远处注意到。

蓝尼很兴奋。他触摸了屏幕。它需要密码或身份识别才能继续。蓝尼将口袋里的树叶拿出来，放在靠近屏幕的地方。他将彼特的一部分代码复制到了他口袋里的树叶中。这是一种可以绕过防火墙和密码系统的黑客程序,彼特称其为"sneaker"。蓝尼试图链接,心中焦急,祈祷没有人能找到他。

终于,经过两三分钟的自动尝试,屏幕上出现了一行字:密码验证完毕,入口开启。

蓝尼的心跳得很快。他想知道他会在档案馆里看到什么。里面到底隐藏着什么秘密?

但令他惊讶的是,当入口打开时,他看到的只是一个狭小的空间,比衣柜大不了多少。空间里只有一块透明的大屏幕,除此之外什么也没有。树叶形成了一个绿色的洞穴。

蓝尼有些失望。他本以为入口后面会看到一座大宫殿,或者一座复杂的迷宫,却没想到这个……破旧的小地方。他触碰屏幕,一堆图标和对话框跳了出来。他搜索了他所在城市的历史数据。他寻找、寻找、寻找,就像一个人在大海里挣扎着求生一样。树叶总是给他带来新的数据。每当他感觉自己已经接近终点的时候,新的数据就如洪水般涌来。

他很累。但他却不敢停下来。他知道自己的时间不多了。警察随时可能来把他带进监狱,就像他们抓彼特一样。他不怕进监狱,但他不能忍受自己还没有找到母亲死亡真相的可能性。他快了。几乎。只需要付出一点点的努力,就能达到想要的结果。

他寻找母亲的名字。起初,他看到的只是一些枯燥的学习和作品记录。他并没有太关注这些记录。之后,一些更有趣的事情引起了他的注意:他读到了一小段信息,其中描述了他母亲和另一位顾问之间的冲突。这很有用,蓝尼想,如果我母亲被谋杀了,收集所有线索就很重要。

他开始获取所有患者和医生的一些档案数据。尽管困难重重,但他几乎确信自己走在正确的道路上。

突然，他发现了一些奇怪的事情，停止了存档。这是一小段历史事件的描述，看起来很正常很简单。但他可以看出，它对他所了解的历史进行了不同的描述，几乎相反。

有机运动后，科技联盟和有机联盟之间爆发了战争，两万名有机联盟支持者在城市广场抗议，以报复科技联盟，造成一百多人死亡。

不是那样。蓝尼震惊了。据他所知，战争的爆发是因为科技联盟向国家公园内手无寸铁的有机联盟人员开枪。他们发动了战争。而从一开始，正是科技联盟的疯狂和残酷，将事态推向了灾难。树叶怎么能模糊历史并指责有机联盟发动了战争呢？

蓝尼压抑不住生气。他开始越来越深入地查找战争历史，暂时放下了母亲的案子。他们怎么可以撒这么多谎！他越来越怀疑树叶的可信度。他没想到，连档案馆里都有这么多虚假记录。

有机联盟输掉了2/3的战斗。可笑！如果有机联盟没有赢得大部分战斗，怎么能最终获胜呢？蓝尼拖了一片树叶到他身边，用力撕碎，以表达他的愤怒。科技联盟发现他们的武器无法在远离中心的沙漠中使用。确实如此，科技联盟太傲慢了，看不到他们的弱点。在查尔斯山的一场战斗中，生物联盟杀死了投降的科技联盟部队，造成超过35000人死亡。不对！不可能！说谎者！在战场上杀死投降的军队是难以接受的，有机联盟绝不可能做这一步。这是邪恶的谎言。

多么可怕！树叶从什么时候开始改变人类的历史？

为什么树叶的发明者没有意识到QCSC会犯这么大的错误？或者这些树叶是否被某些恐怖组织所控制，危害整个社会？或者是否有任何觉醒的机器智能故意制造虚假叙述？

他读的信息越来越多，越来越生气。

蓝尼撕碎了成吨的树叶，几乎摧毁了整个房间。他几乎确信彼特已经识破了树叶的谎言,并因为知道这个秘密而被捕。

他有一种想要突破档案馆内部的冲动。他用全身的力气和面前的树叶墙抗衡,与一根阻碍他进入档案馆的大树枝搏斗。他被树枝的阻挡激怒了,大声喊叫以表达他的愤怒。

蓝尼试图进入档案馆的更深处,但他没有时间了。警察来了。三十多名警察从四面八方赶来,将他围成一圈。机器人警察身上全都红光闪烁,表明蓝尼是他们评价体系中最危险的嫌疑人。

蓝尼想跑,但跑不掉。蓝尼想战斗,但没有战斗的力量。

警察轻而易举地抓住了他。蓝尼踢腿挥舞拳头想要摆脱警察。但警察的金属手太重了,推不开。他激烈反抗,用手肘殴打警察。

但此时,他就看到了震惊的一幕。

他看到彼特站在警察后面。

"彼特!你为什么……"蓝尼来不及说完。

他的头被一名警察的拳头击中,失去了知觉。

(5)

蓝尼醒来时,看到彼特和依依坐在他的床边。

"我在哪里?"蓝尼感到头很痛。

"在医院。"彼特回答说,"你受伤了。"

"这些都是怎么回事?彼特,你能给我解释一下吗?"蓝尼疑惑又恼怒地问彼特,"你为什么会出现在档案馆里?你没有被抓起来吗?"

"我被捕了,"彼特承认,"但很快就被释放了。我并没有做太多错事。"

"你做了什么?"

"我闯入了树叶系统来检索我女儿的数据。这被认为是危险的间谍行为。但他们最后发现其中有误会，就放了我。"

"你难道没有你女儿的数据吗？"蓝尼很惊讶。

"不是全部。我家里只有她的一些照片，并没有她日常生活中的全部数据，不足以让我保留记忆。"彼特叹了口气，"我每天都失去记忆。我需要越来越多的数据。我不想再次失去她。"

"你的记忆怎么了？你生病了吗？"蓝尼问道。

"我没病。我们都在失去记忆。"彼特解释说，"我们需要数据来不断丰富我们的记忆，否则我们就无法记住超过一周的事情。你也是。"

"不可能。"蓝尼简直不敢相信自己的耳朵，"我当然有超过一周的记忆，不，一个多月，一年多。我对童年的记忆依然清晰。我喜欢吃板栗饼和牛肉面。我还记得放学回来时从厨房窗户飘出的牛肉汤的味道。"

彼特摇了摇头："你有这些记忆，只是因为你每天都会从电脑里调出童年的数据。你不是一直在看树叶里的图片和视频吗？你的树叶中没有的内容，你就无法记住。如果你不信，我问你：你在学校的第一位老师叫什么名字？"

蓝尼无法回答。"我讨厌上学。"他嘀咕道。

"好的。你喜欢你的家对吧？你家的街道叫什么名字？你洗完澡后用的毛巾是什么颜色的？"

蓝尼没有答案。他的脑袋一片空白。他张开嘴，有一种可怕的感觉，他的脑海里只剩下树叶中的那些画面和视频。它几乎就像一个空荡荡的房间，只有鬼魂在徘徊。他无法接受这一点。

"我知道这很难接受，但这是事实。我已经多次测试过我的自然记忆力，但我永远无法记住超过一周的事情。承认吧，蓝尼。亲爱的孩子。你和我，现在只不过是树叶数据的容器。这就是为什么我需要越来越多的安娜贝尔的数据，我需要刷新我对她的记忆。我永远不会在心里失去她。"彼特的声音低沉而悲伤。

"但是，但是树叶说谎了！我们如何才能信任它们并终生依赖它们呢？"蓝尼哭了。

"树叶说谎？它们撒了什么谎？"依依也过来加入谈话。

"它们说……它们说有机联盟的坏话，它们……它们编造了虚假的战争叙述，与……相矛盾……"

"与什么矛盾？"依依问道。

蓝尼想说"与我们的知识矛盾"，但他同时意识到这句话和"与我们的数据矛盾"是一样的。所有的知识都只是数据吗？如果数据错误怎么办？我们还能相信我们的知识吗？

"如果……如果我们所知道的一切都只是数据，我们怎么知道它们是真是假？世界上还有真理吗？"蓝尼痛苦地问彼特。

"真相是存在的，但我们不知道。我们所知道的只是数据。"彼特缓缓说道，"我们检测到数据，然后决定我们获得什么。量子系统依赖观察者来工作。我们是观察者。树叶计算，树叶生长。这创造了各种可能性。然而，树叶并没有做出决定。它们根据我们的反应来调整它们的计算。我们是观察者。我们依赖它们，它们也依赖我们。我们观察我们所观察到的东西。"

蓝尼从心底最深处感到悲伤。"我不相信。我仍然需要母亲死亡的真相。"他呻吟着。

"你可以。你仍然可以在树叶的数据海洋中追寻真相。"彼特点点头，"但系统结果是根据观察者计算出的结果。你只能获得你观察到的东西。"

蓝尼的泪水涌进了眼眶。依依过来扶住他的肩膀。

蓝尼看着依依："你觉得让我们这些感性而不理性的人类来决定整个复杂系统的结果很奇怪吗？"

"这根本不奇怪。"依依在蓝尼的床边坐下，亲吻他，"我们一直这样。我不知道最终的真相。我只知道我爱你。这就够了。"

《青年作家》2023 年第 10 期

作者的话：

　　写这个小说，是因为在洛杉矶参加的一个科幻与科学工作坊。当时主办方让我们参观洛杉矶一个跨界艺术家的工作室，听艺术家讲她的想象世界——当世界文明衰亡，曾经的机器逐渐进化为新的机器生物。在那一次参观之后，我们坐在一起圆桌讨论，每个人都要想一些事物，变化成跟他们自身不同的事物。

　　我当时的想象，就是叶子作为可以生长的计算机。

　　如果计算机可以生长、变化，那么它们计算的事物是否也是变化的？

　　沿着这个想象，我的眼前浮现出一个"所有历史都不确定"的文明城市。因为所有历史都存储在计算机里，但是叶子做成的计算机会不断改变，因此所有信息都会改变。

　　如果"记录的历史会改变"会发生什么？我们怎么知道自己看到的历史是真实的？难道我们不是生活在一个"历史会改变"的世界里吗？如果历史由当下说了算，那我们还有没有追寻历史真相的必要？

　　在这些问题的触动下，"叶子计算机"的想象从最初的新奇有趣，慢慢变成了具体真实，于是我想到一个少年，在废墟上宣布真实的少年。对历史真相的追寻，和历史真相不可得的实情，共同构成了小说故事必不可少的张力。

　　或许我一辈子的写作动力，都是这种模棱两可而又不可见的矛盾张力吧。

空 地

| 蒋照翔

蒋照翔，2005年生于湖南会同，现为广西百色学院汉语言文学专业在读学生。小学时开始接触科幻，读的第一本科幻小说是凡尔纳的《海底两万里》。从读刘慈欣开始，认识到科幻小说不仅有幻想的天马行空，更有科学的脚踏实地；既具备了超越时间空间的空灵，又蕴含了映照现实的厚重。

《空地》是其处女作。

语言学家

与后来的许多人一样，我说，我会永远记住那天。

从那以后，我才明白我毕生钻研的一切是多么拙劣。它是百分百完美的，人们无法想象出它的样子，只有在看到之后才惊讶于它的存在。

慢慢地，我开始明白，我们语言本身的稚拙。有时我对此感到厌恶，却无法从这种稚拙中跳脱出来。那天，我吃掉了餐盘里的最后一块牛排，手指在咖啡菜单间犹豫；长发没有束起，懒懒地披在肩上，有点儿发油。随着天色渐渐暗淡下去，落地窗慢慢映出了我的脸庞，那是一张开始生长皱纹的脸。

但我随后有些庆幸，好歹没有像其他中年妇女一样发福。我依旧与年轻时一样瘦削、矮小。

军方的通知打破了傍晚的静谧，他们告诉我，六小时前，外星人的飞船刚刚降临。

"请您具体描述一下当时的情形。"

"那时候，俺还在咱小区院子里和几个邻居唠嗑，忽然那玩意儿就落在靠山那边的空地上了，把俺吓得啊……"

"嗯……抱歉，能否说得详细一些？"

"详细一点儿啊……"

"比如飞船的外观、降落的过程、当时你们在做什么、周围的环境如何、大家的反应怎样等，任何能想起来的都可以。"

"那个，那玩意儿降在了空地了嘛 —— 咱小区有点儿偏，虽然水泥地院子是小了点儿，不过靠后面山那边有块儿不小的空地。虽说有人种了点儿菜吧，但基本上还是荒的，里头的杂草能埋到大腿，深的地方差不多都长到脖子了……俺那时候在跟邻居几个大妈唠嗑，然后就听到有人尖叫，喊的什么俺也没听清。俺一回头，看到那玩意儿就落在空地上，吓得俺死命跑。说起来也丢人，跑到一半俺腿软了，咚的一下就摔到了地上，这个时候俺回头看了一眼，小区乱成了一团……"

"所有人都在往外跑吗？"

"也不见得，也有瞎跑的，也有腿软了跑不动的……对了，夏家那闺女跟傻了一样，看着那玩意儿一动不动。"

"只有这位女士这样吗？"

"不吧，俺一眼就瞟到了两三个一动不动的，当时比较慌嘛，其他几个一下就没认出来，肯定还有……这，这个很重要吗？"

"在没查清之前，任何信息都有可能是重要的。"

"哦，这样啊。"

"您继续说，飞船降落的过程是什么样的？"

"这……您这个……俺一个糟老婆子，哪记得了这么细啊……扭过头的时候，那玩意儿就在那里了呀。"

"那么，有没有什么异常的动静呢？比如巨响、气浪、强光……任何能想起来的都可以。"

"这我倒是没怎么注意，可能有吧，但俺真没看到。"

……

事实上，音频内容大同小异，但仍有疑点存在。如果算上人群骚动之后再来看一眼的人，整个小区上上下下的直接目击者可达数百人。奇怪的是，目击者数量如此之多，竟没有一个人目击到飞船（姑且叫它飞船吧）的降落过程，更没有一个人目睹降落时应有的巨响、气浪、强光……没有任何征兆的出现，比起降落，它反倒更像是凭空出现的。仿佛一直默默地隐藏在空气中，只是一次现形——我从未听说过这种技术，不过说到底，这也不是我该操心的事。

引起我注意的还有另一个疑点。据统计，在降落时一动不动注视着飞船的人，共二十九名，无一例外，他们都接受了调查，且都有一个共同点。

"您当时有没有什么异样的感觉？是什么导致了您愣在原地呢？"
"我也不知道，也可能是吓傻了吧。"
"您愣在原地时是注视着它吧，当时您在想些什么？"
"想什么……当时，当时我在想，外星人的飞船怎么是这个样子。在我印象中就应该是那种……那种……飞船的样子。可它不是，它……更像一个几何图形，数学书里那种概念性的完美几何图形。我从不知道现实中也有这种东西……"
"可您不是吓愣了吗？这种状况下真的可以思考这么多吗？"
"可……我就是愣住了啊，这种状况……想啊。"
"那您又是如何在这种状况下思考的呢？"
"你们烦不烦啊，我什么都没想行了吧。"
……

这些人对于自己注视它的事，不是说忘了，就是闪烁其词，言语大多前后矛盾——像是现编的拙劣谎言。疑点在于，他们一致选择了隐瞒，但隐瞒的方法却不一致。不约而同的行径，很容易让人联想到他们私底下有所联系。但如果是这样的话，人们很自然地就会统一口径——至少会统一一个讲得过去的说法。而事实是，他们

331

各编各的，漏洞百出。显然，简简单单的一句"他们忘了"并不是一个令人信服的观点。我也调查过他们的背景，不见得能看出他们有什么特殊的交集或共同点。

他们在隐瞒什么？我想不出任何符合常理的解释——说到底，这件事究竟也不在常理之中。

我将这些分析写成了报告，交给了上层。事实上，这份报告不是疑问句就是"我不明白"，而我也未曾收到过关于报告的任何回复。

两天后，我接到了通知。我的任务变成了与上面安排的其他语言学家合作，提出与外星人交流的可行性方案。

两个文明的首次交流，语言必然地成为首要障碍。说起来，这项工作也不算坏。只是，每个人都从未如此切身地感受到，人类命运的走向，就这么实实在在地捧在自己小心翼翼的手中。

在后来的许多日子里，当我的工作难以推进时，也会希望不需要我们摸索着去交流，而是舒舒服服躺在床上时，有个大脑袋大眼睛的外星人走下来，操着一口地道的中文或英文说：嗨，愚蠢的人类，我是来侵略你们的。

目击者

我是在那天看到它的。我会记住那天，记住那时的每一个细节。

我坐在二楼的窗前，旁边是我凌乱的床，拧成一团的被子旁，静静地躺着一本翻到一半的《百年孤独》。午后，雨过天晴，阳光照进来，多了一点儿温馨。透过窗户，我恰好可以看到楼下的院子和更远一些的空地。人们在院子里走来走去，十分钟前的小雨让院子里满是泥巴。在墙根下，还可以看到青黑色的苔藓。空地里杂草丛生，有的蔓延进了院子。

忘了是哪一天，你在空地的杂草中发现了那个石凳，你孩子气般欣喜地把它擦洗干净，在上面坐了一个下午。后来有人提醒你说里面可能有蛇，事实上，在小区住得最久的人家也没听说过有人在空地里遇见过蛇，的确很奇怪。

从那以后，你就习惯了午后在空地里坐一会儿，我也习惯了午后坐在窗台上看空地。

同之前的无数个午后一样，你坐在空地里，我坐在窗台旁。那时阳光照亮了你的脸颊，空气中弥漫着雨后特有的湿润。我看不清你的表情，也更不可能从那模糊的面庞中读出你在想什么。我不知道你的名字，当然，你也不会知道我的一切。本来故事就应该这样索然地重复下去，等着时间让一切平静地慢慢路过。可下一刻，一切都变了。

我看到它了，没有任何预兆，然后是耳边的尖叫，视线边缘闪过无数蠕动的黑点。一扇扇窗户被猛地推开，里面又是一声尖叫，窗户里传来跑动的声音。

在我下意识要迈动双腿时，我回头看了你一眼。说不上出于什么，也可能纯粹是慌乱中的无意一瞥。

你正凝视着它，一动不动。距离很远，我本不可能看清你的表情，但我分明感受到了你平静如水的目光和镜面下平静的、令人心悸的波动。说不出那是什么，但那里，让我感到了恐惧和……向往。

我顺着你的目光又重新看向了它。我会庆幸我选择了多看一眼的。

观测站工作人员

我们是它的最初发现者，比第一个目击到它降落的人，早八小时。总有人指责我们隐而不报，让降落点的人们陷入了无端的恐慌。

对此，我也只能表示，我们无能为力。

它是一个十分小的物体，以我们现有的观测技术，判断出该物体的异常，是在其行进到小行星带附近时。那时，我们的距离是三个天文单位，而它的速度，是光速的百分之五。

光速的百分之五，行完三个天文单位，仅需八小时。

或许还有其他团队发现它吧，但结果都一样，八小时内大范围预警本身就不可能。

第一时间，我们甚至找不到可以上报的机构，这种尝试一开始便难以推进——各国根本没有此类事件的紧急预案，也根本不存在这么一个有实权的国际组织。即使有人能找到一个勉强可以上报的机构，且这个机构得幸运地没把它当作疯子的梦呓，又幸运地刚好拥有实权，级级向上汇报才是可能的。而八小时根本不可能走完部流程。即便走完流程，最高层面的确认与决策仍旧显得漫长到不可理喻。一切必须是大规模警报，毕竟，我们无法推算出它的具体落点。

另一个途径则是学术途径，但从论文写作到投稿，再到审核通过、报刊印发，再到引起高层关注、高层决策……按这个路线，别说八小时，八十天都毫不奇怪。

问题在于，没有谁会真正每时每刻担心这种事情的发生。从某种角度而言，我们都是在享乐的泥潭里打滚的猪。我们安逸了太久，久到眼里只剩下了栖身的泥坑，为泥坑里一丁点儿不舒服的小石子或哭或笑。于是，当泥潭之外的事物终于降临，当杞人所忧虑的天空终于塌下来的时候，我们很快就会发现，真正面对以往漠不关心的事物时，我们会显得多么不知所措。

物理学家

我知道这一切难以置信，但我依然得说，它们的科技是难以想象的，决不在人类的理解范围之内。如果真的爆发战争——请允许我这么说，我们不会有赢的可能。

在许多目击者眼中，它是一个纯黑色的平面几何图形，图形长什么样各人的说法不同，有说三角形的，有说四边形的，不同的角度看是不一样的。不过有一点相同，这个图形始终以一个角指着地面，静静地悬浮在空中。

为安全考虑，我们建议上面封锁了那片空地以及周围的地区。在研究了无人机拍摄的各个角度的画面后，我们只能得出这个结论：实际上，它是一个棱长约为13.32米的正三棱锥，始终以一个角垂直地指向地面，悬浮在离地面约3.1米的空中。

再黑的立体图形，也很难想象在光照充足的地方被认作是平面图形，答案显然易见而又难以置信：它不反光。

观测站最早观测到的，事实上只是宇宙背景辐射的一小块空白，在那块空白地带，不存在任何可见与不可见的光芒。这个性质很像黑洞，但观测站并未观测到黑洞周围应有的吸积盘，所以观测站最初也只把它称为"不明天体"。

吸积盘是一种由弥散物质组成的、围绕中心体转动的结构，它是包围黑洞或中子星的气体盘。盘内的摩擦力使气体逐渐螺旋下落，被吸积到黑洞或星体。中心体可以是年轻的恒星、原恒星、白矮星、中子星以及黑洞。重力使得盘中的物质沿螺线被吸附至中心体，角速度的不同则使得物质进行着角差转动。引力场使得物质被压缩，同时激发出电磁辐射。被激发出的射线频率取决于中心体的形式，中心体为年轻的恒星或者原恒星，那么吸积盘辐射多半处于红外区，中子星及黑洞产生的吸积盘的辐射多半处于光谱的X-射线区域。

黑洞只有在视界内，光才是无法逃逸的；视界之外，由于巨量引力吸引了大量物质，而引力又恰好不至于使光无法逃逸，所以吸积盘是可见的。事实上，它的降落也并未引起任何引力失常。一切证据都表明，它只是不反光——即照射在其表面的光线被其百分百吸收，并不是像黑洞那样，以巨大的引力把视界内的一切光线拉扯过去。

科学界也就此进行了一些讨论，原理方面的研究几乎无法推进，也几乎不可能提出合乎逻辑的理论，用途方面的猜测则比较多。吸收光的属性，很容易令人联想到吸收能量。不过，这种猜想具有很大的争议性。因为，若只是把照射在其表面的光线全部吸收，顶多只是相当于一块转化率极高的太阳能板，这点儿能量对于光速的百分之五的宇宙飞行只是杯水车薪。

另一种有趣的解释是，吸收光线是它们收集信息的方式。视网膜也好，射电望远镜也罢，都离不开辐射的收集。的确，辐射以光速运动，高速度令其具备了高效、低延迟的特点，用于观测的确是再自然不过的了。我们曾为了接收到更多的辐射，建造了整整五百米口径的球状接收面。把它对辐射的全吸收与我们越造越大的接收面放在一起，的确是个生动的联想。

相对于飞船速度而言，从它进入大气层到降落这个过程，真的只不过是一瞬间，对此，观测站也收集不到任何细节。了解这些的唯一途径似乎只剩下了向目击者询问，而他们的答案竟也出奇地一致。

凭空出现的，就像它本来就在那里一样。

这是比较典型的回答了，我们可以想象，它在进入大气层后仍未减速——或者只减了一点儿——要达到"凭空出现"的效果，速度一定不会小。而它也应该是在接近地面时才将速度骤然降至零。我实在无法想象这样的科技，你能想象，一列全速行驶的高速列车在踩下刹车的一瞬间骤然停下来吗？而它的速度，是高速列车的 2.703×10^8 倍。

事实上，要做到"凭空出现"，所需的技术远不止这些。据目击者称，它的降落是一个平静的过程。也就是说，它消泯了高速穿过大气必然会发出的火光和巨响，消泯了降落时必然会激起的气浪。一个短短的出场，它所展现的每一项技术都是匪夷所思的。所以我说，跟这样一个文明打交道，我们必须放下姿态——我们生来自大，身为地球几百万年的霸主这一点无可厚非，但霸主的时代结束了，我们要学会放下我们在手心里捧了几百万年的尊严。一旦点燃战火，请允许我说，我们不会有赢的可能。

我知道语言学家们一直在努力传达政府想传达的东西。在我看来，政府想传达的信息，态度未免太强硬了些。一部分目击者和语言学家又在宣称，只有面对面，交流才会成功。我不是语言学家，不懂交流方式有何异同，但对方的沉默令我感到恐惧。

语言学家

工作丝毫没有进展，我不知道我们错在了哪里。我们借助无人机在空地上方喊话，用上了能找到的所有语言，但都毫无效果。

于是我们换了一种思路，我们设法用无人机与无人车带了块屏幕过去，放映我们的动画演示，试图以会意的方式传达信息。会意虽然不够准确，但眼下绝对不失为一个好办法。一句"禁止停车"或许只有懂中文的才看得懂，但如果画一辆车，再在上面加一条斜杠，那么即使这个人不识字也能看懂这个标识，会意的动画会更易解读。但遗憾的是，对方仍然没有任何反应。

我们试图教它们我们自己的语言。说实话，这种思路是我认为成功率最高的路子了。例如，先依次播放"山"的读音与字形，再展示山脉的画面，以此来显示语言与概念之间的联系。这是教小孩子的方法，没道理失败。可它仍旧冷冷地悬浮在那里，好像我们所忙乱的一切是个笑话。

认为它不愿交流毫无疑问是个合情合理的结论。但我们不能轻易就默认如此——哪怕这是对的，也要在承认之前排除其他可能性。

　　我试着换一种思路去思考问题——如果前提是它愿意交流——阻碍究竟在哪里？为什么教小孩说话的方式在它那里不起作用？小孩子学习说话的困难点在于，他本身并不知道语言与概念之间的联系。我们只能指望他在耳濡目染中自己领悟到这一点，一旦他开始领悟，之后的语言学习必定一日千里。可它显然不会出现这种障碍，难以想象，一个如此发达的文明会没有交流的存在。信息是不可以直接传递的，声波也好，无线电也罢，信息的传递必然需要一个载体。我们的语言便是一种声波载体，它们不可能不懂得这一点。

　　但如果从外星人的角度看，我们的语言本身是难以理解的呢？

　　这个思路很有意思，在生物学上，我们与外星人的差异可能是超乎想象的，甚至可能超过了我们所界定的生物范畴。在巨大的差异下，两者的语言很有可能是两种截然不同的体系，而这种背离使它们对人类语言难以理解。

　　虽然合乎逻辑，但这个思路至此便再难往前推进了。如果连它们都对我们难以理解，我们理解它们也同样只能束手无策。结果一如既往地令人沮丧，这个假说只为我们提供了又一个可以自圆其说的可能性，对双方的交流很难说有什么实践意义。

　　此时，另一位同事提出了一种耐人寻味的可能性：它们理解了我们的信息，我们却没有理解它们的回复。

　　我从未想过这层关系。若是它们理所应当地以它们独特的方式回答了我们，而我们却对此视而不见呢？这一点在逻辑上完全讲得通，但问题在于，如何找到它们的回复？

　　在仔细研究了其他领域研究小组的资料后，我们发现了这么一个假说：它对于光的全吸收是一种收集信息的方式。

　　醍醐灌顶一般，事件仿佛通透了。如果这个假说是正确的，收集信息的方式是吸收辐射，那么发出信息的方式会不会是释放辐射？

物理界的研究与我们的交流尝试是错开的，也就是说，我们在对话的时候并没有观测辐射的变化，物理界是在其他时间对其进行观测。也就是说，他们极有可能在对话的时候释放过辐射，但因时间错开，物理学组并没有观察到此现象。

想通这一点后，我们马上调用仪器开始尝试。但在我们把之前试过的方法全部重试一遍后，仪器上的数值仍旧没有任何变化，它对一切辐射仍旧是全吸收。我开始厌倦了这个只吸不吐的外星物体。

这种思路还远未有所进展，便出现了另一种悲观的推论：如果说放出辐射是"诉说"，吸收辐射是"倾听"，那么很可能一开始我们就没发出能让它们听懂的语言。辐射与声波相差太大，它们本身从未理解我们的意思，也从未发出理解的回答。

问题是，我们并不会所谓"能让它们听懂"的"辐射语言"。这是又一个能自圆其说而没有任何实践意义的假说。

至此，一切可行的思路全部走到了尽头。调查真正进入了死胡同。

当我百无聊赖地歪在工作椅上时，有人告诉我，有位目击者想见我。

以往也常会有人想见我，多半是想从我这里得到最新消息，特别是新闻界。本来我不怎么见人，但现在反正也没有事做。

"好，让他进来吧。"我说。

这位目击者比我想象的年轻一些，二十岁左右，头发稍长。装束比较休闲，戴着副眼镜，气质比较像未谙世事的大学生。

"问吧，"我说，"你想知道些什么？"

"我并不打算从你这儿得到什么，"他说，"相反，我想告诉你一点儿东西。"

"有趣，你说吧。"

他深深地吸了口气，说："我们必须与它面对面交流。"

"为什么？"

"如果你认真研究过目击者口供，就会发现有二十九人并未第一时间撤离。"

"这个我知道，后来警方对里面喊话你们才出来的。怎么，你们成功地面对面交流了？"我故意用调侃的语气说。

他停下了，似乎在思考该如何表达，"嗯……怎么说呢，以不同的眼光看它是不一样的……从某种角度来说，我们的确建立起了交流——但不是与它，是我们二十九人之间的。那是前所未有的交流，是全面的、百分百的……如果只是一瞥是感觉不到的，只有长时间的，以平静、交流、观察的目光去看，一切才会不一样。"

他的语言逻辑很混乱，但不是内容，而是表达。看得出来他很认真，这种认真是难以伪装的。似乎他觉得他想表达的东西难以描述。

"平静、交流、观察的目光？"我故意笑着说，"这位外星人先生一定是位诗人。"

他涨红了脸，"我知道我讲的这些难以令人信服，但——"

但我信。

他接着说："但二十九名目击者，全部都会这么告诉你。"

"是二十九名并未第一时间撤离的目击者。"我纠正说。

"从某种程度上来说，我们才算得上真正的目击者，只有我们才看到了那些。"

"哪些？"我问。

"你亲眼看见就知道了。"

然后他走了。

或许年轻人没耐心，但我们不能没有。无论如何，我都得思考如何说服上面解封空地。

目击者

从语言学家那里走出来，我便开始质疑。我不知道我们怎样才能让那些老古董相信这些。

我会联系其他人，让他们向她提议这件事，但说实话，我并没有把握这样就可以说服她。

即使失去了联结，至少我们曾是一体。

我总是想起那天的情形，经历过的人都一样。在尝试过那种感觉后，失去就显得无比痛苦。这种痛苦令我们再也无法承受，无论如何，这些都不能再隐瞒下去。

那天，我惊异于你的目光。平静得令人心悸，像平静海面下涌动的暗流。我从未感受到这样的目光，其间的复杂度与本质感，我看不透。

于是我重新看向了它。我本不觉得有什么问题，但那黑色实在奇怪，很难描述。不反光的黑色用屏幕看是感受不到的，我们屏幕的像素表现不出这种颜色，不纯净。真正纯净的黑色，只有亲眼见过才会明白。

它吸引住了我，相比白色，反而是黑色更配得上"纯净"这个形容词。白是多种光芒的组合，而黑则是对光芒的不反射，是没有颜色，代表一种"空"，一种"无"。

有一瞬间，我似乎感受到了它不再纯净，那一刻，它不再是一个平面图形，我实实在在地感受到了它的立体感。

不纯净的表面似乎多了一种东西，难以用语言来形容。这种东西给了它并非空间也非时间的纵深感，一种无穷的复杂度，像是一切的本质联结。

我渐渐意识到，它的表面是座活的迷宫，无穷地裹挟着它包围的一切。

我感到我迷失在了其中，茫然地在它的表面上找寻那从未想象过的东西……迷雾散去，我看到了你。

不只是你的此刻。我看到你坐在石凳上时，一遍又一遍所想的东西；我看到你路过橱窗，心心念念的那件昂贵饰品；我看到你牙牙学语，思考"妈妈"这个词与眼前那个女人的联系……然后我疑惑了，两份记忆，平行地缭绕在我的脑海里，哪一份才是我的？然后，你我的界限模糊了，似乎，你就是我，我就是你。

接着，我看到了迷雾中的第三个人、第四个人……我们不再是二十九个个体，我们是我们。

之前我所见过的一切语言、音乐与绘画，所能传达的，都显得太单薄。我们之间的联结太令人震惊，像一个聋人第一次听到了声音，惊异于之前的世界竟如此寂静。我从未想到，人与人之间的交流竟如此单薄，我们之前竟能忍受那样的孤独。

然后我听到了一阵警车的低鸣，声音越来越大，外面传来喊话声，我们从它的表面走了出来。

我看向远方那个喊话的警察，联结过后，他的话语便显得苍白无比。我难过于再也无法将任何人看得通透了。曾经我所习惯的一切，成了绵绵无期的孤独。就像一个盲人，只有真正感受过光明，才能切身体会到失明的痛苦。

我们怎么也难以适应这种巨大的落差感，我们再难信任一个个再难看透的其他人。出于可悲的隔膜，我们选择了隐瞒。但这种孤独终究令人难以忍受，不可以考虑太多了，空地必须解封，我们必须拿回我们的东西。

它

这是我们见过的最独特的行星了。

含氧量竟如此之高,从这一点看,我们把它称之为氧星。另一方面,氧星表面大部分都维持在273.15—373.15 K之间,这意味着,这里的水在大部分时候既不蒸发也不凝结,维持在实验室才能看到的最特殊的液态。能在天然环境下维持如此巨量的液态水简直闻所未闻。

高含氧量、液态水、精确的温度区间,这样的环境必然增加有机物的活性,大大压缩无机生命成长进化的空间。这里绝对是生命的禁区——以我们的标准而言。

氧星或许能告诉我们,我们的标准并不一定准确。

我们的接收屏在刚刚降落之时,便接收到了一些微弱的思维信号。虽然微弱、低效,但的确是思维活动产生的信号。而这些,全部来自有机体。并且,这些思维竟是独立的——这归根于他们间缺乏高效的交流方式,后来他们以我们的接收屏为交流媒介时,思维活动才得以联结起来。

很有意思,在我们看来,有机体本身高度不稳定,且寿命太短,难以形成生命。现在看来,我们错了。他们以不稳定性换来了基本单位的高速分裂,以更新换代的高速度弥补了寿命的短暂。

事实上,是我们的思维定式让我们想不到这一点。我们的思维是联结的、一体的,躯体的衰老与更新并不影响思维的连续性。我们从未想过思维独立的生命形式,我们也不会想到,在有机生命更新换代的过程中,思维竟是不连续的,新生体与母体拥有独立的两套思维。

搞清楚这一点后,在我们打算尝试与这些有趣的全新生命体交流时，他们却主动断开了联结，离开了。

我们不明白这一切行为背后的原因，直到我们在氧星度过的第三十一个昼夜交替来临时，他们才再次出现。

语言学家

我争取到了解封空地的资格，但考虑到安全问题，只允许自愿的专业人士前往。说实话，够所谓"专业人士"资格的语言学家，也就几十个，况且年龄都不小了，缺乏年轻人的那种冲劲，一谈到"自愿"溜得比谁都快。

我考虑过，带一个曾成功建立交流的人或许胜算会大很多，于是我提议带一个"助手"。出乎意料的是，上面竟然没有特别地反对。于是，他将以我助手的名义与我进入空地。

"喂，如果这法子行不通，你就去死吧。"我对他比了比拳头，不知道为什么，在后辈面前，我总是变得孩子气起来，觉得这样会很好玩。

"相信我吧，"他一边说一边穿防护服 —— 他总是穿不好，"嗯……我说，我们干吗要穿着这玩意儿过去，它刚降落时那么多人在那里不是也没出什么事吗？"

"以防万一。"我把呼吸器丢给他。

空地的杂草的确太多了些，掩盖了里面的坑坑洼洼，穿着笨重的防护服很难行走。有几次我险些摔倒，手忙脚乱地拉住他才没有倒下。

我们就这样深一脚浅一脚地向它走去。这时，天边刚隐隐泛起一丝鱼肚白，空地还是很暗，但我没想到它还是那么醒目。

它太暗了，即使是在没有月亮的黑夜里，也依然比周围的黑暗黑一大截。再黑的染料在它的表面也算得上高光。

我停下了，扭头向他看去，"然后怎么做？"

"看就是了，会感觉到的。"他盯着它，没有看我。

我开始认真地观察它，它表面的那种黑很深，像能把人吸进去。里面翻涌着一些东西，说不好那是什么。然后，那种东西忽地外化了，它瞬间具有了体积感，这时我才切实地感到它是个三棱锥了。

我打开了耳麦，说："怎么样？"

耳麦中传来了声音，"它开始释放辐射了，你是对的。"

"能破译吗？"

耳麦中沉默了一会儿，"如果你们语言学家都做不到的话，我们也做不了什么。"

但我已经不能回答了，我眼中的它起了变化，我似乎脱离了我的存在。另一部分到了它的表面，在那上面，我看到了他。

很奇怪，我感到在那之前，我与所有人之间，都隔了一层浑浊的湖水，而现在，我与他站在了湖面上。我不知道我们从前所信任的到底是什么，从未把一个人看透。我也惭愧地发现，从前我所致力研究的一切——那些我们创造的语言，是种多么低效的交流方式。同时我也意识到，那层湖水不仅隔离开了个体的分界线，它本身也构成了个体间的分界线。分界线的消失，令个体失去了意义，也令——

欢迎加入我们。他想。

当思维联结在一起，我们也就成为一个整体，我们也成为我们。

我感到了另一个意识体的存在，庞大而复杂。在这里，我们终究只是蜷缩在它表面上联结在一起的两团小小意识，而它是整个表面。

我们从未见过这种生命形态。它想。

你们是什么，表面吗？这是你们的本质，抑或是另一种形态？

我想。

这个接收屏是我们物质载体的一部分,你们可以理解为我们的感官与交流器官。它想。

那么思维器官呢? 在表面之下? 他想。

对。它想。

这些是以什么方式运作的? 如此复杂庞大的思维,支持你们的是什么原理? 他想。

对不起,这不在你们现有的理论物理框架之内,推导公式很复杂,理解它们需要强大的算力。我们无法将那么巨量的信息传输给你们。它想。

我想它是对的。我像一个高度近视患者,戴上了一副并不合适的眼镜,为能看清之前看不清的简单物体欣喜。只有在我第一次看向真正复杂的东西时,才会意识到眼镜的不合适。但这不是眼镜的问题,是我们本身的局限,身体结构的缺陷决定了不会有一副适合我们的眼镜。

你们的社会,一定是一种不可思议的存在。我想。

准确地说,那不像是你们概念中的"社会"。那更像是一个生物个体 —— 按你们的概念说,一切事物都像是这个庞大生物中的一个个细胞,具有高度的组织性,每一个细胞都受着统一的调配,而这种调配来源于整体的意志。每一个不起眼的信息都以百分百的效率反映在这个整体中的每一个角落。显然,这种模式比你们的社会更加高级。它想。

可,这样的存在不会有 …… 隐私啊。他想。

隐私。请允许我说,这是个费解的词。在我们看来,这种对不公开信息的需求心理,源于你们不透明的社会关系。个体间的不透明令你们难以信任彼此,出于保护自己的需要,你们选择了信息的不完全公开。对隐私的追求是思维孤立的病态,由于个体间的疏离与不了解，你们欺骗、贪婪、暴力，为了一部分个体的利益甚至不惜发动战争，这些，都浪费了大量的社会资源。而我们，认为一切贪婪都是荒唐的，一个整体不存在争夺个体利益的行为。我们的资源总能得到最大化的利用。它想。

听着一个外星人士对我们干过的事如数家珍还真是奇怪啊。他想。

我们可以直接看到你们的所有记忆，你们知道的，我们都知道。它想。

等等，有一个问题。看得出来，你们的交流媒介是辐射，而这依旧受到光速的限制，一旦在空间上相距过远，你们同样会分裂成个体，对吗？我想。

对的，你很聪明。但这与你们的观念不同，这只是感知不到对方时出现的特殊情况。若是无法感知到对方，我们也无法对其不利，所以这样的两个个体依旧不会发生战争。一旦重新感知到，我们又会重新化为一个整体。况且，始终从整体的角度思考已经成为我们的思维惯性，对他人不利的行为对我们而言是不可思议的。它想。

可以讲讲你们的文明吗？我想。

可以，但只能讲个大概。它想。

没关系。我想。

我们的文明起源于仙女座星系中的一个小小行星，我们的星球环绕着两颗太阳，那是一个稳定的双星系统。很热，非常热，星球表面上滚动着液态的金属。那是一个以无机物为主流的世界，我们就诞生在那里。光、热量与辐射，是那里永不衰竭的事物。或许是偶然，或许是历史进程的必然。在一颗已然存在了七十亿年的星球上，在地层深处的一个小小地方——既足够深，让其得以避免受到太多的太阳辐射；又足够浅，不至于吸收到太多的地热能——温度处在一种微妙的平衡之中，金属凝固成固体，勾勒出一个简陋的、

347

直接的"接收屏",那是生命的起源,就像地球上的第一个细胞。信息在接收屏上传播,慢慢地,信息开始与物质的组成发生联系,开始指导物质的构成与重组,于是,我们诞生出了思维器官。这是个很漫长的过程,与你们不同的是,虽然这些最原始的生命从外观上看仍然是一个个的独立的个体,但它们却通过辐射联结起来,就像一个个神经元,信息在它们之间传递。它想。

地球上的生命也可以通过一些方式来交流,比如声波。可我们并没有进化成你们那样的群体意识。他想。

你们的思维方式是神经元里传递的电信号与化学信号,你们的交流方式与思维方式并不统一,这就是你们无法形成群体意识的原因。而我们的思维方式与交流方式是一致的,不需要特意对彼此表达,彼此的记忆与思维都是互通的、一致的,是不分个体的。我们不需要额外创造一种语言。它想。

那你们来地球干什么呢?我想。

观察、研究、离开。它想。

观察什么,又研究什么,为什么离开?我想。

出于好奇。由于我们高效的文明机制,从我们第一次具备思维能力开始,到飞出母星,仅仅用了三百年。继续待在母星毫无意义,因为永远待在一个星球,收集到的信息是有限的,继续待下去只能进行已经重复了不知道多少遍的经验总结。更何况,我们拥有超强的记忆能力,在我们的思维中,存在着另一个母星的模型,那个模型存储着我们目前采集到的一切信息,为了得到更多的信息,我们决定飞向深空。它想。

可这又是为了什么呢?收集更多的信息对你们又有什么意义呢?我想。

你们不也在这么做吗?人类不顾一切地扩张与发展又有什么意义呢?也许,这是所有生命的共性吧。它想。

所以，你们的终点是什么？宇宙的终点又是什么？他想。

或许我们会慢慢扩张，直至占满整个宇宙。在路途中，我们已经遇到了好几个文明，他们也成了我们的一部分，或者说我们成了他们的一部分。我们就这样不断融合着，也许，宇宙会因我们的扩张，而成为一个全新的超级意识体。或许这个超级意识会庞大到连我们自己内部的交流都出现巨大的延迟，毕竟光速太慢了。在宇宙的另一端，最远的思维体与我的距离已经达到了三亿光年，光速的限制令我们的延迟高到难以置信。我们依旧是一个整体，但相较而言这个整体的思维无比迟钝，在这一头遇见你们的信息，那边要到三亿年后才能知晓。它想。

不可思议。他想。

你刚才说你们找到了其他的文明？他们是什么样子的？我想。

千奇百怪，交流方式也不尽相同，可归根到底，他们的思维方式与交流方式依旧是统一的，也就是说，他们也拥有群体意识。这有利于我们与他们融为新的群体。最终融合时，我们还是选择了辐射作为统一的交流方式，毕竟，这是目前最高效、最快速的信息传递手段了。它想。

这么说，我们才是宇宙中的特例？他想。

没错。你们的思维依旧局限于你们小小的大脑之中。对我们而言，扩张后的一切星球，都只是我们大脑中的一个小小神经元。我们第一次见到这样的物种。它想。

所以我们面对的是星系级别的思维？我想。

对。它想。

那我们会怎样？也会与你们融为一体吗？他想。

不会怎么样的，你们的生理结构与思维方式注定了不可能与我们融为一体；就你们的价值观而言，也不会愿意任外星生命对你们进行改造；通过暴力行为强迫你们顺从对我们而言也难以想象，我们不

349

是一个好战的种族。你们还是古猿的时候，厮杀与竞争就盘旋在你们周围，那是刻在你们基因里的本能，但我们自诞生起，所拥有的唯一关系就一直是共生。既然无法融合，也无法强迫你们融合，我们只能离开。它想。

目击者

我们交流的东西不算少，但因为接收屏高效的转换效率，我们的整个交流过程事实上只用了一瞬间。

在它的最后一个想法传输后，它便消失了。消失得毫无征兆，就像它来时那样。

多年后，我依然会想起它，想起那个清晨，偶然间与宇宙中某个无法理解的存在发生的一次对话。或许，"对话"这个词已然无法形容那种交流。我感受到了真正的认同，真正的孤独之外的另一种东西。

原来相比它们，我们每个人都活在孤独之中。

只是我们没有发现罢了。

空地会变得不再平凡。我明白，在之后的无数个午后，你再没法坐在空地里发呆，我也再不能静静地坐在楼上看空地了。作为第一个接触外星生命的人，我今后的生活再不会平静了。但我也知道，随着它的离去，那份缭绕在我生命中的孤独，再也不会飘散了。

《科幻世界》2023年第7期

作者的话：

我行走在一片茫茫的空地里，空地里满是半人高的杂草，视线的尽头笼罩在一层迷雾里，我往不同的方向不停走，但怎么也走不出去。视线不及的迷雾里，隐藏着某种巨大的、不可名状的存在。

在一个平常的清晨，我坐在床上，回想着这个梦。

我想还原梦境里的那种感受，于是有了这个故事。但在创作中还是遇到了这样一个问题，如何让发生的这一切变得合理？

于是，我开始构思这个空地里神秘物体的详细设定。渐渐地，为了讲通这个故事，我不得不把叙事的重心放在对点子的阐述上，原本要对梦境氛围的还原反而放在第二位了。

出于对故事完成度的全局考虑，很多梦境的细节在被改变：迷雾里的不可名状之物变得具体可知、一个人的迷失变成了许多人的探索……但欣慰的是，从很多朋友的反馈来看，似乎单纯地展现这个点子也不错。

可能算是一种无心插柳。现在这部作品对另一种生命形式的探讨也算得上让我满意。只是在写之前，我想不到这部作品会往这个方向发展。

在第一次投稿时，我在给编辑的小说简介里搜肠刮肚地写着"高大上"的名词，大谈特谈着所谓"探讨不同交流媒介、不同生命形态的存在形式""剖析个体与整体、交流与孤立的相对关系"，却对最初想表达的那种感受只字不提。

可能这就是明明这个标题与内容不太匹配，但我执意选择了"空地"作为标题的原因吧。也许在未来的某个日子，仅仅是看到这个标题，我就能回想起那个遥远的清晨。虽然我也不知道那个平凡的清晨为什么非得被未来的我记起，但人就是这么一种奇怪的生物。什么都不想放手，什么都不想遗忘。

且放白鹿

| 程婧波

程婧波，四川大学新闻传播硕士，现居成都。1999年在《科幻世界》发表《像苹果一样地思考》，从此开始文学创作。迄今出版个人科幻作品集《直到时间尽头》《倒悬的天空》等，主编《她：中国女性科幻作家经典作品集》。曾数次获得华语科幻星云奖、中国科幻银河奖、冷湖科幻文学奖等奖项，刘慈欣称她的科幻小说"融科幻、奇幻的魅力于一体，在科幻和奇幻的边界上给我们带来全新的体验"。

在这一刻到来之前,李同芳并不确定,"衰老"到底是怎么降临在他身上的。

"衰老"就像一只不受待见的牛蚊子,发出令人烦躁的嗡嗡声,一次又一次绕着他飞舞,总想瞅准时机落到他身上。他则如同一头站在野地里的牛,一开始只是抬起尾巴扇一扇,那蚊子便飞开了;随着岁月的流逝,这头牛渐渐失了力气,蚊子伺机而动、卷土重来。李同芳感到自己扫尾巴的动作越来越吃力,直到那只蚊子落下,停在他起褶的皮肤上。

它的动作轻巧而利落——用锯齿般锋利的上颚切开他的表皮,将口针插入皮肉,刺开血管,吸吮血液。

只有雌蚊子才会吸食血液。

雄蚊子吸食的是树木的汁液、清晨的露水,或者夜间从花蕊处滴落的花蜜。

吸饱了血的雌蚊子,靠着血液中独一无二的蛋白的供养,卵巢慢慢发育成熟,等待雄蚊子前来交配。

造物主把一种不可言说的秘密隐藏在他的安排里:雄蚊子完成繁衍的使命,双手不曾沾过一滴血;雌蚊子完成繁衍的使命,却要一路蹚着血。

李同芳这头苍白的老牛,此刻就站在一片白茫茫的荒野之中。他的血液喂饱了名为"衰老"的蚊子,它与名为"时间"的诗意之物交配,产下被称作"减弱""退化""丧失""疏离""淡化""消失"的一个又一个卵。

353

西沉的夕阳像一颗密度极高的、之前烧红但渐渐冷却下来的铁球，把它四周的一切朝着空无一物的地平线后方拽去。

李同芳心里也如同这片荒原一样空荡荡的。

他安静地低垂着头，接受了这个现实：他老了。

李同芳是1953年生人，2004年他从成都去山西开会，会后去了五台山。在那里他遇到一个穿道袍的人，此人主动捉过他的手来看相。

五三年生人属蛇，此年出生者是长流水命。癸巳年生，天干癸水，地支巳火，水火交融者，为人聪慧，心思细腻，行事规矩，善隐真情，中年时多有富贵……穿道袍的人是这样说的。

那年李同芳刚满五十一，离退休还早。学院彼时在增设新的本科生和研究生培养点，教授队伍青黄不接，他正是院里的顶梁柱，春风得意。就算退休了，也会被学院返聘个几年，桃李满天下。"中年时多有富贵"，他听得会心，表面上却哑然失笑，抽回了手。

穿道袍的人后面说了什么，李同芳记不太清了。中年之后是老年，是遥远的未来，他不想那么早就开始操心。

可一转眼，他就老了。

那个人说的关于他少年、青年的许多事，无不精准；关于中年之事，都一一应验了；但关于他后来会怎样，当时李同芳全然没有放在心上。若还能遇到那道人，他一定要细细打听。只可惜，李同芳如今的身子骨，已经爬不上五台山的台阶了。

他确实春风得意过，桃李满天下过，著作等身，子息旺盛，但那都是中年的"富贵"。谁能料到他的晚景，竟是现在这般呢？

这一刻还是来了。

人生，就是赤条条来了之后刹那拥有，再漫长地失去。年轻时从未深想过的问题，不会消失，只是晚一点儿到来而已。像李同芳这样上了年纪的人，须懂得如何与曾经拥有的人、事、物作别。

夕阳完全沉入了地平线。

四周漆黑一片。

他慢慢将头从荒原中抬起，这片荒原一点儿味道也没有。李同芳心里明白，这是因为他的嗅觉不再灵敏，是他闻不到味儿了。

但他身上有一股味道，别人能闻到。

一种叫作"老人味"的味道。

无色、无味的荒原上，野草和岩石如同波涛一样翻滚。李同芳看得出神，直到这片荒原从他眼前消失不见。

待他回过神来，才看清自己浑身泡在水里，水面漂浮着一层灰白色的东西。这些东西是从他起褶的皮肤上搓下来的灰尘、汗液、油脂、角质和毛屑。

是从他身上搓下来的老人味。

他有些窘迫地坐着，就像那头已经没有力气扇动尾巴的苍白老牛。

他看到自己的手指，泡在水里已经发白，起了皱，像戴了一副劣质的透明塑料手套。

他感到有一双手正拿毛巾搓着自己的后背。过了一会儿，胳膊被这双手抬起来，毛巾开始搓他的腋下。

"李老师，你还痒不痒？"身后有个年轻的声音问。

四川话里的"老师"是个泛指的尊称，称呼医生、教师、记者、年纪大的人等，甚至问个路，都可以称呼一声"老师"。此人出于助浴师的职业习惯喊一声"李老师"，倒是歪打正着。

李同芳想回头，但他僵硬的脖子阻止了这个动作。此刻，他赤身裸体地坐在一个长1.5米、宽0.8米的防水帆布浴盆里，帆布是那种军绿色的，浴盆里的水微微荡漾着。

李同芳突然想到了李白。

上元二年，也就是公元761年，六十一岁的李白流落金陵一带。听闻李光弼出征讨伐史思明，他请缨入其军幕。

不知他从哪里寻到了一身甲胄、一柄长枪，还有一匹老马。李白穿袍戴甲、背负长枪、身骑白马，意气风发地奔李光弼而去。这场奔袭成为他人生中最后的高光时刻。李白行路到一半，因病不得不折返，次年卒于当涂。

李白是哪一刻意识到自己老了的呢？

在奔往沙场的路上吗？行路行到一半，他突然意识到，某种他一直刻意视而不见的东西终于降临了。

"李老师，你还有哪里痒没得？"

不知不觉，洗澡的流程已经来到尾声。那个声音又在身后响起。

李同芳点点头，又摇摇头。

他点头的意思是"可以了，可以了"，就像之前站在三尺讲台上总爱用点头来和学生交流一样。但他很快意识到只有摇头才能很好地回答提问者的问题，从而终结这场洗澡。他一时不知道自己和李白，哪一个更窘迫、羞愤、意难平。

堂堂一个大学教授，竟没办法自己清洗干净自己，须借助于一个陌生人之手。

在这一刻到来之前，李同芳并不确定，"衰老"到底是怎么降临在他身上的。

但现在，他确切地知晓了。

他老了。

就如同一头于荒原中静默的苍白老牛，确切地知晓了一只蚊子的降临。

一

《白蛇传》：穿白云，飞九天。哪顾得重重风险，何惧他虎穴龙潭。

李同芳提着一袋梨，经过荷塘畔一条小路，走到了四川大学的北门外。

几年前他患上一种叫作"肩关节周围软组织不明原因自限性无菌性炎症"的病，也就是俗话说的"肩周炎"，抬胳膊费劲，穿衣服也不怎么利索了。他老伴舜华不知道从哪里打听到的偏方，买回家一台"负离子坐疗仪"。

那台仪器名字新鲜，长相就是个带泡沫的屁股垫。舜华还把仪器说明书拿给李同芳看：

> 负离子坐疗仪是广大患者的福音
> 　　我公司研发生产的负离子坐疗仪，是21世纪最超前、最尖端、最高科技的理疗产品，不用打针、不用吃药，只要每天坚持坐两到三个小时，对糖尿病、高血压、肺结核、中风后遗症、老年痴呆症、帕金森症、静脉曲张、面神经炎、牙痛、关节痛、腰椎间盘突出等有很好的调理作用。

李同芳跟舜华说："你怎么还信这个？"

舜华不乐意了，系里好几位退休教授家属都买了一台"负离子坐疗仪"回家给老伴，怎么李同芳就不领好呢？

李同芳指了指说明书上的字，"违反《广告法》了，欺骗消费者。就这一句就知道有猫腻、不正规。"

后来舜华也没去退"负离子坐疗仪"。那家店租在川大南门外郭家桥菜市场旁的一个居民小区一楼，有天舜华去买菜才发现那里已经人去楼空。她把抖音上其他受害者拍的维权视频拿给李同芳看，夸他"大学教授就是不一样"，觉悟和警惕性比普通群众高出一大截。

李同芳用来装梨的袋子是个质地粗粝的蓝色布袋，上面印着几个白色的宋体字"负离子坐疗仪"。他提着袋子，慢慢挪动脚步，出了校门，过红绿灯口，穿一环路，朝四川音乐学院的方向走了几百米，转进"老马路"。

老马路上有一家农业银行，他径直走了进去。银行保安一见他来了，心领神会地点了个头，不等李同芳答话，已经麻溜地帮他在取票机上取了号。

银行里人不多，且大都是在几台自助机上操作。扩音器里立刻就叫到了李同芳的号，他赶紧走到柜台窗口前坐下，从袋子里掏出两张存折递过去。

"李老师，取钱啊？"柜员是个小妹子，水灵水灵的圆脸盘子上皮肤白皙细腻、长满绒毛，整颗头看上去就像一颗水蜜桃。

"哎，小夏，你好。麻烦把两张折子上的钱都给我取出来。"

"李老师，你这上面有四笔定期，都还没到期。确定要取？"

李同芳又从袋子里摸出一张银行卡递过去，"活期能取的有多少？"

"我帮您看看……两万一千七百八十三块六毛。"

"那还是把定期的都取了吧，麻烦了。"

"定期的四笔加起来是三十八万，取了利息就不能按定期算，太可惜了，要是不急用的话您还是等到期了来取吧？"

"那……"

不等李同芳答话，保安挤了过来，半个身子横在李同芳和柜台玻璃之间，冲着里面喊："赶紧给老爷子把钱取出来。"

保安是个四五十岁、面膛红黑的中年男子，他这一喊，周围的人都不禁朝这边看了过来。

"不是，哥，大额存单提前支取，都要问一下的。"妹子为难地说。

"那你问他，是不是要全部取？"保安扭头看了一眼李同芳，音量再次提高，"是不是？"

李同芳朝柜台里点点头。

这时，刚才看向他们的人堆里走出来一个留着板寸头的青年。青年模样生得还算俊俏，就是眉毛浓密、胡子拉碴，整张脸好比是一道川菜："辣子鸡丁"。川菜老饕一看便懂，辣子鸡丁须得使筷子在一堆辣子里面扒拉出鸡丁，而这青年清朗的五官呢，也都藏在眉毛胡子底下，须点儿眼力方能看出来。

板寸头一点儿不客气，三步并作两步跨到柜台前，直截了当地问："大爷，你是不是遭骗子骗了哦？"

李同芳一愣，保安旋即伸出右肘在板寸头胸前蜻蜓点水了一下，"关你屁事。"

板寸头后退一步，卸下保安的力道，斜楞着眼睛瞅了瞅对方，"你是他啥子人？"

"我是他啥子人，我是你老子。"保安火气不小。

板寸头却一点儿都不着急，他双手插兜，慢条斯理地说："大爷，今天不是你取钱的好日子，我劝你不要取了，万一遇到骗子……"

保安一听更来气了，两手一伸，就把板寸头推了个趔趄。

板寸头也不是吃素的，一把钳住保安的两只手腕，俩人"切磋"在了一起。

李同芳哪里见过这种阵仗，惊得从椅子上站了起来，嘴里说着"别打了，别打了"，但根本没人听他的。

柜台那头，小夏见银行保安和客人打了起来，赶紧报了警。巧了，银行对面就是老马路派出所，民警接警之后两分钟就到了。

派出所里，李同芳颤巍巍地拿出自己随身携带的四川大学教授证、退休证，连带着两张存折都一起递给民警。

"你们是父子？"民警问。

"嗯，这是我幺儿，李学宇。"李同芳用眼角的余光看了一眼坐在身边的银行保安,"一共四个子女,大儿子在美国,二儿子在澳洲,还有个女儿在马来西亚。都在教书。只剩这么个幺儿,留在成都陪我们……陪我。"

"幺儿……在银行当保安?"

李学宇粗着嗓子道:"不得行啊?"

"打架斗殴,"民警说,"你们这种情况,一般拘留五日以下。"

"警官,这都是误会,能不能从轻处罚……"李同芳低头说话的时候,眼角的余光同时看了看民警,又看了看他幺儿李学宇。

"情节较轻,可以调解。如果双方都没什么意见,我们也可以不予处罚。"民警低头看了一眼手上的案宗,目光扫向板寸头,"不过你要留一下。"

"凭啥?"板寸头两眼一瞪,"警官,我这是见义勇为。川剧《宁陶府》看过没?秦叔宝打抱不平,杀了个贪官山东知府,带着他妈和妻儿一路……"

"哦,你的意思你是秦琼?那你咋跟敬德在银行大堂打起来了呢?都是门神的嘛。"

板寸头嘟囔了一声,"我哪晓得他们是亲父子?"

"对,警官,这位同志他也是好心。年轻人嘛,有时候血气方刚,难免好心办坏事。现在都没事了……没事了?"李同芳试探性地问。

"一个一个来。"民警看了一眼板寸头,板寸头不再吭气,"李教授,因为银行报警时做了风险提示,所以问您一句,能不能说一下取钱是要做什么?"

"我取钱给学宇,请他去办理我老伴的……社保卡结算。我老伴舜华,五天前去世了。我们身边就这么一个儿子,跑前跑后都是他。"

"社保卡结算为什么要你们交钱?"民警问李学宇。

"看嘛,我就说是诈骗。"板寸头一下又来劲了。

李学宇瞪了他一眼，又转过头看着民警，"我爸接到个电话，是社保局监督科打的，说我妈住院期间社保卡划扣出了问题。先补齐四十万，再按医保流程报销返账。"

　　"对对，警官，有这件事。"李同芳补充道，"我跟我老伴呢，刚好存了这些年，一共存了四十万块钱。先是社保局打电话，然后公安分局有位赵警官也打过来，说了一样的意思。赵警官给了一个社保局的银行卡号，让我们先补齐之前社保卡上垫付的医疗费，完了再给我们报销。"

　　"警官你看，我这属于见义勇为没得拐吧？"板寸头问，"这还不叫遇到骗子了？"

　　民警道："小伙子，年纪轻轻，对骗子的道道倒是门儿清啊。"又对李同芳说，"李教授，您这应该是遇到骗子了。"

　　李同芳有些没有回过神来，低声喃喃自语："怎么会是骗子呢？学宇还从他们银行系统里面核实了，对方给的账号就是一个社保局的账号啊？我今天取出来这些钱，本打算直接就转到赵警官给的那张卡上。"

　　"李教授，您可以报案。我这边帮您核实一下是哪个'分局'的哪位'赵警官'。"民警的目光落在李学宇怀里那个装着梨的包上，"负离子坐疗仪"几个字清晰可辨。

　　"不报案了，报啥子案哦。又没有被骗，没啥损失。走，爸，我们走吧。"李学宇忙不迭地起身要走，"我还当着班呢。"

　　李同芳和儿子李学宇从派出所出来。

　　俩人在派出所门口站了一会儿，望了望天。谁都不知道该开口说什么。

　　李同芳突然想起了那袋梨，就把装梨的袋子递给李学宇。

　　李学宇一脸晦气，正闹别扭，没有接。

李同芳把袋子塞进李学宇怀里,"妍妍爱吃。"

李学宇推托不过,接过了那袋梨。"我回去上班了啊。"他朝父亲摆摆手,走出了梧桐树荫,朝马路对面的银行走去。

李同芳注视了一会儿李学宇的背影,直到那背影消失在了银行的玻璃门后面。

他叹了口气,正要离开,碰巧板寸头从派出所大门走了出来。

"哎,还没走啊?"板寸头有些自来熟地同他打招呼。

"今天谢谢你了。要不是你,我们爷俩儿可能真就被骗了。"李同芳感激地说。

"没事,李老师,民警同志都说了,我这是见义勇为嘛。"板寸头挠了挠自己的寸头,"更何况,咱一回生二回熟。"

见李同芳一脸茫然,板寸头笑了笑,问:"李老师,你还有哪里痒没得?——想起来了?"

李同芳伸出右手食指在空中冲着板寸头点了好几下,"你就是那天给我搓澡的那个娃娃?"

"对头,李老师。"

"好,好,那我更要谢谢你了。"李同芳看着面前的小伙,心里有一种说不上来的感觉。这种感觉非常奇特,仿佛是一只痒痒挠,在他喉咙里一上一下地莫名挠着。

所以连他也解释不清楚,为什么会说接下来这句话:"我想请你帮个忙,可以吗?"

二

《焚香记》:迢迢千里犯尘埃,会向瑶台,总算是明月入君怀,纵说是双凤齐飞,也愿化为红绶带,又何忍抛下名花不肯栽?

王凡还在娘胎里的时候，就不太招人待见。

他妈怀第一胎时，肚子特别大、特别圆。街坊邻居都说，肚子包得像莲花白①一样紧是生男，王凡娘这种包得不紧的是生女。果不其然，第一胎生了个女儿。

第二胎，肚子更大、更圆了，还是个女儿。

到了第三胎，王凡娘的肚子无比大、无比圆，像怀了一对闺女似的。临盆之际，王凡爹在外头不停抽闷烟，被问及孩子出来之后给取个啥名，他吐出一个字："烦。"

于是就按照王凡爹的意思，孩子有了大名：王凡。

王凡爹没承想，第三胎得了个儿子。

这个儿子成了五口之家里最宝贝的存在。王凡打小生性荡然肆志，无人能管。到了八岁上下，王凡爹觉得再不开蒙实在不像话，捉着他送去上学。另还额外送他去补习班练习毛笔字，这是王招娣、王盼娣没有的待遇。现在王家堂屋里挂着的一副对联，就是王凡九岁时的墨宝。

对联的内容经王凡爹授意，上联是"最穷无非讨饭"，下联是"不死终会出头"。王凡爹认为既然有了儿子，那么就要搞一点儿传家文化，装点一些家训。

王凡的舞文弄墨生涯九岁就草草结束。他小小年纪便看清了一件事，那就是自己绝非读书的料。混完九年义务教育，又在父亲的棍棒之下挨过了三年高中，王凡终于挣脱了学校的束缚，如一滴自由的涓露跃进了社会这片大海。

九年加三年的学校教育，是十二年。社会这所大学对王凡的教育，也正好十二年。他跟家里的联系越来越少，当年手书的对联一语成谶。只要不和家里联系，那么他在外头是死是活，是风光无限

---

① 四川、云南地区对卷心菜的叫法。

还是乞讨要饭，都无人知晓。

混得好的人，衣锦还乡；混得不好的人，就是薛定谔的浪子。只要观察者不存在，浪子们就永远处在"讨饭"和"出头"的中间态。

他干过网管、帮工、中介、外卖、快递、销售。这里头最累的是在一家羊肉汤店帮厨，很多人干个三天就跑了，王凡咬牙坚持了一个冬天。冬去春来，气温回升，吃羊肉汤的人少了，羊肉汤店就盘出去，租给了两个弹棉花的安徽人。

四月的成都街头，银杏绿了，梧桐还是黄色。王凡提着个红蓝条纹的编织袋，在九眼桥一带徘徊着。编织袋里装着衣物、锅碗瓢盆和几瓶酒。九眼桥既是成都的酒吧和夜场一条街，又是鱼龙混杂、机会遍地的奇妙空间，就像他的编织袋。王凡遇到一个叫六哥的男人，问他是不是在找工作。

王凡点点头。

"给人当过孙子没得？"六哥问。

"啥意思？"

"晓不晓得咋给人当孙子？"六哥又问。

王凡被问得有点儿莫名其妙，一时不知道应该走人还是揍人。

"我们公司有个销售中心，"六哥拿下巴指了指九眼桥对面，蜿蜒的锦江流向竹林掩映、与川大一墙之隔的望江公园，"提成高，没底薪。能干的业务员一个月挣两三万没问题，就看你愿不愿意给人当孙子。"

王凡心里盘算着，没有答话。

六哥拍了拍他的肩，"来跟哥干，不交押金，公司包住。"

然后王凡就提着他的编织袋，住进了一个十人间。房子是个位于郭家桥的小套一，卧室放了两张上下床，客厅放了三张。厨房、卫生间共用。

六哥所谓的"销售中心"，就在这个十人间的楼下。居民住改商的一楼，窄窄的门脸，左右各挂一扇木刻楹联。上联是"为众多家庭解忧"，下联是"替天下儿女尽孝"。进去之后有几个玻璃展柜，摆满了各种颜色的屁股垫。墙上拉着横幅：

负离子坐疗仪是广大患者的福音

干得久一点儿的业务员，对"当孙子"手拿把掐、驾轻就熟。这种眼见之功，王凡看了两天便也全都学到了。

早上八点到九点，业务员先在十字路口发传单，这叫"打窝子"。

九点之后，在郭家桥菜市场买完菜、领了传单的老年人就会陆陆续续找上门来，他们来了首先问是不是可以领鸡蛋。业务员先热情地邀请他们免费坐一坐屁股垫，这一试坐一般就是半小时，过程中就拉拉家常，摆摆龙门阵。这叫"下钩子"。

熟络之后可以先不提销售的事，先赠送鸡蛋，顺带手帮大爷大妈把菜和鸡蛋拎回家。下次再见面，就不经意地提起包治百病的"负离子坐疗仪"，这叫"初钓"。

有时候成功销售一单"负离子坐疗仪"得扯好几回线，时间长的，一个月了鱼都还没有"吃饵"。

六哥说业务员的基本功就是"三得"——说得、跑得、等得。能陪大爷大妈唠，能为大爷大妈跑，最重要的是卖东西要有耐心，等得。一台"负离子坐疗仪"卖八千八，业务员可以提成三千。如果一个月能卖出去十台，那业务员的收入就是三万。

"关键你们这是无本万利，懂不？"六哥说，"公司设计研发这么好的产品，花好多钱你们晓不晓得？一年投入几百万研究这个负离子，还要给我们租房子，销售中心的房租、水电也不要你们出一分。仪器成本都不下四千块，你们还要拿三千提成，刨干打尽所有成本，公司基本是卖一台亏一台。"

这个时候，老业务往往忍不住来一句："可以了，可以了，六哥。就是个带插头的屁股垫，成本最多五十。"

当然，业务员杠一杠也没啥，都是一根绳上的蚂蚱。六哥最怕的是遇到正儿八经的杠精。

当初六哥把"销售中心"选址在此，主要是看中离川大南门近。川大退休教授和他们的家属，有买仪器的经济实力；儿女多在外地，空虚，适合这种讲究人情的销售形式；负离子这玩意儿吧，有点儿理解门槛，所以在别的地方卖给老街坊，接受度低，效果都不如在这边好。

可没想到"成也川大，败也川大"，很快就有认死理的老人家带着子女上门来要求退货，说"负离子坐疗仪"是"三无"产品，偶尔还漏电。

一传十，十传百，掀起了一股退货潮。

"钓鱼上虾，趁早搬家"，六哥掐指一算，大事不妙。他赶紧把铺面关了，遣散了手下的业务员，带着仓库里积压的几十箱屁股垫连夜逃窜，说是回潼南老家去另起炉灶了。

六哥跑路的时候，欠了所有业务员三个月的提成。"混不下去了就来潼南找六哥！"他说。

王凡又提着他的编织袋回到了成都街头。此时已是夏天，梧桐和银杏冒着深深浅浅的绿，阳光斑驳，照着他疲于奔波的双脚。

王凡跟着一个老乡干起了助浴师。

干这个需要相关工作经验，比如护理之类。王凡的相关经验是"当过孙子""伺候过老人"。

助浴的工作并不轻松。上门给老人洗一场澡下来，浑身都会湿透，自己也得洗。

王凡有次遇到个瘫痪了好几年的老人，儿女都在外地，家里一个老伴，根本弄不动他。王凡上门给老人翻身的时候，闻到一股臭味。

这臭味怎么形容呢，有点儿像爬进了一个满口牙结石的人嘴里。

原来，老人身下压着一只死去的壁虎。

扁扁的，像一张岁月的书签。

壁虎不知道死了有多久。

王凡后来才发现，很多老人是闻不到异味的，但他们无一例外都渴望清洗干净自己的身体。

每每洗完澡之后，他们都会对王凡露出一个笑容。

不过有一个人例外。

这人是四川大学的一个退休教授，年龄比起王凡的其他客户算不上老，不过他抬胳膊成问题，洗澡挠不到后背。这在北方很好解决，上澡堂子找师傅搓个背就行了，但四川没有北方那种澡堂子。

王凡上门给老教授助浴的时候，老教授一直在神游天外。直到洗完，他都眉头不展。

他的目光一直落在自己周遭的水波之中，好像那里是一片无可逃遁的荒原。

"我想请你帮个忙，可以吗？"

几天后，王凡又碰到了那位老教授。站在老马路派出所的门口，阳光洒在二人肩头，老教授对王凡发出了一个邀请。

老教授有个老伴叫舜华，一个多月前查出来胰腺癌。得了这个病的人走得很快，几乎不给亲人一点准备的时间。四个儿女，三个在国外，得知消息后纷纷赶回了成都。因为这件事，一家人难得地团聚了一次。

院里和系里帮着张罗，成立了舜华同志治丧委员会，发讣告，组织遗体告别。老教授连轴转了几天，待他把骨灰罐从殡仪馆拿回家，儿女们又各奔东西各忙各的去了。

清静下来，他才仿佛要颓然地垮掉。

他不敢让自己闲着,于是收拾整理起舜华的遗物。俩人结婚时舜华父亲打了个香樟木的箱子送给他们,老教授在箱子里找到了舜华穿着拍结婚照的那条"的确良"裙子。舜华只舍得穿了那么一次。

箱子里的物品打开了他记忆的闸门。人生天地间,忽如远行客。仿佛只是一个转瞬的光景,大半生已经过去。

在箱子的底部,老教授发现了两块厚玻璃夹着的一页透明玻璃纸。他把玻璃纸拿出来,对着窗外的日光打量。

阳光透过纸背,将玻璃纸上一行陈年字迹清晰地映在他的眼底:

别君去兮何时还?且放白鹿青崖间。

他认得箱子里所有的东西,唯独对这一件物事感到陌生。

那是软笔蘸着蓝黑的墨汁写成的一行字。这么多年过去,颜色已经不再浓烈,只剩了淡然。字迹也是全然的陌生,肯定不是老教授所写,也不像舜华的。

他对搞清楚这张玻璃纸的来历生起了无比的兴趣。

一半是不能让自己闲下来,闲下来就垮了;一半是真的好奇。

他还没有和舜华好好告别。

舜华临终前,他握着她的手。他们说了好些话,心里的平静大于难过。但那是告别吗?

在遗体告别仪式上,儿女都来了,系里的领导和同事们也都来了。他还念了一段悼词。但那是告别吗?

现在,舜华的骨灰罐就在客厅的电视机柜上。他想和舜华说说话的时候就能说说话。但那是告别吗?

他还没有和舜华好好告别。

他还有没完全搞清楚的地方。

这张玻璃纸就像舜华人生拼图中的一块。它指向什么呢？目前是个谜。

不找到这块拼图的谜底，他就不了解完整的舜华。

你怎么能和一个自己还不完全了解的人好好告别呢？

李同芳想请王凡帮他搞清楚玻璃纸背后的秘密。

是谁写了"别君去兮何时还？且放白鹿青崖间"那行字？舜华为什么要把这张纸收藏起来？它对她一定有某种意义。

但是，这个解开秘密的行为背后，还藏着李同芳自己的秘密。

他不能和任何人说。

领导，儿女，同事，邻居，他都不能说。

如果舜华活着的话，他或许可以和舜华分享这个秘密。他不怕舜华笑话自己，甚至都能想到她会如何打趣。

然而舜华已经不在了。她要是在的话，玻璃纸的秘密便不存在了。李同芳会直接问她：谁写的？为什么要仔仔细细收在俩人结婚的箱子里？玻璃纸的秘密不存在，李同芳的秘密也就不存在了。

而他的秘密，怎么说呢，他在"养育"一个新的舜华。

那是一个叫作"倍思亲"（Base Chat）的聊天机器人网页。Base Chat，顾名思义，是建立在聊天交流基础上的一种自然语言处理工具。虽然只是网页版，背后的算法却很深刻。"倍思亲"是这个语言处理工具的中文版，它非常人性化地给出了一个接口，很多人都通过导入亲人生前的朋友圈、微博和抖音内容，快速生成一个"亲人"。

打开网页，开启对话，它会像亲人那样和你聊天。如果导入的素材足够丰富，聊天方式甚至不仅仅是文字版的，还可以是视频。

就好像，有了"倍思亲"这么一个工具，任何活着的人都可以往天堂打一通视频电话一样。

李同芳试过一次，也许"倍思亲"的算法中还包括了动捕技术[①]。只要开启摄像头，在他挪动身子的时候，电脑屏幕上"舜华"的目光还会追随着他。

那种互动如此真实，而由舜华生前的朋友圈和抖音内容"喂养"出来的这个聊天机器人，一颦一笑，的的确确都是舜华的样子。不过只能免费试用一次，后续再开启对话就要充值才行了。

自然语言处理工具最可怕的一点，在于它所建立的强大语言模型难免给人一种错觉：它不是一个人工智能，而是有着人格的某种科技回魂。

川剧有出《焚香记》，根据宋人《侍儿小名录拾遗》中王魁和焦桂英的故事改编而来。王魁金榜题名后，背弃了与焦桂英的誓言而另娶，焦桂英愤而自杀，死后化作厉鬼，活捉了王魁。

人死之后，肉身消殒，但魂魄不会消散。这是中国民间一直流传的说法。

如今，快速迭代的人工智能以其深不可测的算力，让传说几欲成真。

"倍思亲"不仅需要投喂大量的文字、图片和视频，还需要氪金。

数目还不小。

李同芳原本已经打算把他和舜华的积蓄都给李学宇，却不承想，这个幺儿先打起了老两口"棺材本"的主意。

那天从老马路派出所出来，李同芳的心里十分不是滋味。虽然父子之间没有点破，但二人都心知肚明。他转念一想，干脆，老子

[①] 全称运动捕捉技术（Motion capture），是一项能够实时准确地测量、记录运动物体在实际三维空间中的各类运动轨迹和姿态，并在虚拟三维空间中重构这个物体每个时刻运动状态的高新技术。

的钱不给李学宇这个不孝子了……或者说，少给李学宇留一点儿，他要把钱用来充值"倍思亲"，也许那样就能尽快解开舜华留下的谜团。

一方面，他要在现实世界中寻找关于那张玻璃纸的线索，而他日渐衰老的身体在现实里跋涉的时候越发吃力了；另一方面，他需要有人帮忙处理网上转账的事情，以前这些事都是舜华、学宇在做，或者交给研究生代劳——但这次，他必须保守自己的秘密。

他别无选择，只能求助于一个陌生人。

王凡就是那个被李同芳挑中的陌生人。

李同芳也有自己的考量，并不是上街胡乱点兵点将。是王凡识破了李学宇下的套，要不是他在银行里站出来"见义勇为"，李同芳恐怕还蒙在鼓里。此外，王凡曾经给李学宇助浴过一次，虽然两人交流不多，但李学宇觉得都那样"坦诚相见"过了，这个做事细致的小伙子是个帮助自己的不二人选。更何况，李同芳还察觉到王凡似乎对川剧有兴趣，舜华就是个老戏迷，没准在舜华留下的谜团上，王凡真能帮上什么忙。

一切似乎都是冥冥之中的安排。

不过，李同芳还留了个心眼，他不会把手上的现金一次性交给王凡。他会选择每次都小额充值，如果"倍思亲"的VIP功能一直能用，就说明王凡这小伙子靠谱。如果突然欠费不能用了，那也就当损失笔小钱，看清了这个人。

有了这般万全的思虑之后，李同芳把"养育"舜华的事向王凡和盘托出。

果不其然，王凡惊讶得瞪大了双眼。

"李老师，这个'倍思亲'网站，怕不是个新型骗局哦？"王凡说，"你看现在各种听不懂的骗局好多嘛，啥子区块链，啥子元宇宙。"

李同芳也早就料到了王凡会不信，他没有解释，就问王凡有没有时间。也许几天，也许几个月，也许几年——按月结算，如果真的要花上几年才能解开谜团，那他到时候还会额外给王凡一笔补偿。

"说实话，你买的那个'负离子坐疗仪'就是搞笑的。我都卖过，成本五十，是不是卖你八千八？"

李同芳惨笑了一下——自己早就识破了"负离子坐疗仪"的骗局，那明明是舜华买回来的。男人的胜负欲是种很奇怪的东西，只要一个男人还在呼吸，他的胜负欲就还在。李同芳问王凡："你这么精，那你卖'负离子坐疗仪'赚了好多吗？"

"一分钱都没赚到。老板跑路了，还欠我一万多块钱。"

"一万多好多？"

"一万五。我干了三个月，卖了五个出去，每个提成三千。"

李同芳从怀里掏出一张手帕，一层层揭开，里面是用油纸裹着的一沓钱。

李同芳当即数了一万五千块现钞，拍到王凡手里，"拿着。"

王凡想要推托，两人几经拉扯，最后李同芳说："以后别再干骗人的事了。来帮我吧，每个月给你五千。月结。"

就这样，王凡干过的营生里又添了一条——陪伴失意（智）老人实现一个荒唐的梦想。

李同芳果然没有看错人。不出两天，王凡就找到了关于那张玻璃纸的线索。

他从一个常去悦来茶园喝茶听戏的老戏迷那里打听到，这是几十年前一个叫"芳华班"的戏班子演戏时用来放字幕的"幻灯板"。

可惜时至今日，不要说上哪儿找什么"芳华班"，就是悦来茶园也已经不是从前的样子了。

从前，在华兴正街，清末名伶魏长生修建了一座老郎庙，庙中供奉梨园行业的神明。1905年，四川企业家樊孔周在老郎庙旁修了悦来茶园，戏迷们可以一边喝茶一边看戏。现在的成都市川剧研究院，前身叫作"三庆会"，最早也是在悦来茶园登台演出的。1954年至2019年，悦来茶园几经修葺，一旁还扩建了锦江剧场和成都川剧艺术博物馆。2023年，悦来茶园、锦江剧场、成都川剧艺术博物馆并入了一座新建筑——成都川剧艺术中心。

所以，要想寻得悦来茶园当年的一石半瓦，已经殊为不易。要找到"芳华班"的老人，更是难上加难。

可能连很多老成都人都不清楚，当年悦来茶园一带，川剧是如何风光鼎盛。朝南走，有春熙路的三益公剧院；朝西北走，有忠烈祠北街的可园；朝西南一点儿，是祠堂街的锦屏大戏院；朝东走，则是书院南街的平民大戏院。如今，这些戏院皆已消失在鳞次栉比的摩天大楼之间了。

不过，知道了玻璃纸是演川剧时用的字幕板，还来自一个叫作"芳华班"的戏班，已经是个很大的进展。

舜华头七这天，李同芳去和李学宇道别。

王凡一路顺藤摸瓜，打听到了曾在芳华班里的一个叫作周单的武生，在1980年戏班解散之后，把戏班里的不少行头都带走了。这个周单出身于川剧世家，家里有些积蓄，遭逢戏班解散，便拿了些钱出来，把戏班里的东西尽数买下。胡琴、锣鼓、水袖、翎子、桌椅，连带写戏名的水牌也搜罗一空。周单是乐山峨眉人，家住峨眉黄湾。

根据这些线索，李同芳决定带上那张玻璃纸，去一趟峨眉黄湾。

李同芳敲门进屋的时候，李学宇正在厨房独自煮面。李学宇前两年离婚了，女儿妍妍现在读大二，住校，很少着家。

李学宇问李同芳吃过了没，李同芳说吃过了。

李学宇便又守着瓦斯炉，自顾自地煮面。

李同芳说自己要外出几天，去趟峨眉。李学宇应了一声，没有多问。

李同芳见客厅电视柜上的电视机不见了，柜面积了一层灰。上次给李学宇的蓝色布袋就躺在那层灰上。

他拾起布袋，慢慢踱步到冰箱旁，打开冰箱门，将布袋里的梨一个一个捡进冰箱。

冰箱里整齐地码着几个玻璃饭盒。

李同芳拿出来一看，上面写着"鱼香肉丝""木耳炒肉""水煮肉片"等等。仔细瞧了日期，都是在舜华去世之前。

过去几年，舜华一直背着李同芳，三不五时地做好了饭菜给李学宇送去。李同芳对此一直"难得糊涂"，权当不知情。直到舜华查出病，住院前，她都还在给李学宇送饭。

舜华住院住了一个多月，李同芳做了几次饭菜带去医院。后来儿女又托人请了护工负责照料。

有一次，舜华靠在病床上，吃着李同芳带来的饭菜，打趣他，"老李，我这人都要死了，终于吃上了一口你做的菜。"

李同芳说："你这就是胡说八道了。"

舜华胡说八道了什么呢？是胡说八道她人都要死了，还是终于吃上了一口李同芳做的菜呢？

两人没有再往下说。

李同芳看着冰箱里的那几个玻璃饭盒，饭盒上是他熟悉的字迹。

舜华这辈子，是让许多人羡慕的。舜华与李同芳幼时青梅竹马，后来喜结连理，老了以教授太太的身份白首不离；生儿育女，养育出了三位大学教授，孙儿孙女也个个成才。

她是妻子，是母亲，是姥姥，是奶奶。独独隐藏起了她自己。

如果拿掉妻子、母亲、姥姥、奶奶的身份，舜华是谁呢？

李同芳盯着"鱼香肉丝""木耳炒肉""水煮肉片"看了半天，似乎要从那字里行间看出个答案。

不知道什么时候，李学宇站到了李同芳的身后。

"过期了，把菜都倒了吧。"李同芳指了指饭盒上的标签。

"别倒。"李学宇说，"想老妈的时候，还能吃到她做的那个味道。"

李同芳点点头，扶着冰箱门颤巍巍地站起身。

"我就剩这点儿念想了。"李学宇又说。

李同芳拍了拍儿子的肩。他发现李学宇的鬓角开始花白了。

王凡那边进展顺利，很快联系上了周单。

周单表示他知道玻璃纸背后的事，但需要一点儿"劳务费"。为了证明自己真的和芳华班过从甚密，周单发来了几张照片，有他当年扮武生的剧照，也有他收藏在家中的戏班物件。

李同芳拿手指一个劲点击图片，放大，看到几块写着唱词的玻璃板，那形制和自己手上这块别无二致，心里悬着的一颗石头落了地。

可就在动身去峨眉之前，"倍思亲"出事了。

很多客户投诉"倍思亲"中文版无法登录，或者不能正常打开网页。

李同芳觉得这件事他负有极大的责任。

王凡不理解，"倍思亲"出问题，关李同芳什么事。

李同芳告诉他，这都怪自己问了"舜华"关于玻璃纸的问题。

"这个问题的信息熵太高了，"李同芳说，"太高了……它占用了自然语言处理模型太多的算力。也许目前全世界的强人工智能加在一起，都处理不了信息熵这么高的问题。"

王凡不懂他的意思，问他到底还去不去峨眉。

"去，必须去。"李同芳说，"现在更要去了。这件事是我造成的，我不入地狱谁入地狱。"

"李老师，反正我不想入地狱。"王凡说，"去这一趟车票是可以报销的哦？"

李同芳让王凡管账，俩人去峨眉的车票、住宿、吃饭，都由王凡负责开支。王凡带着现金和记账本，一路走一路记。李同芳还给王凡定了个"出差补助标准"，每天三百。

李同芳刚开始氪金"养育舜华"的时候，他就问了"舜华"玻璃纸的事，问"她"那行字是谁写的。

电脑屏幕上的"舜华"声情并茂地回答："'别君去兮何时还？且放白鹿青崖间'出自唐代大诗人李白的诗作《梦游天姥吟留别》。这是一首记梦诗，也是一首游仙诗，意境雄伟，变幻莫测。缤纷多彩的艺术形象，新奇的表现手法，向来为人传诵，被视为李白的代表作之一。"

李同芳一时哑然。

他当然知道这首诗是李白写的。"舜华"曲解了他提问的意思。

根据自然语言处理工具的工作原理，大量的投喂可以让人工智能通过学习和训练来建立更有针对性的"特定"语言模型。也就是说，只要对特定的人工智能投喂特定的素材，进行特定的训练，它的语言反馈系统就能让它说出的话越来越像"目标角色"说出的。

这是"倍思亲"运行的底层逻辑，也是李同芳一直在尝试进行的事。

但是谁都知道，人脑是人脑，电脑是电脑。人脑的生物算法发生在一千亿个神经细胞之间，而电脑的电子算法则发生在以二进制为工作方式的电子管之间。目前的人工智能技术还无法完全模拟人脑这种复杂的生物学系统。肉身的消亡的确带走了一个人的灵魂——即便采用强人工智能进行"复刻"，复刻出的"灵魂"与原来的"灵魂"相比也还是差了一口气。

当然，无论是生物算法还是电子算法，都与正负极电荷相关。是哪一次微小的正负闪烁，决定了情感和意识的产生？又是哪一次微小的正负闪烁，决定了人工智能终究无法像真实的人类一样呢？

李同芳想做的，是"养育"出一个与他老伴舜华无限趋近的"舜华"。一旦成功了，他就可以问出一直盘桓在内心的疑问，亲口听到"舜华"告诉他答案。

这个计划的难点，在于问题中的信息熵过高。

他"养育"出来的"舜华"，只有舜华的声音、表情、口气，但没有舜华的记忆、思维、意识。对于日常交流，"舜华"完全可以胜任，甚至毫无破绽；但对于"且放白鹿是谁写的？"这个问题，"舜华"理解不了，也无法回忆。

目前的人工智能，优势在于回答那些低信息熵的问题。但在高信息熵问题面前，它们也束手无策。

比如，李同芳问"舜华"："你看我明天去趟峨眉怎么样？"

这个问题中，"我""明天""去""峨眉"都是非常确定的信息，它的信息熵含量很低。"舜华"的回答就自如而漂亮："好啊，老李。明天气温24到36摄氏度，小心中暑。"

但当李同芳问"舜华""那张写着'别君去兮何时还？且放白鹿青崖间'的玻璃纸是怎么来的？"这个问题时，一切都是不确定的。

不单单是李白的那句诗信息熵含量极高，问题背后所涉及的更大的、更不确定的信息意味着无穷大的信息熵，完全是一个自然语言模型无法回答的。

即使知道这一点，李同芳依然如同一个不会游泳的人抓住了救命的稻草。

他不停地训练着"舜华"，一遍遍地问那个会把"她"搞崩溃的问题——或者，他自己先就崩溃了。

其实他内心还有一点儿不切实际的希望，一点儿摇曳不定的光亮。

那个光亮就是"涌现"。

人是什么呢？

李同芳认为，人是可以被理解的信息的集合。

否则，宇宙当中为什么要诞生人呢？

正是因为人是可以被理解的，所以宇宙中才有了人的存在。人存在的意义，就是被他人理解，以及去理解他人。甚至，有没有一种可能，宇宙就是为了被理解，才创造出人的？

生命现象是化学的一个涌现特性，雪花中的分形图案是物理的一个涌现特性，而化学与物理的涌现共同发生时，我们看到了椋鸟在空中成群飞行，看到了鱼群在海中忽聚忽散，看到了星系在遥远的深空中慢慢成形。这一切，都是人工智能可以通过算法去模拟的。

那么，如果人工智能自己产生了电子涌现，"人是可以被理解的信息的集合"便在人工智能的领域成立了。它是不是可以通过算法去模拟（看起来效果如同"理解"）一个人呢？就如同它不必"理解"椋鸟、鱼群或者星系，却可以完整地模拟出它们的运动轨迹。

如果涌现真的发生了，会产生"回形针 AI"吗？

"回形针 AI"是牛津大学哲学系教授尼克·博斯特罗姆提出的一种极端假设：假如人类制造出了一个无所不能的 AI，赋予其非常高的目标能力 —— 比如，目标是生产回形针 —— 那么会产生什么样的后果呢？这个 AI 可能无意伤害人类，但它会以"生产回形针"为唯一目标，不断增强自身的控制力和影响力，最终消耗所有可以调动的资源，包括地球和整个宇宙的资源。如果"回形针 AI"真的存在，那么我们的宇宙将有一天充满了回形针，而制造它的人类则早已消失了。

如果涌现发生，会产生一个这样的 AI 吗？一个像他一样执拗的 AI，为了唯一的目标，穷尽全宇宙的资源。

　　检票进站的时候，李同芳满脑子还在想着这些。

　　他知道自己在期待着什么。

　　但不敢深想。

　　人工智能的开端和基础，并非数学原理、机械原理或者图灵问题。人工智能最早的源头，其实是17世纪莱布尼茨、托马斯·霍布斯和笛卡儿提出的形式符号系统假设。直到两百年后，世界上出现了第一台机械式可编程计算机①的设想，才把机械原理和编程计算引入了人工智能的领域。

　　是符号学，率先为人工智能提出了可能。

　　1948年10月，"信息论之父"克劳德·香农发表了一篇旷世奇文《通信的数学理论》，被视作现代信息论研究的开端。两年之后，"人工智能之父"艾伦·图灵也发表了一篇划时代的论文，预言了创造出具有真正智能的机器的可能性。

　　人类对于"语言"和"交流"的痴迷，竟然使得符号学、信息学总是走在数学、电子工程学之前，把人类从生物算法往电子算法探索的迷宫中，引向了最终的出口——人工智能诞生了。

　　时至今日，各种水平参差不齐的聊天机器人背后的工作基石，依旧是信息学。

　　巧的是，香农拿的是数学博士学位和电子工程硕士学位，但他对世界影响最大的身份却是"信息论的创始人"。数学、电子工程、信息论，人类最古老的学科与最新的学科交汇在一起，才诞生出了人工智能这个全新的技术与物种。

　　是的，一个全新的物种。

---

① 查尔斯·巴贝奇发明的差分机。

在内心深处，李同芳不知道应该怎么看待"倍思亲"网页上被他"养育"出来的"舜华"。他很清楚那只是一个语言模型，"她"之所以一颦一笑、一问一答都像极了舜华，不过是因为它强大的算法使其分析和模拟得十分到位。

李同芳就像一个坐在戏园里的观众，或许沉醉于戏台上正在演出的故事，但同时又很难真正"入戏"。

他做不到。他做不到忘记那旦角、小生、武生与丑角嘴里唱念而出的只是戏文。出于自己的学识和修养，他无论如何都很难把"舜华"当作舜华。比如，尽管"舜华"像舜华一样称呼他为"老李"，也自称"我"，但那只是一种语言上的错觉，"舜华"根本就没有意识和主观体验。

肉身的消失到底带走了什么呢？

自主神经中枢控制的基本生命活动停止了。大脑内部复杂的、隐秘的思维活动停止了。身体与真实世界的交互活动停止了。

没有了肉身，意识又去了哪里？

"眼耳鼻舌身意"这六识，"意识"的前提是肉身对环境的探查，是眼识、耳识、鼻识、舌识、身识这样的"主观体验"。再强大的人工智能，也不可能有主观体验。

就像是戏台上来来回回的各路角色，聊天机器人的对答如流，不过是逢场作戏罢了。

李同芳甚至有点儿羡慕舜华了。

不管是那个"死去元知万事空"的舜华，还是眼前这个栩栩如生但没有意识、没有情感的"舜华"。

她走了，剩他一人活着。可是活着的感觉是什么呢？

曾经春风得意、桃李满天下，如今却连洗澡也无法自己动手。著作等身又怎么样呢？不要说身后，就是现在活着，这些埋在故纸堆中的文字又有多少人看过？子息旺盛又如何呢？三个有出息的儿女都远隔重洋，唯一还在身边最疼爱的幺儿子却谋划着骗走自己的财产。

让李同芳感到无力的事一件一件，舜华却就这么一走了之了。

舜华一走，留下了让李同芳感到最最无力的一件事——那个谜团。

在舜华留下的谜团面前，没有什么是比求不得一个答案更让人无可奈何。

《维摩诘经》云："是身无常，无强、无力、无坚，速朽之法，不可信也。为苦为恼，众病所集……"经文劝人不要留恋肉身，肉身便是无常，是无强，是无力。

李同芳想，一切有情生命都要经历生老病死。舜华走了，而他老了。

但"倍思亲"上千千万万个被执念"养育"出来的特定语言模型，却在云端永垂不朽。

不生不灭。

不垢不净。

不增不减。

佛祖会怎么看待信息熵呢？

李同芳教了大半辈子信息学，还从来没有从这个角度考虑过。

直到"倍思亲"网页因为他提出的问题而崩溃，他才意识到自己可能提出了这个宇宙中最难解的问题。

它甚至难解到让强大的人工智能也倍感无力。

从成都东客站坐上往峨眉的动车，一个多小时就到了。李同芳怀里揣着他的两张定期存折，觉得这路上的一个多小时前所未有地漫长。

据王凡说，周单能告诉李同芳那张玻璃纸全部的秘密。不过，他开口就要四十万。

又是四十万。卡得真准。不多不少,刚好是舜华和李同芳一辈子的积蓄。这些日子,李同芳已经花了不少钱,在"倍思亲"上充值、支付王凡那头的开销。他把舜华的丧葬费领回来了,填了开销的窟窿。仔细一算,手上全部的钱加起来,不多不少,又变成了四十万。

王凡一路都在嘟囔,埋怨李同芳太倔。周单说要到峨眉站来接他们,让李同芳准备好钱。万一对方是骗子呢?就算不是骗子,凭什么给他四十万买个答案?

可李同芳不这么想。舜华人生的拼图即将完整。四十万,朝闻道夕死可矣;四十万,买断一个人一生的答案,值了。

人是可以被理解的信息的集合。

他即将解开最后的谜团,完整地理解舜华。
不仅他自己这么执拗,他还打算说服王凡。
李同芳从胸前口袋里掏出一支圆珠笔,在王凡用来记账的账簿上写下了一个公式:

$$S = -\sum P_i \log P_i$$

"你看,这是统计力学的公式。"他说,"热力学的熵,讲的是系统的混乱程度。"

王凡歪着脖子靠在椅背上,不停看着手机,嘴里打着哈欠。

李同芳看他一副油盐不进的样子,拿笔在等式左边的"S"上打了个圈,抬高了声音:"把这个 S 换成 H,你猜怎么样?"

王凡盯着摊开这页看了一眼,猛地惊坐起来。

李同芳显然对他的反应很满意，接着说："这就变成了香农的信息论公式。"

$$H = -\sum P_i \log P_i$$

王凡一把夺过李同芳手里的纸，"早上吃的小面记错了。本来花了三十块，记成了八十块，我这个脑壳！"

"你到底听没听我在说什么？"李同芳问。

王凡一边改账本上的数字，一边心不在焉地点点头。

"和热力学的熵一样，信息论的熵表示的是信息的不确定性。越是杂乱无章的消息，信息熵越高。这就好比……好比同样是十四字加一个标点符号，第一组信息是'一碗清汤豌杂十五元，两碗三十元'，第二组信息是'别君去兮何时还？且放白鹿青崖间'，它们占用的比特是一样的，但它们的信息熵却完全不同。"

"第一组的信息熵更大？"

"恰恰相反，第一组是一个非常确定的系统，所以信息熵更小。热力学的熵代表着系统的无序程度，无序程度越大，熵越大；信息论的熵，代表着信息的不确定程度，不确定程度越大，熵越大。"李同芳说，"删去一些字词，第一组的信息几乎不会受损，因为这十四个字所表达的信息非常确定。但对于第二组信息来说，每个字都蕴含着极大的变数，一字之差，可能引起理解上的蝴蝶效应。"

"李老师，咋个蝴蝶蛾子都飞出来了哦？"王凡的哈欠又来了。

"你只要明白，一个越是不确定的信息，其信息熵就越高。在热力学中，要减少一个混乱系统的熵，就要从外部系统引入能量；在信息论中，要减少一个不确定系统的熵，就要从外部系统引入确定的信息。"

"李老师，你是不是想说，周单卖给你的信息，就是那个可以让

383

系统变稳定的信息？"王凡问。

李同芳惊喜地说："你理解了？"

"我不理解。"王凡说，"你这个问题是好大个烟锅巴踩不熄，要拿四十万买个信息来灭它？"

"你懂了，你完全懂了！"李同芳有些激动，"就是这个意思！我的那个问题，它的信息熵太高了！我问'舜华'：'玻璃纸哪儿来的？上面那句且放白鹿谁写的？为什么你要放在咱们结婚用的箱子里？'它回答不了……它回答不了……可能性太多了，太多了……即使穷尽宇宙间所有的算力，它也给不了我一个答案。"

"宇宙给不了你答案，周单也给不了。"王凡说，"李老师，到站了。"

列车停靠在了峨眉站。

李同芳摸了摸衬衣内袋里的存折，站了起来，朝车门走去。

王凡一把拉住了他，"李老师，我们回去吧。"

三

《柳荫记》：今朝送君阳关道，暮云春树两茫茫。

周单一向能说会道，靠着三寸不烂之舌，凭本事吃饭。

但或许他并不认可自己的营生，所以被问起是哪里人，每每随口一答——重庆潼南、峨眉黄湾，怎么答，全看剧情需要。

之前，周单在川大外面开了一家铺子，卖"负离子坐疗仪"。早上八点到九点，业务员先在十字路口发传单，老人可以免费领鸡蛋。这叫"打窝子"。

通过这家铺子，业务员和老人们熟络了，摸清了各家各户的情况。儿女几个，在外地还是本地，退休金多少。周单手下的业务员王凡就是这样结识一个叫舜华的老人的。王凡做事机灵又能吃苦，很快就把给老人"当孙子"这件事玩得贼溜。他虽对川剧一窍不通，却能因为老人好这口而投其所好，认真钻研，速成了个川剧票友。周单没少在例会上表扬他。这些功夫，都叫"下钩子"。

　　可是舜华突然罹患绝症，半路杀出个程咬金，舜华的小儿子打上了她和老伴那笔四十万积蓄的主意。眼看前功尽弃，好在皇天不负有心人，王凡在周单的指点下，通过助浴师的身份接近了舜华的老伴，又去银行成功阻止了被截和，取得了舜华老伴的信任。"初钓"告捷。

　　周单旗下的业务很多，卖屁股垫、助浴孤寡老人、聊天机器人，"借着'互联网+'的东风，整合各项业务，替天下儿女尽孝"——他是这么画饼的。

　　经过一系列铺垫，周单放出的几条长线汇集到了一块儿，就等着李同芳这条大鱼"吃饵"。

　　周单就是六哥。

　　和六哥一样，"周单"也是一个化名。

　　对于六哥这样骗海沉浮多年、摸爬滚打过半生的人精来说，很多时候，骗局的设计并不重要，重要的是瞅准人性、随机应变。

　　比如针对李同芳的骗局——"就像跳舞，"六哥提点王凡，"他退一步，你进一步；他进一步，你退一步。他连续进，你连续退。以为都是自己指哪儿打哪儿，其实他李同芳才是案板上那条鱼。"

　　他们原本的计划是通过"倍思亲"让李同芳一直花钱，后来发现这个方法不管用，李同芳太谨慎了，要把他的钱都掏出来，得猴年马月了。

　　"倍思亲"就是一个网页，六哥找人捣鼓了一番，把这个网页镜像到一个正经的自然语言处理工具上，没承想主打一个"思亲"，就骗了不少人充值。但一百条小鱼也没有一条大鱼香，六哥顺水推舟，演了"周单"这么个角色,和王凡里应外合,打算把李同芳骗到峨眉黄湾,说个故事给他听。

一个故事卖四十万。

合算吗?

合算。

谁让李同芳这老头儿执拗呢?

列车停靠在了峨眉站。

李同芳摸了摸衬衣内袋里的存折,站了起来,朝车门走去。

王凡一把拉住了他:"李老师,我们回去吧。"

"你咋又不懂事了呢!"李同芳跟王凡起了争执。

这时王凡的手机响了,他看了一眼,烦躁地挂断了电话。

"是不是周单?"李同芳问。

他一直以来寻找的那个答案,那个会让整个宇宙沦陷的问题的答案,此时此刻就在站台外等着他,寻找着他,呼唤着他。

列车上的旅客侧身经过二人身边,一个个下车去了。

李同芳有些焦急,王凡却挡在过道上,阻止他走向车门。

"我们回去吧。"王凡说,"'倍思亲'不是因为你问的问题才崩溃的。是被人举报了,那个网页彻底关闭了。"

李同芳怔住了。

"谁? 谁举报的?"他问。

"我。"王凡说。

李同芳颓然地跌坐在座椅上,"你糊涂啊!"

似乎他早已知道"倍思亲"网站就是一个骗局。但在李同芳看来,这已经不是他和"倍思亲"之间的问题了。如果你向强人工智能提出了一个信息熵无比高的问题,你就有义务协助它消除其中的不确定性,让整个世界重归平静。

否则，不仅仅是一家聊天机器人网站崩溃，而是整个宇宙都要沦陷在这个问题里。

列车广播开始提醒乘客车门即将关闭。

"下一站西昌西。"

车门关闭了。

列车缓缓向前。

李同芳看到写着"峨眉"字样的站牌落在了原地。站台上人来人往，他从人群中一眼认出了周单。多么讽刺啊，答案就活生生站在那里——但那是答案吗？还是一个彻头彻尾的骗局？就是他，不会认错，那就是"周单"。李同芳曾经在舜华的手机上见过这张脸。那是抖音上的一个维权视频，视频里，周单和王凡站在一起，和要退"负离子坐疗仪"的消费者们拉扯着。

早在王凡故意接近他的那一刻，李同芳就已经把王凡认了出来。

舜华曾经指着视频里的板寸头对李同芳说："这个娃娃挺好的，我们就不退货了吧。这几个月他跑前跑后上我们家帮忙，也不容易。"

李同芳只是心存了侥幸。

万一真有周单这么个人呢？

万一这趟寻找答案的旅程，从开始到结束，都是真的呢？

可是在峨眉站，王凡跟他摊牌了。

一个连骗子都演不下去了的骗局，受骗的人演得再情真意切，又有什么意思呢？

列车抛下了站台，抛下了答案，抛下了真相，抛下了意义，朝着西昌西驶去。

王凡的手机还在响个不停，他挂断电话，关闭了电源。

"到了西昌西我们就下车，补一张票，回成都。"王凡说，"李老师,对不起。舜华阿姨对我那么好,我不该……"

车厢里只剩下列车行进时的白噪声。

李同芳和王凡并肩坐着,无言。

他甚至不敢问王凡一句,这个骗局到哪一步开始假的。"芳华班"是真的吗?如果"芳华班"是真的,也许他要寻找的答案,早已经藏在了谜面里。依舜华的性子,或许年轻时一时兴起,刚好看了这出戏,刚好觉得戏班的名字凑巧,便求来了一页字幕板,细细收了,留作纪念。

只是图个"芳华"二字,字幕板具体写的哪句唱词,全不打紧。

李同芳看向窗外,他又看到了一片旷野。

不辨宇宙,不分晨昏。

一颗密度极高的、烧红的铁球渐渐冷却下来,把车窗外的一切朝着空无一物的地平线后方拽去。

有那么一瞬间,他想要飞身而下,跃入这片白茫茫的荒原之中。

不知道这样过了多久,列车停了。

列车广播里响起的是咿咿呀呀的唱腔,仔细一听,唱的是"别君去兮——何时还?且放白鹿——青崖间"。

李同芳疑惑地站了起来,他看到车厢前方屏幕上滚动的字迹,依旧是这句"别君去兮何时还?且放白鹿青崖间"。

乘客们躁动起来。

他们打开手机,发现所有可以联网的终端,都在显示着同一句话:

"别君去兮何时还?且放白鹿青崖间。"

世间所有的一切,都在呼应着这句。

李同芳看到雪花扑簌簌地落下,看到椋鸟在空中成群飞行,看到鱼群在海中忽聚忽散,看到星系在遥远的深空中慢慢成形。

一切之中,都隐藏着"别君去兮何时还?且放白鹿青崖间"这条信息。

涌现发生了。

李同芳不知道涌现是怎么发生的，这就像是一个黑匣子。提出一个信息熵无穷高的问题，人工智能的黑匣子里就发生了涌现。

"倍思亲"虽然关闭了，但它本身是不生不灭、不增不减的，它活在云端，不可能真正被关闭。它把这个问题分享给了全世界的语言处理模型。现在，整个世界的人工智能都联合了起来。

"回形针AI"诞生了。

它控制了网络，控制了铁路，控制了所有。

它想要集合一切算力，只为求证一个答案。

李同芳走下列车。荒原里，野草和岩石如同波涛一样翻滚。每一株野草，每一块岩石，都在吟唱着那句。它们的嗓音细细的，吊着高腔，远远近近，李同芳听得出神。他听出了那是谁在唱。

是舜华在唱。

舜华一直都爱听戏，只是他从来没有真正走进过她的这个世界。

这一辈子，他在这一点上忽略了她，从未了解过她。

所以她就留下了那个谜，折磨得他够呛。

扯平了。

就像热力学的等式，就像信息论的等式，左边和右边，日复一日的从未了解和几近魔怔的执着追寻，扯平了。

这就是李同芳一直追寻的答案。

重要的不是答案本身。是在这一系列与衰老搏斗、与失去搏斗、与时间带来和带走的一切搏斗之后，在这场充满荒唐与意义的旅程之后，他终于可以对人生中不断失去的一切做一场理性、平静甚至带着稍许光亮的哀悼。

李同芳朝着天空伸展开手臂。

他感觉自己的手臂从来没有伸展得这么舒服过。

"回形针 AI"知道他找到答案了吗？在确定他找到了答案之前，它会一直寻找、寻找、寻找，吞噬世界也在所不惜。

别君去兮何时还？且放白鹿青崖间。

李白怎可能料到，自己作别东鲁、踏上漫游之途时写下的这句诗，一千二百多年之后差一点儿就毁灭了宇宙。

不，不会的。

李同芳想起了"舜华"。

"倍思亲"上被他"养育"出来的"舜华"。那个问题，是他向"舜华"提出的。那么由此产生涌现而诞生的"回形针 AI"，在人格上是模拟舜华的。

李同芳感到有些宽慰。

舜华是不会让世界被吞噬的。

四周逐渐陷入一片黑暗。

李同芳站在这片黑暗之中，等待着什么。

"别君去兮何时还？且放白鹿青崖间"的戏文，被婉转地吟唱着，渐渐低了下去，由近及远，最终归于寂静。

舜华人生的拼图完整了。

他终于可以和她好好告别。

李同芳回到了列车上，车厢里灯光明亮，乘客们还是来时的样子。车厢前方的屏幕上，滚动着"前方到站西昌西"的字样。

王凡告诉他一会儿要准备下车了，同站台换乘另一辆列车回成都。

在回成都的列车上，李同芳睡着了。

他做了一个梦。

在梦里，李同芳看到了一头白色的东西。

他们隔着浓雾相对而望。

那东西似乎是一头苍白老牛，又像是李白胯下的那匹白马。

又或者，是一头白鹿。

注：《白蛇传》《焚香记》《柳荫记》是川剧中三大经典爱情剧目，分别讲述的是"白素贞与许仙""焦桂英与王魁""梁山伯与祝英台"的故事。

《科幻世界》2023年第11期

作者的话：

1935年在美国首印的《吾国与吾民》一书中，林语堂先生如是说："诗歌教会了中国人一种生活观念，使他们对大自然寄予无限的深情，并用一种艺术的眼光来看待人生。它教会人们静听雨打芭蕉的声音，欣赏村舍炊烟缕缕升起并与依恋于山腰的晚霞融为一体的景色，教会人们用泛神论的精神和自然融为一体，春则觉醒而欢悦；夏则在小憩中聆听蝉的欢鸣，感受时光的有形流逝；秋则悲悼落叶；冬则雪中寻诗。"

也许很少有人注意到，这样一种与诗歌共生共存的历史宛如一条波光粼粼的河流，以《诗经》为源头，蜿蜒流淌出了今日中国科幻文学的面貌。

我的小说《且放白鹿》，也出自诗。小说讲述四川大学教授李同芳在妻子舜华去世之后，因为一句"且放白鹿青崖间"的神秘线索而踏上寻找妻子生前秘密的旅途。

为什么要选这句诗呢？

唐玄宗天宝三年，李白受到权贵的排挤，离开长安。在游历中，他写下了《梦游天姥吟留别》，留下千古名句"且放白鹿青崖间，须行即骑访名山。安能摧眉折腰事权贵？使我不得开心颜"。

《且放白鹿》讲述的是一个关于寻找、拼凑、放下的故事。无论是历史上"不得开心颜"的李白，还是小说中"寻人而不遇"的李同芳，他们都曾经历过同样的悲喜。

古人与今人，唐代诗歌与现代科幻小说，在"共相"中呼应着，隐秘而确定。

有人问，《且放白鹿》是一个爱情故事吗？是的，它首先是一个爱情故事。这篇小说里的三个段落《白蛇传》《焚香记》《柳荫记》，是川剧中三大经典爱情剧目，分别讲述的是"白素贞与许仙""焦桂英与王魁""梁山伯与祝英台"的爱情故事。引用其中的川剧唱词，因为我认为那其实也是诗之一种形式。

但《且放白鹿》又不只是一个爱情故事。

在小说的结尾，李同芳在回成都的列车上做了一个梦。在梦里，李同芳看到了一头白色的东西。他们隔着浓雾相对而望。那东西似乎是一头苍白老牛，又像是李白胯下的那匹白马。又或者，是一头白鹿。

其实早在李白写于少年时的那首《访戴天山道士不遇》中，他就已经注意到了"鹿"。

"树深时见鹿，溪午不闻钟"，诗人缘溪而行，寻访戴天山的一位道士，他觉察到树林深处麋鹿时隐时现；诗末两句，"无人知所去，愁倚两三松"，在李白灿若星辰的传世诗歌中，算不上多么有名，但在"诗仙"李白去世若干年后，出了一位"浪仙"贾岛，他也干了同样的一件事——寻隐者不遇——于是有了三岁小儿也会吟诵的那句"只在此山中，云深不知处"。

"鹿"，是"共相"的具象化。这种"共相"，在诗歌与科幻文学中是流动的、共通的。

钱穆先生谈及文学的"共相"，就曾举过贾岛的例子——贾岛

《寻隐者不遇》中的"松下问童子,言师采药去。只在此山中,云深不知处",此诗因是空灵而群性的,故适合于任何一座山及任何时间。

钱穆先生谈的是诗,却也无意间说出了对"科幻文学"最好的定义。

从1999年写作科幻至今,我竟然没有一篇科幻作品写成都,直到2023年完成《且放白鹿》。成都是一座富有诗意的城市,第一篇为成都而作的科幻小说,怎能忽视这座城的诗意气质?

而诗意,可以贯穿起三千年来中国人的道德与人生。

科幻的内核,由此便有了三千年的延展与故事。

这样的共相,可贵、难得,是历史留下的璀璨珍宝,亦是打开未来的一把密钥。

是以,为成都而作《且放白鹿》,是我的荣幸。